황정견시집주 4
黃庭堅詩集注

Anotations of Hwang Jeong-gyeon's Poems

옮긴이

박종훈 朴鍾勳 Park Chong-hoon
지곡서당(芝谷書堂)에서 한학(漢學)을 연수했으며, 조선대학교 국어국문학부(고전번역전공)에 재직 중이다.

박민정 朴玟貞 Park Min-jung
고려대학교에서 중국고전시 박사학위를, 중국저장대학(浙江大學)에서 대외한어교학 박사학위를 취득했다. 현재 세종사이버대학교 국제학과 교수로 재직 중이다.

이관성 李灌成 Lee Kwan-sung
곡부서당에서 서암 김희진 선생에게 한문을 배웠다. 현재 퇴계학연구원에 재직 중이다.

황정견시집주 4

초판발행 2024년 8월 15일

지은이 황정견
옮긴이 박종훈·박민정·이관성

펴낸이 박성모
펴낸곳 소명출판
출판등록 제1998-000017호
주소 06641 서울시 서초구 사임당로14길 15 서광빌딩 2층
전화 02-585-7840
팩스 02-585-7848
이메일 somyungbooks@daum.net
홈페이지 www.somyong.co.kr

ISBN 979-11-5905-918-6 94820
979-11-5905-914-8 (전14권)
정가 37,000원

이 저서는 2019년 대한민국 교육부와 한국연구재단의 지원을 받아 수행된 연구임 (NRF-2019S1A5A7069036).
This work was supported by the Ministry of Education of the Republic of Korea and the National Research Foundation of Korea (NRF-2019S1A5A7069036).

한국연구재단
학술명저번역총서

황정견시집주 4
黃庭堅詩集注

Anotations of Hwang Jeong-gyeon's Poems

황정견 저

박종훈 · 박민정 · 이관성 역

일러두기

1. 본 번역은 『黃庭堅詩集注』(전5책)(北京 : 中華書局, 2007)를 저본으로 삼았다.
2. 위 저본에 있는 '교감기'는 해당 구절의 원문에 각주로 붙였고 **[교감기]**라고 표시해 두어, 번역자가 붙인 각주와 구별했다.
3. 서명과 작품명이 동시에 나올 때는 '『 』'로 모았고, 작품명만 나올 때는 '「 」'로 처리했다.
4. 번역문과 원문 중에 나오는 소자(小字)는 【 】로 표시해 묶어 두었다.
5. 번역문과 원문 중에 나오는 '○'는 저본에 있는 것을 그대로 옮겨온 것으로, 주석 부분에 추가로 주석을 붙인 부분이다.
6. 번역문에는 1차 인용, 2차 인용, 3차 인용까지 된 경우가 있는데, 모두 큰따옴표("")로 처리했다.

1. 황정견은 누구인가?

황정견黃庭堅, 1045~1105은 북송北宋의 대표 시인으로, 자는 노직魯直, 호는 산곡山谷 또는 부옹涪翁이며 홍주洪州 분녕分寧, 지금의 장시江西성 슈수이修水 사람이다. 소식蘇軾, 1036~1101의 문하생 중 가장 핵심적인 인물로, 장뢰張耒 · 조보지晁補之 · 진관秦觀 등과 함께 '소문사학사蘇門四學士'로 불린다. 어릴 때부터 총명했던 황정견은 23세에 진사에 급제하여 국사편수관까지 역임했으나 이후 여러 지방관과 유배지를 전전하는 등 벼슬길이 순탄치 않았다. 두보杜甫, 712~770를 존경했고 소식의 시학詩學을 계승했으며, 소식과 함께 소 · 황蘇·黃으로 불린다.

중국시가의 최고 전성기라 할 수 있는 당대唐代를 뒤이어 등장한 북송의 시인들에게는 당시에서 벗어난 송시만의 특징을 만들어 내야 하는 일종의 숙명이 있었다. 이러한 숙명은 북송 초 서곤체에 의해 시도되었으며 북송 중기에 이르러 비로소 송시다운 시가 시대를 풍미하기에 이르렀다. 황정견이 그 중심에 있었으며 그를 중심으로 진사도陳師道 등 25명의 시인이 황정견의 문학을 계승하며 하나의 유파로 활동했다. 이들을 일컬어 '강서시파江西詩派'라 했는데, 이 명칭은 남송 여본중呂本中, 1084~1145의 『강서시사종파도江西詩社宗派圖』에서 비롯되었다. 25인 모두 강서江西 출신은 아니지만, 여본중은 유파의 시조인 황정견이 강서출신이라는 점에서 강서시파로 붙인 것이다. 시파의 성원들은 모두 두보를 배웠기에 송대 방회方回, 1227~1305는 두보와 황정견, 진사도, 진여의陳與義를 강서시파의 일조삼종一朝三宗이라 칭하였다.

　여본중이『강서종파시집江西宗派詩集』115권을 편찬했으며, 뒤이어 증굉曾紘, 1022~1068이『강서속종파시江西續宗派詩』2권을 편찬했다. 송대 시단에 있어서 황정견의 영향력은 남송南宋에까지도 미쳤는데, 우무尤袤, 양만리楊萬里, 범성대范成大, 육유陸游, 소덕조蕭德藻 같은 남송의 대가들도 모두 그 풍조에 영향을 받았다. 황정견강서시파의 시풍詩風은 송대 뿐만 아니라 원대元代 및 조선의 시단에도 적지 않은 영향을 미쳤다.

2. 북송의 시대 배경과 문학풍조

　송나라는 개국開國 왕조인 태조부터 인종조仁宗朝를 거치면서 만당晩唐·오대五代의 장기간 혼란했던 국면이 어느 정도 정리되어 나라가 안정되고 백성들의 생활환경 또한 비교적 안정을 찾게 되었다. 전대前代의 가혹했던 정세가 완화됨에 따라 농업이 급속도로 발달하였고 안정된 농업의 경제적 기초 위에서 상공업이 번창하고 번화한 도시가 등장하는 등 사회 전반에 걸쳐 전대에 비해 상당한 풍요를 구가하게 되었다. 이처럼 사회 전체가 안정되고 발전함에 따라 일반 백성들은 점차 단조로운 것보다는 복잡하고 화려한 것을 추구하게 되었다. 시대적 · 사회적 환경은 곧 문학 출현의 배경이고, 문학은 사회생활이 반영된 예술이라고 할 만큼 불가분의 관계에 있다. 유협劉勰이 "문학의 변천은 사회 정황에 따르다文變染乎世情, 興廢繫乎時序"고 한 것처럼, 사회의 각종 요인은 문학적 현상을 결정하기 때문에 이러한 요소의 변화는 필연적으로 문학 풍조의 변혁을 동반한다. 송초 시체詩體의 변천은 이러한 사실을 보여주는 객관적인 증거이다. 특히 송대에는 일찍부터 학문이 중시되었다. 이는 주로 군주들의 독서열과 학문 제창으로 하나의 사회적 풍조로 자리잡게 되어 송대의 중문중학重文重學적 분위기가 마련되었다.

중국 시가의 전성기라 할 수 있는 당대唐代가 마무리되고 뒤이어 등장한 북송 초는 중국시가발전사 측면에서 보면 일종의 '답습의 시기'이면서 '개혁의 시기'였다고 할 수 있다. 이 시기 시단에서는 백체白體, 만당체晚唐體, 서곤체西崑體 등 세 시풍이 크게 유행했다. 이중 개국 초 성세기상盛世氣象 및 시대 분위기와 사람들이 추구하던 심미취향에 매우 적합했던 서곤체가 시간상 가장 늦게, 가장 긴 기간 동안 성행했고 결과적으로 이러한 시대적 문학적 요구는 황정견 시를 통해 꽃을 피우며 북송 시단 및 송대 시단을 대표하게 되었다.

3. 황정견 시의 특징과 시사적 위상

황정견은 시를 지을 때 힘써 시의 표현을 다지고 시법을 엄격히 지켜 한 마디 한 글자도 가벼이 쓰지 않았다. 황정견은 수많은 대가들을 본받으려고 했지만, 그중에서도 두보杜甫를 가장 존중했다. 황정견은 두보 시의 예술적인 성취나 사회시社會詩 같은 내용 측면에서의 계승보다는, 엄정한 시율과 교묘巧妙한 표현 등 시의 형식적 측면을 본받으려 했다. 『창랑시화滄浪詩話』·『시인옥설詩人玉屑』·『허언주시화許彦周詩話』·『후산시화后山詩話』·『왕직방시화王直方詩話』·『초계어은총화苕溪漁隱叢話』 등에 보이는 황정견 시론의 요점을 정리하면 대략 다음과 같다.

첫째, 시의 조구법造句法으로서의 환골법換骨法과 탈태법奪胎法이다. 이에 대해 황정견은 "시의 의미는 무궁한데 사람의 재주는 한계가 있다. 한계가 있는 재주로 무궁한 의미를 좇으려고 하니, 비록 도잠과 두보라고 하더라도 공교롭기 어렵다. 원시의 의미를 바꾸지 않고 그 시어를 짓는 것을 환골법이라고 하고, 원시의 의미를 본떠서 형용하는 것을 탈태법이라고 한다[詩意無窮, 而人才有限. 以有限之才, 追無窮之意, 雖淵明少陵, 不得工也. 不易其意而造其語, 謂之換骨法. 規摹其意而形容之, 謂之奪胎法]"라고 한 바 있다『시인옥설(詩人玉屑)』에 보인다. 이로 보건대, 황정견이 언급한 환골법은 의경을 유사하게 하면서 어휘만 조금 바꾼 것을 일컫고, 탈태법은 의경을 변형하여 사용하는 방법이라고 할 수 있다.

예를 들면, 당대唐代 유우석劉禹錫의 "멀리 동정호의 수면을 바라보니, 흰 은쟁반 속에 하나의 푸른 고동 있는 듯[遙望洞庭湖水面, 白銀盤里一靑螺]"를 근거로 황정견이 "아쉬워라, 호수의 수면에 가지 못해, 은빛 물결 속에서 푸른 산을 보지 못한 것[可惜不當湖水面, 銀山堆裏看靑山]"이라 읊은 것은 환골법이고 백거이白居易의 "사람의 한평생 밤이 절반이고, 한 해의 봄철은 많지 않다오[百年夜分半, 一歲春無多]"라 한 것을 기반으로 황정견이 "한평생 절반은 밤으로 나눠 흘러가고, 한 해에도 많지 않노니 봄 잠시 오네[百年中去夜分半, 一歲無多春再來]"라고 읊은 것은 탈태법이다. 황정견이 환골법과 탈태법을 활용한 작품에 대해서는 『시인옥설詩人玉屑』에서 언급한 바 있다.

둘째, 요체拗體의 추구이다. 요체란 근체시의 평측平仄 격식을 반드시 엄정하게 따르지는 않은 것을 말한다. 이를테면, 평성이 들어가야 할 자리에 측성을 두거나 측성의 위치에 평성을 두어 율격적 참신성을 획득하는 방식으로 두보와 한유韓愈도 추구했던 것이다. 황정견은 더욱 특이한 표현을 추구하기 위해 시율에 어긋나는 기자奇字를 자주 사용하면서 강서시파 특징 중 하나가 되었다. 이와 관련하여, 송대 위경지魏慶之가 찬술한 『시인옥설詩人玉屑』에 '촉구환운법促句換韻法'과 '환자대구법換字對句法' 등을 소개하면서, "기세를 떨쳐 평범하지 않으려는 의도에서 비롯되었다. 이전에는 이러한 체제로 시를 지은 사람은 없었는데, 오직 황정견이 그것을 바꾸었다[欲其氣挺然不群, 前此未有人作此體, 獨魯直變之]"라는 평어가 보인다.

셋째, 진부한 표현이나 속된 말을 배척하고 특이한 말과 기이한 표현을 추구했다. 구체적으로는 술어를 중심으로 평이한 글자를 기이하게 단련鍛鍊시켰고 조자助字의 사용에 힘을 특히 기울였으며, 매우 궁벽하고 어려운 글자를 사용했고 기이한 풍격을 형성하기 위해 전대前代 시에서 잘 쓰지 않던 비속非俗한 표현을 시어로 구사하여 참신한 의경을 만들어내곤 했다. 이와 관련해 황정견은 "차라리 음률이 조화롭지 않을지언정 구句를 약하게 만들지 말아야 하며, 차라리 글자 구사가 공교롭지 않을지언정 시어를 속되게 만들어서는 안 된다[寧律不諧, 而不使句弱. 寧用字不工, 不使語俗]"라고 했으며『시인옥설(詩人玉屑)』, 황정견의 시구 중에는 "다른 사람을 따라 계획을 세우는 것은 결국 사람에게 뒤지게 된다[隨人作計終後時]"라는 구절과 "문장에게 가장 피해야 할 것은 다른 사람을 따라 짓는 것이다[文章最忌隨人後]"라는 구절도 있다.

또한 엄우嚴尤는『창랑시화滄浪詩話』에서 "소식과 황정견에 이르러 비로소 자신의 기법에서 나온 것을 시로 여기며, 당대 시인들의 시풍에서 벗어난 것이다. 황정견은 공교로운 말을 쓰는 것이 더욱 심해졌고, 그 후로 시를 짓는 자리에서 황정견의 시풍이 성행했는데 세상에서는 '강서종파'라 불렀다[至東坡山谷始自出己法以爲詩, 唐人之風變矣. 山谷用工尤深刻, 其後法席盛行, 海內稱爲江西宗派]"라고 했다. 송대 허의許顗의『허언주시화許彦周詩話』에 "시를 지을 때 평이하고 비루한 기운을 제거하지 않으면 매우 잘못된 작품이 된다. 객이 묻기를 "어떻게 하면 그런 것을 제거할 수 있습니까"라 하였다. 이에 내가 "당의 의산 이상은의 시와 본조 황정견의 시를 숙독하여 깊이 생각하면 제거할 수 있다"라고 대답했다作詩淺易鄙陋之氣不除, 大可惡. 客問, 何從去之. 僕曰, 熟讀唐李義山詩與本朝黃魯直詩而深思之, 則去也"라는 구절이 보인다. 이밖에 『후산시화后山詩話』이나 『왕직방시화王直方詩話』 및 『초계어은총화苕溪漁隱叢話』 등에도 황정견이 시어 사용에 있어서의 기이한 측면에 대한 언급이 보인다.

넷째, 전고典故의 정밀한 사용을 추구했다. 이는 황정견 시론의 "한 글자도 유래가 없는 것은 없다[無一字無來處]"와 연관된다. 강서시파는 독서를 중시했는데, 이것은 구법의 차원에서 전대 시의 장점을 수용하기 위한 것이지만, 이는 전고의 교묘巧妙한 활용이라는 결과로 표현되기도 했다. 그러면서 전인의 전고를 그대로 답습하지 않고 자신의 의도에 맞게 변용했다.

이와 같은 황정견의 환골탈태법과 요체와 기이한 표현 및 전고의 활용이라는 창작법에 대해 부정적 평가도 적지 않다. 『예원치원』에서는 "시격이 소식과 황정견으로부터 변했다고 한 논의는 옳다. 황정견의 뜻은 소식이 불만스러워 곧바로 능가하려 했는데도 소식보다 못하다. 어째서인가? 교묘하게 하려고 하면 할수록 졸렬해지고 새롭게 하려고 하면 할수록 진부해지며, 가까워지려고 하면 할수록 멀어지기 때문이다[詩格變自蘇黃, 固也. 黃意不滿蘇, 直欲凌其上, 然故不如蘇也. 何者. 愈巧愈拙, 愈新愈陳, 愈近愈遠]", "노직 황정견은 소승이 되기에는 부족하고 다만 외도일 따름이며, 이미 방생 가운데 빠져 있었다[魯直不足小乘, 直是外道耳, 已墮傍生趣中]", "노직 황정견은 생경生硬한 기법을 구사했는데 어떤 경우는 졸렬하고 어떤 경우는 공교로우니, 두보의 가행체에서 본받았다[魯直用生拗句法, 或拙或巧, 從老杜歌行中來]"라고 평가했다. 이러한 부정적 평가는 황정견 시의 파급력에 대한 반증이기도 하다. 황정견을 중심으로 한 강서시파가 당대當代는 물론 후대 및 조선의 문인들에도 적지 않은 영향을 미쳤다.

한국 한시는 중종中宗 연간에 큰 성과를 이루어 이행李荇, 1478~1534, 박상朴祥, 1474~1530, 신광한申光漢, 1484~1555, 김정金淨, 1486~1521, 정사룡鄭士龍, 1491~1570, 박은朴誾, 1479~1504 등의 시인을 배출했고 선조宣祖 연간에는 이를 이어 노수신盧守愼, 1515~1590, 황정욱黃廷彧, 1532~1607, 최경창崔慶昌, 1539~1583, 백광훈白光勳, 1537~1582, 이달李達, 1539~1612 등 걸출한 시인을 배출했다. 이때 우리 한시의 흐름은 고려 이래 지속되어 온 소식을 위주로 한 송시풍宋詩風의 연장선상에 있다가, 황정견과 진사도를 배우게 되었으며, 다시 변해 당시唐詩를 배우게 되었다. 이에 따라 이 시기 시인은 송시를 모범으로 삼는 부류와 당시를 모범으로 삼는 경우로 대별된다. 또한 송시를 모범으로 삼는 경우도 다시 소식을 배우고자 했던 인물과 황정견이나 진사도를 배우고자 했던 인물로 나눌 수 있다. 그만큼 황정견의 영향력이 컸다는 것을 알 수 있다.

황정견과 진사도를 배웠다고 언급되는 시인으로는 박은, 이행, 박상, 정사룡, 노수신, 황정욱 등을 들 수 있다. 이들은 각기 한 시대를 대표하는 시인으로, 우리 한시사韓詩史에서 심도 있게 다루어지고 있다. 이들 시인을 '해동강서시파海東江西詩派'라고 규정하고 있는데, 그 이유는 황정견과 진사도로 대표되는 '강서시파'의 영향력 아래에서 찾아볼 수 있다.

이인로李仁老, 1152~1220는 『보한집補閑集』에서 "소식과 황정견의 문집을 읽는 것이 좋은 시를 짓는 방법이다"라고 했으니, 고려 중기에 황정견의 문집이 유통되고 있었음을 확인할 수 있다. 이후 공민왕恭愍王 때에는 『산곡시집주山谷詩集註』가 간행되었고 조선조에는 황정견을 중심으로 한 강서시파 시인의 작품을 뽑은 시선집이나 문집이 여러 차례 간행되었다. 안평대군安平大君도 황정견 등을 포함한 『팔가시선八家詩選』을 엮었고 황정견 시를 가려 뽑아 『산곡정수山谷精粹』를 엮은 바 있다. 성종成宗 때에도 한 차례 황정견 시집을 간행했고 성종의 명으로 언해諺解를 시도했지만 실행되지는 못했다. 이후 유호인俞好仁, 1445~1494이 『황산곡집黃山谷集』을 발간하였고 중종에서 명종 연간에 황정견의 문집이 인간印刊되었다. 황정견 시문집에 대한 잇닿은 간행은 고려와 조선의 시인들이 지속적으로 강서시파를 배우고자 했다는 당대當代 시단의 흐름을 반영한 것이다.

고려시대부터 조선 초기까지 강서시파의 영향을 확인할 수 있는 시인으로 이인로李仁老, 임춘林椿, ?~?, 이담李湛, ?~?, 이색李穡, 1328~1396, 신숙주申叔舟, 1417~1475, 성삼문成三問, 1418~1456, 조수趙須, ?~?, 김종직金宗直,

1431~1492, 홍귀달洪貴達, 1438~1504, 권오복權五福, 1467~1498, 김극성金克成, 1474~1540, 조신曺伸, 1454~1529 등 셀 수 없을 정도이다. 이러한 흐름은 두보의 시를 배우고자 한 것으로 파악되는데, 앞서 보았듯이 황정견이 두시杜詩를 가장 잘 배웠다고 칭송되고 있었기에, 황정견을 통해 두보의 시에 접근해 보려는 노력도 깔려있었다고 할 수 있다. 정사룡도 이달에게 두시를 가르쳤고 노수신은 그의 시가 두시의 법도를 얻은 것으로 평가되고 있으며, 황정욱도 두보의 시를 엿보고 있다는 지적을 받고 있다. 그 밖에 박은, 이행, 박상의 시가 두시의 숙독에서 나온 것을 작품의 도처에서 확인할 수 있다. 이러한 경향으로 볼 때, 두보의 시를 배우는 한 일환으로 강서시파의 핵심인 황정견에 관심을 기울인 것으로 보인다. 이 밖에도 조선 초 화려한 대각臺閣의 시풍에 대한 반발도 강서시파의 작품을 배우고자 하는 한 배경으로 작용했다.

지속적인 강서시파 관련 서적의 수입과 인간印刊을 바탕으로 강서시파에 대한 학습이 고려에서부터 조선 초까지 지속되었고 이를 배경으로 강서시파를 배우고자하는 움직임이 성종 연간에 집중적으로 나타났으며, 한시사에게 거론되는 주요 시인들이 등장하게 되었다. 이러한 연장선상에서 소위 '해동강서시파'가 출현하게 된다.

해동강서시파는 강서시파의 영향을 받고 이에 따라 유사한 시풍을 견지했던 일군의 시인을 지칭하는 개념이다. 이 점에서 해동강서시파는 강서시파의 시풍이나 창작방법론을 대거 수용하고 이에서 한 걸음 더 나아가 자신만의 변용을 꾀한 시인들이라 평가할 수 있다. 황정견을 위주로 한 강서시파를 배웠다고 언급되는 해동강서시파의 시인으로는 박은, 이행, 박상, 정사룡, 노수신, 황정욱 등을 들 수 있다. 이들 시인들이 강서시파의 배웠다는 구체적인 기록도 남아 있다.

해동강서시파의 시가 중국 강서시파의 작법을 수용했다는 것은 단순히 자구를 모방하는 차원의 것이 아니라, 시를 쓰는 법을 배워 우리의 정서와 실정에 맞는 시를 쓰기 위해 노력한 것이다. 결국 해동강서시파의 작품에 대한 올바른 접근은 강서시파에 대한 접근에서부터 비롯되어야 한다. 시작법을 어떻게 수용하고 있는지, 또 어떠한 변용이 이루어진 것인지에 대한 입체적인 접근이 있어야만 해동강서시파에 대한 올바른 평가를 내릴 수 있다. 그 출발점이 바로 해동강서시파에 지대한 영향을 미쳤던 황정견 문집에 대한 완역이다.

4. 『황정견시집주黃庭堅詩集注』는?

『황정견시집주』는 북경北京 중화서국中華書局에서 2007년에 출간한 책이다. 전5책으로『산곡시집주山谷詩集注』권1~20,『산곡외집시주山谷外集詩注』권1~17,『산곡별집시주山谷別集詩注』상·하,『산곡시외집보山谷詩外集補』권1~4,『산곡시별집보山谷集別集補』권1로 구성되어 있다.

『산곡시집주』권1~20은 송宋 임연任淵이,『산곡외집시주』권1~17

은 송宋 사용史容이, 『산곡별집시주』 상·하는 송宋 사계온史季溫이 각각 주석을 붙여놓은 것이다. 『산곡시외집보』 권1~4와 『산곡시별집보』 권1은 청淸 사계곤謝啓崑이 엮은 것이다.

『황정견시집주』의 체계와 구성을 정리하면 다음 표와 같다.

책	권	비고
제1책	집주(集注) 권1~9	임연(任淵) 주(注)
제2책	집주(集注) 권10~20	
제3책	외집시주(外集詩注) 권1~8	사용(史容) 주(注)
제4책	외집시주(外集詩注) 권9~17	사용(史容) 주(注)
제5책	별집시주(別集詩注) 上·下	사계온(史季溫) 주(注)
	외보유(外補遺) 권1~4	사계곤(謝啓崑) 주(注)
	별집보(別集補)	

각 권에 수록된 시작품 수를 일람하면 다음 표와 같다.

권수	수록 작품 수	권수	수록 작품 수
山谷詩集注卷第一	22제(題) 30수(首)	山谷外集詩注卷第三	23제(題) 61수(首)
山谷詩集注卷第二	14제(題) 18수(首)	山谷外集詩注卷第四	18제(題) 31수(首)
山谷詩集注卷第三	19제(題) 30수(首)	山谷外集詩注卷第五	13제(題) 43수(首)
山谷詩集注卷第四	8제(題) 30수(首)	山谷外集詩注卷第六	20제(題) 25수(首)
山谷詩集注卷第五	9제(題) 29수(首)	山谷外集詩注卷第七	27제(題) 31수(首)
山谷詩集注卷第六	28제(題) 29수(首)	山谷外集詩注卷第八	27제(題) 40수(首)
山谷詩集注卷第七	25제(題) 40수(首)	山谷外集詩注卷第九	35제(題) 39수(首)
山谷詩集注卷第八	21제(題) 28수(首)	山谷外集詩注卷第十	30제(題) 33수(首)
山谷詩集注卷第九	28제(題) 44수(首)	山谷外集詩注卷第十一	29제(題) 45수(首)
山谷詩集注卷第十	17제(題) 23수(首)	山谷外集詩注卷第十二	28제(題) 50수(首)
山谷詩集注卷第十一	23제(題) 47수(首)	山谷外集詩注卷第十三	34제(題) 48수(首)
山谷詩集注卷第十二	28제(題) 50수(首)	山谷外集詩注卷第十四	23제(題) 46수(首)
山谷詩集注卷第十三	27제(題) 41수(首)	山谷外集詩注卷第十五	34제(題) 40수(首)

권 수	수록 작품 수	권 수	수록 작품 수
山谷詩集注卷第十四	14제(題) 43수(首)	山谷外集詩注卷第十六	35제(題) 47수(首)
山谷詩集注卷第十五	29제(題) 54수(首)	山谷外集詩注卷第十七	27제(題) 44수(首)
山谷詩集注卷第十六	18제(題) 42수(首)	山谷別集詩注卷上	36제(題) 37수(首)
山谷詩集注卷第十七	25제(題) 29수(首)	山谷別集詩注卷下	25제(題) 46수(首)
山谷詩集注卷第十八	17제(題) 27수(首)	山谷詩外集補卷第一	50제(題) 58수(首)
山谷詩集注卷第十九	28제(題) 45수(首)	山谷詩外集補卷第二	70제(題) 93수(首)
山谷詩集注卷第二十	19제(題) 27수(首)	山谷詩外集補卷第三	91제(題) 138수(首)
山谷外集詩注卷第一	24제(題) 29수(首)	山谷詩外集補卷第四	95제(題) 128수(首)
山谷外集詩注卷第二	22제(題) 30수(首)	山谷詩別集補	25제(題) 28수(首)
총 1,260제(題) 1,916수(首)			

『황정견시집주』에는 총 1,260제題 1,916수首의 시작품이 수록되어 있다. 이 거질의 서적에 임연任淵·사용史容·사계온史季溫·사계곤謝啓崑이 주석을 부기했는데, 이를 통해서도 황정견의 박학다식함을 재삼 확인할 수도 있다.

임연·사용·사계온·사계곤은 주석에서 시구의 전체적인 표현이나 단어 및 고사와 관련해『시경』·『논어』·『장자』·『초사』·『문선』·『한서』·『사기』·『이아』·『좌전』·『세설신어』·『본초강목』·『회남자』·『포박자』·『국어』·『서경잡기』·『전국책』·『법언』·『옥대신영』·『풍토기』·『초학기』·『한시외전』·『모시정의』·『원각경』·『노자』·『명황잡록』·『이원』·『진서』·『제민요술』·『오초춘추』·『신서』·『이문집』·『촉지』·『통전』·『남사』·『전등록』·『초목소』·『당본초』·『왕자년습유기』·『도경본초』·『유마경』·『춘추고이우』·『초일경』·『전심법요』·『여

씨춘추』·『부자』·『수훤록』·『박물지』·『당서』·『신어』·『적곡자』·『순
자』·『삼보결록』·『담원』·『한서음의』·『공자가어』·『당척언』·『극담
록』·『유양잡조』·『운서』·『묘법연화경』·『지도론』·『육도삼략』·『금강
경』·『양양기』·『관자』·『보적경』 등의 용례를 들어 자세하게 구절의 의
미를 부연 설명했다. 또한 두보를 필두로 ·도잠·소식·한유·백거이·
유종원·이백·유몽득·소무·이하·좌사·안연년·송옥·장적·맹교·
유신·왕안석·구양수·반악·전기·하손·송기·범중엄·혜강·예형·
왕직방·사령운·권덕여·사마상여·매요신·유우석·노동·구준·조
하·강엄·장졸 등의 작품에 보이는 구절을 주석으로 부연하여 작품의
전례前例와 전체적인 의미를 상세하게 서술했다. 이밖에도 여타의 시화
집에 보이는 황정견의 작품과 관련된 시화를 주석으로 부기하여, 작품
의 창작배경이나 자신의 상황 및 의미를 자세하게 설명한 있다.

　이처럼『황정견시집주』전5책은 황정견 작품의 구절 및 시어詩語 하
나하나가 갖는 전례와 창작배경 그리고 구절의 의미 및 전체적인 의미
를 상세하게 주석을 통해 소개해 주어, 황정견 작품의 세밀한 이해를
돕고 있다.

5. 향후 연구 전망

황정견과 강서시파에 대한 연구는 지금까지 꾸준히 진행되어 왔다. 그러나 아직까지 황정견 시작품에 대한 전체적인 번역이 이루어지지 않았기에, 구체적인 실상의 일면만을 위주로 하거나 혹은 피상적으로 연구가 진행되었다는 점에서 아쉬움이 남는다. 이에 상세한 주석을 통해 작품에 대한 이해를 돕는『황정견시집주』에 대한 완역은, 부족하나마 후학들에게 실질적으로 황정견 시를 이해하기 위한 토대 내지는 발판의 역할 정도는 할 수 있을 것으로 판단되며, 이를 계기로 유관 연구가 활발하게 진행되기를 기대하는 바이다.

첫째, 중국 문학 연구의 측면에서도 황정견을 중심으로 한 강서시파에 대한 연구가 활발하게 진행 될 것으로 기대한다. 강서시파 시론의 핵심이라고 할 수 있는 시의 조구법造句法으로서의 환골법換骨法과 탈태법奪胎法, 요체拗體의 추구, 진부한 표현이나 속된 말을 배척하고 특이한 말과 기이한 표현을 추구, 전고의 정밀한 사용 등에 대한 실제적인 접근이 이루어질 수 있는 계기가 될 것이며, 이로 인해 황정견뿐만 아니라 강서시파, 그리고 강서시파의 영향을 받았던 원대 시인에 대한 연구가 활발하게 진행 될 것이다.

둘째, 조선 문단에 대한 연구도 활발해질 것으로 기대한다. 고려 이후 지속적인 강서시파 관련 서적의 수입과 인간印刊을 바탕으로 강서시파에 대한 학습이 고려에서부터 조선 초까지 지속되었고 이를 배경으로 강서시파를 배우고자하는 움직임이 성종 연간에 집중적으로 나타났으며, 한시사에게 거론되는 주요 시인들이 등장하게 되었다. 이러한 연장선상에서 소위 '해동강서시파'가 출현했다.

해동강서시파로 지목된 박은朴誾, 이행李荇, 박상朴祥, 정사룡鄭士龍, 노수신盧守愼, 황정욱黃廷彧 등 이외에도 이인로李仁老, 임춘林椿, 이담李湛, 이색李穡, 신숙주申叔舟, 성삼문成三問, 조수趙須, 김종직金宗直, 홍귀달洪貴達, 권오복權五福, 김극성金克成, 조신曺伸 등도 모두 황정견이 주축이 된 강서시파의 영향 하에 있다는 연구 성과도 보고된 바 있다.

이로 보건대, 『황정견시집주』 전5권의 완역은 강서시파의 영향을 받았던, 소위 해동강서시파의 실체를 밝히는데 적지 않은 도움이 될 것으로 보인다. 또한 어떠한 부분에서 적극적으로 수용하려고 했는지, 그 목적이 무엇이었는지에 대한 연구의 초석이 될 것이다. 더불어, 강서시파의 영향 하에서 해동강서시파는 어떠한 변용을 통해, 각 개인의 특장을 살려 나갔는지에 대한 연구도 활발하게 진행될 것이다. 시인 개개인에 대한 접근을 통해, 해동강서시파의 특장을 밝히는데 있어 출발점이 될 것으로 기대한다.

황정견시집의 완역은 황정견 시작품과 중국 강서시파의 실체를 밝힐 수 있는 계기가 될 것이며, 동시에 지속적인 관심을 쏟았던 조선의 해동강서시파의 영향 관계 및 변용에 대한 연구가 본격적으로 진행될 수 있는 초석이 되리라 기대한다.

　대저 시로써 세상에 이름을 날린 자는 한 글자 한 구절을 반드시 달로 분기로 단련하여 일찍이 함부로 드러내지 않고서 반드시 심사숙고한 바가 있다. 옛날 중산中山 의 유우석劉禹錫이 일찍이 말하기를 '시에 벽자僻字를 사용할 때는 반드시 근거한 바가 있어야 한다'라고 했다. 공考功 송지문宋之問의 「도중한식塗中寒食」에서 "말 위에서 한식을 맞으니, 봄이 와도 당락을 보지 못하네[馬上逢寒食, 春來不見餳]"라고 하였다. 일찍이 '당餳'이란 글자가 벽자임을 의아하게 생각하였는데, 이윽고 『모시毛詩』의 고주詁注를 읽고 나서 이에 육경 가운데 오직 이 주에서 이 '당餳'자에 대한 설명이 있는 것을 알게 되었다. 경문공景文公 송기宋祁 또한 이르기를 "몽득夢得 유우석이 일찍이 「구일九日」이란 시를 지으면서 '고餻'자를 쓰려고 하였는데 생각해보니 육경에 이 글자가 없어서 결국 쓰지 못하였다"라고 했다. 그러므로 경문공 송기의 「구일식고九日食餻」에서 "유랑은 기꺼이 '고餻'자를 쓰지 않았으니, 세상 당대의 호걸을 헛되이 저버렸어라[劉郎不肯題餻字, 虛負人間一世豪]"라고 했다. 이처럼 전배들의 글자 사용은 엄밀하였으니 이 시주詩注를 짓게 된 까닭이다.

　본조 산곡山谷 노인의 시는 『이소離騷』와 『시경·이아雅』의 변체變體를 다하였으며 후산後山 진사도陳師道가 그 뒤를 이어 더욱 그 결정을 맺었다. 그러므로 두 사람의 시는 한 구절 한 글자가 고인古人 예닐곱 명을 합쳐 놓은 것과 같다. 대개 그 학문은 유儒, 불佛, 노老, 장莊의 깊은 이치를 통달하였으며, 아래로 의서醫術, 복서卜筮, 백가百家의 학설에 이르기까지 그 정수를 모두 캐어내어 시로 발하지 않음이 없다.

처음 산곡이 우리 고을에 와서 암곡 사이를 소요할 때 나는 경전經典을 배웠다. 한가한 날에는 인하여 두 사람의 시를 가지고 조금씩 주를 달았는데, 과문하여 그 깊은 의미를 자세히 파악하기 어려운 것이 한스러웠다. 일단 집에 보관하고서 훗날 나와 기호가 같은 군자를 기다려 서로 그 의미를 넓혀 나갔으면 한다.

정화政和 신묘년辛卯年, 1111 중양절重陽節에 쓰다.

大凡以詩名世者, 一字一句, 必月鍛季鍊, 未嘗輕發, 必有所考. 昔中山劉禹錫嘗云, 詩用僻字, 須要有來去處. 宋考功詩云, 馬上逢寒食, 春來不見餳. 嘗疑此字僻, 因讀毛詩有餳注, 乃知六經中唯此注有此餳字, 而宋景文公亦云, 夢得嘗作九日詩, 欲用餻字. 思六經中無此字, 不復爲. 故景文九日食餻詩云, 劉郎不肯題餻字, 虛負人間一世豪. 前輩用字嚴密如此, 此詩注之所以作也. 本朝山谷老人之詩, 盡極騷雅之變, 後山從其游, 將寒冰焉. 故二家之詩, 一句一字有歷古人六七作者. 蓋其學該通乎儒釋老莊之奧, 下至於豎卜百家之説, 莫不盡摘其英華, 以發之於詩. 始山谷來吾鄕, 徜徉於巖谷之間, 余得以執經焉. 暇日因取二家之詩, 略注其一二. 第恨寡陋, 弗詳其祕. 姑藏於家, 以待後之君子有同好者, 相與廣之. 政和辛卯重陽日書.[1]

---

1 [교감기] 근래 사람 모회신(冒懷辛)이 상단의 문자를 고정(考訂)하면서 "이 편의 서문은 광서(光緖) 26년(1900)에 의녕(義寧) 진씨(陳氏)가 복각(復刻)한 『산곡시집주(山谷詩集注)』의 권 머리에 실려 있다. 원문(原文)과 파양(鄱陽) 허윤(許尹)의 서문은 함께 이어져 허윤 서문의 제1단락이 되어버렸다. 현재는 내용에

육경六經은 도道를 실어서 후세에 전해주는 것인데, 『시경』은 예의禮義에 멈추니 도가 존재하는 바이다. 『주시周詩』305편 가운데 그 뜻은 남아 있지만 그 가사가 없어진 것은 6편이다. 크게는 천지와 해와 별의 변화에서부터 작게는 충조초목蟲鳥草木의 변화까지, 엄한 군신과 부자, 분별이 있는 부부와 남녀, 온순한 형제, 무리의 붕우, 기뻐도 더러움에 이르지 않고 원망하여도 어지러움에 이르지 않으며 간하여도 고자질에 이르지 않고 화를 내어도 사람을 끊지 않으니, 이것이 『시경』의 대략이다. 옛날 청묘淸廟에 올라 노래하며 제후들과 회맹할 때, 계자季子가 본 것과 정인鄭人이 노래한 것, 사대부들이 서로 상대할 때 이것을 제쳐두고 서로 마음을 통할 것이 없다. 공자孔子가 "이 시를 지은 자는 그 도를 아는구나"라고 했으며, 또한 "시를 배우지 말았으면 말을 할 수 없다"라고 했으니, 대개 세상에서 시를 사용하는 것이 이와 같다. 周나라가 쇠하여 관원이 제 임무를 못하고 학교가 폐하여 대아大雅가 지어지지 못한 지 오래되었다. 한나라 이후로 시도詩道가 침체되고 무너져서 진晉, 송宋, 제齊, 양에 이르러서는 음란한 소리가 극심해졌다. 조식, 유정劉楨, 심전기沈佺期, 사령운謝靈運의 시는 공교롭지 않은 것은 아니지만 화려한 비단에 아름답게 장식한 것 같아 귀공자에게 베풀 수는 있지만 백성들에게 쓸 수는 없다. 연명淵明 도잠陶潛과 소주蘇州 위응

근거하여 이것이 임연(任淵)이 손수 쓴 서문임을 확정하고서 인하여 허윤의 서문에서 뽑아내어 기록한다"라고 하였으니 이 말을 『후산시주보전(後山詩注補箋)·부록(附錄)』과 참고하여 볼 것이다.

물위應物의 시는 적막하고 고고枯槁하여 마치 깊은 계수나무 아래 난초 떨기 같아 산림에는 어울리지만 조정에 놓을 수는 없다. 태백太白 이백李白과 마힐摩詰 왕유王維의 시는 어지러운 구름이 허공에 펼쳐지고 차가운 달이 물에 비친 것 같아 비록 천만으로 변화하지만 사물에 미치는 곳은 또한 적었다. 맹교孟郊와 가도賈島의 시는 산한酸寒하고 험루儉陋하여 새우와 조개를 한 번 먹으면 곧 마치니 비록 하루 종일 씹어도 배가 부르지 않는 것과 같다. 다만 두보杜甫의 시는 고금을 드나들어 천하에 두루 퍼져 충의忠義의 기氣가 성대하니 이를 능가하는 후대의 작자는 없다.

송宋나라가 일어나고 이백 년이 흘러 문장의 성대함은 삼대三代를 뒤쫓을만한데, 시로 세상에 이름을 날린 자로 예장豫章의 노직魯直 황정견黃庭堅이 있으며 그 후로는 황정견을 배웠으나 그에 약간 미치지 못한 자로 후산後山 무기無己 진사도陳師道가 있다. 두 공의 시는 모두 노두老杜에서 근본 하였으나 그를 직접적으로 따라 하진 않았다. 용사用事는 대단히 치밀한데다 유가와 불가를 두루 섭렵하였으며, 우초虞初의 패관소설稗官小說과 『준영雋永』·『홍보鴻寶』 등의 책에다가 일상생활의 수렵까지 모두 망라하였다. 후대의 학자들이 이 시의 비밀을 보지 못하여 이따금 알기 어려움에 어려움을 느낀다. 삼강三江의 군자 임연任淵은 군서群書에 박학하고 옛사람을 거슬러 올라가 벗하였는데, 한가한 날에 드디어 두 사람의 시에 주해를 내었으며 또한 시를 지은 본의의 시말에 대해 깊이 따져 학자들에게 알려주었다. 그러나 세상의 전주箋注와 같지 않고 다만 출처만을 드러내었을 뿐이다. 이윽고 완성되자 나에게 주면서 그 서문을 지어달라고 하였다.

내가 일찍이 두 시인의 시흥詩興이 고원高遠함에 의탁하여 읽어도 무슨 의미인지 알 수 없는 것을 걱정하였다. 임연 군의 풀이를 얻고서 여러 날에 걸쳐 음미해 보니 마치 꿈에서 깬 것 같고 술에 취했다가 깬 것 같으며, 앉은뱅이가 일어서게 된 것과 같으니 어찌 통쾌하지 않으랴. 비록 그러나 그림을 논하는 자는 형체는 비슷하게 할 수는 있지만 그림을 그려낸 심정을 포착하여 말로 표현하기 어렵고, 거문고 소리를 들은 자는 몇 번째 줄인 줄은 알지만 그 음은 설명하기 어렵다. 천하의 이치 가운데 형명도수形名度數에 관련된 것은 전할 수 있지만, 형명도수를 넘어서는 것은 전할 수 없다. 옛날 후산 진사도가 소장少章 진구秦覯에게 답하기를 "나의 시는 예장豫章의 시이다. 그러나 내가 예장에게 들은 것은 그 자상한 것을 말하고 싶지만, 예장이 나에게 말해주지 않았고 나 또한 그대를 위해 말하고 싶어도 못한다"라고 했다. 오호라, 후산의 말은 아마도 이를 가리킬 것이다. 지금 자연子淵 임연이 이미 두 공에게서 얻은 것을 글로 드러내었다. 정미하여 오묘한 이치는 옛말에 이른바 '맛 너머의 맛'이란 것에 해당한다. 비록 황정견과 진사도가 다시 태어난다 해도 서로 전할 수 없으니, 자연이 어찌 말해줄 수 있으랴. 학자들은 마땅히 스스로 얻는 것이 옳을 것이다.

자연子淵의 이름은 연淵으로 일찍이 문예류시유사文藝類試有司로써 사천四川의 제일이 되었다. 대개 금일의 국중의 선비이며 천하의 선비이다.

소흥紹興 을해년乙亥年,1155 12월 파양鄱陽 허윤許尹은 삼가 서문을 쓰다.

六經所以載道而之後世,[2] 而詩者, 止乎禮義, 道之所存也. 周詩三百五篇,
有其義而亡其辭者, 六篇而已. 大而天地日星之變, 小而蟲鳥草木之化, 嚴而君
臣父子, 別而夫婦男女, 順而兄弟, 羣而朋友, 喜不至瀆, 怨不至亂, 諫不至訐,
怒不至絶, 此詩之大略也. 古者登歌淸廟, 會盟諸侯, 季子之所觀, 鄭人之所
賦, 與夫士大夫交接之際, 未有舍此而能達者. 孔子曰, 爲此詩者, 其知道乎!
又曰, 不學詩, 無以言. 蓋詩之用於世如此.

周衰, 官失學廢, 大雅不作久矣. 由漢以來, 詩道浸微陵夷, 至於晉宋齊梁
之間, 哇淫甚矣. 曹劉沈謝之詩, 非不工也, 如刻繒染穀, 可施之貴介公子, 而
不可用之黎庶. 陶淵明韋蘇州之詩, 寂寞枯槁, 如叢蘭幽桂, 可宜於山林, 而不
可置於朝廷之上. 李太白王摩詰之詩, 如亂雲敷空, 寒月照水, 雖千變萬化, 而
及物之功亦少. 孟郊賈島之詩, 酸寒儉陋, 如蝦蟆蜆蛤, 一啖便了, 雖咀嚼終
日, 而不能飽人. 唯杜少陵之詩, 出入今古, 衣被天下, 藹然有忠義之氣, 後之
作者, 未有加焉.

宋興二百年, 文章之盛, 追還三代. 而以詩名世者, 豫章黃庭堅魯直, 其後學
黃而不至者, 後山陳師道無已. 二公之詩皆本於老杜而不爲者也. 其用事深密,
雜以儒佛. 虞初稗官之說, 雋永鴻寶之書, 牢籠漁獵, 取諸左右. 後生晚學, 此
祕未覩者, 往往苦其難知. 三江任君子淵, 博極羣書, 尙友古人. 暇日遂以二家
詩爲之注解, 且爲原本立意始末, 以曉學者. 非若世之箋訓, 但能標題出處而
已也. 旣成, 以授僕, 欲以言冠其首.

予嘗患二家詩興寄高遠, 讀之有不可曉者. 得君之解, 玩味累日, 如夢而寤,

---

2   [교감기] '而'는 전본에는 '傳'으로 되어 있는데, 의미가 더 분명하다.

如醉而醒, 如痿人之獲起也, 豈不快哉. 雖然論畫者可以形似, 而捧心者難言, 聞絃者可以數知, 而至音者難說. 天下之理涉於形名度數者可傳也, 其出於刑名度數之表者, 不可得而傳也. 昔後山答秦少章云, 僕之詩, 豫章之詩也. 然僕所聞於豫章, 願言其詳, 豫章不以語僕, 僕亦不能爲足下道也. 嗚乎, 後山之言, 殆謂是耶, 今子淵既以所得於二公者筆之乎. 若乃精微要妙, 如古所謂味外味者, 雖使黃陳復生, 不能以相授, 子淵相得而言乎. 學者宜自得之可也.

　子淵名淵, 嘗以文藝類試有司, 爲四川第一, 蓋今日之國士天下士也.

　紹興乙亥冬十二月, 鄱陽許尹謹叙.

산곡시집주권제십사山谷詩集注卷第十四

王居士送文石

황정견시집주 전체 차례

산곡시집주권제십이山谷詩集注卷第十二

1. 죽지사. 2수【발문을 붙이다】
竹枝詞. 二首【幷跋】

첫 번째 수其一

撑崖拄谷蝮蛇愁	벼랑과 계곡의 살무사에 시름겹고
入箐攀天猿掉頭	숲 속 원숭이도 하늘 못 오른다 고개 젓네.
鬼門關外莫言遠	귀문관 밖이 멀다고 말하지 마소
五十三驛是皇州	쉰세 개의 역 지나면 황주라오.

【주석】

撑崖拄谷蝮蛇愁 入箐攀天猿掉頭 : 산길이 이같이 험하다고 말한 것이니, 이 작품 뒤에 있는 「몽이백송죽지사삼첩夢李白誦竹枝詞三疊」에서 말한 '사도퇴'와 '호손수'이다. 곽박이 주注를 낸 『이아』에서 "살무사는 가는 목에 큰 머리 그리고 황적색의 꼬리를 가지고 있는데 일명 반비라고 한다"라고 했다. 『초사』에서 "하늘 계단 부여잡고 올라 아래를 굽어본다"라고 했다. 원진 악부의 「몽상천」에서 "하늘 부여잡아도 하늘을 오를 수가 없네"라고 했다. 태백 이백의 「촉도란」에서 "높이 나는 황학

도 오히려 지나가지 못하고, 원숭이 지나가려 해도 부여잡고 올라갈 일 걱정하네"라고 했다. 두보의 「송공소보사병귀유강동겸정이백送孔巢父謝病歸游江東兼呈李白」에서 "소보는 고개 저으며 머물려 하지 않네"라고 했다.

言山路險絶如此, 卽後詩所謂蛇倒退胡孫愁也. 郭璞注爾雅云, 蝮蛇細頸大頭焦尾, 一名反鼻. 楚辭曰, 攀天階而下視. 元稹樂府有夢上天詩曰, 攀天上天攀未得. 太白蜀道難曰, 黃鶴之飛尙不得, 過猨欲度愁攀緣. 老杜詩, 巢父掉頭不肯住.

鬼門關外莫言遠 五十三驛是皇州 : '귀문관'은 협주로 가는 길에 있다. 『환우기』에서 "검주 동북쪽에서 동경까지의 거리는 삼천팔백육십오 리이다"라고 했다. 목지 두목의 「제제안성루題齊安城樓」에서 "고향 땅은 여기서 칠십오 장정[1]이네"라고 했다. 현휘 사조의 「화서도조和徐都曹」에 서 "봄빛이 황성에 가득하네"라고 했다.

鬼門關在峽州路. 寰宇記曰, 黔州東北至東京三千八百六十五里. 杜牧之詩, 故鄉七十五長亭. 謝玄暉詩, 春色滿皇州.

두 번째 수其二

浮雲一百八盤縈   일백팔반에는 흰구름 엉켜 있고

---

1   장정(長亭) : 10리마다 설치한 정자(亭子)로 이정표 역할을 한다.

落日四十八渡明　　　　사십팔도에는 지는 해가 환하구나.

鬼門關外莫言遠　　　　귀문관 밖이 멀다고 말하지 마소

四海一家皆弟兄　　　　사해가 한집안처럼 모두 형제라오.

【주석】

浮雲一百八盤縈 落日四十八渡明 : '일백팔반'과 '사십팔도'는 모두 협주에서 검주로 가는 길에 있는 도로명이다. 산곡 황정견의 「서평향현청」에서 또한 "강릉을 지나 기협에 오르면서 일백팔반을 지났고 사십팔도를 건넜다"라고 했다. 어떤 판본에는 '팔십구도'로 되어 있는데, 잘못된 것이다.

一百八盤及四十八渡, 皆自峽中行黔中路名. 山谷書萍鄕縣廳亦曰, 略江陵, 上夔峽, 過一百八盤, 涉四十八渡. 詩本或作四十九渡, 非是.

鬼門關外莫言遠 四海一家皆弟兄 : 『논어·안연』에서 "자하가 "군자가 몸가짐을 공경히 하여 실수하지 않고, 남을 대해서도 공손하고 예의 바르게 한다면 사해의 안에 있는 사람이 다 형제이다"라 했다"라고 했다. ○『순자』에서 "사해의 안이 마치 한집안 같다"라고 했다.

子夏曰, 君子敬而無失, 與人恭而有禮, 四海之內, 皆兄弟也. ○ 荀子, 四海之內若一家.

고악부에 "파동의 삼협에 무협이 긴데, 원숭이 울음 세 마디에 눈물이 옷깃 적시네"라는 것이 있는데, 다만 원망을 억누르는 음색으로 이 것에 화답한 작품이 적지 않다. 그러나 그것이 전해지지 않아 아쉬울 따름이다. 내가 형주로부터 삼협으로 올라가 검주에 들어가면서 험한 산천을 두루 겪었었다. 이로 인하여 2수의 작품을 짓고서는 파 땅의 기녀에게 주어 죽지의 가락으로 노래하게 했다. 첫 번째 수에 화답해 서 "귀문관 밖이 멀다고 말하지 마소, 쉰세 개의 역 지나면 황주라오" 라고 했고 두 번째 수에 화답해서 "귀문관 밖이 멀다고 말하지 마소, 사해가 한집안처럼 모두 형제라오"라고 했다. 간혹 각각 4구로 지었 으니, 「양관」² 소진왕³으로 또한 노래 부를 만하다. 소성紹聖 2년 4월 갑신甲申.

2　「양관(陽關)」: 중국의 옛 지명으로 지금의 감숙성(甘肅省) 돈황시(敦煌市) 서남 쪽 고동탄(古董灘) 근처이다. 옥문관(玉門關)의 남쪽에 자리했기에 '양관'이라 한다. '양관'이 유명하게 된 것은 당(唐) 왕유(王維)의 「송원이사안서(送元二使 安西)」라는 작품 때문이다. 그 작품은 다음과 같다. "위성의 아침 비는 가는 먼지 적시고, 객사의 푸르고 푸른 버들 빛은 새롭고야. 그대에게 다시 한 잔 술을 권하 노니, 서쪽으로 양관 나서면 벗도 없으리라[渭城朝雨浥輕塵, 客舍靑靑柳色新, 勸 君更進一杯酒, 西出陽關無故人]." 왕유가 이 작품을 지은 이후, 고래로 시인묵객 들이 왕유의 이 작품을 송별의 대표적인 작품으로 꼽으며, 실제 수많은 송별의 작품에서 이 작품의 일부를 인용하기도 했다. 왕유의 이 작품은 「위성곡(渭城 曲)」 혹은 「양관곡(陽關曲)」이라 불린다. 또한 4구의 '양관(陽關)'이란 시어로 인해, '양관삼첩(陽關三疊)'이란 말도 생겨났다. '양관삼첩'이란 왕유의 이 작품 을 '삼첩'한다는 것인데, 실제 그 가창되는 방식에 대해서는 이견(異見)이 분분 하다. '양관삼첩'의 양상에 대해서는 박종훈, 「양관삼첩(陽關三疊)의 가창(歌唱) 방식(方式) 고찰(考察)」, 『동방학』 37집, 한서대 동양고전연구소, 2017 참조.

3　소진왕(小秦王): 사패(詞牌)의 이름으로 곧 진왕의 소파진악(小破陣樂)이다. 송 나라 시인 진관(秦觀)이 말하기를 "근세에 또 노래하여 소진왕에 넣어 다시 양관 곡(陽關曲) 속쌍조(屬雙調)라 이름했다"라고 했다.

古樂府有巴東三峽巫峽長, 猿啼[4]三聲淚霑裳, 但以抑怨之音, 和爲數疊. 惜其聲今不傳. 予自荊州上峽, 入黔中, 備嘗山川險阻. 因作二疊, 與[5]巴娘, 令以竹枝歌之. 前一疊可和云, 鬼門關外莫言遠, 五十三驛是皇州. 後一疊可和云, 鬼門關外莫言遠, 四海一家皆弟兄. 或各用四句, 入陽關小秦王亦可歌也. 紹聖二年四月甲申.[6]

---

4   [교감기] '啼'가 문집·고본·전본·건륭본에는 '鳴'으로 되어 있다.
5   [교감기] '與'가 문집·고본·건륭본에는 '傳與'로 되어 있다.
6   [교감기] '紹聖二年四月甲申'이 문집·고본에는 없고 전본·건륭본에는 이 구절이 두 줄의 소주(小注)로 되어 있다.

2. 꿈에 이백을 만나 죽지사 삼첩을 읊조렸다
夢李白誦竹枝詞三疊[7]

　내가 이미 「죽지사」를 짓고서 밤에 가라역에서 잠을 자는데, 꿈에 이백과 산 속에서 서로 만났다. 이백이 "내가 야랑에 유배 갔을 때, 그곳에서 두견새 우는 소리를 들고서는 죽지사 3수를 지었는데, 그것이 세상에 전해지는가"라고 물었다. 나는 문집 중에 있는지 없는지 꼼꼼히 생각해 보다가, 세 수를 읊조려 달라고 요청해서 이를 얻게 되었다.

　予既作竹枝詞, 夜宿歌羅驛, 夢李白相見於山間, 曰, 予往謫夜郎, 於此聞杜鵑, 作竹枝詞三疊, 世傳之不. 予細憶集中無有, 請三誦乃得之.

첫 번째 수其一

一聲望帝花片飛	망제의 한 울음에 꽃잎 날리고
萬里明妃雪打圍	만 리 떠나는 명비 눈길 헤쳤다네.
馬上胡兒那解聽	말 위의 오랑캐 아이 어찌 알아들으랴
琵琶應道不如歸	비파 소리 응당 불여귀라고 말하는 듯.

7　[교감기] 저본·문집·고본에는 '夢李白誦竹枝詞三疊'이라는 제목이 없다. 저본에서는 바로 앞 시의 발문(跋文)과 이 작품에 있는 서문(序文)을 합쳐 긴 제목으로 삼았다. 문집·고본에서는 이 작품의 서문을 작품의 제목으로 삼았다. 지금 전본을 따른다.

一聲望帝花片飛 萬里明妃雪打圍 : 『촉기』에서 "옛날 성이 두이고 이름이 우인 사람이 있었는데, 이 사람을 망제라고 불렀다. 두우가 죽자 세상에서는 "두우가 변하여 자규가 되었다"라고 했다. 자규는 새의 이름이다. 또한 두견이라고도 한다"라고 했다. 이상은의 「금슬錦瑟」에서 "장자는 새벽꿈에 나비에 홀렸고, 망제는 춘심을 두견새에 붙였지"라고 했다. 『초사』에서 "두견새가 먼저 울어서, 온갖 풀을 꽃답지 못하게 할까 두렵도다"라고 했다. 안사고의 주注에서 "양웅의 「반이소」에서 "다른 이름은 자규이고, 또 다른 이름은 두견이다"라 했다"라고 했다. '화편비'[8]는 앞의 주注에 보인다. '명비'는 왕소군王昭君을 말하는데, 진晉나라의 성씨를 휘諱한 것으로 뒷사람들이 이로 인해 '명비'라고 고쳤다. '명비'[9]의 주注가 또한 위에 보인다. 『오대사·사이부록』에서 "야율

8　화편비(花片飛) : 두보의 「곡강(曲江)」에서 "한 조각 꽃잎 날려도 봄빛 줄어드는데, 바람에 온통 떨어져 버리니 참으로 시름에 젖네[一片花飛減卻春, 風飄萬點正愁人]"라고 했다.

9　명비(明妃) : 한(漢)나라 원제(元帝) 때의 궁녀인 왕소군(王昭君)이다. 원제는 후궁이 매우 많아서 화공(畫工) 모연수(毛延壽)를 시켜 궁녀들의 용모를 그려 오게 하여 그 그림을 보고 궁녀를 골라서 합방을 하곤 하였다. 그래서 궁녀들이 모두 화공에게 뇌물을 주어 자기 용모를 예쁘게 그려 달라고 청탁을 하였으나, 유독 왕소군은 그에게 뇌물을 주지 않아서 한 번도 임금의 은총을 입어 보지 못하였다. 뒤에 흉노(匈奴) 호한야선우(呼韓邪單于)가 입조(入朝)하여 미인을 요구하자, 원제가 왕소군의 얼굴을 알지 못한 나머지, 그녀를 보내라고 명하였다. 왕소군은 융복(戎服)을 입고 말에 올라 비파(琵琶)를 타면서 변새(邊塞)를 나갔는데, 흉노로 떠날 때에 원제가 그를 불러서 보니 후궁 가운데 가장 미인이었으므로 뇌물을 받은 모연수 등 여러 화공들은 기시형(棄市刑)에 처해졌다고 한다. 『한서·흉노전(匈奴傳)』에 보인다.

광덕이 "내가 거란[上國]에 있을 때 사나운 짐승[食肉]을 둘러매고 사방에서 공격하는 것을 즐거움으로 삼았다"라 했다"라고 했다. 살펴보건대, 오랑캐 사람들은 사냥하는 것을 타위라고 한다.

蜀記曰, 昔人有姓杜名宇, 號曰望帝. 宇死, 俗說云, 化爲子規. 子規, 鳥名也, 又謂之杜鵑. 李商隱詩, 莊生曉夢迷胡蝶, 望帝春心托杜鵑. 楚詞曰, 恐鵜鴃之先鳴兮, 使百草爲之不芳. 顔師古注揚雄反離騷云, 一名子規, 一名杜鵑. 花片飛見上注. 明妃卽王昭君, 避晉氏諱, 後人因改焉, 亦見上注. 五代史四夷附錄, 耶律德光言, 我在上國, 以打圍食肉爲樂. 按虜人以游獵爲打圍.

馬上胡兒那解聽 琵琶應道不如歸 : 유희의 『석명』에서 "비파는 본래 오랑캐들이 말 위에서 연주하는 악기이다. 앞으로 손을 밀치는 것을 비라 하고, 뒤로 손을 당기는 것을 파라 한다. 그래서 비파라고 이름 붙여진 것이다"라고 했다. 부현의 「비파부서」에서 "옛 노인이 "한나라 오손공주가 가야할 길이 먼 것을 생각하고 고국을 그리워하는 마음이 있어 음을 아는 사람으로 하여금 말 위에서 비파를 연주하게 하여 자신의 마음을 위로했다"라 했다"라고 했다. 이 작품은 '비파'로 '명비'의 일을 삼았으니, 전인들의 잘못된 것을 이어받은 것이다. 자규의 울음소리가 마치 "돌아가는 것만 못하다"라고 우는 것 같은데, 이것을 인용하여 앞 구의 의미를 마무리했다.

劉熙釋名云, 琵琶, 胡中立馬上之所鼓. 推手前曰琵, 引手却曰琶. 因以爲名. 傅玄琵琶賦序曰, 故老云, 漢烏孫公主, 念其行道思慕, 使知音者於馬上奏

琵琶, 以慰之. 此詩以琵琶爲明妃事, 蓋承前人之誤. 子規聲若云不如歸去, 此
引用, 以終上句之意.

두 번째 수其二

竹竿坡面蛇倒退	죽간파 앞에 있는 사도퇴
摩圍山腰胡孫愁	마위산 허리에 있는 호손수.
杜鵑無血可續淚	두견은 더 울래야 피가 없는데
何日金雞赦九州	어느 때나 금계로 구주에서 사면될까.

【주석】

竹竿坡面蛇倒退 摩圍山腰胡孫愁 : '사도퇴'와 '호손수'는 모두 협주의
길에 있는 지명이고 '마위산'은 검주에 속해 있다.

蛇倒退胡孫愁, 皆峽路地名, 摩圍山屬黔中.

杜鵑無血可續淚 何日金雞赦九州 : 두보의 「두견행」에서 "울음소리 애
통하고 입에 피가 흐르는데, 무슨 일을 호소하기에 노상 애잔한가"라
고 했다. 이하의 「노부채옥가老夫采玉歌」에서 또한 "두견새 토하는 피는
노부의 눈물이네"라고 했다. 『한비자』에서 "변화가 피눈물을 계속 흘
렸다"라고 했다. 태백 이백의 「유야랑증신판관流夜郎贈辛判官」에서 "시름
겹게 나 멀리 야랑으로 귀양 가니, 언제나 금계 걸려 사면 받고[10] 돌아

올까”라고 했다. 『담원』에서 “두호가 “금계를 세워 사면을 하는 것이 어느 때에 있었는지 모르겠다”라 했다”라고 했다. 『관동풍속기』에서 “사마응지가 “『해중성점』을 살펴보니, 천계성이 움직이면 사면을 한다고 했기에, 제왕이 닭을 법도로 삼은 것입니다”라 했다”라고 했다. 『수서·형법지』에서 “북제에서 사면령을 반포하는 날, 무군에서 금계를 설치하고 관문에서 북을 치게 했다”라고 했다. 어떤 사람은 서경 때의 여광에게서 비롯되었다고 하는데, 누가 맞는지 모르겠다. 그러나 그 의미를 궁구해 보면, 서방은 택이 주관하고 택은 택澤이 된다. 계鷄는 손巽의 신神이고 손은 호령이 된다. 그래서 이 두 사물을 합치고 그 모습을 그려 장대에 걸어 놓고서 사람들로 하여금 보게 한 것이다.

老杜杜鵑行曰, 其聲哀痛口流血, 所訴何事常區區. 李賀詩亦曰, 杜鵑口血老夫淚. 韓非子曰, 卞和泣盡, 繼之以血. 太白詩, 我愁遠謫夜郎去, 何日金雞放赦回. 談苑曰, 杜鎬言, 肆赦樹金雞, 不知起於何代. 關東風俗傳云, 司馬膺之曰, 按海中星占, 天雞星動爲有赦, 蓋王者以天雞爲度. 隋書刑法志, 北齊肆赦日, 令武軍設金雞及鼓於闕門. 或云起於西京呂光, 未知孰是. 究其旨, 西方主兌, 兌爲澤. 雞者, 巽之神, 巽爲號令. 故合是二物, 制其形, 揭於長竿, 使衆人睹之也.

---

10 금계(金雞) (…중략…) 받고 : ‘금계(金鷄)’는 황금으로 만든 닭 모양의 의장이다. 옛날에 사면령을 반포할 적에 금계를 장대 끝에다 올려 두고서 반포했기에, 사면령이란 의미로 쓰인다.

세 번째 수其三

命輕人鮓甕頭船   인자옹 주변의 배에선 목숨 가볍고

日瘦鬼門關外天   귀문관 밖 하늘에는 햇살이 어둑하네.

北人墮淚南人笑   북인은 눈물 떨구나 남인은 비웃노니

靑壁無梯聞杜鵑[11]   푸른 암벽 사다리 없어 두견새 소리만 듣네.

【주석】

命輕人鮓甕頭船 日瘦鬼門關外天 北人墮淚南人笑 靑壁無梯聞杜鵑 : '인자옹'은 귀주의 암벽 아래 있다. 두보의 「무가별無家別」에서 "오래 걸어도 텅 빈 거리뿐, 햇빛이 어둑하니 날씨도 흐릿하네"라고 했다. 『문선·금부』에서 "푸른 암벽이 만 장이나 되네"라고 했다. 장담의 『열자주』에서 "반수[12]가 사다리를 만들면 구름 위까지 올라갈 수 있다"라고 했다.

人鮓甕在歸州岸下. 老杜無家別云, 久行見空巷, 日瘦氣慘悽. 文選琴賦曰, 靑壁萬尋. 張湛列子注曰, 班輸爲梯, 可以凌雲.

---

11 [교감기] 살펴보건대, 이 작품은 또한 『동파속집(東坡續集)』 권2에 '죽지사(竹枝詞)'라는 제목으로 실려 있는데, 1구와 2구의 위치가 서로 바뀌었고 1구의 '輕'이 '同'으로 되어 있으며 2구의 '日瘦'가 '自過'로 되어 있고 4구의 '壁'이 '嶂'으로 되어 있다. 또한 『후청록(侯鯖錄)』에서 "이 작품은 진관(秦觀)이 지은 것으로, 『진소유집(秦少游集)』에 보인다"라고 했다.

12 반수(班輸) : 노(魯)나라의 명공(名工)으로, 도끼 쓰는 솜씨가 뛰어나 따를 자가 없었다고 한다.

3. 원명이 검남에서 헤어지며 준 작품에 화답하다

和答元明黔南贈別

    산곡 황정견의 「서평향현청書萍鄉縣廳」에서 "이전에 원명元明이 진유陳
留에 있다가 위 씨尉氏 허창許昌으로 가면서, 한수漢水와 면수沔水를 건넜고
강릉江陵을 지나 기협夔峽에 오르면서 일백팔반一百八盤을 지났고 사십팔
도四十八渡를 건너, 마위산摩圍山 아래의 안치安置에서 나와 헤어졌다. 그런
데 몇 개월 같이 있으면서 차마 헤어지지 못하니, 사대부들이 모두 위
로하며 힘을 내라고 했기에 힘겹게 길을 나섰다. 눈물을 감추고 손을
부여잡고 만 리의 먼 길에서 다시 볼 수 없는 이별을 했다"라고 했다.

    山谷書萍鄉縣廳曰, 初, 元明自陳留出尉氏許昌, 渡漢沔, 略江陵, 上夔峽,
過一百八盤, 涉四十八渡, 送余安置于摩圍山之下. 淹留數月不忍別, 士大夫
共慰勉之, 乃肯行. 抆淚握手, 爲萬里無相見期之別.

萬里相看忘逆旅	만 리 길 서로 보며 여행 피로 잊었는데
三聲淸淚落離觴	원숭이 울음에 맑은 눈물 이별 잔에 떨어지네.
朝雲往日攀天夢	아침 구름 속에 예전 하늘 오르던 꿈
夜雨何時對榻涼	비오는 밤 언제나 시원한 책상을 마주할까.
急雪脊令相竝影	휘날리는 눈에 할미새 그림자 어우러지고
驚風鴻鴈不成行	바람에 놀라 기러기는 줄 이루지 못하네.
歸舟天際常回首	하늘 끝에서 돌아가는 배 늘 돌아볼 터이니

從此頻書慰斷腸   이로부터 자주 편지 보내 단장을

            위로해 주시길.

【주석】

 萬里相看忘逆旅 三聲淸淚落離鶴 : 두보의 「별찬상인別贊上人」에서 "서로 보니 모두 늙었구려"라고 했다. 『좌전』 희공 2년 조에서 "객사에서 보존한다"라고 했는데, 그 주注에서 "'역려'는 객사이다"라고 했다. 고악부에서 "파동의 삼협에 무협이 긴데, 원숭이 울음 세 마디에 눈물이 옷깃 적시네"라고 했다.

 老杜詩, 相看俱衰年. 左氏僖二年傳曰, 保於逆旅. 注云, 客舍也. 古樂府曰, 巴東三峽巫峽長, 猿鳴三聲淚沾裳.

 朝雲往日攀天夢 夜雨何時對榻涼 : 앞 구는 원명과 함께 무협에 온 것을 말한다. '조운몽朝雲夢'[13]은 앞의 주注에 보인다. 원진 악부의 「몽상천」에서 "하늘 부여잡아도 하늘을 오를 수가 없네"라고 했다. 위응물의 「풍우대상風雨對牀」에서 "어찌 비바람 치는 밤에 다시 이 책상 대하

---

13 조운몽(朝雲夢) : 송옥의 「고당부(高唐賦)」에서 "선왕이 일찍이 고당에서 노닐다가 한 부인을 보았습니다. 그 여인이 "첩은 무산(巫山)의 여자로, 고당(高唐)의 손님으로 있습니다. 듣자하니 임금께서 고당에서 노닌다고 하니 원컨대 베개와 자리를 받들고 싶습니다"라고 했다. 왕이 인하여 사랑을 나눴다. 그녀가 떠나면서 말하기를 "첩은 무산의 남쪽, 높은 구릉의 험한 곳에 있습니다. 아침에는 아침 구름이 되고 저녁에는 내리는 비가 되어[旦爲朝雲, 暮爲行雨] 아침이면 아침마다 저녁이면 저녁마다 양대(陽臺)의 아래에 있을 것입니다"라 했다"라고 했다.

고 잘 줄 알았으랴"라고 했다. ○ 동파 소식의 「신축십일월십구일운운
辛丑十一月十九日云云」에서 "비바람 치는 어느 날 밤에 쓸쓸한 소리 들을까"
라고 했다.

上句謂與元明同來巫峽也. 朝雲夢見上注. 元稹樂府有夢上天詞曰, 攀天上
天攀未得. 韋應物詩, 寧知風雨夜, 復此對牀眠. ○ 東坡詩, 夜雨何時聽蕭瑟.

急雪脊令相並影 驚風鴻鴈不成行 : 앞 구는 원명과 근심을 함께 한다는
말이고 아래 구는 서로 헤어짐을 말한 것이다. 『시경 · 상체常棣』에서
"저 할미새 들판에 있노니, 형제가 어려움에 급히 돕도다"라고 했다.
두보의 「대설對雪」에서 "휘날리는 백설은 회오리바람에 춤을 추네"라
고 했다. 또한 「제오제풍독재강좌근삼사재적무소식멱사기차이수第五弟
豐獨在江左近三四載寂無宵息覓使寄此二首」에서 "저물녘 모래밭에 할미새 추워하
네"라고 했다. 『문선』에 실린 조비의 「부용지작芙蓉池作」에서 "바람에
해 바퀴 떠올라 놀랐네"라고 했다. 또한 휴문 심약의 「영호중안」에서
"어지럽게 날아올라 줄 못 이루었네"라고 했다. 『당송유사』에 실린 어
떤 여인이 지은 「송형」에서 "아쉽다, 사람은 기러기와 달라 한 줄로 돌
아가지 못하니"라고 했다.

上句謂元明同憂患, 下句言其別去. 詩曰, 脊令在原, 兄弟急難. 老杜詩, 急
雪舞回風. 又詩沙晚脊令寒. 選詩云, 驚風扶輪轂. 又沈休文詠湖中鴈詩曰, 亂
起未成行. 唐宋遺史有女子作詩送兄云, 所嗟人異鴈, 不作一行歸.

歸舟天際常回首 從此頻書慰斷腸 : 현휘 사조의 「지선성군출신림포향
판교之宣城郡出新林浦向板橋」에서 "하늘 끝에서 돌아가는 배 있는가"라고
했다. 중선 왕찬의 「칠애시七哀詩」에서 "고개 돌려 장안을 바라보네"라
고 했다. 채염의 「호가」에서 "해는 동쪽에 달은 서쪽에 있음이여, 헛되
어 서로 바라보도다. 서로 따를 수 없음이여, 부질없이 애만 끊어지누
나"라고 했다. 『문선』에 실린 위문제의 「연가행」에서 "길 떠난 임 생각
에 애간장이 끊어지누나"라고 했다.

謝玄暉詩, 天際識歸舟. 王仲宣詩, 回首望長安. 蔡琰胡笳曰, 日東月西兮
徒相望, 不得相隨兮空斷腸. 文選魏文帝燕歌行曰, 念君客遊思斷腸.

4. 여수령의 마포에 쓰다【지명】

題驢瘦嶺馬鋪【知命】14

老馬饑嘶驢瘦嶺	늙은 말 여수령에서 굶주려 울고
病人生入鬼門關	병든 몸 살아서 귀문관에 들어가네.
病人甘作五溪臥	병든 몸 오계에 누운 것 달갑게 여기나
老馬猶思十二閑	늙은 말은 오히려 열두 마구간 생각하네.

【주석】

老馬饑嘶驢瘦嶺 病人生入鬼門關 : 『후한서 · 반초전』에서 "소장을 올려 "다만 살아서 옥문관에 들어가고 싶습니다"라 했다"라고 했다. 이것을 차용한 것이다.

後漢書班超傳, 上疏曰, 但願生入玉門關. 此借用.

病人甘作五溪臥 老馬猶思十二閑 : 『후한서 · 마원전』에서 "유향이 무릉의 오계에 있는 오랑캐를 공격했다"라고 했는데, 그 주注에서 "무릉

---

14   [교감기] 전본에는 제목 아래에 "이 아래 열아홉 수는 모두 황지명(黃知命)의 작품으로, 부록(附錄)의 권(卷) 안에 있다. 지명(知命)의 산곡 황정견의 동생으로 상세한 것은 목록(目錄)에 갖추어져 있다"라는 주(注)가 있다. 살펴보건대, 이 열아홉 수의 작품을 장지본에서는 권14 끝부분에 수록하여 『전서』의 부록으로 삼았다. 명대전본에는 작품 제목 아래 '知明'이란 글자가 있지 않아, 황정견의 작품과 혼동된다. 지금 『지명시주(知命詩注)』에 따라 배열하여 구별했다.

에는 다섯 계곡이 있다"라고 했다. 살펴보건대,『통전』에서 "검주로 통하는 곳을 오계라고 한다"라고 했고 그 주注에서 "오계는 유계酉溪 · 진계辰溪 · 무계巫溪 · 무계武溪 · 원계沅溪 등을 말한다"라고 했다. 위무제가 "늙은 준마가 마구간에 누웠으나, 뜻은 천리를 가고자 한다"라고 노래했다.『주례 · 교인』에서 "천자는 마구간이 열두 개이고 말이 여섯 종류이다"라고 했다.

後漢書馬援傳, 劉向擊武陵五溪蠻夷. 注云, 武陵有五溪. 按通典, 黔中通謂之五溪. 注云, 謂酉辰巫武沅等溪也. 魏武帝歌曰, 老驥伏櫪, 志在千里. 周禮校人曰, 天子十有二閑, 馬六種.

5. 무산에 이르니 송무종이 말을 보내오면서 꺾은 꽃과 술을 보내왔기에【지명】

行次巫山, 宋懋宗遣騎送折花廚醖【知命】

攻許愁城終不開　　　허다한 수성 공격해도 끝내 열리지 않노니

靑州從事斬關來　　　청주종사로 빗장문 자르려고 왔노라.

喚得巫山强項令　　　무산의 강항령을 불러 얻었으니

揷花傾酒對陽臺　　　꽃 꽂고 술 마시며 양대를 대하누나.

【주석】

攻許愁城終不開 靑州從事斬關來 : 유신의 「수부」에서 "허다한 수성은 공략해도 끝내 부서지지 않고, 허다한 수문은 흔들어도 끝내 열리지를 않네"라고 했다. '청주종사'[15]는 위의 주注에 보인다. 『좌전』에서 "성문城門을 범하여 빗장을 자른다"라고 했다.

庾信愁賦曰, 攻許愁愁城終不破, 盪許愁門終不開. 靑州從事見上注. 左傳曰, 犯門斬關.

15　청주종사(靑州從事) : 『세설신어』에서 "환공(桓公)에게 술을 잘 감별하는 주부(主簿)가 있었으니, 술이 올라오면 곧바로 그에게 먼저 맛보게 했다. 좋은 술을 '청주종사'라 불렀고, 나쁜 술을 '평원독우(平原督郵)'라 불렀다"라고 했다. 그 주에서 "청주에 제군(齊郡)이 있으며 평원에 격현(鬲縣)이 있다. '종사(從事)'는 술의 힘이 배꼽 아래까지 이르고 '독우'는 술의 힘이 횡격막 위에서 멈추기 때문이다"라고 했다.

喚得巫山强項令 揷花傾酒對陽臺 : 『후한서·동선전』에서 "강항령은 나가라 하였다"[16]라고 했다. 송옥의 「고당부」에서 "아침마다 저녁마다 양대의 밑에 있습니다"[17]라고 했는데, 무산의 신녀를 말한다. ○ 동파 소식의 「답왕공答王鞏」에서 "그대 마음대로 꽃 꺾어 머리 가득 꽂았네"라고 했다.

後漢董宣傳曰. 敕强項令出. 宋玉高唐賦曰, 朝朝暮暮, 陽臺之下. 謂巫山神女也. ○ 東坡詩, 任子折花揷滿頭.

---

16 강항령(强項令)은 나가라 하였다 : 동선(董宣)은 동한(東漢) 무제(武帝) 때 사람이다. 낙양령(洛陽令)으로 있을 때 호양공주(湖陽公主)의 하인이 사람을 죽이고 공주의 집에 숨어 있어 처벌할 수가 없자, 공주가 출행(出行)하기를 기다렸다가 길에서 행차를 막고는 공주의 잘못을 큰소리로 말하고 그 하인을 끌어내어 그 자리에서 처형했다. 이에 공주가 무제에게 가서 하소연하였고, 이에 무제가 크게 노하여 그를 불러들여서 태형(笞刑)을 가해 죽이려 하자, 그는 "폐하께서 성덕(聖德)으로 중흥을 이루시고는 하인 따위로 인하여 좋은 사람을 죽인다면 장차 어떻게 천하를 다스리겠습니까"라 하고, 스스로 기둥에 머리를 들이받아 유혈이 낭자했다. 이에 무제가 그로 하여금 공주에게 머리를 조아려 사죄하게 하였는데, 따르지 않았다. 무제가 사람을 시켜 억지로 그의 머리를 굽히게 하자, 그는 두 손으로 땅을 버틴 채 끝내 허리를 굽히지 않았다. 이에 무제가 탄복하며 "강항령(强項令)은 나가라"하고 삼십만 냥의 돈을 하사했다. 동선이 호양공주에게 사죄하지 않으려고 끝까지 버틴 고사에서 유래하여 '목이 뻣뻣한 낙양령'이라는 뜻으로, '강항령(强項令)'이라는 이름이 붙여졌다.
17 아침마다 (…중략…) 있습니다 : 전국 시대 초 회왕(楚懷王)이 일찍이 고당(高唐)에서 낮잠을 자는데, 꿈에 한 여인이 와서 말하기를 "첩은 무산의 여자로서 고당의 나그네가 되었는데, 임금님이 여기에 계신다는 소문을 듣고 왔으니, 원컨대 침석을 같이해 주소서"라고 하므로, 과연 그와 같이 하룻밤을 잤다. 그 이튿날 아침에 그 여인이 떠나면서 말하기를 "첩은 무산의 양지쪽 높은 구릉의 돌산에 사는데, 매일 아침이면 아침 구름이 되고 저녁이면 내리는 비가 되어 아침마다 저녁마다 양대의 밑에 있습니다[妾在巫山之陽, 高丘之岨, 旦爲朝雲, 暮爲行雨, 朝朝暮暮, 陽臺之下]"라고 했다는 데서 온 말이다.

6. 무종의 송별시에 차운하다. 2수【지명】

次韻懋宗送別.二首【知命】18

첫 번째 수其一

一百八盤天上路	일백팔반의 하늘 가 길에서
去年明日送流人	지난해 명일에 나그네 보냈었지.
小詩話別堪垂淚	짧은 시로 이별하니 눈물 떨어지고
却道情親不得親	친한 이에게 친히 하지 못한다 말하네.

【주석】

一百八盤天上路 去年明日送流人 小詩話別堪垂淚 却道情親不得親 : '일백팔반'[19]은 위의 주注에 보인다. 노동의 「기외형」에서 "어느 곳에서 서글픔 감당할까, 친한 이를 친히 하지 못하네"라고 했다.

一百八盤見上注. 盧全寄外兄詩云, 何處堪惆悵, 情親不得親.

두 번째 수其二

別駕柴門閑一春[20]	별가의 사립문 봄날 한가롭지만

---

18 [교감기] 제목 아래 '知命' 두 글자가 본래 없는데, 지금 문집·전본에 의거하여 보충한다.
19 일백팔반(一百八盤) : 협주(峽中)로부터 검주(黔州)로 가는 길에 있는 도로명이다.
20 [교감기] '閑'이 문집·장지본·전본·건륭본에는 '閉'로 되어 있다.

艱難顚沛不忘君　　어려운 상황에서도 임금 잊지 않았네.

何時幽谷回天日　　언제나 그윽한 계곡에 해 돌아와

教保餘生出瘴雲　　장운에서 벗어나 남은 생 보존할거나.

【주석】

別駕柴門閑一春 艱難顚沛不忘君 何時幽谷回天日 教保餘生出瘴雲 : 산곡 황정견이 부주涪州의 별가別駕로 폄직되었다. 『당서·두보전』에서 "도 적의 난리를 만나 절개를 빼앗겨도 더럽게 여기지 않았기에, 시를 지 어 당대의 나약함에 상심하면서 마음으론 임금을 잊지 않았다"라고 했 다. 『노론』에서 "아무리 위급한 상황일지라도 반드시 여기에서 비롯되 어야 한다"라고 했다. 『주역』에서 "그윽한 골짜기로 들어간다"라고 했 다. 두보의 「건도십이운建都十二韻」에서 "원컨대 장안의 태양을 굽혀, 북 원에 빛을 비췄으면"이라고 했다. 『문선』에 실린 혜강의 「여산거원절 교서與山巨源絶交書」에서 "일에서 떠나 스스로를 온전하게 하여 남은 생 을 보존하고자 한다"라고 했다. 두보의 「열삼수熱三首」에서 "덥고 습한 구름이 끝내 없어지지 않네"라고 했다.

山谷謫涪州別駕. 唐書杜甫傳, 當寇亂, 挺節無所汗, 爲歌詩, 傷時撓弱, 情 不忘君. 魯論曰, 顚沛必於是. 易曰, 入于幽谷. 老杜詩, 願枉長安日, 光耀照 北原. 文選嵇康書, 欲離事自全, 以保餘年. 老杜詩, 瘴雲終不滅.

7. 유문학에게 장난스레 답하다【지명】

戲答劉文學【知命】

人鮓甕中危萬死	인자옹 가운데서 만 번 죽을 뻔했는데
鬼門關外更千岑	귀문관 밖에는 다시 일천 산봉우리로세
問君底事向前去	묻노니, 그대는 무슨 일하려 앞으로 나가는가
要試平生鐵石心	한평생 철이나 바위 같은 마음 시험해야 하네.

【주석】

人鮓甕中危萬死 鬼門關外更千岑 : '인자옹'[21]과 '귀문관'[22]은 위의 주注에 보인다. 『한서·조후전』에서 "지금 이 아이가 어디에 있는가. 죽임을 당할까 위험한데"라고 했는데, 그 주注에서 "지금 사람들이 위험하지만 죽지 않았다고 말하는 것과 같을 따름이다"라고 했다.

人鮓甕鬼門關見上注. 漢書趙后傳曰, 今兒安在, 危殺之矣. 注云, 猶今人言險不殺爾.

問君底事向前去 要試平生鐵石心 : 안사고의 『광류정속』에서 "묻길 "무슨 물건이 되었느냐. 저의 음은 정丁과 아兒의 반절법인데, 저의 의미는 어떤 훈인가"라 하니, 대답하기를 "이것은 본래 「어떤 물건인가.」를 말

---

21 인자옹(人鮓甕) : 귀주(歸州)의 암벽 아래 있다.
22 귀문관(鬼門關) : 협주(峽州)의 가는 길에 있다.

한 것인데, 그 뒤에 마침내 짧게 줄여져서 다만 등물이라고 할 뿐이다. 저의 음은 도都와 예禮의 반절법이고 또한 음이 바뀌어 정과 아의 반절법이 되었다"라 했다. 응거의 「백일시」에서 "어떤 사람을 쓰면 재학이 어울릴까"라 했는데, 이로써 하何자를 버리고 등等이라 칭한 것을 알 수 있으니, 그 유래는 이미 오래되었다. 그러나 지금 사람들이 근본을 살피지 않아, 저底로 썼으니 잘못된 것이다"라고 했다. 두보의 「전출색前出塞」에서 "죽든 살든 앞으로 나아갈 것이네"라고 했다. 위무제가 장사왕 왕필을 칭송하면서 "충성스럽고 부지런하여 마음이 철이나 바위와 같이 굳세었다. 참으로 나라의 좋은 관리다"라고 했다.

顏師古匡謬正俗云, 問曰, 謂何物爲底, 音丁兒反, 底義何訓. 答曰, 此本言何等物, 其後逐省促言, 直云等物爾, 音都禮反, 又轉音丁兒反. 應璩百一詩云, 用等稱才學. 以是知去何而稱等, 其來已久. 今人不詳根本, 乃作底字, 非也. 老杜詩, 生死向前去. 魏武帝令, 長史王必曰, 忠能勤事, 心如鐵石, 國之良吏也.

8. 외질 이광조를 예전에 보았을 때는 오히려 더벅머리의 아이였는데, 지금 사직이 보내온 짧은 시를 보니 사랑할 만해서 차운하다【지명】

外姪李光祖往見尙垂髫, 今觀寄嗣直小詩, 已可愛, 因次韻【知命】

昔別長安未裹頭	예전 장안에서 헤어질 때 두건도 없었는데
如今詩句可消愁	지금 시구를 보니 근심을 삭일 만 해라.
外家未覺風流遠	외가의 풍류가 원대함을 깨닫지 못했노니
他日相期到益州	뒷날 서로 약속하고 익주에 가시게나.

【주석】

昔別長安未裹頭　如今詩句可消愁 : 두보의 「증위팔처사贈衛八處士」에서 "예전 헤어질 때 그대 총각이었는데"라고 했다. 또한 「병거행兵車行」에서 "떠날 때 촌장이 두건 싸주었는데"라고 했다. 또한 「복거卜居」에서 "게다가 맑은 강이 나그네 근심을 녹일 것이네"라고 했다.

老杜詩, 昔別君未婚. 又詩, 去時里正與裹頭. 又詩, 更有澄江銷客愁.

外家未覺風流遠 他日相期到益州 : 자주自注에서 "이공택이 익주의 장수로 있다가 죽었다"라고 했다. ○ 뒷날 익주의 지역으로 마땅히 가겠다는 말이다. 두보의 「장부성도초당도중유작선기엄정공將赴成都草堂途中有作先寄嚴鄭公」에서 "습지[23]에 풍류 다했다는 것을 깨닫지 못했네"라고 했다.

自注云, 李公擇終于益州帥. ○ 言異時當造益州之閫域. 老杜詩, 習池未覺
風流盡.

---

23 습지(習池) : 습가지(習家池)의 준말로, 진(晉)나라 산간(山簡)이 양양(襄陽)에
    있을 적에 항상 그곳에 찾아가 만취(滿醉)했던 고사에서 유래하여, 흥겨운 주연
    (酒宴)을 비유할 때의 표현으로 쓰게 되었다. 『세설신어 · 임탄(任誕)』에 보인다.

9. 남릉파에 오르다【지명】

上南陵坡【知命】

風湌水宿六十里[24]	바람 먹고 물 위에서 지낸 육 십리 길
蛇退猿啼百八盤[25]	원숭이 우는 험한 길[26]의 백팔반.
上得坡來總歡喜	언덕에 올라보니 너무도 기쁘니
摩圍依約見峯巒	아련하게 마위산의 산봉우리 보이누나.

【주석】

風湌水宿六十里 蛇退猿啼百八盤 : 『문선』에 실린 포조鮑照의 「대승천행代升天行」에서 "바람 먹고 송백에 깃드네"라고 했다. 또한 『문선』에 실린 사령운의 「유적석진범해遊赤石進帆海」에서 "물 위에서 배를 타고 밤낮으로 머물고 있네"라고 했다.

選詩, 風湌委松栢. 又詩, 水宿淹晨昏.

上得坡來總歡喜 摩圍依約見峯巒 : '마위산'은 검주에 있다. 두보의 「방선放船」에서 "푸른빛 보니 봉우리 지나감 아깝네"라고 했다.

---

24 [교감기] '湌'이 전본에는 '飧'으로 되어 있고 문집·건륭본에는 '餐'으로 되어 있는데, '湌'자가 정체(正體)이다.
25 [교감기] '啼'가 문집에는 '愁'로 되어 있다.
26 험한 길 : '사퇴(蛇退)'는 뱀이 달아난 곳을 간다는 말로 매우 험한 지역을 간다는 의미이다.

摩圍山在黔州. 老杜詩, 靑惜峯巒過.

10. 작은 원숭이가 우는 역에 쓰다【지명】

題小猿叫驛【知命】

大猿叫罷小猿啼	큰 원숭이 울음 끝나니 작은 원숭이 울어
箐裏行人白晝迷	산 속이 나그네 대낮에도 길을 잃누나.
惡藤牽頭石齧足	등나무 머리를 잡아끌고 돌은 발 깨무니
嫗牽兒隨淚錄續	할미 끌고 아이 따르며 눈물 연이어지네.
我亦下行莫啼哭	나 또한 내려가니 울지 마시게나.

【주석】

大猿叫罷小猿啼 箐裏行人白晝迷 惡藤牽頭石齧足 嫗牽兒隨淚錄續 我亦
下行莫啼哭 : 퇴지 한유의 「금조」에서 "낮은 물결 건너가니, 돌이 내 다
리 무네"라고 했다. 원진의 「연창궁사」에서 "여러 가지 구자곡龜玆曲[27]
연이어 울렸습니다"라고 했다.

退之琴操曰, 涉其淺兮, 石齧我足. 元積連昌宮詞曰, 色管龜玆轟錄續.

---

27   구자곡(龜玆曲) : 옛날의 악곡(樂曲) 이름으로 본래 구자국(龜玆國)의 악곡이었
     다. 구자국은 한대(漢代)에 서역(西域)에 있던 여러 나라 중의 하나이다.

11. 말 위에서 바로 읊조려 건시 이령에게 드리다【지명】

馬上口號, 呈建始李令【知命】

驛亭新似眼波明[28]	역사 새로워 눈이 활짝 열리고
箐路開如掌樣平	숲길 열리니 마치 손바닥처럼 평탄하네.
誰與長官歌美政	누가 장관과 더불어 선정을 노래하랴
風搖松竹是歡聲	바람이 송죽 흔드니 이것이 좋은 소리네.

【주석】

驛亭新似眼波明 箐路開如掌樣平 誰與長官歌美政 風搖松竹是歡聲 : 두보의 「진주잡시秦州雜詩」에서 "오늘 눈이 크게 떠졌으니, 연못가 역말이 좋기도 하구나"라고 했다. 송옥의 「초혼」에서 "즐거운 빛을 띠고 한쪽 눈으로 보니, 눈에서 일찍이 물결이 이네"라고 했는데, 왕일의 주注에서 "눈빛이 선명하여 마치 물결이 대단히 화려한 것과 같다"라고 했다. 두보의 「낙유원기樂遊園歌」에서 "술잔 들고 마주본 진천은 손바닥처럼 평평하네"라고 했다.

老杜詩, 今日明人眼, 臨池好驛亭. 宋玉招魂曰, 娛光眇視, 目曾波些. 王逸注云, 目采眇然, 若水波而重華. 老杜詩, 秦川對酒平如掌.

---

28 [교감기] '波'가 문집·고본에는 '般'으로 되어 있다. 건륭본의 원교(原校)에서 "'波'가 다른 판본에는 '般'으로 되어 있다"라고 했다.

12. 부당역에 차운한 장시주의 짧은 시를 보고 그 시에 차운하다【지명】

次浮塘驛, 見張施州小詩, 次其韻.29【知命】

歎息施州成老醜　　시주가 늙음 탄식하노니

當年玉雪瑩相照　　당시엔 옥과 눈처럼 환히 빛났다오.

舊時去天一尺五　　예전엔 하늘과의 거리가 다섯 자였는데

今日萬里聽猿叫　　지금은 만 리 밖에서 원숭이 소리 듣네.

【주석】

歎息施州成老醜 當年玉雪瑩相照 : 퇴지 한유의 「마소감묘지」에서 "유모가 어린 아이를 안고 옆에 서 있는데, 살갗은 옥이나 눈 같아 사랑스러웠네"라고 했다.

退之馬少監墓誌曰, 姆抱幼子立側, 肌肉玉雪可憐.

舊時去天一尺五 今日萬里聽猿叫 : 두보의 「증위칠찬선贈韋七贊善」의 자주自注에서 "성 남쪽 위 씨와 두 씨의 권세가 하늘과 다섯 자 거리이다"30라고 했다.

29　[교감기] 문집에는 '次其韻' 세 글자가 없다. 살펴보건대, 문집 권5의 목록(目錄)
　　에는 원래 이 세 글자가 있는데, 이것이 옳다.

30　성 (…중략…) 거리이다 : 두보의 「증위칠찬선(贈韋七贊善)」에 보이는 "세상 사
　　람들 권세가 하늘을 찌른다 하네[時論同歸尺五天]"라는 구절의 주석이다. '척오

老杜詩自注云, 城南韋杜, 去天尺五.

천(尺五天)'은 황궁과의 거리가 다섯 자라는 것으로, 하늘에 닿을 듯 높은 것을
가리킨다. 두보의 「증위칠찬선(贈韋七贊善)」의 전문을 다음과 같다. "鄕里衣冠
不乏賢, 杜陵韋曲未央前. 爾家最近魁三象, 時論同歸尺五天. 北走關山開雨雪, 南遊
花柳塞雲煙. 洞庭春色悲公子, 鰕菜忘歸范蠡船."

산곡시집주권제십이(山谷詩集注卷第十二) **67**

13. 시주가 먼저 장십구사군에게 보낸 작품에 장차 차운하다. 3수【지명】

將次施州先寄張十九使君. 三首31【知命】

첫 번째 수 其一

書來日日覺情親	날마다 편지 오니 정 돈독함 깨닫는데
今信施州是故人	지금 편지는 시주의 옛 벗에서 온 것일세.
許我投名重入社	내 이름 올리고 시사에 거듭 들어가게 했으니
放狂作惱未應嗔	미친 듯 고민해도 응당 성내지 않으리라.

【주석】

書來日日覺情親 今信施州是故人 許我投名重入社 放狂作惱未應嗔 : 두보의 「회구懷舊」에서 "정이 돈독한 이는 오직 그대뿐이네"라고 했다. 동파 소식의 「왕담수재구유산중이시견기차기운汪覃秀才久留山中以詩見寄次其韻」에서 "이름 올리고 시사詩社에 들어가 새로운 시 지었네"라고 했다.

老杜詩, 情親獨有君. 東坡詩, 投名入社有新詩.

---

31 [교감기] 문집 권10의 목록에는 '三首'가 '二首'로 되어 있고, 실제 시작품에는 '二首'라는 글자가 없으니, 아무래도 잘못된 듯하다.

두 번째 수其二

收拾從來古錦囊	예로부터 내려온 옛 비단 주머니 챙기니
今知老將敵難當	이제 알겠어라, 늙은 장수는
	적 대적하기 힘듦을.
囊中尙有毛錐子	주머니엔 아직도 모수의 송곳이 있어
花底樽前作戰場	꽃 아래 술 잔 앞에서 싸움터 만드네.

【주석】

收拾從來古錦囊 今知老將敵難當 : 『당서·이하전』에서 "이하가 제공諸
公들과 노닐 때에 항상 아이종[小奚奴]으로 하여금 비단 주머니를 지고
따르게 하다가, 시를 지으면 곧바로 주머니 속으로 던져 넣었다"라고
했다. 『한서·한신전』에서 "그 칼끝은 감당할 수가 없다"라고 했다.

唐書李賀傳, 從小奚奴, 背古錦囊, 遇所得投書囊中. 漢書韓信傳曰, 其鋒
不可當.

囊中尙有毛錐子 花底樽前作戰場 : 『오대사·홍조전』에서 "소길 등을
한스럽게 여기며 홍조가 "조정을 안정시키고 재앙과 난리를 다스리는
수단은 긴 창과 큰 칼날을 높이 세워야 함이 옳거늘, 모수의 송곳[32] 같

---

32 모수의 송곳 : '모수(毛遂)'는 전국 시대 조(趙)나라 평원군(平原君)의 문객이다.
    진(秦)나라가 일찍이 조나라를 쳤을 때, 평원군이 다른 문객 19인과 함께 초(楚)
    나라로 구원을 청하러 갈 적에 모수가 평원군에게 자천(自薦)하여 자기도 함께
    가려고 하자, 평원군이 그에게 말하기를, "현사의 처세는 송곳이 주머니 속에 있

은 것이 어찌 쓸모가 있겠는가"라 했다"라고 했다. 『사기·평원군전』에서 "어진 선비가 세상을 살아감을 비유하자면 송곳이 주머니 속에 있어 그 끝을 볼 수 있는 것과 같다"라고 했다. 두보의 「제정현정자題鄭縣亭子」에서 "꽃 아래 산벌이 멀리까지 사람 좇아오네"라고 했다. 또한 「견흥삼수遣興三首」에서 "옛 전쟁터에서 말 내리네"라고 했다. 정진공이 지은 「시전」에서 "화려한 사물 펼쳐진 듯 붓은 칼끝인 듯, 심약 사영운 조식 유정은 칠웅이네"라고 했다.

五代史弘肇傳, 恨蘇吉等, 因曰, 安朝廷, 定禍亂, 直須長槍大劍, 若毛錐子安足用哉. 史記平原君傳曰, 賢之處世, 譬若錐之處囊中, 其末立見. 老杜詩, 花底山蜂遠趁人. 又詩, 下馬古戰場. 丁晉公有詩戰詩云, 物華如陣筆如鋒, 沈謝曹劉是七雄.

어 그 끝을 당장에 볼 수 있는 것과 같은데, 지금 선생은 나의 문에 3년이나 있었으되, (…중략…) 내가 선생에 대한 재능을 전혀 들은 바가 없으니, (…중략…) 선생은 그만두시오[夫賢士之處世也, 譬若錐之處囊中, 其末立見. 今先生處勝之門下三年於此矣. (…중략…) 勝未有所聞, (…중략…) 先生留]"라고 했다. 이에 모수가 "만일 내가 진작 주머니 속에 들어갈 수 있었다면 송곳 끝 전체가 다 삐져나왔을 것이요, 그 끝만 보일 뿐이 아니었을 것이다[使遂蚤得處囊中, 乃穎脫而出, 非特其末見而已]"라고 하고, 마침내 평원군 행차의 일행 20인 중 가장 말제로 참여하여 초나라에 가서, 일행 19인이 아무도 나서지 못하는 가운데 홀로 당당하게 칼자루를 어루만지며 초왕(楚王)을 위협하여 종약(從約)을 맺게 했던 데서 온 말로, 전하여 재능이 출중함을 의미한다.

세 번째 수其三

一別施州向十霜	시주와 한 번 헤어진 지 10여 년
傳聞佳句望風降	좋은 시구 전해 들으며 소식 오기만 기다리네.
空弮不易當堅敵	빈 쇠뇌로는 강한 적 감당하기 쉽지 않지만
振臂猶思起病瘡[33]	팔 휘두르면 병든 이 오히려 일어난다오.

【주석】

一別施州向十霜 傳聞佳句望風降 空弮不易當堅敵 振臂猶思起病瘡 : 두보의 「풍질주중복침서회삼십육운봉정호남친우風疾舟中伏枕書懷三十六韻奉呈湖南親友」에서 "민산에서 갈옷으로 십 년 여름 보냈고, 초 땅에서 삼 년 동안 다듬이 소리 들었네"라고 했다. 『한서·이릉전』에서 "화살이 다하고 길이 막히자, 군사들이 빈 쇠뇌를 당기었다"라고 했는데, 그 주注에서 "환弮은 궁노이다"라고 했다. 또한 『한서·흉노전』에서 "진실로 중국에 대항할 강한 적이다"라고 했다. 살펴보건대, 『손자병법』에서 "적은 병력의 군대가 굳게 버티면 결국 대군을 만나 포로로 잡히고 만다"라고 했다. 이릉의 「답소무서答蘇武書」에서 "소리치며 팔을 휘두르자, 부상당하고 병든 군사들이 일어났다"라고 했다.

老杜詩, 十暑岷山葛, 三霜楚戶砧. 漢書李陵傳, 矢盡道窮, 士張空弮. 注云, 弓弩弮也.[34] 又匈奴傳曰, 眞中國之堅敵. 按孫子曰, 小敵之堅, 大敵之禽也.

---

33 [교감기] '瘡'이 전본·건륭본에는 '創'으로 되어 있다.
34 [교감기] 살펴보건대, 일반적으로 통행하는 『한서』 권54에는 '空弮'이 '空拳'으

李陵書, 振臂一呼, 創病皆起.

로 되어 있고 주(注)에도 또한 '拳'으로 되어 있다. 또한 살펴보건대,『한서』권62
에 실린 「사마천전(司馬遷傳)」에는 '張空拳'으로 되어 있고 그 주(注)에서는 이
기(李奇)가 "'환(拳)'은 노궁(弩弓)이다"라는 말을 인용했으니, 임연(任淵)의 기
록이 혼잡하게 섞여 있다.

14. 장중모와 헤어지면 화답하다. 2수【지명】

和張仲謀送別. 二首【知命】

첫 번째 수其一

夜郎自古流遷客	야랑은 예로부터 유배객의 장소인데
聖世初投第一人	태평시절 가장 먼저 이곳에 유배 왔네.
不是³⁵施州肯回首	시주를 감히 고개 돌려 보지 못하노니
五溪三峽更誰親	오계와 삼협에서 다시 친한 이 누구인가.

【주석】

夜郎自古流遷客 聖世初投第一人 不是施州肯回首 五溪三峽更誰親 :『당서·이백전』에서 "멀리 야랑으로 유배를 갔다"라고 했다. '야랑'은 지금의 진주로 그 땅은 검중과 서로 잇닿아 있다. 강엄의 「한부恨賦」에서 "바닷가로 쫓겨난 나그네, 흘러와 농음 지키고 있네"라고 했다. '오계'³⁶는 위의 주注에 보인다. 『협정기』에서 "삼협은 명월협, 무산협, 광택협이다. 구당협이나 염예협灧澦峽, 연자협燕子峽, 병풍협屛風峽과 같은 것은 모두 삼협과는 관계가 없다"라고 했다.

35　[교감기] '是'가 고본에는 '見'으로 되어 있다.

36　오계(五溪):『후한서·마원전(馬援傳)』에서 "유향(劉向)이 무릉(武陵)의 오계(五溪)에 있는 오랑캐를 공격했다"라고 했는데, 그 주(注)에서 "무릉에는 다섯 계곡이 있다"라고 했다. 살펴보건대,『통전』에서 "검주(黔州)로 통하는 곳을 오계라고 한다"라고 했고 그 주(注)에서 "오계는 유계(酉溪)·진계(辰溪)·무계(巫溪)·무계(武溪)·원계(沅溪) 등을 말한다"라고 했다.

唐書李白傳, 長流夜郎. 夜郎卽今之珍州, 其地與黔中相接. 江淹恨賦曰, 遷客海上, 流戍隴陰. 五溪見上注. 峽程記曰, 三峽者, 卽明月峽巫山峽廣澤峽. 其瞿唐瀲澦燕子屏風之類, 皆不係三峽數.

두 번째 수 其二

五溪三峽漫經春	오계와 삼협에서 헛되이 봄날 보냈는데
百病千愁逢故人	온갖 병과 시름 속에 옛 벗을 만났구나.
何處看君歲寒後	그대 같은 세한후[37]를 어디에서 볼거나
欲將兒女更論親	여식 데리고 다시 친함 논하고 싶네.

【주석】

五溪三峽漫經春 百病千愁逢故人 何處看君歲寒後 欲將兒女更論親 : 감히 당고[38]와 혼인을 하게 되었으니, 그 기개와 절개는 또한 숭상할 만하다.

---

37 세한후(歲寒後) : 『논어』에 보이는 "한 해가 추워진 이후에야 소나무와 잣나무가 늦게 시든다는 것을 안다[歲寒然後知松柏之後凋也]"라고 구절을 활용한 대목이다. 어려움을 겪은 이후에 그 절개가 드러난다는 말이다.

38 당고(黨錮) : '당인금고(黨人禁錮)'의 줄임말로, '당인'이란 정치적으로 결합을 맺은 유가 지식인을 말하며, '금고'란 관리로 임명되는 권리를 박탈한다는 것을 뜻한다. '당고'란 유가 지식인이 관리로 임명되어 관직에 나아가는 것을 금지한다는 것을 말한다. 당고는 후한(後漢) 환제(桓帝)와 영제(靈帝) 때에 사대부인 이응(李膺), 진번(陳蕃) 등이 태학생들과 연합해서 권세를 쥔 환관들을 숙청하려다가 오히려 붕당을 결성하여 조정을 비방한다는 죄목으로 수백 명이 죽고 유배당한 사건에서 연유했다. 『후한서·당고열전(黨錮列傳)』에 보인다.

肯與薰錮連姻, 其氣節亦可尙矣.

15. 청강의 주부 조언성에게 차운하여 답하다【지명】

次韻答淸江主簿趙彦成【知命】

日轉溪山幾百遭	계산을 해가 돈지 몇 백번이나 되었나
厭聞虎嘯與猿號	호랑이와 원숭이 울음 물리도록 들었네.
笙歌忽把二天酒	생황 소리에 홀연 이천의 술을 잡고
風雨猶驚三峽濤	비바람에 오히려 삼협의 물결이 놀라네.
已作齊民尋要術	이미 『제민요술』 지어 요술 찾노니
安能痛飮讀離騷	어찌 실컷 술 마시며 이소경 읽을까.
看君自是靑田質	그대 보니, 절로 청전의 자질 있노니
淸淚猶堪³⁹徹九皋	맑은 눈물이 구고까지 이를 만하네.

【주석】

日轉溪山幾百遭　厭聞虎嘯與猿號 : 유우석의 「등애주성작登崖州城作」에서 "군성을 수백 수천 겹으로 에워싸고 있네"라고 했는데, 이 글자를 이용한 것이다. 두보의 「석감石龕」에서 "곰들이 나의 동쪽에서 울부짖고, 호랑이와 표범이 나의 서쪽에서 포효하네"라고 했다. 『회남자』에서 "호랑이 울부짖으면 계곡 바람이 이른다"라고 했고 또한 "흰 원숭이가 기둥을 부여잡고 운다"라고 했다.

劉禹錫詩, 百匝千遭繞郡城. 此用其字. 老杜詩, 熊羆咆我東, 虎豹號我西.

39　[교감기] '猶堪'이 문집에는 '當聞'으로 되어 있고 원본에는 '猶聞'으로 되어 있다.

淮南子, 虎嘯而谷風至. 又曰, 白猿擁柱而號.

笙歌忽把二天酒 風雨猶驚三峽濤 : 『후한서·소장전』에서 "소장이 기
주자사로 옮겨졌는데, 소장의 벗이 청하태수淸河太守로 있으면서 소장
을 위해 술자리를 베풀어 대단히 즐거워했다. 그리고는 청하태수가 기
뻐하며 "사람들은 모두 하나의 하늘을 가지고 있는데, 나만 홀로 두 개
의 하늘을 가지고 있다"라 했다"라고 했다.

後漢蘇章傳, 遷冀州刺史, 故人爲淸河太守, 爲設酒肴甚歡. 太守喜曰, 人
皆有一天, 我獨有二天.

已作齊民尋要術 安能痛飮讀離騷 : 후위의 가사협이 지은 『제민요술』
이란 책이 있는데, 농사에서 씨를 파종하는 일에 대해 언급한 책이다.
『세설신어』에서 "왕효백이 "실컷 술 마시며 이소경을 읽노니, 절로 명
사라 말할 만하네"라 했다"라고 했다.

後魏賈思勰作齊民要術, 言田家種植之事. 世說, 王孝伯言, 痛飮讀離騷,
自可稱名士.

看君自是靑田質 淸淚猶堪徹九皐 : 『영가군기』에서 "목계는 청전과의
거리가 구 리인데, 그 가운데 한 쌍의 흰 학이 있기에, 신선이 기르는
것이라고도 말을 한다"라고 했다. 『진서·육기전』에서 "화정에서 학이
우는 것을 어찌 다시 들으랴"라고 했다. 『시경·학명鶴鳴』에 "학이 구고

에서 우네"라고 했다.

永嘉郡記, 沐溪去靑田九里, 中有一雙白鶴, 多云神所養. 晉書陸機傳曰, 華亭鶴唳, 豈可復聞乎. 詩云, 鶴鳴于九皐.

16. 송무종이 기주 오십시를 보내왔기에. 3수【지명】

宋懋宗寄夔州五十詩. 三首【知命】

첫 번째 수其一

五十淸詩是碎金	오십의 맑은 시는 쇄금이니
試敎擲地有餘音	땅에 던져보면 울림이 있으리라.
方⁴⁰今臺閣稱多士	지금 대각에는 선비들이 많다 하는데
且傍江山好處吟	또한 강산 좋은 곳에서의 읊조림도 있어라.

【주석】

　五十淸詩是碎金 試敎擲地有餘音 方今臺閣稱多士 且傍江山好處吟 : 두보의 「이완은거胎阮隱居」에서 "맑은 시는 도의 요체에 가까네"라고 했다. 『진서·사안전』에서 "환온이 일찍이 안석 사안이 지은 「간문시의」를 자리에 있는 빈객들에게 보여주며 "이것은 안석 사안의 쇄금⁴¹이다"라 했다"라고 했다. 또한 『진서·손탁전』에서 "「천태산부」를 지어 범영기에게 보여주며 "그대가 시험 삼아 이것을 땅에 던져보면, 금석의 소리가 날 것이네"라 했다"라고 했다. 『통전』에서 "『후한서』에서 "일이 대각⁴²으로 돌아갔다"라 했다"라고 했다. ○『사기·굴원전』에서 "못 가

40　[교감기] '方'이 문집에는 '只'로 되어 있다.
41　쇄금(碎金) : 황금 조각이라는 뜻으로, 간단하면서도 매우 아름다운 시문을 가리키는 말이다.
42　대각(臺閣) : 상서(尙書)와 여러 관사(官司)를 말한다.

에서 서성이며 읊조렸다"라고 했다.

老杜詩云, 淸詩近道要. 晉書謝安傳, 桓溫以安所作簡文謚議示坐賓曰, 此謝安石碎金也. 又孫綽傳, 作天台山賦, 以示范榮期云, 卿試擲地, 當作金石聲. 通典曰, 後漢事歸臺閣. ○ 史記屈原傳曰, 行吟澤畔.

두 번째 수 其二

五十淸詩一段冰	오십의 맑은 시는 얼음과 같아
持來恰得慰愁生[43]	읽어보니 근심스런 마음 위로가 되는 듯.
自張壁間行坐看	벽 사이에 벌려 놓고 오가며 앉아서 보고
更敎兒誦醉時聽	다시 술 취해서는 아이에게 읊게 해 듣네.

【주석】

五十淸詩一段冰 持來恰得慰愁生 自張壁間行坐看 更敎兒誦醉時聽 : 두보의 「입주행증서산검찰사두시어入奏行贈西山檢察使竇侍御」에서 "밝은 광채는 맑은 얼음을 깊은 골짜기에서 꺼낸 듯"이라고 했다. 또한 「수愁」에서 "강가의 풀은 날마다 근심을 불러오며 자라네"라고 했다. 또한 「사제관부남전취처자도강릉희기삼수舍弟觀赴藍田取妻子到江陵喜寄三首」에서 "길에 앉아 흰머리로 읊조리네"라고 했다. 또한 「취시가」[44]가 있다.

---

43 [교감기] '得'이 문집에는 '似'로 되어 있다.
44 「취시가(醉時歌)」: 두보의 「취시가(醉時歌)」는 다음과 같다. "諸公袞袞登臺省,

老杜詩, 爛⁴⁵如一段淸冰出萬壑. 又詩, 江草日日喚愁生. 又詩, 行坐白頭
吟. 又有醉時歌.

세 번째 수其三

碑同峴首千年石	현산에 있는 천년 세월의 비석과 같고
詩到夔州十絶歌⁴⁶	시는 기주의 십절 노래와 같다오.
他日巴人懷叔子	훗날 파땅 사람들이 계자를 그리워해
時時解着手摩挲⁴⁷	때때로 손으로 어루만져 주었다네.

【주석】

碑同峴首千年石 詩到夔州十絶歌 他日巴人懷叔子 時時解着手摩挲 : 『진
서 · 양호전』에서 "양호의 자는 계자叔子이다. 양양의 백성이 현산에 양

廣文先生官獨冷. 甲第紛紛厭粱肉, 廣文先生飯不足. 先生有道出羲皇, 先生有才過屈
宋. 德尊一代常坎軻, 名垂萬古知何用. 杜陵野客人更嗤, 被褐短窄鬢如絲. 日糴太倉
五升米, 時赴鄭老同襟期.得錢卽相覓, 沽酒不復疑. 忘形到爾汝, 痛飮眞吾師. 淸夜沈
沈動春酌, 燈前細雨簷花落. 但覺高歌有鬼神, 焉知餓死塡溝壑. 相如逸才親滌器, 子
雲識字終投閣. 先生早賦歸去來, 石田茅屋荒蒼苔. 儒術於我何有哉, 孔丘盜跖俱塵
埃. 不須聞此意慘愴, 生前相遇且銜杯"

45 [교감기] '爛'이 전본에는 『구가집주두시(九家集注杜詩)』 권10의 「입주행증두시
어(入奏行贈竇侍御)」에 따라 '烱'으로 되어 있다. 임연(任淵)에게는 혹 다른 판본
이 있었을 것이다.

46 [교감기] '夔'가 전본에서 '英'으로 되어 있다.

47 [교감기] '時時'가 문집에는 '相逢'으로 되어 있고 '着'이 원본에는 '看'으로 되어
있다.

호의 비석을 세웠는데, 이것을 보는 사람은 울지 않은 적이 없었다. 그
래서 두예가 이 비석을 타루비라고 했다"라고 했다. 두보의 작품 중에
「기주가십절구」[48]가 있다. 퇴지 한유의 「석고가」에서 "누가 다시 손을
대어 소중히 어루만질까"라고 했다.

晉書羊祜傳, 祜字叔子, 襄陽百姓於峴山建碑, 望者莫不流涕. 杜預因名爲
墮淚碑. 老杜有夔州歌十絶句. 退之石鼓歌曰, 誰復着手爲摩挲.

---

48 「기주가십절구(夔州歌十絶句)」: 두보의 「기주가십절구」는 다음과 같다. "中巴
之東巴東山, 江水開闢流其間. 白帝高爲三峽鎭, 瞿唐險過百牢關." "白帝夔州各異城,
蜀江楚峽混殊名. 英雄割據非天意, 霸王幷吞在物情.." "群雄競起聞前朝, 王者無外見
今朝. 比訝漁陽結怨恨, 元聽舜日舊簫韶." "赤甲白鹽俱刺天, 閶閤繚繞接山巓. 楓林
橘樹丹靑合, 複道重樓錦繡懸." "瀼東瀼西一萬家, 江南江北春冬花. 背飛鶴子遺瓊蘂,
相趁鳬雛入蔣牙." "東屯稻畦一百頃, 北有澗水通靑苗. 晴浴狎鷗分處處, 雨隨神女下
朝朝." "蜀麻吳鹽自古通, 萬斛之舟行若風. 長年三老長歌裏, 白晝攤錢高浪中." "憶昔
咸陽都市合, 山水之圖張賣時. 巫峽曾經寶屛見, 楚宮猶對碧峰疑." "武侯祠堂不可忘,
中有松柏參天長. 干戈滿地客愁破, 雲日如火炎天涼." "閶風玄圃與蓬壺, 中有高唐天
下無. 借問夔州壓何處, 峽門江腹擁城隅."

17. 소약란의 회문금시의 그림에 쓰다

題蘇若蘭回文錦詩圖

千詩織就回文錦	천 마디 시로 비단을 짜서 회문을 만들었는데
如此陽臺莫雨何	이처럼 양대에 비 내리지 않음은 어째서인가.
亦有英靈蘇蕙手[49]	또한 영령한 소혜의 솜씨 있지만
只無悔過竇連波	두련파는 허물 뉘우침이 없었다오.[50]

【주석】

千詩織就回文錦 如此陽臺莫雨何 亦有英靈蘇蕙手 只無悔過竇連波 : 『진
서』에서 "두함의 부인 소씨는 이름이 혜이고 자는 약란이다. 두함이
부견[51]이 다스릴 때에 진주자사로 있다가, 죄를 지어 고비 사막으로 유
배되었다. 이에 아내인 소씨가 남편을 생각하면서 비단을 짜 회문선도
시를 만들어 남편 두함에게 보냈다. 빙빙 돌아가며 읽으면 그 시어가
대단히 서글펐다"라고 했다.

49　[교감기] '手'가 장지본·명대전본에는 '子'로 되어 있다.

50　또한 (…중략…) 없었다오 : 두함이 부견(符堅)에게 벼슬하여 연파장군(連波將
軍)이 되었는데, 죄를 짓고 고비 사막으로 유배되었다. 뒤에 그가 잘못을 뉘우쳤
음을 부견이 듣고 도로 불러 왔다. 이 작품의 의미는 "나에게는 비록 회문을 잘
짓는 재주를 가진 소혜 같은 아내는 있지만 나는 잘못을 뉘우칠 수 있는 연파(連
波)만은 못하다. 그러므로 석방되어 돌아가지 못한다"는 것이다. 『대동야승(大
東野乘)·패관잡기(稗官雜記)』에 보인다.

51　부견(符堅) : 전진(前秦)의 황제이다.

晉書, 竇滔妻蘇氏, 名蕙, 字若蘭. 滔, 苻堅時爲秦州刺史, 被徙流沙. 蘇氏思之, 織錦爲回文旋圖詩以贈滔. 宛轉循環以讀, 詞甚悽惋也.

18. 양명숙이 지은 작품에 차운하다. 4수

次韻楊明叔. 四首[52]

양명숙이 보내온 시는 격률과 사의가 모두 향기롭고 산뜻하여 이전의 나쁜 습관을 완전히 제거했었다. 내가 이를 기뻐하면서 잠을 이루지 못할 정도였다. 문장이란 도의 그릇이고 말이란 행실의 가지와 잎이다. 그래서 차운하여 4수의 작품을 지어 이에 보답했다. 예의의 밭을 갈려면 그 쟁기를 깊숙이 해야 한다. 명숙의 언행에는 법도가 있고 관리가 되어서는 또한 일에 민첩하고 백성을 위해 근심했다. 그래서 나는 명숙이 원대한 사람이 되기를 바란다.

楊明叔惠詩, 格律詞意, 皆薰沐, 去其舊習. 予爲之喜而不寐. 文章者, 道之器也, 言者, 行之枝葉也. 故次韻作四詩報之. 耕禮義之田而深其耒. 明叔言行有法, 當官又敏於事而卹民, 故予期之以遠者大者.

첫 번째 수其一

| 魚去游濠上 | 물고기 가버린 호량 가에서 놀고 |
| 鶚來止坐隅 | 부엉이 날아와 자리 옆에 앉았네. |

---

52 [교감기] 장지본·전본에는 작품 제목 아래 '幷序'라는 두 글자가 있다. 문집·고본에는 '次韻楊明叔. 四首'라는 표제어가 없고 아래에 나오는 병서(幷序)의 글을 작품의 제목으로 삼았다.

吉凶終我在[53]	길흉은 종내 내게 달려 있고
憂樂與生俱	근심과 즐거움은 삶과 함께 한다네.
決定不是物	마음 결정하여 사물에 얽매이지 않으면
方名大丈夫	대장부라는 아름다운 이름 있으리라.
今觀由也果	지금 보건데 유는 과단성 있노니
老子欲乘桴	늙은이는 함께 뗏목 타고 싶어라.

【주석】

魚去游濠上 鵩來止坐隅 : '호량'[54]은 위의 주注에 보인다. 『진서·가의전』에서 "가의가 장사부가 되었고 3년이 지난 뒤, 복조服鳥가 가의의 관사로 날아들어 자리 옆에 내려앉았다. 복조는 부엉이와 비슷하게 생겼는데 상서롭지 못한 새이다. 가의는 이에 부를 지어 스스로를 위

---

53 [교감기] '終'이 문집·고본에는 '唯'로 되어 있다. 고본의 원교(原校)에서 "'終我在'가 다른 판본에는 '唯我在'로 되어 있다"라고 했다. 또한 '我在'가 명대전본에는 '在我'로 되어 있다.
54 호량(濠梁) : 장자가 혜자와 함께 호수의 징검돌 근처에서 노닐고 있었다. 장자가 "피라미가 한가롭게 헤엄치고 있소. 이게 바로 물고기의 즐거움이란 거요"라고 하자, 혜자가 "당신은 물고기가 아니오. 어찌 물고기의 즐거움을 안단 말이오"라 하였다. 장자가 다시 "당신은 내가 아니오. 어찌 물고기의 즐거움을 알지 못한다는 걸 안단 말이오"라 하자, 혜자가 "나는 당신이 아니니까 물론 당신을 알지 못하오. 당신은 물론 물고기가 아니니까 당신이 물고기의 즐거움을 알지 못한다는 게 확실하단 말이오"라 했다. 장자가 "이제 처음 질문으로 돌아가 말해 봅시다. 그대가 '어찌 당신이 물고기의 즐거움을 안단 말이오'라고 했지만, 이미 그것은 내가 안다는 것을 알고서 내게 물은 것이오. 나는 호수가에서 물고기의 즐거움을 알고 있소이다"라고 했다.

로했다"라고 했다.

濠梁見上注. 漢書賈誼傳曰, 誼爲長沙傅, 三年, 有服飛入誼舍, 止於坐隅. 服似鵩, 不祥鳥也. 誼迺爲賦以自廣.

吉凶終我在 憂樂與生俱 : 앞 구는 부엉이가 날아온 뜻을 마친 것이며, 아래 구는 물고기의 즐거움의 뜻을 마친 것이다. 가의의 「복부」에서 "화 속에 복이 깃들어 있고 복 안에 화가 숨어 있다. 근심과 기쁨은 문에 모이고 길과 흉은 장소를 같이한다"라고 했다. 『시경』에서 "오직 길함과 흉함은 어김없이 사람에게 달려 있는 것이다"라고 했다. 『장자 · 지락편』에서 "사람의 삶은 근심과 함께 살아가는데 장수하는 사람은 정신이 흐린 상태에서 오래도록 근심하면서 죽지도 않으니, 이 무슨 괴로움인가"라고 했다. 『열반경』에서 "마하마야가 죽을 무렵에 부처가 그 곳에 와서는 위로하면서 "살아오는 동안 즐거움과 고통을 함께 했을 테니, 이 열반을 닦아 영원히 즐거움과 고통에서 벗어나소서"라 했다"라고 했다. 작품의 의미는 길흉과 우락은 모두 나로 말미암아 생기는 것으로, 진실로 무아의 경지에 든다면 길흉과 우락이 어디에서 생겨나겠는가라는 것이다. 산곡 황정견의 「여왕자비서」에서 "사람은 진실로 근심과 즐거움 속에서 함께 살아가는 것으로, 그 가운데에서 취사선택하여 육착[55]으로 서로 해치는데 이르러서는 날마다 방패와 창을 찾

---

55 육착(六鑿) : 인간의 마음속에 일어나는 여섯 가지 감정으로, 기쁨[喜] · 노여움[怒] · 슬픔[哀] · 즐거움[樂] · 사랑[愛] · 미움[惡]을 말한다. 『장자 · 외물(外物)』에

아야 한다. 옛 도를 배운 사람들은 그 근본을 깊이 탐색하여 삼매[56]를 다투지 않는 것으로 자신을 다스렸다. 모든 일이 인연으로 인해 생기는 것을 안다면 이것이 바로 안락하게 살아가는 방법이다"라고 했다.

上句終鶂來之意, 下句終魚樂之意. 鵬賦曰, 禍兮福所倚, 福兮禍所伏. 憂喜聚門, 吉凶同域. 書曰, 惟吉凶不僭在人. 莊子至樂篇曰, 人之生也, 與憂俱生, 壽者惛惛, 久憂不死, 何之苦也. 涅槃經, 摩那臨終, 佛至其所, 慰論曰, 身所經處, 與苦樂俱, 當脩涅槃, 永離苦樂. 詩意謂吉凶憂樂, 皆因我有, 苟能無我, 彼何[57]從生. 山谷與王子飛書曰, 人固與憂樂俱生者也, 於其中有簡擇取捨, 以至於六鑿相攘, 日尋干戈. 古之學道者, 深探其本, 以無諍三昧治之. 所以萬事隨緣, 是安樂法.

決定不是物 方名大丈夫 : 『원각경』에서 "결정적인 믿음이 생기게 했다"라고 했다. 『전등록』에서 남천광이 "대덕은 마음을 인정함이 부처를 인정하는 것으로 알지 말라. 설사 인정한다 하여도 그것은 경계이니 그는 소지우라 불리리라. 그래서 강서대사가 "마음도 아니요, 부처도 아니요, 물건도 아니다"라고 하신 것이다. 또한 그대는 뒷사람들에게 그러한 행동을 하게 하는구나"라고 했다. 『맹자』에서 "이것을 대장부

서 "마음이 자연의 대도 안에서 노닐지 못하면 육착이 서로 해친다[心無天遊, 則六鑿相攘]"라고 했다.
56 삼매(三昧) : 불가(佛家)의 용어로, 잡념을 물리쳐 마음이 흐트러지거나 어지럽지 않아 어느 한곳에 집중한다는 뜻이다.
57 [교감기] '何'가 원본·부교본에는 '無'로 되어 있다.

라고 한다"라고 했다. 동안선사同安禪師의『십현담十玄談』에서 "장부는 모두 하늘 찌르는 기운 있으니, 부처가 가는 길은 가지 않는다"라고 했다.

圓覺經曰, 生決定信. 傳燈錄, 南泉廣語云, 大德莫認心認佛, 設得認是境, 被他喚作所知愚, 故江西大師云, 不是心, 不是佛, 不是物, 且教你後人恁麼行履. 孟子曰, 此之謂大丈夫. 同安禪師十玄談曰, 丈夫皆有衝天氣, 不向如來行處行.

今觀由也果 老子欲乘桴 : 모두『노론』에 보인다.[58] '유야'는 명숙을 비유하고 '노자'는 산곡 자신을 말한다. 명숙의 지취가 용맹하고 과단성이 있어 반드시 서로 따라 동해에 배를 띄울 것이라는 말이다.『후한서·마원전』에서 "자못 저 노인 불쌍해라, 마음대로 노닐게 하고 싶구나"라고 했다. 산곡 황정견의 「화양명숙우운자칠시」는 모두 명숙을 기린 것으로, 지금 이 작품의 진적을 팽산 황씨가 가지고 있는데, 두 송頌 작품이 이 문집에는 없으니, 마땅히 만년에 삭제한 것이다.

竝見魯論. 由也以比明叔, 老子山谷自謂. 言明叔志趣勇決, 必能相從, 浮於東海也. 後漢馬援傳云, 頗哀老子, 使得遨遊. 山谷和楊明叔隅字韻七詩, 皆謂之頌, 今彭山黃氏有此眞蹟, 二頌此集所無, 當是晚年刪去.

---

58 모두『노론』에 보인다 : '유야과(由也果)'는『논어·옹야(雍也)』에서 계강자(季康子)가 자로(子路)를 두고 정사에 종사하게 할 수 있겠는가라는 물음에 대하여 공자가 "유는 과감하니 정사에 종사하는 데 무슨 어려움이 있겠는가[子曰, 由也果, 於從政乎, 何有]"라고 한 대목에 보인다. '욕승부(欲乘桴)'는『논어·공야장(公冶長)』에서 공자가 천하가 어지러움을 탄식하여, "도가 행해지지 않는구나. 뗏목을 타고 바다를 항해하리니, 나를 따를 이는 유(由)일 것이다[道不行, 乘桴浮于海, 從我者其由與]"라는 구절에 보인다.

두 번째 수 其二

道常無一物	도는 언제나 하나의 물건도 없으며
學要反三隅	배우는 것은 거일반삼이 필요하다네.
喜與嗔同本	기쁨과 성냄의 그 근본이 같으니
嗔時喜自俱[59]	성낼 때 기쁨도 절로 함께 한다오.
心隨物作宰	마음이 사물 따르면 사물이 주재하게 되어
人謂我非夫[60]	사람들은 내가 대장부가 아니라 한다네.
利用兼精義	씀의 이로움과 의리의 정밀함 겸하면
還成到岸桴	배를 타고 저편 언덕에 이를 수 있다네.

【주석】

常無一物 學要反三隅 : 『노자』에서 "도에는 언제나 이름이 없다"라고
했다. 『전등록』에서 "육조의 게에서 "보살에는 본래 나무가 없고 밝은
거울 또한 받침대가 없네. 본래 하나의 물건도 없는데 어찌 티끌과 먼
지가 끼겠는가"라 했다"라고 했다. '반삼우'는 『노론』에 보인다.[61]

---

59 [교감기] '時'가 전본에는 '與'로 되어 있다.
60 [교감기] '謂'가 문집·고본에는 '爲'로 되어 있고 원교(原校)에서 "다른 판본에는
   '謂'로 되어 있다"라고 했다.
61 '반삼우(反三隅)'는 『노론』에 보인다 : 『논어·술이(述而)』에서 "공자(孔子)가
   말하기를 "알지 못해 답답해하지 않으면 열어주지 않았고 알면서 어떻게 표현해
   야 할지 고민하지 않으면 알려주지 않았다. 한 모퉁이를 들어 세 모퉁이를 돌아
   보지 않는 사람을 다시 가르치지 않았다"라고 했다[子曰, 不憤不啓, 不悱不發, 擧
   一隅, 不以三隅反, 則不復也]"라고 한 대목이 보인다.

老子曰, 道常無名. 傳燈錄, 六祖偈曰, 菩提本非樹, 明鏡亦非臺. 本來無一物, 何假拂塵埃. 反三隅見魯論.

喜與嗔同本 嗔時喜自俱 : 성냄과 기뻐함이 비록 다르지만 근본은 하나의 성性으로 같다. 뭇 원숭이들이 기뻐하고 성내는 것[62]에서 이것을 볼 수 있다. 『전등록』에 실린 용수의 게에서 "법심에 있어서는 증명할 수 없지만, 노여움도 없고 또한 기쁨도 없다"라고 했다.

嗔喜雖殊, 本同一性. 衆狙喜怒, 卽可見矣. 傳燈錄龍樹偈曰, 於法心不證,[63] 無嗔亦無喜.

62　뭇 원숭이들이 기뻐하고 성내는 것 :『열자』에 보이는 '조삼모사(朝三暮四)'의 일화와 관련된 언급으로 보인다. '조삼모사'의 일화는 다음과 같다. "송(宋)나라에 원숭이를 기르는 저공(狙公)이 살고 있었다. 그는 원숭이를 좋아하여 원숭이를 기르다가 무리를 이루게 되었다. 그는 원숭이의 마음을 잘 헤아렸고 원숭이도 또한 저공의 마음을 잘 이해했다. 그는 자기 집 식구들의 생활비를 줄여 원숭이의 욕망을 채워주었다. 그러나 얼마 안 되어 그의 생활이 궁핍하게 되어 장차 원숭이의 먹이를 줄이려고 했는데, 원숭이들이 자기의 말을 듣지 않을까 봐 걱정을 했다. 그래서 먼저 원숭이들을 속여 이르기를 "너희들에게 도토리를 아침에는 세 개씩 주고 저녁에는 네 개씩 주면, 만족하겠느냐"라고 했다. 그러자 여러 원숭이들이 일제히 일어나 화를 내었다. 조금 있다가 말하기를 "그러면 너희들에게 아침에 네 개씩 주고 저녁에 세 개씩 주면, 만족하겠느냐"라고 말했다. 그러자 여러 원숭이들이 일제히 엎드려 기뻐했다. 대체로 물건을 가지고 어리석은 사람을 농락하는 것은 모두 다 이와 같다. 성인이 지혜로 여러 어리석은 사람을 농락하는 것도 또한 마치 저공이 지혜로 여러 원숭이를 농락하는 것과 같다. 명분과 실제가 서로 어긋나지 않았는데도 원숭이로 하여금 기뻐하고 화를 내게 만든 것이다[宋有狙公者, 愛狙, 養之成群. 能解狙之意, 狙亦得公之心. 損其家口, 充狙之欲. 俄而匱焉, 將限其食. 恐衆狙之不馴於己也, 先誑之曰, 與若茅, 朝三而暮四, 足乎. 衆狙皆起而怒. 俄而曰, 與若茅, 朝四而暮三, 足乎. 衆狙皆伏而喜. 物之以能鄙相籠, 皆猶此也. 聖人以智籠群愚, 亦猶狙公之以智籠衆狙也. 名實不虧, 使其喜怒哉]."

心隨物作宰 人謂我非夫 : 마음이 사물을 따라 움직이면 사물이 도리어 주재하게 되니 대장부의 일은 아니다. 『능엄경』에서 "모든 중생들이 한없는 예로부터 자신을 잃고 사물을 근본으로 삼아 본심을 잃고 사물에 전도된다"라고 했다. 『전등록』에 실린 제이십일조부법의 게에서 "마음은 만 곳으로 굴러가고 굴러간 곳은 진실로 아득하다. 흐름에 따라 성性을 인식하게 되면 기쁨도 없고 또한 근심도 없으리라"라고 했다. 『원각경』에서 "있음과 없음으로 말미암아 근본적인 무명無明이 일어나, 자기의 주재가 된다"라고 했다. 『전등록』에 실린 현사광의 말에서 "수많은 전지를 누구로 하여금 주재하게 할까"라고 했다. 『좌전』에서 "체자가 "명을 받아 군대의 장수가 되었는데, 대장부가 아닌 것으로 마쳤다""라고 했는데, 그 주注에서 "대장부가 아니다"라고 했다.

心隨物轉, 物反爲主, 非大丈夫事也. 楞嚴曰, 一切衆生從無始來, 迷己爲物, 失於本心, 爲物所轉. 傳燈錄, 第二十一祖付法偈曰, 心隨萬境轉, 轉處實能幽. 隨流認得性, 無喜亦無憂. 圓覺經曰, 由有無始, 本起無明, 爲己主宰. 傳燈錄, 玄沙廣語曰, 如許多田地, 教誰作主宰. 左傳, 巂子曰, 命爲軍帥, 而卒以非夫. 注云, 非丈夫也.

利用兼精義 還成到岸桴 : 『주역』에서 "사람이 의리를 정밀히 연구하여 신묘한 경지에 드는 것은 극진하게 활용하기 위함이다. 씀을 이롭게 하여 몸을 편안히 함은 덕을 높이기 위해서이다"라고 했다. 불서에

63 　證 : 중화서국본에는 '澄'으로 되어 있는데, '證'의 오자이다.

서는 파라밀을 도피안[64]으로 여긴다.

易曰, 精義入神, 以致用也. 利用安身, 以崇德也. 佛書以波羅密爲到彼岸.

세 번째 수其三

全德備萬物	온전한 덕에 만물이 갖추어지는 법이요
大方無四隅	큰 네모에는 네 모서리가 없는 법이라오.
身隨腐草化	몸은 변화 따라 썩은 풀로 변하지만
名與太山俱	명성은 태산과 함께 갖추어져야 하네.
道學歸吾子	배우는 것은 그대에게 달려 있으니
言詩起老夫	시에 대해 말하여 노부를 흥기시키시게.
無爲蹈東海	동해를 밟지 마시고
留作濟川桴	제주에 뗏목 머물러 주시게나.

【주석】

全德備萬物 大方無四隅 : 『장자』에서 "하물며 덕이 온전한 사람은 어떠하겠는가"라고 했다. 『맹자』에서 "만물은 모두 내게서 갖추어지는 법이니, 자신을 돌아봄이 정성스럽다면 즐거움이 이보다 큰 것이 없

---

64 도피안(到彼岸) : 저 언덕에 배를 댄다는 것은 곧 불교에서 이른 바 모든 번뇌에 얽매인 고통의 세계, 즉 생사(生死)의 고해(苦海)를 건너서 이상향인 '열반(涅槃)의 저 언덕에 도달한다[到彼岸]'라는 데서 온 말이고, 밑 없는 배란 역시 불교에서 이른 바 일체의 집착을 여읜 철저(徹底)한 경지, 즉 해탈(解脫)을 말한다.

다”라고 했다. 『노자』에서 “큰 네모는 모서리가 없다”라고 했다. 『회남자』에서 “네 모서리를 경영한다”라고 했는데, 고유의 주注에서 “‘우’는 네모를 말한다”라고 했다.

莊子曰, 而況全德之人也. 孟子曰, 萬物皆備於我矣, 反身而誠, 樂莫大焉. 老子曰, 大方無隅. 淮南子曰, 經營四隅, 高誘注云, 隅, 方也.

身隨腐草化 名與太山俱 : 도를 듣고서 죽으면 비록 몸은 초목과 함께 썩어가겠지만 진실로 사라지지 않는 것이 있다라는 의미이다. 사령운의 「노릉왕묘하작廬陵王墓下作」에서 “한 번 변화에 따라서 죽게 되니, 어찌 부질없이 이름을 날리랴”라고 했는데, 이 의미를 반대로 활용했다. 『예기·월령』에서 “풀이 썩어 개똥벌레가 된다”라고 했는데, 이 의미를 차용한 것이다. 『사기·인상여전』에서 태사공이 “인상여의 이름은 태산보다 무겁다”라고 했다. 『문선』에 실린 경양景陽의 「영사시詠史詩」에서 “이름이 천지와 함께 갖추어졌다네”라고 했다.

謂聞道而死, 雖與草木俱腐, 固有不亡者存. 謝靈運詩, 一隨往化滅, 安用空名揚. 此反而用之. 禮記月令, 腐草爲螢. 此借用. 史記藺相如傳, 太史公曰, 相如名重太山. 選詩曰, 名與天壤俱.

道學歸吾子 言詩起老夫 : 『예기·중용』에서 “군자는 덕성을 높이며 문학에서 말미암는다”라고 했는데, 그 주注에서 “‘도’는 ‘유’와 같다. ‘문학’은 성誠을 배우는 것이다”라고 했다. 『노론』에서 “나를 흥기시키는 자는

商商이구나. 비로소 더불어 시에 대해서 말할 수 있겠다"라고 했다.

禮記中庸曰, 尊德性而道問學. 注云, 道猶由也, 問學, 學誠者也. 魯論曰, 起
予者, 商也, 始可與言詩已矣.

無爲蹈東海 留作濟川楫 :『사기·노중련전』에서 "나는 동해를 밟고 죽었
을 것이다"[65]라고 했다. 이 말을 차용하여 반드시 이 뗏목을 타고 바다에
뜨지 않고 머물러 제주에 있어도 좋다는 것을 말한 것이다. 『서경·열
명』에서 "만약 큰 냇물을 건너면 그대가 배와 노가 되어라"라고 했다.

史記魯連傳曰, 則連有蹈東海而死爾. 此借用, 言不必乘此楫以浮於海, 留
爲濟川之具可也. 書說命曰, 若濟巨川, 用汝作舟楫.

네 번째 수其四[66]

| 匹士能光國 | 필사도 나라를 빛낼 수 있지만 |
| 三屛不滿隅 | 세 명의 나약한 이 모퉁이도 채울 수 없네. |

---

65 나는 (…중략…) 것이다 : 전국 시대 진(秦)나라가 조(趙)나라를 포위했을 때, 위
(魏)나라의 객장군(客將軍) 신원연(新垣衍)이 사신으로 와서 "진 소왕(秦昭王)
을 제(帝)로 섬기면 포위가 풀릴 것이다"라고 했다. 이에 노중련(魯仲連)이 "진
(秦)나라가 만약 방자하게 제(帝)로 된다면, 나는 차라리 동해에 빠져 죽겠다[蹈
東海而死]"라고 반박하여, 신원연을 감복시키고 진나라 군사를 물리친 고사가
있다.

66 [교감기] 전본·건륭본의 원주(原注)에서 "彭山黃氏本, 此詩蓋再次韻之第二章"이
라고 했다.

竊觀今日事	적이 지금 일을 살펴보니
君與古人俱	그대에게 고인의 풍모 있어라.
氣類鳴求友	울어대며 의기투합할 벗을 구하고
精誠石望夫[67]	망부석처럼 순수와 성실 갖추시게나.
雷門震驚手	뇌문에서 천지를 놀라게 할 솜씨이니
待汝一援枹[68]	그대가 한 번 북채 당기는 걸 기다리네.

【주석】

匹士能光國 三屠不滿隅 : 『예기』에서 "필부가 태뢰[69]로 제사하는 것을 적합하지 않다고 말하는 것이다"라고 했다. 『문선·변망론』에서 "풍아로는 제갈근이요, 장승과 보척은 명성을 떨쳐 나라를 빛나게 했다"라고 했다. 『안자춘추』에서 "다섯 사람도 한 모퉁이를 채울 수 없지만, 한 사람만으로 조정을 채운다"라고 했다. 살펴보건대, 황 씨가 소장하고 있는 판본에 산곡 황정견의 자주自注가 있는데, 또한 『안자춘추』의 말을 인용했고 다만 '오五'자가 '삼三'으로 되어 있을 뿐이다. 이 작품은 호걸한 선비는 비록 적더라도 나라를 빛나는 데는 충분하고 나약한 선비가 비록 많더라도 일찍이 한 모퉁이를 채우기에도 충분하지 않다는 의미이다.

---

67 [교감기] '精誠'이 장지본·명대전본에는 '精神'으로 되어 있다.
68 [교감기] 전본·건륭본에는 '待汝一援枹'라는 구절 아래의 원교(原校)에서 "黃氏本山谷自注曰, 禮運云, 蕢桴而土鼓. 說者曰, 桴, 鼓椎也. 然則枹亦通於桴"라고 했다.
69 태뢰(太牢) : 제사 음식으로 소·염소·돼지 세 짐승을 갖추는 것을 말한다.

禮記曰, 匹士太牢而祭, 謂之攘. 文選辨亡論曰, 風雅則諸葛瑾, 張承步隲以名聲光國. 晏子春秋曰, 五子不滿隅, 一子滿朝. 按黃氏本有山谷自注, 亦引此語, 但以五爲三爾. 詩意謂豪傑之士雖少, 足以爲邦家之光, 孱懦之夫雖衆, 曾不足充滿一隅也.

竊觀今日事 君與古人俱 : 황 씨가 소장하고 있는 판본에는 '금자사'로 되어 있고 여기에서는 '금일今日'이라고 말했으니, 만년에 고친 것이다. 나라를 빛낼 수 있는 선비를 지금 시대에는 찾아볼 수 없는데, 오직 명숙만이 고인처럼 될 수 있기를 기약할 수 있다는 말이다. 『좌전』에서 "오늘의 이 일은 나의 생각이오"라고 했는데, 이 말을 차용한 것이다. 두보의 「희달행재소喜達行在所」에서 "살아서 돌아온 건 오늘의 일이오"라고 했다. 『장자』에서 "성견成見을 내세울 때 옛사람의 가르침에 가탁하는 사람은 옛사람과 같은 무리이다"라고 했다. ○『예기』에서 "옛 사람을 상고해 보고 지금 사람과 함께 산다"라고 했다.

黃氏本作今者事, 此云今日, 當是晚年所改. 言士之可以光國者, 今世未見, 獨明叔可期以古人也. 左傳曰, 今日之事我爲政. 此借用. 老杜詩, 生還今日事. 莊子曰, 成而上比者, 與古爲徒. ○ 禮記, 古人與稽, 今人與居.

氣類驚求友 精誠石望夫 : 『문선』에 실린 임언승의 「왕문헌집서」에서 "의기가 같은 것으로 허여했다"라고 했다. 『시경·벌목』에서 "재잘재잘 즐겁게 노래하는 새들이여, 서로들 벗을 구하는 소리로다"라고 했

는데, 시인들이 시 구절을 서로 이어받아 '앵嚶'을 '앵鸎'으로 여겼다. 『장자』에서 "진실이란 순수와 성실의 극치이니, 순수하지 아니하고 성실하지 않으면 사람들을 감동시킬 수가 없다"라고 했고 또한 그 주注에서 "정나라 사람 완은 순수와 성실이 지극한 사람이었기에, 죽어서 가을 측백나무의 열매가 되었다"라고 했다. 유의경의 『유명록』에서 "무창의 북쪽 산 위에 망부석이 있는데, 그 모양이 마치 사람이 서 있는 것 같다. 예로부터 이르길 "예전에 정조 있는 부인이 있었는데, 그 남편이 행역을 떠나게 되자 어린 자식의 손을 잡고 와서 이 산에서 헤어졌다. 헤어지고 난 후 서서 남편을 바라보다가 돌로 변했다. 그래서 망부석이라고 이름 붙여진 것이다"라 했다"라고 했다.

文選任彦昇作王文憲集序曰, 許與氣類. 伐木詩曰, 嚶其鳴矣, 求其友聲. 詩人相承, 以嚶爲鸎. 莊子曰, 眞者, 精誠之至也, 不精不誠, 不能動人. 又注曰, 鄭人緩精誠之至, 故死爲秋柏之實. 劉義慶幽明錄曰, 武昌北山上有望夫石, 狀若人立. 古傳云, 昔有貞婦, 其夫從役, 携弱子餞送此山, 立望夫而化爲石, 因以名焉.

雷門震驚手 待汝一援桴 : 당시에 명성을 떨치시길 바란다는 것이다. 『순자』에서 "명성이 발현되어 하늘과 땅 사이에 드러나게 되는 것이, 어찌 해나 달 및 우레가 요동치는 것과 같지 않으랴"라고 했다. 『한서·왕존전』에서 "포고를 가지고 뇌문을 지나지 말라"[70]라고 했는데, 그

---

70 포고(布鼓)를 (…중략…) 말라 : '포고(布鼓)'는 베로 만든 북으로 소리가 잘 나지

주注에서 "'뇌문'은 회계의 성문이다. 회계의 성문에는 큰 북이 걸려 있어, 이 북을 치면 그 소리가 낙양까지 들린다"라고 했다. 『주역』에서 "벼락이 백 리를 놀라게 하네"라고 했다. 『사기·사마양저전』에서 "북채를 당겨 북을 급하게 치면서 싸우게 되면 자기 몸을 잊는 법이다"라고 했다. '포枹' 또한 '부桴'로 쓴다. 살펴보건대, 『예기·예운禮運』 소疏에서 황 씨의 말을 인용하여 "'부桴'는 북을 치는 물건을 말한다"라고 했다. 『좌전』에서 "오른손으로는 북채를 들고 북을 친다"라고 했다. 『한서음의』에서 "'포枹'는 북채이다"라고 했다.

望其振發聲名於當時也. 荀子曰, 聲名之部[71]發於天地之間, 豈不如日月雷霆然哉. 漢書王尊傳曰, 母持布鼓過雷門. 注云, 雷門, 會稽城門也. 有大鼓, 越擊此鼓, 聲聞洛陽. 易曰, 震驚百里. 史記司馬穰苴傳曰, 援枹鼓之急, 則忘其身. 枹亦作桴. 按禮運疏引皇氏云, 桴謂擊鼓之物, 右援枹而鼓. 音義云, 枹, 鼓椎也.

않는 북이다. '뇌문(雷門)'은 회계(會稽)의 성문(城門)으로 큰북이 걸려 있어 소리가 멀리까지 들렸으므로, 포고는 무용지물과 같게 된다.

71 部 : 중화서국본에는 '剖'로 되어 있는데, '部'의 오자이다.

19. 다시 차운하다【병인】

再次韻【幷引】[72]

나도 늙어 게을러졌고 쇠하여 의욕이 떨어져 오랜 세월 시를 짓지 않았기에 시의 체제나 율격에 대해 잊은 지 오래였다. 그런데 명숙이 사문斯文에 뜻을 둔 일로 인해 시험 삼아 한 벼리를 들어 만 개의 조목을 펼쳤다. 대개 속된 것을 가지고도 아정하게 하고 옛 것을 가지고도 새롭게 하면, 백 번 싸워 백 번 이길 수 있으니 마치 손오의 『손자병법』과 같고, 가시나무 끝으로도 화살촉을 격파할 수 있으니 마치 감승과 비위[73]가 화살을 쏘는 것과 같을 것이니, 이것이 시인의 기이한 재주이다. 명숙은 절로 이러한 경지에 들었다. 공은 미주眉州 사람으로,[74] 향선생[75]의 오묘한 말은 한 시대에 요동쳤고 환하게 빛났다. 내가 예전 이 공을 따라 배우면서 얻은 것이 대단히 많았기에, 지금 이 일을 가져

---

72 [교감기] 문집·고본에는 '再次韻幷引'이라는 다섯 글자가 없고 아래 보이는 서문(序文)을 곧바로 제목으로 삼았다. 원본에는 '幷引'이라는 두 글자가 없고 전본에는 '引'이 '序'로 되어 있다.

73 감승(甘蠅)과 비위(飛衛) : '감승'은 고대의 명사수로 이름난 사람으로, 그가 활을 당기기만 하면 길짐승이 넘어지고 날짐승이 떨어졌다 한다. 그의 제자 '비위'가 그에게 활 쏘는 법을 배워 스승보다 뛰어났다고 한다.

74 공은 미주(眉州) 사람으로 : '명숙(明叔)'은 양호(楊皓)의 자(字)이고 그는 미주(眉州)의 단릉(丹稜) 사람이다.

75 향선생(鄕先生) : 옛날 치사(致仕)한 뒤 시골에 내려온 중대부(中大夫)를 태사(太師)로 삼고 치사한 사(士)를 소사(少師)로 삼아 향학(鄕學)에서 자제들을 가르치게 했는데, 이 노인들을 명명하여 '향선생'이라고 했다. 여기에서는 명숙을 가리키는 말이다.

다가 붙인다.

庭堅老懶衰墮, 多年不作詩, 已忘其體律. 因明叔有意於斯文, 試擧一綱而張萬目. 蓋以俗爲雅, 以故爲新, 百戰百勝, 如孫吳之兵, 棘端可以破鏃, 如甘蠅飛衛之射, 此詩人之奇也. 明叔當自得之. 公眉人, 鄕先生之妙語, 震耀一世. 我昔從公得之爲多, 故今以此事相付.

窮奇投有北	궁기는 북방의 땅으로 던져졌고
鴻鵠止丘隅	홍곡은 언덕 비탈에 머물러 있구나.
我已魑魅禦	나는 이미 도깨비 재앙 막고 있는데
君方燕雀俱	그대는 제비 참새와 함께 있구려.
道應無蔕芥[76]	도에는 응당 사소한 것 없어야 하고
學要盡工夫	배움에는 공부 다 하는 것이 필요하다네.
莫斬猿狙杙	원숭이 말뚝감으로 베어지지 마시고
明堂待棟桴	명당에서 동량 구하기를 기다리시게.

【주석】

窮奇投有北 鴻鵠止丘隅 我已魑魅禦 君方燕雀俱 : '궁기'와 '이매'의 시어는 산곡 황정견 자신을 비유한 것이다. '홍곡'과 '연작'의 시어는 명숙을 비유한 것이다. 퇴지 한유의 「초남식이원십팔협률初南食貽元十八協律」에서

---

76 [교감기] '蔕芥'가 문집에는 '芥蔕'로 되어 있고 원본에는 '澧芥'로 되어 있다. 살펴보건대, 두 글자는 의미는 같고 글자만 다르다. 지금은 통용하여 '芥蔕'라 쓴다.

"내가 귀양을 왔으니, 남방의 음식을 먹는 게 당연하지"라고 했다. 살펴보건대, 『좌전』에서 태사극이 "소호씨에게 불초한 자식이 있었는데, 궁기이다. 순이 요의 신하로 있을 적에, 사흉인 혼돈과 궁기와 도올과 도철 등을 사방 변두리에 귀양 보내어, 도깨비의 재앙을 막게 했다"라고 했다. 『시경·항백巷伯』에서 "저 참소하는 자를 잡아다가, 승냥이 호랑이게나 던져 주리. 승냥이 호랑이도 먹지 않거든, 북방의 땅에 던져 주리"라고 했다. 『시경·면만』에서 "꾀꼴꾀꼴 꾀꼬리가, 언덕의 비탈에 머물러 있네"라고 했는데, 그 주注에서 "'면만'은 작은 새의 모양이다. 언덕 비탈은 홍곡이 마땅히 머물 곳은 아니다"라고 했다. 『한서·진승전』에서 "제비 참새가 어찌 홍곡의 뜻을 알겠는가"라고 했다.

窮奇魍魅之語, 山谷以自況. 鴻鵠燕雀之語, 以屬明叔. 退之詩, 我來禦魍魅, 自宜味南烹. 按左傳, 太史克曰, 少皥氏有不才子, 謂之窮奇. 舜臣堯, 流四凶族, 渾敦窮奇檮杌饕餮, 投諸四裔, 以禦魍魅. 巷伯詩曰, 取彼譖人, 投畀豺虎. 豺虎不食, 投畀有北. 綿蠻詩曰, 綿蠻黃鳥, 止于丘隅. 注云, 綿蠻, 小鳥貌. 丘隅非鴻鵠所宜止也. 漢書陳勝傳曰, 燕雀安知鴻鵠之志.

道應無蔕芥 學要盡工夫 : 『한서』에 실린 가의의 「복조부」에서 "덕 있는 사람은 허물이 없고 천명을 아는 사람은 근심하지 않네. 자잘하고 하찮은 일이야, 어찌 생각할 필요 있으리오"라고 했다. 「자허부」의 주注에서 "'체개'는 가시이다"라고 했다. 『남사』에서 왕승건이 "송문제의 글은 자연스러움은 양흔羊欣보다 낫지만 공부는 양흔에게 미치지 못한

다"라고 했는데, 이것을 함께 차용한 것이다. 공의보의 『잡록』에서 "'공부工 夫'를 간혹 '공부功夫'라고 쓰기도 한다"라고 했다. 『위지·왕숙전』에서 "오 직 태극 이전의 공부가 대단히 큽니다"라고 했다.

漢書賈誼鵩鳥賦曰, 德人無累, 知命不憂. 細故蔕芥, 何足以疑. 子虛賦注曰, 蔕 芥, 刺鯁也. 南史, 王僧虔云, 宋文帝書, 天然勝於欣, 工夫少於欣. 此竝借用. 孔毅 甫雜錄曰, 工夫或作功夫. 魏志王肅傳, 泰極已前, 工夫尚大.

莫斬猿狙杙 明堂待棟梁 : 황 씨가 소장하고 있는 판본의 산곡 자주自注에서 "「영광전부」에서 "동량棟梁을 메고 높이 날아오르다"라 했다"라고 했다. ○ 마 땅히 그 재주를 기르면서 작은 쓰임이 되지 말라고 말한 것이다. 『장자』에서 "송나라에 형씨라고 하는 땅이 있는데 가래나무, 잣나무, 뽕나무가 토질土質 에 맞았다. 그 중에서 둘레가 한두 줌 이상 되는 것은 원숭이 말뚝감을 찾는 사람이 베어갔다"라고 했다. 『한서음의』에서 "'익'의 음은 '이以'와 '직職'의 반절법이다. 원숭이를 메어 데리고 놀고자 한 것이다"라고 했다. 반고의 「서 도부」에서 "마룻대 서까래가 줄지어 날개를 펼쳤고, 대들보를 메고 높이 날 아오르네"라고 했는데, 그 주注에서 『이아』를 인용해 "'동'은 마룻대를 말한 다"라고 했다. 산곡은 '서도'를 '영광'으로 생각했는데, 잘못된 것이다.

黃氏本山谷自注曰, 靈光殿賦曰, 荷棟梁之高驤. ○ 言當養成其材, 勿小用之也. 莊子曰, 宋有荊氏者, 宜楸柏桑, 其拱把而上者, 求狙猴之杙者斬之. 音義云, 杙音 以職反, 欲以栖戲狙猴也. 班固西都賦曰, 列棼橑以布翼, 荷棟梁而高驤. 注引爾雅, 棟謂之桴. 山谷以西都爲靈光, 誤.

20. 검남으로 귀양 가서 지내다. 10수

謫居黔南. 十首[77]

낙천 백거이의 시구에서 뽑은 것이다. ○ 근세 단백 증조가 『시선』을 지었는데, 그 속에 빈로 반대림의 다음과 같은 일이 실려 있다.

"문잠 장뢰張耒가 노년에 낙천 백거이의 시를 좋아했는데, 빈노가 문잠이 백거이를 칭송하는 것을 듣고서는 그리 달가워하지 않았다. 일찍이 산곡이 지은 열 수의 절구를 읽어보았는데, 낙천 백거이의 시가 이에 미치지 못한다고 생각했다. 산곡 황정견의 여섯 번째 작품에서 "늙은 기색은 날로 얼굴로 올라오고, 즐거움은 날로 마음에서 멀어지네. 지금 이미 예전과 같지 않지만, 뒷날은 오늘날만 못하리라"라고 했다. 문잠이 하루는 빈노를 불러 술을 마시었는데, 미리 낙천 백거이의 시집 한 권을 책상과 침상 사이에 놓아두었다. 빈노가 잠시 책상에서 이 시집을 읽어보았는데, 시간이 지나고 나서 겨우 산곡의 열 수의 절구 작품이 모두 낙천 백거의 작품을 이용하여 지은 것임을 알게 되었다. 대개 낙천 백거이는 부연하는데 장점이 있고 산곡 황정견은 잘라 재단하는 데에 장점이 있었다. 이 일이 있은 이후로 문잠은 다시는 백거이

---

77 [교감기] '十首'가 문집·고본에는 '五首'로 되어 있는데, 산곡 황정견의 본문(本文)에도 다만 앞 다섯 수만 수록되어 있고 여섯 번째 작품에서 열 번째 작품까지 다섯 수는 빠져있다.

의 작품을 칭송하는 말을 감히 하지 않았다"

단백 증조가 『시선』에 실은 기록은 이와 같으니, 반드시 근거한 바가 있었을 것이다. 그러나 부연하고 잘라 재단하는 일 등에 대한 말은 사실이 아닌 듯하다. 아마도 산곡 황정견이 검남에 귀양 가 있을 때, 낙천 백거이가 강주江州와 충주忠州 등에서 지은 시작품을 읽어보았는데, 우연히 마음에 맞는 대목이 있어 몇 마디 말을 뽑아 재각齋閣에 써 놓거나 혹은 일찍이 다른 사람을 위해 쓴 것인데, 세상에 전해지면서 산곡이 스스로 지은 것이라고 여긴 것이다. 그러니 또한 낙천 백거이와 공졸工拙을 다툴 의도는 있지 않았으리라. 시 작품 가운데 몇 글자를 고쳤으니 시작作詩을 하는 방법으로 삼을 만하기에 여기에 덧붙여 놓는다. 앞 다섯 수는 지금 『예장집』에 실려 있고 뒤 다섯 수는 『수수집』에 실려 있다.

摘樂天句 ○ 近世曾慥端伯作詩選, 載潘邠老事云, 張文潛晚喜樂天詩, 邠老聞其稱美輒不樂. 嘗誦山谷十絶句, 以爲不可跂及. 其一云, 老色日上面, 歡惊日去心. 今旣不如昔, 後當不如今. 文潛一日召邠老飮, 預設樂天詩一帙, 置書室牀枕間. 邠老少焉假榻翻閱, 良久纔悟山谷十絶詩, 盡用樂天大篇裁爲絶句. 蓋樂天長於敷衍, 而山谷巧於剪裁. 自是不敢復言. 端伯所載如此, 必有依據. 然敷衍剪裁之說非是. 蓋山谷謫居黔南時, 取樂天江州忠州等詩, 偶有會於心者, 摘其數語, 寫置齋閣, 或嘗爲人書, 世因傳以爲山谷自作. 然亦非有意與樂天較工拙也. 詩中改易數字, 可爲作詩之法, 故因附見於此. 前五篇, 今豫章集有之, 後五篇, 得之脩水集.

첫 번째 수其一

相望六千里	육천 리 밖에서 서로 바라보니
天地隔江山	천지에 강산에 막혀 있구나.
十書九不到	편지는 열에 아홉 못 오노니
何用一開顏	무슨 일로 얼굴 펴고 웃겠는가.

【주석】

相望六千里 天地隔江山 十書九不到 何用一開顏 : 이 작품은 백거이의 『낙천집』 제10권에 실린 「기행간」이란 작품으로, 『낙천집』에는 본래 "서로 거리는 육천 리요, 땅 끊어지고 하늘은 아득해라. 편지는 열에 아홉 못 오노니, 무슨 일로 웃는단 말인가"라고 되어 있다.

此樂天集第十卷中寄行簡詩, 原[78]作相去六千里, 地絶天邈然. 十書九不達, 何以開憂顏.

두 번째 수其二

| 霜降水反壑 | 서리 내리자 물은 골짜기로 들어가고 |

---

78 原 : 중화서국본에는 '元'으로 되어 있으나 '原'의 오자이다.

風落木歸山	바람 부니 나무는 산으로 돌아가네.
冉冉歲華晚	흐르는 세월에 한 해가 저물어가니
昆蟲皆閉關	곤충들 모두 문을 닫는구나.

【주석】

霜降水反壑 風落木歸山 冉冉歲華晚 昆蟲皆閉關 : 이 작품은 『낙천집』 11
권에 실린 「세만」이다. 『낙천집』에는 3구와 4구가 "흐르는 세월에 한
해도 저물려 하니, 사물들 모두 근원으로 돌아가네"라고 되어 있다.

此十一卷中歲晚詩. 後兩句原[79]作冉冉歲將晏, 物皆復本源.

세 번째 수其三

泠淡病心情	병든 마음은 냉담한데
暄和好時節	따듯한 좋은 시절이로구나.
故園音信斷	고향의 편지도 끊어졌고
遠郡親賓絶	먼 고을이라 빈객도 없다오.

【주석】

泠淡病心情 暄和好時節 故園音信斷 遠郡親賓絶 : 이 작품은 『낙천집』
11권에 실린 「화하대주」이다.

---

[79] 原 : 중화서국본에는 '元'으로 되어 있으나 '原'의 오자이다.

此十一卷中花下對酒詩.

네 번째 수其四

山郭燈火稀	산곽에는 등불이 드물고
峽天星漢少	골짝 하늘에는 별도 적어라.
年光東流水	세월은 동으로 흐르는 물 같은데
生計南枝鳥	생계는 남쪽 가지의 새로다.

【주석】

山郭燈火稀 峽天星漢少 年光東流水 生計南枝鳥 : 이 작품은 『낙천집』
11권에 실린 「서루야」이다.

此十一卷中西樓夜詩.

다섯 번째 수其五

冥懷齊遠近[80]	고요한 마음 원근에서 한가지인데
委順隨南北	순리에 맡겨 남북으로 오고가네.
歸去誠可憐	돌아가면 진실로 좋을 텐데

80　[교감기] '冥懷'가 문집에는 '冥性'으로 되어 있다. 살펴보건대, 『백거이집(白居易集)』권11의 「위순(委順)」에는 '宜懷'로 되어 있다.

| 天涯住亦得 | 하늘 끝에서 또 다시 머물고 있네. |

【주석】

冥懷齊遠近 委順隨南北 歸去誠可憐 天涯住亦得 : 이 작품은『낙천집』
11권에 실린「위순」이다.

此十一卷中委順詩.

여섯 번째 수其六

老色日上面	늙은 기색은 날로 얼굴로 올라오고
歡悰日去心	즐거움은 날로 마음에서 멀어지네.
今旣不如昔	지금 이미 예전과 같지 않지만
後當不如今	뒷날은 오늘날만 못하리라.

【주석】

老色日上面 歡悰日去心 今旣不如昔 後當不如今 : 이 작품은『낙천집』
11권에 실린「동성심춘」이다. '환종'이『낙천집』에는 '환정'으로 되어
있다.

此十一卷中東城尋春詩. 歡悰原作歡情.

일곱 번째 수其七

嘖嘖雀引雛	재잘재잘 참새는 새끼 부르고
梢梢筍成竹	조금씩 죽순은 대나무로 변하네.
時物感人情	시물이 사람의 감정을 흔드니
憶我故鄕曲	내 고향의 노래가 생각나누나.

【주석】

嘖嘖雀引雛 梢梢筍成竹 時物感人情 憶我故鄕曲 : 이 작품은 『낙천집』

제10권에 실린 「우하사위촌구거」이다.

此第十卷中孟夏思渭村舊居詩.

여덟 번째 수其八

苦雨初入梅	괴로운 비에 비로소 장마철 접어드니
瘴雲稍含毒	장기 어린 구름 조금씩 독을 품노라.
泥秧水畦稻	무논에서는 모를 옮겨 심고
灰種畬田粟	묵은 밭에선 재 섞어 곡식 파종하네.

【주석】

苦雨初入梅 瘴雲稍含毒 泥秧水畦稻 灰種畬田粟 : 이 작품은 『낙천집』

제10권에 실린 「우하사위촌구거」이다.

與前篇同.

아홉 번째 수其九

輕紗一幅巾	한 폭의 두건은 얇은 비단이요
小簟六尺床	육 척의 침상은 삿자리라오.
無客盡日靜	길손 없어 해지도록 고요하고
有風終夜涼	바람 있어 밤새도록 서늘해라.

【주석】

輕紗一幅巾 小簟六尺床 無客盡日靜 有風終夜涼 : 이 작품은 『낙천집』

11권에 실린 「죽창」이다.

此十一卷中竹窓詩.

열 번째 수其十

病人多夢醫	병든 사람은 병 고치는 꿈 많이 꾸고
囚人多夢赦	죄인은 석방되는 꿈 많이 꾸네.
如何春來夢	봄이 왔는데 꿈은 어떠한가
合眼在鄕社	눈만 감으면 고향에 있다오.

【주석】

病人多夢醫 囚人多夢赦 如何春來夢 合眼在鄕社 : 다른 판본에는 "가을
오니 무슨 꿈 꾸는가, 눈만 감으면 고향이 보인다네"로 되어 있다. 이
작품은 『낙천집』 제10권에 실린 「기행간」으로, 『낙천집』에는 본래
"목마른 사람 마시는 꿈 많이 꾸고 배고픈 사람 먹는 꿈 많이 꾸네. 봄
이 왔는데 어느 곳 꿈을 꾸나, 눈 감으면 동천에 이른다네"라고 되어
있다.

一本作秋來何所夢, 合眼見鄕社. 樂天集第十卷寄行簡詩, 原[81]作渴人多夢
飮, 饑人多夢餐. 春來夢何處, 合眼到東川.

81　原 : 중화서국본에는 '元'으로 되어 있으나 '原'의 오자이다.

21. 검남의 가사군에게 주다

贈黔南賈使君

綠髮將軍領百蠻[82]	검은 머리 장군이 온갖 오랑캐 통솔하며
橫戈得句一開顔	창 비껴 잡고 시 지으니 얼굴 펴지누나.
少年圯下傳書客	젊은 시절 다리 아래에서 책 준 나그네
老去空同[83]問道山[84]	늙어가매 공동으로 가서 도를 묻던 산.
春入鶯花空自笑	봄날에 꾀꼬리 울고 꽃 피면
	부질없이 홀로 웃고
秋成梨棗爲誰攀	가을에 익어가는 배와 대추 누굴 위해 딸까.
何時定作風光主	어느 때나 진정코 풍경의 주인이 될까
待得征西鼓吹還	서쪽 정벌하고 북 피리 소리에
	돌아오길 바라네.

【주석】

綠髮將軍領百蠻 橫戈得句一開顔 : 맹교의 「제원한식濟源寒食」에서 "술 취한 이들 모두 봄날 머리 푸른데, 병든 늙은이 홀로 흰 가을 터럭일세"라고 했다. 『통전』에서 "후한 때에 영오환교위가 있었다"라고 했다.

---

82 [교감기] '領'이 장지본에는 '擁'으로 되어 있는데 또한 통솔한다는 의미이다.
83 [교감기] '空同'이 문집에는 '崆峒'으로 되어 있다.
84 [교감기] '山'이 장지본에는 '仙'으로 되어 있다.

『시경・한혁韓奕』에서 "당시의 많은 오랑캐로 인해"라고 했다. 『남사・
영원조전榮垣祖傳』에서 "조조와 조비가 말 위에 오르면 창을 비껴들었고
말에서 내리면 담론을 나누었다"라고 했다. 원진이 지은 「노두묘명서」
에서 "조 씨 부자는 종종 창을 비껴들고 시를 읊조렸다"라고 했다. 『전
국책』에서 "위나라의 행인인 촉과[85]가 투구를 벗고 창을 옆에 두고 나아
왔다"라고 했다. 두보의 「송위십육평사충동곡군방어판관送韋十六評事充同谷
郡防御判官」에서 "지금 창과 방패 늘어섰네"라고 했다. 사령운의 「수종제혜
련酬從弟惠連」에서 "웃으며 심회를 펴네"라고 했다.

孟郊詩, 酒人皆倚春髮綠, 病叟獨藏秋髮白. 通典曰, 後漢有領烏桓校尉.
詩曰, 因時百蠻. 南史榮垣祖傳曰, 曹操曹丕, 上馬橫槊, 下馬談論. 元稹作老
杜墓銘敍曰, 曹氏父子, 往往橫槊賦詩. 戰國策曰, 衛行人燭過, 免胄橫戈而
進. 老杜詩, 今代橫戈矛. 謝靈運詩, 開顏披心胸.

少年圯下傳書客 老去空同問道山 : 별본의 주注에서 "신신의 집은 대대
로 북원의 공동산에 있었는데, 기상이 웅장하고 꽃과 나무가 무성했
다"라고 했다. ○『한서・장량전』에서 "장량이 하비下邳의 다리 위에서
노닐었는데, 한 늙은이가 한 권의 책을 꺼내면서 장량에게 "이 책을 읽
으면 왕의 장수가 될 것이다"라고 했다. 다음날 아침에 그 책을 보니
태공의 병법서였다"라고 했다. 『장자』에서 "황제는 광성자가 공동산

---

85 행인(行人)인 촉과(燭過) : '행인(行人)'은 조근(朝覲)과 빙문(聘問) 등을 주관
    하던 벼슬을 이른다. '촉과(燭過)'는 당시 행인 벼슬을 맡았던 사람이다.

에 있다는 것을 듣고 찾아가 만나보고 묻기를 "지극한 도의 정밀함에 대해 감히 묻습니다"라 했다"라고 했다. 살펴보건대, 『환우기』에서 "우임금이 다닌 곳에 공동산이라는 이름이 셋이 있다. 하나는 임조에 있고 다른 하나는 안정에 있으며 나머지 하나는 여주에 있다"라고 했다. 황제가 도를 물었던 산은 여주의 산만을 가리키는데, 이 작품에서 말한 공동은 반드시 여주는 아니다.

別本注云, 信臣家世有北園, 在崆峒山下, 氣象雄壯, 花木茂密. ○ 漢書張良傳, 游下邳圯上, 有一老父, 出一編書, 曰讀是則爲王者師. 且日視其書, 迺太公兵法. 莊子曰, 黃帝聞廣成子在於空同之上, 往見之, 曰, 敢問至道之精. 按寰宇記云, 禹跡之內, 山名崆峒者三, 其一在臨洮, 其二在安定, 其三在汝州. 黃帝問道之山, 專指汝州, 然此詩所用, 未必汝州也.

春入鶯花空自笑 秋成梨棗爲誰攀 : 두 구는 모두 고향에 주인이 없다는 의미를 말한 것이다. 두보의 「배이재주왕랑주소수주이과주사사군등혜의사陪李梓州王閬州蘇遂州李果州四使君登惠義寺」에서 "꾀꼬리와 꽃은 시절 변화 따르네"라고 했다. 또한 「백우집행百憂集行」에서 "팔월에 뜰 앞 배와 대추 익어 가네"라고 했다. 『문선』에 실린 사령운의 「종근죽간월령계행從斤竹澗越嶺溪行」에서 "숲에 들어가 잎을 따네"라고 했다. 명원 포조의 「행락지성동교行樂至城東橋」에서 "진정코 누굴 위해 고생하는가"라고 했다.

兩句皆言故園無主之意. 老杜詩, 鶯花隨世界. 又詩, 庭前八月梨棗熟. 文選謝靈運詩, 攀林摘葉卷. 鮑明遠詩, 端爲誰辛苦.

何時定作風光主 待得征西鼓吹還 : 사군이 서하를 평정하여 공과 명성이 이미 드러나자 비로소 고향으로 돌아왔다는 말이다. 두보의 「곡강曲江」에서 "말 전하노니, 봄 풍광이 함께 어울려, 잠시나마 어기지 말고 서로 즐겨보세"라고 했다. 퇴지 한유의 「봉화이상공제소가림정奉和李相公題蕭家林亭」에서 "산공이 이로부터 원림의 주인 되었네"라고 했다. 『위지』의 주注에서 "조공이 명령하길 "제후에 봉해지고 싶으면 정서장군이 되어라"라 했다"라고 했다. 『남사·조경종전』에서 "위나라 군대를 격파하고 군사를 거느리고 들어오면서 시를 지어 "떠날 때는 아녀자들 슬퍼했지만, 돌아올 땐 피리 북소리 요란하구나. 묻노니, 길가는 사람이여, 곽거병[86]과 비교하면 난 어떠한가"라 했다"라고 했다. 『오지·제갈각전』에서 "손권이 제갈각에게 위의를 갖추라고 명령하면서 북을 치고 피리를 불며 돌아오는 것을 따르게 했다"라고 했다.

言使君平定西夏, 功名已立, 始歸故園也. 老杜詩, 傳語風光共流轉, 暫時相賞莫相違. 退之詩, 山公自是園林主. 魏志注, 曹公令曰, 欲望封侯, 作征西將軍. 南史曹景宗傳, 破魏師, 振旅凱入, 賦詩曰, 去時兒女悲, 歸來笳鼓競. 借問行路人, 何如霍去病. 吳志諸葛恪傳, 孫權令恪備威儀, 作鼓吹, 導從歸來.

---

86 곽거병(霍去病) : 한 무제의 명장으로 흉노를 토벌했다.

22. 우사와 운학에 차운하다. 2수【진나라 장협의 「잡시」에서 "허공에 날아오르니 마치 솟는 연기 같고, 거센 비 내리니 마치 엉킨 실 같구나"라고 했다】

次韻雨絲雲鶴. 二首[87]【晉張協詩, 騰空似湧煙, 密雨如散絲】

첫 번째 수其一

煙雲杳藹合中稀	구름 안개 아득한 기운 모여다 사라지고
霧雨空濛密更微	흐릿한 안개비는 짙어졌다 다시 희미해지네.
園客繭絲抽萬緖	원객은 누에 실을 만 가닥이나 뽑아냈고
蛛蝥網面罩群飛	거미줄은 날아다니는 벌레 그물질한다네.
風光錯綜天經緯	풍광이 뒤섞여 하늘의 경위가 되고
草木文章帝杼機	초목에 담긴 문장 제왕의 기저 된다네.
願染朝霞成五色	바라건대, 아침 햇살로 오색을 만들어
爲君王補坐朝衣	군왕을 위해 조의를 수선하시길.

【주석】

煙雲杳藹合中稀 霧雨空濛密更微 : 구본舊本에는 "구름 너머로 아침 햇살이 비치니, 육합六合[88]의 흐릿한 기운 짙어졌다 다시 희미해지네"라

---

87   [교감기] 건륭본에서는 '二首' 아래 원주(原注)에서 "이 두 작품은 사부인(史夫人)과 석신도(石信道)를 대신해서 지은 것이다"라고 했다.
88   육합(六合) : 천지사방을 가리키는 말로 보통 천지라는 의미로 쓰인다.

고 되어 있다. ○ 구양수의 「현산정기峴山亭記」에서 "초목과 구름 안개의 향기로운 기운이 드넓은 유무有無 사이에서 나왔다 사라지네"라고 했다. 퇴지 한유의 「행화杏花」에서 "깊은 계곡의 푸른 단풍에 향기로운 이내 엉키었네"라고 했다. 『초사』에서 "안개 비가 어둑하네"라고 했다. 『문선』에 실린 사조의 「관조우觀朝雨」에서 "아득히 흐릿한 것은 엷은 안개인 듯"이라고 했다.

舊作隔雲朝日看餘輝, 六合空濛密更微. ○ 歐公峴山亭記曰, 草木雲煙之杳靄, 出沒於空曠有無之間. 退之詩, 杳靄深谷攢靑楓. 楚詞曰, 霧雨淫淫. 選詩, 空濛如薄霧.

園客繭絲抽萬緒 蛛蝥網面罩群飛 : '견사繭絲'가 구본舊本에는 '견분繭盆'으로 되어 있다. ○ 『신선전』에서 "원객園客이란 사람이 오색의 향초香草를 심었는데, 갑자기 오색의 나비가 그 위로 모여들었다. 이때 한 여인이 와서 스스로 원객을 도와 누에를 기르니 누에가 마치 항아리만큼이나 커졌다. 누에고치실을 켜는 일을 마치고서는 이 여인은 원객과 더불어 신선이 되어 떠났다"라고 했다. 『문선』에 실린 무선茂先 장화張華의 「여지시勵志詩」에서 "장차 그 실마리를 뽑고자"라고 했다. 『열자』에서 "어지럽게 만 가지 생각 일으키네"라고 했다. '주모蛛蝥'[89]는 『연아演雅』의 주注에 보인다. 『논형』에서 "가느다란 거미줄이 날아다니는 곤충을 그물질한

---

89 주모(蛛蝥) : 거미[蜘蛛]의 별명인데, 『여씨춘추(呂氏春秋)·이용(異用)』에서 "거미가 실을 뽑아 그물 치는 것을 보고 사람이 그물을 만들었다"라고 했다.

다"라고 했다. 퇴지 한유의 「제유자후문祭柳子厚文」에서 "수많은 유언비어가 하늘을 찌른다"라고 했다. '조罩'자는 『시경·남유가어南有嘉魚』에서 말한 "수많은 통발로 잡아내도다"라는 의미의 글자이다.

繭絲舊作繭盆. ○ 神仙傳曰, 園客者, 種五色香草, 忽有五色蛾集其上. 有一女, 自來助客養蠶, 得繭大如甕. 繅訖, 此女子與客俱仙去. 文選, 張茂先詩, 將抽厥緒. 列子曰, 擾擾萬緖起矣. 蛛蝥見演雅注. 論衡曰, 蜘蛛細絲, 以網飛蟲. 退之祭柳子厚文曰, 群飛刺天. 罩字如詩所謂烝然罩罩.

風光錯綜天經緯 草木文章帝杼機 : 현휘 사조의 「화서도조출신정저和徐都曹出新亭渚」에서 "풍광은 풀 사이에 떠 있네"라고 했다. '착종錯綜'은 『주역·계사繫辭』에 보인다.[90] 또한 『좌전』의 서序에서 "위로는 경문經文을 종합하여 그 변화를 극진히 설명하지 못했다"라고 했다. 『국어』에서 "경위經緯가 어긋나지 않는 것이 하늘의 표상이다"라고 했다. 『북사·조형전祖瑩傳』에서 "문장은 모름지기 자신의 틀[91]에서 지어내어 일가의 풍골風骨을 이루어야 한다"라고 했다. 『문선』에 실린 곽태의 「기시機詩」에서 "틀을 잡지 못했네"라고 했다.

謝玄暉詩, 風光草際浮. 錯綜見易繫辭. 又左傳序曰, 進不成爲錯綜經文, 以盡其變. 國語云, 經緯不爽, 天之象也. 北史祖瑩傳曰, 文章須自出機杼, 成

---

90 착종(錯綜)은 (…중략…) 보인다 : 『주역·계사(繫辭)』에서 "삼으로 세고 오로 세어 변하며, 그 수를 교착하고 종합한다[參伍以變, 錯綜其數]"라고 했다.
91 틀 : '기저(機杼)'는 베틀과 북이라는 의미로, 전하여 문장을 구성하는 기량을 뜻한다.

一家風骨. 文選郭泰機詩曰, 不得秉杼機.

願染朝霞成五色 爲君王補坐朝衣 : 목지 두목의 「군재독작郡齋獨酌」에서 "평생 오색의 실로, 순 임금의 의상을 깁고 싶어라"라고 했다. 『시경·증민烝民』에서 "임금 직책에 어그러짐이 있으면, 중산보仲山甫가 바로잡아 준다네"라고 했다.

杜牧之詩曰, 平生五色線, 願補舜衣裳. 詩曰, 袞職有闕, 維仲山甫補之.

두 번째 수其二

幾片雲如薛公鶴	몇 조각 구름은 마치 설공의 학 같으니
精神態度不曾齊	정신과 모습이 모두 같지가 않다네.
安知隴鳥樊籠密	어찌 알랴, 새장 속에 갇혀 있던 새가
便覺南鵬羽翼低	다시 남명으로 가는 붕새의 날개 아래 있을 줄.
風散又成千里去	바람 흩어지면 또한 천 리 떠나가고
夜寒應上九天栖	밤 추우면 응당 구천에 들어 머물겠지.
坐來改變如蒼狗	자리로 와 푸른 개처럼 변하노니
試欲揮毫意自迷	붓 휘두르고자 하나 마음 절로 어지럽네.

【주석】

幾片雲如薛公鶴 精神態度不曾齊 : 두보의 「기팽주고삼십오사군적운

운기팽주고삼십오사군적운운運寄彭州高三十五使君適云云」에서 "조수의 누런 구름 조각조각 흩어졌네"라고 했다. 또한 「통천현서옥벽후설소보화학通泉縣署屋壁後薛少保畫鶴」에서 "설공薛公이 그린 열한 마리 학, 모두 청전靑田[92]의 학을 그린 것이네. 고개를 숙이기고 들기도 각각 뜻이 있는데, 우뚝한 모습은 마치 큰 사람 같네"라고 했다. 살펴보건대, 장언원張彦遠의 『명화기名畫記』에서 "설직薛稷의 자는 사통嗣通이고 꽃과 새, 인물, 잡다한 것, 학을 잘 그려 이름이 알려졌다"라고 했다. 『맹자』에서 "사물이 가지런하지 않은 것은 사물의 본성이다"라고 했다.

老杜詩, 洮雲片片黃. 又詩, 薛公十一鶴, 皆寫靑田眞. 低昂各有意, 磊落如長人. 按張彦遠名畫記, 薛稷字嗣通, 善花鳥人物雜畫畫鶴知名. 孟子曰, 物之不齊, 物之情也.

安知隴鳥樊籠密 便覺南鵬羽翼低 : 예형의 「앵무부鸚鵡賦」에서 "예쁘게 장식한 새장 속에 갇혔다"라고 했는데, 그 주注에서 "산언덕에서 이 새가 나온다"라고 했다. 연명 도잠의 「귀원전거歸園田居」에서 "오래 동안 새 장 속에 갇혀 있다가, 다시 자연으로 돌아오게 되었구나"라고 했다. 『장자』에서 "붕새의 날개는 하늘에 드리운 구름 같아서, 바다로 날아가서 장차 남명으로 옮겨간다"라고 했다.

---

92 청전(靑田) : 『영가군기(永嘉郡記)』에서 "목계야(沐溪野)에서 9리쯤 가면 청전(靑田)이 있는데, 그곳에는 쌍백학(雙白鶴)이 있다. 해마다 새끼를 낳는데 크면 문득 떠나고 다만 부모 한 쌍만 남는다. 대단히 털이 희어 사랑할 만하니 많은 사람들이 신선이 기른 것이라고들 한다"라고 했다.

禰衡鸚鵡賦曰, 閉以雕籠. 注云, 隴坻出此鳥. 淵明詩, 久在樊籠裏, 復得反自然. 莊子曰, 鵬翼若垂天之雲, 海運則將徙於南㝠.

風散又成千里去 夜寒應上九天栖 : 『상학경相鶴經』에서 "날면 일천 리를 간다"라고 했다. 『당척언』에 실린 양형楊衡의 시에서 "한 마리 한 마리 학 울며 하늘에서 나네"라고 했다. 『손자병법』에서 "잘 공격하는 자는 구천九天의 위에서 움직인다"라고 했다. 『광아廣雅』에 '구천九天'이라는 말이 있는데, 또한 '구야九野'라고도 한다.

相鶴經曰, 飛則一擧千里. 唐撫言, 楊衡詩, 一一鶴聲飛上天. 孫子曰, 善攻者, 動於九天之上. 廣雅有九天名, 亦曰九野.

坐來改變如蒼狗 試欲揮毫意自迷 : 두보의 「가탄可歎」에서 "하늘에 뜬 구름은 흰옷 같더니만, 어느새 변해 푸른 개 같아라"라고 했다. 또한 「송사제빈부제주送舍弟頻赴齊州」에서 "위태로운 시절에 잠시 서로 만나니, 늙은이의 마음은 온통 어지럽구나"라고 했다. 살펴보건대, 『안자』에서 "목왕의 뜻 어지럽고 마음 아파라"라고 했다.

老杜詩, 天上浮雲似白衣, 須臾改變如蒼狗. 又曰, 危時暫相見, 衰白意都迷. 按列子曰, 穆王意迷心喪.

23. 빈로를 따라 죽순을 캐다【황빈로는 문호주의 처조카인데, 「산곡제발」에 보인다】

從斌老乞苦筍【黃斌老, 文湖州之妻侄, 見於山谷題跋】

南園苦筍味勝肉	남원의 죽순은 고기보다 맛이 좋은데
籜龍稱冤莫採錄	탁룡이 원망하니 함부로 캐지 마시게.
煩君便[93]致蒼玉束	그대 창옥속[94] 되는 것을 근심하는데
明日風雨皆成竹	내일 비바람 불면 모두 대나무 된다네.

【주석】

南園苦筍味勝肉 籜龍稱冤莫採錄 : 노동의 「기남寄男」에서 "탁룡籜龍[95]이 진실로 원망하리니, 너의 입에 들어가 죽게 하지 마라. 진심으로 너에게 부탁하노니, 너 살자고 탁용 죽이지 말라"라고 했다.

盧仝寄男詩曰, 籜龍正稱冤, 莫殺入汝口. 丁寧囑託汝, 汝活籜龍不.

煩君便致蒼玉束 明日風雨皆成竹 : 『예기 · 옥조玉藻』에서 "대부는 수창옥水蒼玉[96]을 찬다"라고 했다. 낙천 백거이의 「식순食筍」에서 "먹는 걸

---

93 [교감기] '便'이 문집 · 고본 · 장지본 · 건륭본에는 모두 '更'으로 되어 있다. 고본의 원교(原校)에서 "'更'이 다른 판본에는 '便'으로 되어 있다"라고 했다.

94 창옥속(蒼玉束) : 푸른 옥의 묶음이라는 말로, 죽순의 별명이다.

95 탁룡(籜龍) : 죽순의 껍질이 알록달록하기 때문에 탁룡(籜龍), 또는 용손(龍孫)이라고 한다.

96 수창옥(水蒼玉) : 물의 빛깔처럼 푸른빛이 도는 옥을 말한다.

주저하지 마시게, 남풍 불어오면 대나무 되니"라고 했다.

禮記玉藻曰, 大夫佩水蒼玉. 樂天食筍詩, 且食勿踟躕, 南風吹作竹.

24. 황빈로가 그린 횡죽에 차운하다

次韻黃[97]斌老所畫橫竹

酒澆胸次不能平	가슴에 술 부어도 평온하지 못한데
吐出蒼竹歲崢嶸	한 해 저물어갈 때 푸른 대나무 솟았어라.
臥龍偃蹇雷不驚	와룡은 우뚝하여 우레에도 놀라지 않고
石與此君俱忘形	돌과 차군은 모두 형상을 잊게 만드네.
晴窓影落石泓處	개인 창에 그림자 지는 석홍의 자리
松煤淺染飽霜兎	솔 그을려 옅게 물들인 서리 맞은 토끼라네.
中安三石使屈蟠	그 가운데 세 돌 있어 구부러졌으니
亦恐形全便飛去	또한 모습 온전해지면 날아갈까 두렵네.

【주석】

酒澆胸次不能平 吐出蒼竹歲崢嶸 : '주요흉중酒澆胷中'[98]은 위의 주注에 보인다. 퇴지 한유의 「송고한서送高閑序」에서 "달게 취하거나 무료하거나 불평스러움이 마음속에서 움직일 때마다 초서로 그것을 표현했다"라고 했다. 명원 포조의 「무학부舞鶴賦」에서 "한 해가 다가니 세모에 근

심하네"라고 했는데, 그 주注에서 "한 해가 장차 저물어 가니, 마치 사물이 높게 솟은 것과 같다"라고 했다. 이것을 인용하여 한 해가 추위 속에 저물어간다는 것을 말했다.

酒澆胷中見上注. 退之送高閑序曰, 酣醉無聊不平, 有動於心, 於草書發之, 鮑明遠舞鶴賦曰, 歲峥嶸而愁暮. 注云, 歲之將暮, 猶物之高. 此引用, 以言歲寒.

臥龍偃蹇雷不驚 石與此君俱忘形 : 『촉지 · 제갈량전諸葛亮傳』에서 "서서徐庶가 선주先主에게 "공명은 와룡臥龍입니다'라 했다"라고 했는데, 이것을 인용하여 대나무에 견준 것이다. '언건偃蹇'[99]은 위의 주注에 보인다. 『장자』에서 "격렬한 우레가 산을 쪼개고 바람이 바다를 뒤흔들지라도 그를 놀라게 할 수 없다"라고 했다. 『진서』에서 "왕휘지가 빈 집에 잠깐 거처할 때에도 대나무를 심게 하고서는 "어찌 하루라도 차군此君[100]이 없어서야 되겠는가'라 했다"라고 했다. 두보의 「취시가醉時歌」에서 "격식 버리고 너나 부르지만, 흠씬 취하면 진정 나의 스승이네"라고 했다. 살펴보건대, 『장자』에서 "뜻을 기르는 자는 자신의 형상을 잊는다"라고 했다.

蜀志諸葛亮傳, 徐庶謂先主曰, 孔明, 臥龍也. 此引用, 以比竹. 偃蹇見上注. 莊子曰, 疾雷破山風振海, 而不能驚. 晉書, 王徽之寄居空宅, 便令種竹, 曰,

---

99　언건(偃蹇) : 『후한서 · 채옹전(蔡邕傳)』에서 "동탁(董卓)이 "내 힘은 일가를 멸족시킬 수 있으나 채옹은 기개가 굳센 사람으로 발을 되돌리지 않을 것이다[我力能族人. 蔡邕遂偃蹇者, 不旋踵矣]"라 했다"라고 했다.
100　차군(此君) : 대나무의 별칭이다.

何可一日無此君耶. 老杜詩, 忘形到爾汝, 痛飮眞吾師. 按莊子曰, 養志者忘形.

晴窓影落石泓處 松煤淺染飽霜兎 : 퇴지 한유의 「모영전毛穎傳」에서 벼루[瓦硯]를 홍농弘農 사람 도홍陶泓에 견주었는데, 여기에서는 '석홍石泓'이라 했으니 석현石硯임을 알 수 있다. 구양수의 「유곡만음幽谷晚飲」에서 "계곡 샘물 속에 석홍이 있어라"라고 했다. '포상토飽霜兎'[101]는 위의 주注에 보인다.

退之毛穎傳, 以瓦硯爲弘農陶泓. 此云石泓, 卽石硯可知. 歐公詩, 谷泉含石泓. 飽霜兎見上注.

中安三石使屈蟠 亦恐形全便飛去 : 『명화기』에서 "장승요張僧繇가 금릉金陵의 안락사安樂寺 벽에 네 마리의 용을 그렸지만 눈동자를 그리지는 않았다. 그리고는 늘 "눈동자를 그리면 날아간다"라고 했다. 사람들은 이 말을 거짓말로 여기면서 눈동자를 그리라고 요청했다. 그 요청으로 인해 눈동자를 그리자, 잠깐 사이에 우레가 쳐 벽을 무너뜨리고 두 마리의 용이 하늘로 올라갔다. 나머지 두 마리 용은 눈동자를 그리지 않았기에 그 자리에 그대로 있었다"라고 했다. 이것을 차용하여 와룡의 의미를 마쳤다. 『남사 · 변빈전卞彬傳』에서 "원하袁嘏가 "내 시는 큰 재목

---

101 포상토(飽霜兎) : 두보의 「조부(鵰賦)」에서 "천년 묵은 요망한 여우와 세 굴의 교활한 토끼는 오래 묵은 무덤의 가시나무를 믿고 무너진 성의 서리와 이슬을 배불리 먹는다[至如千年孼狐, 三窟狡兎, 恃古冢之荆棘, 飽荒城之霜露]"라고 했다.

에 맺어 있어야 날아가지 않을 것이다"라 했다"라고 했는데, 여기에서는 '삼석三石'이라 말했으니, 곧 '대재大材'의 의미를 쓴 것이다. 『장자』에서 "형체가 완전해지고 정신이 회복되면 하늘과 일체가 된다"라고 했다. 두보의 「서지촌심치초당지야숙찬공토실西枝村尋置草堂地夜宿贊公土室」에서 "구불구불 서린 나무 아래에서 낮게 읊조리네"라고 했다.

名畫記云, 張僧繇於金陵安樂寺畫四龍, 不點眼睛, 每云, 點之卽飛去. 人以爲誕妄, 因請點之, 須臾, 雷霆破壁, 二龍上天. 二龍不點睛者見在. 此借用, 以終臥龍之意. 南史卜彬傳曰, 袁嘏曰, 我詩須大材迸之, 不爾便飛去. 此云三石, 卽用大材之意. 莊子曰, 形全精復, 與天爲一. 老杜詩, 沈吟屈蟠樹.

25. 황빈로가 묵죽 12운을 보내왔기에 차운하여 사례하다

次韻謝黃[102]斌老送墨竹十二[103]韻

古今作生竹	예나 지금 생죽을 그리는데
能者未十輩	능한 사람 열도 안 된다네.
吳生勒枝葉	오생은 가지와 잎 생생하게 그렸고
筌宋遠不逮	황전과 황거채 뛰어나 미치지 못 한다네.
江南鐵鉤鎖	강남 땅의 철구쇄는
最許誠懸會	성현 유공권만을 가장 칭송했지.
燕公灑墨成	연공은 말쑥하게 묵죽도 그렸는데
落落[104]與時背	아득해 당시 풍조와 어긋났었네.
譬如剜心松	비유하자면 가슴 도려낸 소나무도
中有歲寒在	그 가운데에는 세한의 마음 있다오.
湖州三百年	호주는 삼백 년 전의
筆與前哲配	전철과 그림으로 짝이 되네.
規模轉銀鉤	필법을 은구의 방식으로 변화시켜
幽賞非俗愛	그윽한 흥취는 속인들 좋아할 바 아니네.
披圖風雨入	그림 펼치니 비바람 들어 와

---

102 [교감기] 문집에는 '黃'자가 없다.
103 [교감기] 장지본·명대전본에는 '二十'으로 잘못 되어 있다.
104 [교감기] '落落'이 문집·고본에는 '落筆'로 되어 있다.

咫尺莽蒼外	푸른 들판이 바로 앞에 있는 듯.
吾宗[105]學湖州	우리 종손은 호주를 배웠는데
師逸功已倍	스승 뛰어넘어 이미 공력 배나 되네.
有來竹四幅	대나무 그림 네 폭이 왔는데
冬夏生變態	겨울 여름의 변화 모습 생동하구나.
須知更入神	다시 신묘한 경지에 들어감 알았으니
後出遂無對	후생들도 마침내 견줄 자 없으리라.
吾詩被壓倒	내 시가 압도당할 수 있노니
物固不兩大	진실로 두 사물이 양립할 수 없다네.

【주석】

古今作生竹 能者未十輩 : 동파 소식 선생이 지은 「문여가화언죽기文與可畫偃竹記」에서 "대가 처음 나올 때, 한 치의 싹이 움터서 마디와 잎이 갖추어진다. 매미의 배와 뱀의 비늘 모양에서 칼을 열 길이나 뽑는 것과 같은 모양에 이르기까지 생겨난다. 지금 대나무를 그리는 사람들은 마디마디를 그리고 잎들을 층층이 쌓는데, 이것이 어찌 대나무이겠는가"라고 했다. 『한서‧누경전婁敬傳』에서 "사신 열 명이 돌아왔다"라고 했다.

東坡先生作文與可畫偃竹記曰, 竹之始生, 一寸之萌耳, 而節葉具焉. 自蜩腹蛇蚹, 以至於劍拔十尋者, 生而有之也. 今畫者乃節節而爲之, 葉葉而累之,

---

105 [교감기] '宗'이 문집‧고본에는 '子'로 되어 있다.

豈復有竹乎. 漢書婁敬傳曰, 使者十輩來.

　吳生勒枝葉 筌窠遠不逮 : 산곡 황정견의 「도진사화묵죽서道臻師畵墨竹序」
에서 "대나무를 그리는 것은 근래에 시작되었는데, 그 사승師承 관계에
대해서는 알지 못한다. 처음 오도자吳道子가 대나무를 그릴 때, 붓을 휘
둘러 대나무를 그리면서 채색을 하지 않았는데도 그 모습이 너무도 유
사했었다. 그래서 세상의 학식이 높은 선비들이 오도자의 묵죽본墨竹本
을 많이 소장했었다. 그런데 속인들은 채색만을 일삼으니, 생각건대,
묵죽도의 스승은 여기에서 비롯된 것으로 보인다"라고 했다. 산곡 황
정견은 또한 「발진사묵죽跋臻師墨竹」에서 "여린 대나무와 푸른 조릿대는
공교롭게 그리기가 너무도 어렵다. 오묘한 경지에 이른 사람은 오도자
뿐이다. 여가與可 문동文同은 노죽老竹과 고목枯木을 많이 그렸는데, 서리
바람의 추운 참새와 이내와 비를 그려 그 그림의 형세를 도왔다. 강남
의 이 씨李氏도 늑권勒圈으로 대나무 잎을 그렸는데, 그 그림이 저수량褚
遂良과 유공권柳公權의 정서법正書法과 동일했다"라고 했다. 유도순劉道醇
의 『명화평名畵評』에서 "황전黃筌의 자는 요숙要叔으로 촉蜀 지방 사람인
데, 그림을 잘 그렸고 더욱이 꽃과 대나무 및 새 그리는 것을 좋아했다.
붓을 잡고 그린 그림은 모두 실제 모습과 너무도 유사했다. 황전은 그
아들 거채居寀와 함께 맹욱孟昶을 따라 자신의 나라로 돌아갔다. 거채의
자는 백란伯鸞으로 또한 대나무 그림을 잘 그려, 아버지의 유풍이 있었
다. 소이간蘇易簡이 황전의 묵죽도를 얻자, 이종악李宗諤이 이를 찬贊하는

글을 지었는데, 그 서문에서 "꽃과 대나무를 공교롭게 채색하면서 반드시 다섯 색깔을 사용하는데, 오직 황전만은 묵으로 대나무를 그려 적막한 가운데 홀로 득의得意했다"라 했다"라고 했다. 『노론』에서 "몸이 이르지 못하는 것을 부끄럽게 여긴다"라고 했다.

山谷有道臻師畫墨竹序曰, 墨竹始於近世, 不知其所師承. 初, 吳道子作畫, 運筆作夸, 不加丹靑, 已極形似. 故世之精識博物之士, 多藏吳生墨本. 至俗子, 乃衒丹靑耳. 意墨竹之師, 近出於此. 山谷又跋臻師墨竹, 以嫩篁翠篠, 極難爲工. 能妙者, 惟吳生耳. 所以文與可多作老竹枯木, 霜風寒雀, 挾帶煙雨, 以助其筆勢. 江南李氏勒圈作竹葉, 其畫與褚柳正書同法.[106] 劉道醇名畫評曰, 黃筌字要叔, 蜀中人, 善丹靑, 尤好花竹翎毛. 凡所操筆, 皆迫於眞. 與其子居寀, 從孟昶歸朝. 居寀字伯鸞, 亦善畫竹, 有父風. 蘇易簡得筌墨竹圖, 李宗諤作贊, 其序曰, 工丹靑花竹者, 必用五色, 惟筌以墨染竹, 獨得意於寂寞間. 魯論曰, 恥躬之不逮也.

江南鐵鉤鎖 最許誠懸會 : 산곡 황정견의 자주自注에서 "강남 땅의 이주李主가 그린 대나무 그림이 세상에 전해지는데, 뿌리부터 가지 끝까지 너무도 소소한 것을 하나하나 구륵鉤勒[107]의 방법으로 그려냈기에 철구鎖鐵鉤鎖라고 부른다. 이주가 스스로 말하길 "오직 유공권에게만 이러

---

106 [교감기] '書同法'이 원본에는 '書法同'으로 되어 있다.
107 구륵(鉤勒) : 모사(摹寫)하는 방법의 한 가지로, 모사할 글씨의 가장자리를 선으로 가늘게 그리는 것을 말한다.

한 필법이 있다"라 했다"라고 했다. 살펴보건대, 『당서』에서 "유공권의 자는 성현誠懸이다"라고 했다. 유도순의 『명화평』에서 "남당南唐 후주後主 이욱李煜은 금빛으로 칠한 글씨를 좋아했는데, 당희아唐希雅라는 사람이 있어 일찍이 이를 배워 흥취를 타며 기이함을 맘껏 펼치면서 전체戰掣[108]의 기세로 대나무와 나무를 그렸다"라고 했다. 산곡 황정견의 견해와는 조금 차이가 있기에 지금 여기에 붙여둔다.

山谷自注曰, 世傳江南李主作竹, 自根至梢, 極小者, 一一鉤勒成, 謂之鐵鉤鎖. 自云, 惟柳公權有此筆法.[109] 按唐書, 公權字誠懸. 劉道醇名畫評曰, 南唐後主李煜, 好金索[110]書, 有唐希雅者, 嘗學之, 乘興縱奇, 因其戰掣之勢, 以爲[111]竹樹. 與山谷之說小異, 今因附見.

燕公灑墨成 落落與時背 : 국조國朝 연숙燕肅 시랑은 평소 묵죽도를 잘 그렸다. 미불의 『화사畫史』에서 "연숙의 자는 목지穆之이고 이성李成을 스승으로 섬겼다"라고 했다. 『후한서 · 경엄전耿弇傳』에서 "광무光武가 "장군이 이전에 남양에서 천하를 얻을 큰 계책을 건의했을 때는 일찍이 아득해 실현될 가능성이 없다고 여겼었다"라 했다"라고 했다. 반고의 「답빈희答賓戲」에서 "공功은 때를 어기지 않을 때 홀로 빛난다"라고

---

108 전체(戰掣) : '전(戰)'은 흔들리는 것이고 '체(掣)'는 굳어지고 추축(收縮)하여 끄는 그림을 그리는 방법 중의 하나이다.
109 [교감기] '山谷 (…중략…) 筆法'이란 구절이 문집 · 고본에는 작품의 끝에 붙어 있고 그 주(注)에서는 '李主'를 '李王'이라고 했는데, 잘못된 것이다.
110 [교감기] '索'이 원본에는 '素'로 되어 있다.
111 [교감기] '爲'가 원본에는 '寫'로 되어 있다.

했다. 낙천 백거이의 「수노비서이십운酬盧祕書二十韻」에서 "천성과 시절
이 모두 어긋났네"라고 했다.

國朝燕肅侍郎, 雅善墨竹. 米芾畵史曰, 肅字穆之, 師李成. 後漢耿弇傳, 光
武曰, 將軍前在南陽, 建此大策, 嘗以爲落落難合. 班固答賓戲曰, 功不得背時
而獨彰. 樂天詩, 性將時共背.

譬如刻心松 中有歲寒在 : 『한산자시寒山子詩』에서 "나무 있는데 숲보다
먼저 생겨났으니, 해를 계산하면 한 배가 넘는다네. 뿌리는 능곡陵谷의
변화를 겪었고 잎은 바람서리에 변하였다오. 모두들 겉이 마르고 시든
것 비웃으며, 속에 있는 문채 좋아하지 않는다네. 겉껍질은 이미 다 떨
어졌어도, 오직 참된 마음만은 남아 있다네"라고 했다. 이것은 『열반
경』에 나오는 말을 이용한 것으로,[112] 이 구절에서도 그 의미를 자못
취했다. '세한歲寒'[113]은 『노론』에 보인다.

寒山子詩曰, 有樹先林生, 計年逾一倍. 根遭陵谷變, 葉爲風霜改. 咸笑外
凋殘, 不憐內文彩. 皮膚旣脫落, 惟有眞心在. 蓋用涅槃經語也. 此句頗采其

112　이것은 (…중략…) 것으로 : 『열반경』에 "큰 마을 앞에 사라나무 숲이 있고 그 가
　　운데 한 나무가 숲보다 백 년이나 먼저 나서 자랐다. 그 때에 숲의 주인이 물을
　　주면서 철따라 가꾸었는데, 그 나무가 오래 되어서 껍질과 가지와 잎은 다 떨어
　　지고 굳은 고갱이만 남아 있었다. 여래(如來)도 그와 같아서 낡은 것은 모두 떨어
　　져 없어지고 오직 진실한 법만 남아있다[大村外有娑羅林, 中有一樹, 先林而生足
　　一百年. 是時林主, 灌之以水隨時修治, 其樹陳朽, 皮膚枝葉悉皆脫落, 唯貞實在. 如來
　　亦爾, 所有陳故悉已除盡, 唯有一切眞實法在]"라는 구절이 보인다.
113　세한(歲寒) : 『논어·자한(子罕)』에서 "한 해가 추워진 이후에야 소나무와 잣나
　　무가 늦게 시든다는 것을 안다[歲寒然後知松柏之後凋也]"라고 했다.

意. 歲寒見魯論.

湖州三百年 筆與前哲配 : '문동文同'의 자는 여가與可이다. 원풍元豐 2년 호주湖州 수령으로 나갔는데, 부임지에 이르지 못한 채 죽고 말았다. 이 작품에서는 여가가 삼백 년 후에 성현 유공권을 좇아 짝이 되었다고 말한 것이다. 퇴지 한유의 「감이조부感二鳥賦」에서 "어찌 옛 사람에게서 짝을 구하지 않느냐"라고 했다.

文同字與可. 元豐二年出守湖州, 未至而卒. 詩言與可追配柳誠懸於三百年 也. 退之感二鳥賦曰, 盍求配於古人.

規模轉銀鉤 幽賞非俗愛 : 여가가 저수량과 유공권의 정서법正書法을 변화시켜 대나무를 그렸다는 말이다. '은구銀鉤'[114]는 위의 주注에 보인다.

言與可以褚柳正書之法, 變而作竹. 銀鉤見上注.

披圖風雨入 咫尺莽蒼外 : 『한지』에 실린 「지방가芝房歌」에서 "그림 펼쳐 살펴보네"라고 했다. 『남사』에서 "제齊나라 경릉왕竟陵王 소자량蘇子良의 손자인 소분蘇賁이 일찍이 부채 위에 산수화를 그렸는데, 지척의 사이에서 문득 만 리의 아득함이 느껴졌다"라고 했다. 두보의 「희제왕재화산수도가戲題王宰畫山水圖歌」에서 "지척의 거리도 응당 만 리가 되겠지"

---

114 은구(銀鉤) : 『법서원(法書苑)』에서 "삭정(索靖)의 초서는 당대 제일로, '은 갈고리 전갈 꼬리[銀鉤蠆尾]'라고 불리었다"라고 했다.

라고 했다. 『장자음의莊子音義』에서 "'망창莽蒼'은 풀이 덮인 들판의 색이
다. '망'은 '막莫'과 '낭浪'의 반절법이고 '창'은 '칠七'과 '탕蕩'의 반절법
이다"라고 했다.

漢志, 芝房歌曰, 披圖按諜. 南史, 齊竟陵王子良孫賁, 常於扇上圖山水, 咫
尺之內, 便覺萬里爲遥. 老杜詩, 咫尺應須論萬里. 莊子音義曰, 莽蒼, 草野色
也. 上莫浪反, 下七蕩反.

吾宗學湖州 師逸功已倍 : 이옹의 「등력하고성원외손신정登歷下古城員外孫
新亭」에서 "나의 종손은 참으로 출중하다"라고 했다. 『예기·학기學記』에
서 "잘 배우는 자는 스승을 뛰어넘어 그 공력이 배가 된다"라고 했다.

李邕詩, 吾宗固神秀. 禮記學記曰, 善學者, 師逸而功倍.

有來竹四幅 冬夏生變態 : 『시경·옹離』에서 "오는 것이 화락하고 화락
하네"라고 했다. 사마상여의 「자허부子虛賦」에서 "뭇 사물의 변화되는
모습을 다 살피네"라고 했다. 장형의 「서경부西京賦」에서 "반이般爾에게
명하여 공교로운 솜씨로 그 가운데에서 기이함과 공교로움을 다하게
했다"라고 했는데, 이선李善의 주注에서 "'변變'은 기이함이고, '태態'는
공교로움이다"라고 했다.

離詩曰, 有來離離. 司馬相如子虛賦曰, 殫觀衆物之變態. 張衡西京賦曰,
命般爾之巧匠, 盡變態乎其中. 李善注曰, 變, 奇也, 態, 巧也.

須知更入神 後出遂無對 : 『화품畫品』에서 "오도자는 재주가 통민通敏하고 생각이 심원하여 붓을 놓으면 마치 신이 돕는 것과 같다"라고 했다. 『주역』에서 "의를 정밀히 연구하여 신묘한 경지에 들어간다"라고 했다. 『세설신어』에서 "습착지習鑿齒가 '악광樂廣을 진대晉世에서는 맞설 자가 없다"라 했다"라고 했다.

畫品曰, 吳道子才通思遠, 下筆如有神助. 易曰, 精義入神. 世說, 習鑿齒曰, 樂令無對於晉世.

吾詩被壓倒 物固不兩大 : 『척언』에서 "양여사楊汝士가 양사복楊嗣復의 잔치 자리에 있으면서 시를 가장 늦게 지었는데 가장 멋진 작품이었다. 그 자리에 있던 원진元稹과 백거이白居易가 양여사의 작품에 탄복했다. 양여사가 술이 취해 집에 돌아와서는 그 자제들에게 "오늘 내가 원진元稹과 백거이白居易를 압도했다"라 했다"라고 했다. 『좌전』에서 "주사周史가 "두 개의 사물이 동시에 강대強大할 수 없다"라 했다"라고 했다.

摭言曰, 楊汝士於楊嗣復坐上, 詩後成而最佳, 元白歎服. 汝士醉歸, 語其子弟曰, 吾今日壓倒元白. 左傳, 周史曰, 物莫能兩大.

26. 앞의 운자를 사용하여 자주가 나를 위해 풍우죽을 그린 것에 사례하다

用前韻, 謝子舟爲予作風雨竹

子舟詩書客	자주는 시서의 길손으로
畫手睨前輩	그림 솜씨 전배들을 엿볼 만하네.
挹袂拍其肩	소매 당겨 그 어깨를 치고
餘力左右逮	남은 힘이 좌우에 미치었구나.
摩拂造化鑪	조화의 화로를 어루만지면서
經營鬼神會	귀신이 모여 도모하였구나.
光煤疊亂葉	먹칠 겹겹이 어지럽게 잎 그리는
世與¹¹⁵作者背	세속의 화가들과는 다르구나.
看君回腕筆	그대가 붓 잡고 휘두르는 걸 보니
猶喜漢儀在	오히려 한나라의 필법 있어 기쁘구나.
歲寒十三本	추운 겨울의 열셋 대나무
與可可追配	여가와 짝이 될 만해라.
小山蒼苔面¹¹⁶	소선은 이끼 낀 얼굴이요
突兀謝憎¹¹⁷愛	우뚝이 애증을 버리었구나.

---

115 [교감기] '世與'가 문집·고본·장지본에는 '與世'로 되어 있다.
116 [교감기] '面'이 장지본에는 '恓'으로 되어 있다.
117 [교감기] '憎'이 고본에는 '僧'으로 되어 있다.

風斜兼雨重	바람 비끼고 게다가 비 무거우니
意出筆墨外	필묵의 밖에 의상이 드러났네.
吾聞絶一源	내가 듣건대, 한 근원을 끊어버리면
戰勝自十倍	싸워 이기는 것이 절로 열 배 된다네.
榮枯轉時機	영고성쇠는 시기를 따를 뿐이요
生死付交態	생사는 사귀는 모습에 맡긴다오.
狙公倒[118]七芧	저공이 일곱 개 도토리 거꾸로 해도
勿用嗔喜對	화를 내거나 기뻐하지 마시게나.
此物當更工	이 사물을 더욱 공교롭게 그려서
請以小喩大	작은 것으로 큰 것을 비유하시게나.

【주석】

子舟詩書客 畵手眄前輩 : 퇴지 한유의 「장귀증맹동야방촉객將歸贈孟東野
房蜀客」에서 "묻노니, 책 읽은 길손이여, 어떻게 해야 경사에 머물 수 있
나"라고 했다. 두보의 「동일낙성북알현원황제묘冬日洛城北謁玄元皇帝廟」에
서 "선배 화가 중에, 오도원이 화단을 주름잡았네"라고 했다.

退之詩, 借問讀書客, 胡爲在京師. 老杜詩, 畵手看前輩, 吳生遠擅場.

挹袂拍其肩 餘力左右逮 : 산곡 황정견은 자주自注에서 곽박郭璞의 「유
선시遊仙詩」에서 "왼손으로 부구浮丘[119]의 옷소매를 부여잡고, 오른손으

---

118 [교감기] '倒'가 고본에는 '賦'로 되어 있다.

로 홍애洪崖[120]의 어깨를 어루만진다"라고 한 것을 인용했다. ○『논어』에서 "행하고 남은 힘이 있거든"이라고 했다.『한지漢志』에서 "백성들에게 남은 힘이 있거든"이라고 했다.

山谷自注引郭璞詩云, 左挹浮丘袖, 右拍洪崖肩. ○ 論語, 行有餘力. 漢志, 民有餘力.[121]

摩拂造化鑪 經營鬼神會 : '조화려造化鑪'[122]는 위의 주注에 보인다. 사혁謝赫의『화품畫品』에서 그림 그리는 여섯 가지 법칙[123]에 대해 말했는데, 그 다섯 번째에서 "위치를 경영한다"라고 했다. 두보의「단청인증조장군패丹青引贈曹將軍霸」에서 "골똘히 어떻게 그릴까 고민하던 가운데"라고 했다. 두보의「낭산가閬山歌」에서 "어찌 확신하랴, 바위 밑둥에 귀신이 없을 줄, 이미 느끼네, 구름 기운 숭산, 화산과 대적함을"이라고 했다.

造化鑪見上注. 謝赫畫品謂畫有六法, 五曰經營位置.[124] 老杜詩, 意匠慘淡

---

119 부구(浮丘) : 옛날의 선인(仙人) 혹은 황제(皇帝) 때의 사람이라 하고, 혹은 열자(列子)가 호구자(壺丘子)라고 부르는 인물이다. 부구공(浮丘公)이라고도 한다.
120 홍애(洪崖) : 전설상 황제(黃帝)의 신하로서, 신선이 된 영륜(伶倫)의 호이다. 그는 홍애선생(洪崖先生)이라 불리며, 요(堯) 임금 때 이미 나이가 삼천 살이었다한다.
121 [교감기] '論語 (…중략…) 餘力'이 원본에는 없다.
122 조화려(造化鑪) : 두보의「곡태주정사호소소감(哭台州鄭司戶蘇少監)」에서 "난리 후에 운명이 달라졌으니, 임금의 다스림을 안정시킨 공을 세웠네[勝決風塵際, 功安造化爐]"라고 했다. 살펴보건대『장자』에서 "지금 천지를 큰 화로로 삼고 조물주를 대장장이로 삼았다[今一以天地爲大爐, 造化爲大冶]"라고 했다.
123 그림 그리는 여섯 가지 법칙 : '육법(六法)'은 여섯 가지 그림 그리는 법칙으로, 즉 기운생동(氣韻生動), 골법용필(骨法用筆), 응물사형(應物寫形), 수류전채(隨類傳彩), 경영위치(經營位置), 전모이사(傳模移寫)이다.

經營中. 老杜閬山歌曰, 那知根無鬼神會, 已覺氣與嵩華敵.

光煤疊亂葉 世與作者背 : 세속의 일반 화가들은 이와 같다는 말이다.
謂俗工如此.

看君回腕筆 猶喜漢儀在 : 전배들의 필법을 얻었다는 말이다. 『묵수墨藪』에 실린 「수필筆髓」에서 "붓을 사용할 때 손을 가볍게 놀려야 한다"라고 했다. 색정索靖의 『서초서敍草書』에서 "두도杜度[125]에게 명하여 그 손을 움직이게 해야 하고, 백영伯英[126]으로 하여금 그 팔을 휘젓게 해야 한다"라고 했다. 『후한서·광무기光武紀』에서 "오늘 한나라 관리의 위의를 다시 볼 줄 생각도 못했네"라고 했다.

言得前輩筆法也. 墨藪載筆髓云, 須手腕輕虛. 索靖敍草書曰, 命杜度運其指, 使伯英回其腕. 後漢光武紀曰, 不圖今日復見漢官威儀.

歲寒十三本 與可可追配 : 동파 소식의 「왕원지화상찬인王元之畫像贊引」에서 "이 사람들 육군자六君子[127]에 추배할 만 하여라"라고 했다.

---

124 [교감기] '位置'가 원본에는 '置位'로 되어 있다.
125 두도(杜度) : 후한 사람으로 자는 백도(伯度)이다. 초서에 능했고 그 법을 최원(崔瑗)·최실(崔實) 부자가 이어받았다.
126 백영(伯英) : 후한 장지(張芝)의 자이다. 초서(草書)를 잘 써서 사람들이 초성(草聖)으로 일컬었다.
127 육군자(六君子) : 북송(北宋)의 여섯 거유(巨儒)인 염계(濂溪) 주돈이(周敦頤), 명도(明道) 정호(程顥), 이천(伊川) 정이(程頤), 강절(康節) 소옹(邵雍), 횡거(橫渠) 장재(張載), 속수(涑水) 사마광(司馬光)을 말한다.

東坡王元之畵像贊引曰, 足以追配此六君子者.

小山蒼苔面 突兀謝憎愛 : '소산小山'은 대나무 아래에 있는 산돌을 말
한다. 노동의 「석청객石請客」에서 "대나무 동생이 비록 길손 사양해도,
길손의 은혜는 감당할 수가 없네. 묻힌 지 오래되어 절로 부끄러운데,
얼굴 가득 푸른 이끼 자국 있네"라고 했다. 또한 「석답죽石答竹」에서
"푸른 이끼가 내 얼굴에 도장 찍었고, 비와 이슬이 내 피부 주름지게
했네. 이런대도 날 싫어하지 않으니, 우뚝이 지우를 입었어라"라고 했
다. 『문선』에 실린 혜강의 「양생론養生論」에서 "애증을 마음에 두지 않
네"라고 했다.

小山謂竹下山石也. 盧仝石請客詩曰, 竹弟雖讓客, 不敢當客恩. 自慙埋沒
久, 滿面蒼苔痕. 又石答竹曰, 蒼蘚印我面, 雨露皺我皮. 此故不嫌我, 突兀蒙
相知. 文選嵆康養生論曰, 愛憎不施於情.

風斜兼雨重 意出筆墨外 : 한묵翰墨의 답습을 끊어버렸다는 말이다. 두
보의 「춘귀春歸」에서 "날쌘 제비는 바람에 비껴 나네"라고 했다. 또한
「춘야희우春夜喜雨」에서 "새벽에 붉게 젖은 곳, 금관성에 꽃이 무거울
테지"라고 했다. 『화단畵斷』에서 "왕재王宰[128]가 그린 산수와 수석은 형
상을 벗어났었다"라고 했다.

謂絶去翰墨畦逕也. 老杜詩, 輕[129]燕受風斜. 又雨詩, 曉來紅濕處, 花重錦

---

128 왕재(王宰) : 당(唐)나라 화가이다.

官城. 畫斷曰, 王宰畫山水樹石, 出於象外.

吾聞絶一源 戰勝自十倍 : 이 구절 이하는 흉중이 고명高明하고 뛰어나

면 붓을 놀리는 것이 절로 비범하게 된다는 말이다. 『음부경』에서 "이

로운 것의 한 근원을 끊어버리면 군사를 쓰는데 열 배나 좋아진다"라

고 했다. 이에 대해 설명하는 사람들은 "지극히 고요하여 생사에 어지

럽혀지지 않기에, 싸우면 반드시 이긴다"라고 했다.

此句以下, 言胷中高勝, 則游戲筆墨自當不凡. 陰符經曰, 絶利一源, 用師

十倍. 說者謂至靜之極, 不爲死生所亂, 故戰則必勝也.

榮枯轉時機 生死付交態 : 『문선』에 실린 시에서 "굽어보고 우러러보

며 영고성쇠를 보네"라고 했다. 산곡 황정견의 이 구절은 시기時機에 맞

춰 흘러감을 말한 것으로, 궁달窮達을 보니, 사물이 꽃피고 시드는 것이

각기 때에 따라 성쇠하면서 천기天機의 자연스러운 흐름에 맡기는 것과

같다는 것이다. 『한서 · 정당시전鄭當時傳』에서 적공翟公이 "한 번 죽었다

한 번 살아남에 사귀는 정리를 알았고, 한 번 가난했다 한 번 부자됨에

사귀는 모양을 알았다"라고 했다. 산곡의 이 구절은 생사의 변화에 처

하여, 나는 처음부터 마음이 없었으니, 저 세상의 인심과는 다른 나만

의 다른 견해를 따르겠다고 말한 것이다.

---

129 [교감기] '輕'이 원본에는 '飛'로 되어 있다. 전본에는 '轉'으로 잘못 되어 있다.
살펴보건대, 통행되는 두보의 「춘귀(春歸)」라는 작품에는 '輕'으로 되어 있다.

選詩曰, 俛仰見榮枯. 山谷此句, 言轉時機, 謂視窮達若物之榮枯, 各隨時盛衰, 任天機自運爾. 漢書鄭當時傳, 翟公曰, 一死一生, 乃知交情. 一貧一富, 乃知交態. 山谷此句, 言處死生之變, 我初無心, 從彼世情自作異見.

狙公倒七芧 勿用嗔喜對 :『장자』에서 "원숭이를 기르는 저공狙公이 원숭이에게 도토리를 주면서 "아침에는 세 개씩 주고 저녁에는 네 개씩 주면, 만족하겠느냐"라고 했다. 그러자 여러 원숭이들이 일제히 일어나 화를 냈다. 그러자 다시 저공이 "그러면 너희들에게 아침에 네 개씩 주고 저녁에 세 개씩 주면, 만족하겠느냐"라고 말했다. 그러자 여러 원숭이들이 모두 기뻐했다. 명분과 실제가 서로 어긋나지 않았는데도 원숭이로 하여금 기뻐하고 화를 내게 만들었으니, 또한 이것으로 인한 것이다"라고 했다. '진희嗔喜'[130]는 위의 주注에 보인다.『고승전·지둔전支遁傳』의「유도론喩道論」에서 "도림道林 지둔은 지혜가 맑고 바탕이 순하여 남을 상대하지 않았다"라고 했다.

莊子狙公賦芧曰, 朝三而暮四. 衆狙皆怒. 曰, 然則朝四而暮三. 衆狙皆悅. 名實未虧, 而喜怒爲用, 亦因是也. 嗔喜見上注. 高僧支遁傳, 喩道論曰, 道林識淸體順, 而不對於物.

---

130 진희(嗔喜) :『열자』에 보이는 '조삼모사(朝三暮四)'를 말한다.『전등록』에 실린 용수(龍樹)의 게(偈)에서 "법심(法心)에 있어서는 증명할 수 없지만, 노여움도 없고 또한 기쁨도 없다[於法心不證, 無嗔亦無喜]"라고 했다.

此物當更工 請以小喻大 : 『한서』에서 사마상여가 글을 올려 사냥하는 것에 대해 간하면서 "속담에서 "집안에 천금을 쌓아놓으면 그 집의 자식들은 마루 끝에 앉지 않는다"라고 했는데, 이 말이 비록 하찮은 듯하나, 그것으로써 큰 것을 비유할 수 있는 것입니다"라고 했다.

漢書司馬相如上書諫獵云, 鄙諺曰, 家累千金, 坐不垂堂. 此言雖小, 可以喻大.

27. 다시 앞의 운자를 사용하여 자주가 그린 대나무를 읊조리다
再用前韻, 詠子舟所作竹

森蒒[131]一山竹	무성한 한 산의 대나무
壯士十三[132]輩	장사 열세 무리로다.
自干雲天去[133]	절로 구름 하늘 위로 솟아났고
草芥[134]肯下逮	아래로는 풀과 잡초 맞닿았네.
虛心聽造物	마음 비워 조물주 말만 듣고
顚沛風雲[135]會	바람 구름 만나면 넘어지네.
榮枯偶同時	때에 따라 피고 시들면서
終不相棄背	끝내 서로 버리거나 등지지 않네.
誰云[136]湖州沒	누가 호주가 죽었다고 하는가
筆力今尙在	필력은 지금도 오히려 남아 있네.
阿筌雖墨妙	황전은 비록 먹이 오묘했지만
好以桃李[137]配	도리와 짝 짓는 걸 좋아했다네.
國工裁主意[138]	국공들은 그 주된 의미를 생각하면서

---

131 [교감기] '蒒'이 문집에는 '削'으로 되어 있다.
132 [교감기] '十三'이 장지본·명대전본에는 '三十'으로 되어 있다.
133 [교감기] '去'가 문집에는 '出'로 되어 있다.
134 [교감기] '芥'가 문집에는 '莽'으로 되어 있다.
135 [교감기] '雲'이 문집에는 '雨'로 되어 있다.
136 [교감기] '云'이 문집에는 '言'으로 되어 있다.
137 [교감기] '桃李'가 문집에는 '竹鶴'으로 되어 있다. 고본의 원교(原校)에서 "'桃李' 가 다른 판본에는 '竹鶴'으로 되어 있다"라고 했다.

冷¹³⁹淡恐不愛	냉담함을 좋아하지 않을까 두려워라.
子舟落心畵	자주가 붓 들어 마음을 그리면
榮觀不在外	화려한 볼거리가 밖에 있지 않았네.
耆年道機熟	노년에 도기가 무르익어
增勝當倍倍¹⁴⁰	대단히 뛰어난 것이 너무도 많네.
祖述今百家	지금의 백가들이 이어받으면서
小紙弄姿態	소지로 그 모습을 희롱한다네.
雖云出湖州	비록 호주에서 나왔다고 말하면서도
卷置懶開對	두루마리 말아두고 게을리 열어본다네.
非公筆如椽	공이 서까래 같은 붓 아니라면
孰能爲之大	누가 능히 큰 것이 되겠는가.

【주석】

森莿一山竹 壯士十三輩 : 차산次山 원결元結의 「송목매訟木魅」에서 "개암나무 가시나무가 빽빽하게 우거진 것을 보네"라고 했다. 『초사』에서 "무성하게 우거진 것이 애달파라"라고 했다. 『집운』에서 "'소莿'의 음은 소胥이다. 소삼莿槮은 초목이 우거진 모습이다"라고 했다. '장사壯士'는 목지 두목의 「만청부晩晴賦」¹⁴¹에 보이는 "십만의 대장부"라는 의미

---

138 [교감기] '國工裁主意'가 장지본에는 '國土裁生意'로 되어 있다.
139 [교감기] '冷'이 본래 '冷'으로 되어 있고 주(注)에도 그렇게 되어 있다. 지금 문집
·전본을 따른다.
140 [교감기] '倍倍'가 문집·고본·장지본에는 '更倍'로 되어 있다.

를 활용한 것이다. ○ 이 작품을 꼼꼼히 살펴보면, 자주가 그린 대나무는 반드시 열셋 가지였을 것이다. 그래서 앞의 작품에서 "추운 겨울의 열셋 대나무"라는 구절이 있고 이 작품에 "장사 열세 무리로다"라는 말이 있게 된 것이다.

元次山訟木魅曰, 見榛梗之森梢. 楚辭曰, 蔪櫹椮之可哀. 集韻, 蔪音宵, 蔪椮, 草木茂貌. 壯士蓋用杜牧之十萬丈夫意. ○ 熟觀此詩, 子舟所作竹, 必十三枝, 故前篇有歲寒十三本, 今又有壯

自干雲天去 草芥肯下逮 : 사마상여의 「자허부子虛賦」에서 "서로 교차하여 어지러이 뒤섞여, 위로는 푸른 구름까지 솟구쳤네"라고 했다. 『시경·규목樛木』의 주注에서 "나무 가지가 아래에 드리워져 있기에 칡과 등나무가 그 줄기를 타고 무성할 수 있다. 이로써 후비의 마음이 여러 첩들에게까지 미쳤다는 것을 비유했다"라고 했다.

司馬相如子虛賦曰, 交錯糾紛, 上干青雲. 樛木詩注曰, 木枝以下垂, 故葛藟得纍而蔓之. 喩后妃能以意下逮衆妾.

---

141 두목의 「만청부(晩晴賦)」: 두목의 「만청부」는 전문은 다음과 같다. "雨晴秋容新沐兮, 忻繞園而細履. 麪平池之清空兮, 紫閣靑橫, 遠來照水. 如高堂之上, 見羅幕兮. 垂乎鏡裏. 木勢黨伍兮, 行者如迎, 偃者如醉, 高者如達, 低者如跂, 鬆數十株, 切切交峙, 如冠劍大臣, 國有急難, 庭立而議. 竹林外裹兮, 十萬丈夫, 甲刃摐摐, 密陣而環侍. 豈負軍令之不敢囂兮, 何意氣之嚴毅. 復引舟於深灣, 忽八九之紅芰, 姹然如婦. 斂然如女, 墮蕊黦顔, 似見放棄. 白鷺潛來兮, 邀風標之公子, 窺此美人兮, 如慕悅其容媚. 雜花參差於岸側兮, 絳綠黃紫, 格頑色賤兮, 或妾或婢. 間草甚多, 叢者束兮, 靡者杏兮, 仰風獵日, 如立如笑兮, 千千萬萬之容兮, 不可得而狀也. 若予者則謂何如, 倒冠落佩兮, 與世闊疏. 放敖休休兮, 眞徇其愚而隱居者乎."

虛心聽造物 顚沛風雲會 : 이 구절의 의미는 대나무는 무심無心하게 다만 조물주의 명령을 들을 뿐, 비록 비바람 속에 넘어지고 엎어져도 또한 자연스럽게 그 흐름에 내맡긴다는 것이다. 『장자』에서 "자여子輿는 그 마음이 한가로워 아무 일도 없는 것 같았다. 자여가 비틀비틀 걸어가 우물에 자기 모습을 비춰보고는 "아아, 조물자여, 거듭 나를 이처럼 구부러지게 하는구나"라 했다"라고 했는데, 그 주注에서 "자연의 변화에 내맡긴다는 것이다"라고 했다. 반고의 「답빈희答賓戲」에서 "저것은 모두 풍운風雲의 제회際會를 밟은 것이요, 넘어지는 형세를 밟은 것이다"라고 했다. 『문선』에 실린 오계중吳季重의 「답위태자전答魏太子牋」에서 "풍운風雲의 제회際會를 만났다"라고 했다. 또한 『문선』에 실린 육기의 「염가행豔歌行」에서 "무성하게 바람 구름 모여드네"라고 했다. 이것을 더불어 차용한 것이다. 살펴보건대, 『노론』의 주注에서 "'조차造次'는 위급한 것이고 '전패顚沛'는 넘어지는 것이다. 비록 위급하고 넘어지는 순간에도 인仁을 어기지 않아야 한다"라고 했다.[142] 『시경·탕蕩』에서 "꼬꾸라져서 넘어짐에, 뿌리가 먼저 끊긴다 하네"라고 했다.

詩意謂竹君無心, 但聽命於造物, 雖風雨之變, 顚沛偃仆, 亦任其自然爾. 莊子, 子輿曰, 其心閒而無事, 跰䠥而鑑于井, 曰, 嗟乎, 造物者又將以予爲此

---

142 『노론』의 (…중략…) 했다 : 『논어·이인(里仁)』에서 "공자가 "군자가 인을 떠나면 어찌 군자라는 이름을 이룰 수 있으리오. 군자는 밥 한 끼를 먹는 사이에도 인을 떠남이 없으니, 아무리 다급할 때에도 반드시 인에 있고 아무리 위태할 때에도 반드시 인에 있다"라 했다[子曰, 君子去仁, 惡乎成名. 君子無終食之間違仁, 造次必於是, 顚沛必於是]"라고 했다.

拘拘也. 注謂任自然之變. 班固答賓戱曰, 彼皆蹈風雲之會, 履顚沛之勢. 文選季重[143]牋曰, 値風雲之會. 又選詩曰, 藹藹風雲會. 此竝借用. 按魯論注曰, 造次, 急遽, 顚沛, 偃仆. 雖急遽偃仆, 不違仁. 詩云, 顚沛之揭, 本實先拔.[144]

榮枯偶同時 終不相棄背 : '영고榮枯'[145]는 위의 주注에 보인다. 『시경·맹氓』의 서序에서 "아름다운 용모와 안색이 쇠하면 다시 서로 버리고 배신한다"라고 했다.

榮枯見上注. 氓詩序曰, 華落色衰, 復相棄背.

誰云湖州沒 筆力今尙在 : 두보의 「전중양감견시장욱초서도殿中楊監見示張旭草書圖」에서 "필력은 아득한 바다와 같네"라고 했다.

老杜詩, 溟漲與筆力.

阿筌雖墨妙 好以桃李配 : 황전黃筌은 협죽夾竹과 도리桃李를 많이 그려다. 『문선·별부別賦』에서 "연운淵雲[146]의 먹은 오묘하네"라고 했다.

---

143 [교감기] '季重'이 본래 '李重'으로 되어 있는데, 지금 전본 및 『문선(文選)』 권40의 오계중(吳季重)의 「답위태자전(答魏太子牋)」에 따라 고친다.
144 拔 : 중화서국본에는 '撥'로 되어 있는데, '拔'의 오자이다.
145 영고(榮枯) : 『문선』에 실린 좌사(左思)의 「위도부(魏都賦)」에서 "영고성쇠를 정밀하게 변론하였다[英辯榮枯]"라고 했다. 또한 안연년(顔延年)의 「추호행(秋胡行)」에서 "잠깐 사이에 영고성쇠를 보네[俛仰見榮枯]"라고 했다.
146 연운(淵雲) : 자연(子淵)과 자운(子雲)을 줄여 쓴 것으로, 자연은 왕포(王褒)의 자이고 자운은 양웅(揚雄)의 자인데, 이들은 모두 전한(前漢)의 저명한 문장가들이다.

黃筌多作夾竹桃李. 文選別賦曰, 淵雲之墨妙.

國工裁主意 冷淡恐不愛 : 황전이 맹촉孟蜀의 때에 황제의 부름 받기를
기다렸다. '국공國工'[147]은 위의 주注에 보인다. '재裁'는 헤아린다는 말
이다. 『당척언』에서 "배도는 밤에 술자리를 열어 연구를 지었다. 그러
자 낙천 백거이가 "생황 소리와 노래 소리는 솥에 물 끓는 듯하니, 이
처럼 냉담한 생활을 하지 마시게"라 했다'라고 했다.

黃筌蓋孟蜀時待詔. 國工見上注. 裁謂量度. 撫言曰, 裴度夜宴聯句. 白樂
天曰, 笙歌鼎沸, 勿作此冷淡生活.

子舟落心畫 榮觀不在外 : '낙落'은 낙필落筆을 말한다. 『법언』에서 "글
씨는 마음의 그림이다"라고 했다. 『노자』에서 "아무리 굉장한 구경거
리가 있다 하더라도, 편안하게 거처하며 외물外物에 초연해한다"라고
했다.

落謂落筆. 法言曰, 書心畫也. 老子曰, 雖有榮觀, 燕處超然.

---

147 국공(國工) : 『한서(漢書)』에 실린 왕포(王褒)의 「성주득현신송(聖主得賢臣頌)」
에서 "어진 사람은 나라의 도구이니, 임용된 자가 현명하면 정사의 취사에 힘이
절약되면서도 공은 널리 퍼지고 도구의 쓰임이 예리하면 힘이 덜 들면서도 효과
는 큰 것입니다. 그러므로 장인이 무딘 도구를 사용하면 뼈와 근육을 수고롭게
하여 종일토록 부지런히 힘써야 합니다. 뛰어난 대장장이의 경우는 명검인 간장
을 만들기 위해 쇠붙이를 주조하여 맑은 물에 그 칼끝을 식히고 월나라 숫돌에
그 칼날을 갈아내면 물에서는 교룡을 베고 육지에서는 무소 가죽을 자르는데 빠
르기는 비로 먼지 낀 길을 쓰는 듯합니다"라고 했다.

耆年道機熟 增勝當倍倍 : 『유마경』에서 "천녀天女가 사리불舍利佛에게 대답하면서 "제가 이 방에 머무른 것이 노인네의 해탈과 같습니다"라 했다"라고 했다. 자후 유종원의 「증강화장로贈江華長老」에서 "노승의 도기道機가 무르익어"라고 했다. 이통현李通玄의 『화엄론華嚴論』에는 '배배倍倍'나 '증광增廣'이라는 말이 대단히 많다.

維摩經, 天女答舍利佛曰, 我止此室, 如耆年解脫. 柳子厚詩, 老僧道機熟. 李通玄華嚴論多有倍倍增廣之語.

祖述今百家 小紙弄姿態 : 『예기』에서 "공자는 요순堯舜의 도를 근간으로 그 뜻을 펴고 서술했다"라고 했다. '소지小紙'[148]는 「하증전何曾傳」에 보이는데, 위의 주注에 있다. 『후한서·이고전李固傳』에서 "이고는 홀로 얼굴에 바르는 분가루인 호분胡粉으로 얼굴을 치장하고 비녀로 머리를 긁적이는 자태로 희롱하고, 주위를 선회하거나 앞뒤로 나아감에 있어 조용하게 규칙대로 걸었다"라고 했다. 송옥의 「신녀부神女賦」에서 "구슬 같은 맵시와 옥 같은 모습"이라고 했다. 『세설신어』의 주注에서 "『문사전文士傳』에서 '장화張華의 사람됨은 위의는 적고 아름다운 자태만 많았다'라 했다"라고 했다.

禮記曰, 仲尼祖述堯舜. 小紙見何曾傳, 具上注. 後漢李固傳曰, 固獨胡粉飾貌, 搔頭弄姿, 槃旋偃仰, 從容冶步. 宋玉神女賦曰, 瑰姿瑋態. 世說注, 文

---

148 소지(小紙) : 『진서·하증전(何曾傳)』에서 "작은 종이에 글을 써서 보내면 기실에게 명하여 답하지 말라고 했다[人有小紙爲書者, 敕記室勿報]"라고 했다.

士傳曰, 張華爲人少威儀, 多姿態.

雖云出湖州 卷置懶開對 : 여기 與可의 본의를 잃어버렸다는 말이다.

謂失與可本意.

非公筆如椽 孰能爲之大 : 『진서·왕순전王恂傳』에서 "꿈에 어떤 사람이
서까래와 같은 큰 붓을 주었다. 꿈에서 깨어나 사람들에게 말하기를,
"이는 반드시 큰 붓으로 글 쓸 일이 있을 것이다"라 했다"라고 했다.
『노론』에서 "적赤이 작다면 누가 능히 큰 것이 되겠는가"라고 했는데,
이것을 차용했다.

晉書王恂傳曰, 夢人以大筆如椽與之, 旣覺, 語人云, 此當有大手筆事. 魯
語曰, 赤也爲之小, 孰能爲之大. 此借用.

28. 자주가 그린 두 그루 대나무와 두 마리 구욕을 장난스레 읊조리다

戲詠子舟畵兩竹兩鸜鵒

風晴日暖搖雙竹	바람 개인 따뜻한 날 쌍죽이 흔들리니
竹間相語兩鸜鵒	대나무 사이에서 두 마리 구관조 노래하네.
鸜鵒之肉不可肴[149]	구관조의 고기는 안주로 쓸 수 없지만
人生不材果爲福	쓸모없는 삶은 과연 복이 되리라.
子舟之筆利如錐	자주의 붓은 송곳처럼 날카롭고
千變萬化皆天機	천변만화는 모두 천기에서 나온 것일세.
未知筆下鸜鵒語	붓 아래 구관조 소리도 알지 못하는데
何似[150]夢中胡蝶飛	어찌 꿈속에서 나비 되어 나는 것과 같으랴.

【주석】

風晴日暖搖雙竹　竹間相語兩鸜鵒　鸜鵒之肉不可肴　人生不材果爲福 : 두보의 「동수행冬狩行」에서 "새가 있는데 이름은 구관조라, 높이 날아 날리는 쑥대를 좇지도 못하네. 고기 맛은 제사상에 올리지도 못하는데, 어찌하여 그물에 잡혔는가"라고 했다. 『장자·산목편山木篇』에서 "제자가 장자에게 묻길 "어제 산중의 나무가 쓸모가 없어 천수天壽를 누렸습

---

149 [교감기] '肴'가 전본에는 '餚'로 되어 있다.
150 [교감기] '似'가 고본에는 '如'로 되어 있다.

니다"라 했다"라고 했다. 『회남자』에서 "변방에 사는 사람의 말이 이유 없어 도망쳐 오랑캐 땅으로 들어가 버리자, 사람들이 모두 그를 위로했다. 그 아버지가 "이것이 어찌 복이 되지 않겠는가"라 했다"라고 했다.

老杜冬狩行, 有鳥名鸛鵒, 力不能高飛逐走蓬, 肉味不足登鼎俎, 胡爲見羈虞羅中. 莊子山木篇, 弟子問於莊子曰, 昨日山中之木, 以不材得終其天年. 淮南子曰, 塞上之人, 馬無故亡而入胡, 人皆弔之. 其父曰, 此何遽不爲福乎.

子舟之筆利如錐 千變萬化皆天機 : 낙천 백거이의 「자호필紫毫筆」에서 "자호필은 송곳처럼 뾰족하고 칼처럼 날카롭다"라고 했다. 『진서·조납전祖納傳』에서 "여영汝潁의 선비는 날카롭기가 송곳과 같다"라고 했다. 『열자』에서 "천만 번 변화한다"라고 했다. 두보의 「봉선유소부신화산수장기奉先劉少府新畫山水障歌」에서 "유후劉侯는 천기天機가 정밀한데, 그림을 좋아하는 벽癖이 있네"라고 했다.

樂天詩曰, 紫毫筆, 尖如錐兮利如刀. 晉書祖納傳曰, 汝潁之士利如錐. 列子云, 千變萬化. 老杜歌曰, 劉侯天機精, 愛畫入骨髓.

未知筆下鸛鵒語 何似夢中胡蝶飛 : 참과 거짓, 꿈과 꿈 깨는 것은 하나이면서 둘이 되니, 통달한 사람만이 반드시 변별할 수 있다. 『장자』에서 "언젠가 장주가 꿈속에 나비가 되어, 나풀나풀 잘 날아다니는 나비로서 스스로 유쾌하고 만족스러웠다. 조금 뒤에 잠을 깨고 보니 뻣뻣하게 누워 있는 장주라는 인간이었다. 장주의 꿈속에 나비가 된 것인

지, 나비의 꿈속에 장주가 된 것인지 모르겠다"라고 했다.

眞假夢覺, 爲一爲二, 達者必能辨. 莊子曰, 昔者莊周夢爲胡蝶, 栩栩然胡蝶
也, 自喩適志. 俄然覺, 則蘧蘧然周也. 不知周之夢爲胡蝶與, 胡蝶之夢爲周與.

1. 빈로의 「병기독유동원」이란 작품에 차운하여 답하다. 2수

次韻答斌老病起獨游東園. 二首

첫 번째 수其一

萬事同一機	온갖 일은 하나의 이치로 같노니
多慮乃禪病	많은 생각은 이에 선병이라오.
排悶有新詩	근심 떨치려 새로운 시를 짓노니
忘蹄出兎徑	올가미 잊고 토끼 길에서 벗어났네.
蓮花生淤泥	연꽃은 진흙 속에서 피어나니
可見嗔喜性	성내고 기뻐하는 본성 볼 수 있다네.
小立近幽香	잠시 서서 그윽한 향기 가까이 하니
心與晩色靜[1]	마음이 황혼과 함께 고요해지누나.

【주석】

萬事同一機 多慮乃禪病 : 『능엄경』에서 "비록 모든 뿌리[2]가 움직이더

---

1 [교감기] '靜'이 문집에는 '淨'으로 되어 있다. 아래의 「又和」나 「又答」의 경우에 도 문집에는 모두 '淨'으로 되어 있다.
2 모든 뿌리 : '제근(諸根)'은 불교어로, 안(眼), 이(耳), 비(鼻), 설(舌), 신(身) 오 근(五根)을 말한다.

라도, 요컨대 하나의 이치로 제거해야 하리"라고 했다. 『전등록』에 실린 승僧 무명亡名의 「식심명息心銘」에서 "많이 생각 말고 많이 알지 말라. 많이 알면 일이 많으니, 생각을 멈추는 것만 못하다. 많이 생각하면 실수도 많노니, 하나를 지키는 것만 못하다"라고 했다. 『원각경』에서 "대자대비하신 세존이 흔쾌히 선병[3]에 대해 말씀해주셨다"라고 했다.

楞嚴曰, 雖見諸根動, 要以一機抽. 傳燈錄, 僧亡名息心銘曰, 無多慮, 無多知. 多知多事, 不如息意. 多慮多失, 不如守一. 圓覺經曰, 大悲世尊快說禪病.

排悶有新詩 忘蹄出兎徑 : 두보의 「강정江亭」에서 "번민 풀어보려 애써 시를 짓네"라고 했다. 『장자』에서 "올가미는 토끼를 잡기 위한 것으로, 토끼를 잡은 뒤에는 올가미를 잊어버린다. 언어는 생각을 전하기 위한 것으로, 생각을 전했다면 그 언어를 잊어야 한다"라고 했다. 승僧 조肇는 『유마경』의 주注에서 "어찌 돌아가는 용이 토끼의 길을 본받겠는가"라고 했다. 또한 『전등록』에 실린 영가永嘉의 「증도가證道歌」에서 "큰 코끼리는 토끼의 길에서 놀지 않는다"라고 했다.

老杜詩云, 排悶强裁詩. 莊子曰, 蹄者所以在兎, 得兎而忘蹄. 言者所以在意, 得意而忘言. 僧肇注維摩經曰, 曷謂回龍, 象於兎徑. 又傳燈錄, 永嘉證道歌曰, 大象不遊於兎徑.

---

3   선병(禪病) : 불교어로, 선정수행(禪定修行)을 방해하는 일체의 망념(妄念)을 말한다.

蓮花生淤泥 可見瞋喜性 : 『유마경』에서 "비유하자면, 높은 언덕이나 육지에서는 이 꽃이 자라지 않는다. 낮고 습한 진흙에서 이 꽃이 핀다"라고 했다. 산곡의 이 구절의 의미는 "꽃과 진흙은 모두 한 연못에서 나오니 진흙 밖에 꽃이 있는 것이 아니며, 기쁨과 성냄은 모두 하나의 본성에서 나오니 성냄 밖에 기쁨이 있는 것이 아니다"라는 것이다. 보이는 바를 사람들에게 보여주었으니 대개 사물을 관조하는 오묘함을 얻었다.

維摩經曰, 譬如高原陸地, 不生此花. 卑濕淤泥, 乃生此花. 山谷此句意謂 花與泥俱出於一池, 非泥外有花. 喜與瞋俱出於一性, 非瞋外有喜. 因所見以 示人, 蓋得夫觀物之妙也.

小立近幽香 心與晚色靜 : 『왕립지시화王立之詩話』에서 "산곡의 시에 "그윽한 향기에 잠시 멀뚱히 섰다"와 "저희 집에 몇 뭉치 실이 있다네"라는 구절이 있는데, 운자와 연聯의 짜임이 형공 왕안석과 자못 서로 유사하니, 당시에 우연히 그렇게 된 것이다."[4]라고 했다. 살펴보건대, 개부 왕안석의 시에 "달은 숲 못을 그윽하게 비치고, 허공엔 웃음소리 시원하게

---

4 산곡의 (…중략…) 것이다 : 왕안석의 「세만(歲晚)」은 "月映林塘澹, 風含笑語凉. 符窺憐綠淨, 小立佇幽香. 攜幼尋新芍, 扶衰坐野航. 延緣久未已, 歲晚惜流光"이고 황정견의 「차운답빈로병기독유동원(次韻答斌老病起獨游東園)」은 "萬事同一機, 多慮乃禪病. 排悶有新詩, 忘蹄出兎徑. 蓮花生淤泥, 可見瞋喜性. 小立近幽香, 心與晚 色靜"이다. 또한 왕안석의 「촉직(促織)」은 "金屛翠幔與秋宜, 得此年年醉不知. 只 向貧家促機杼, 幾家能有一絇絲"이고 황정견의 「왕세과광릉치조춘운운(往歲過廣 陵值早春云云)」은 "日邊置論誠深矣, 聖處時中乃得之. 莫作秋蟲促機杼, 儂家能有幾 絇絲"이기에 한 말이다.

담겨 있네. 굽어 푸르고 깨끗한 예쁜 풀 보다, 잠시 그윽한 향에 서 있노라"라고 했다. 그러나 이 구절은 두보의 「추야秋野」에서 "드물게 작은 붉은 꽃과 푸른 잎 있어, 걸음 멈추고 은미한 향기 가까이 하네"라고 한 대목에서 연유했다. 두보의 「하일이공견방夏日李公見訪」에 또한 "저물녘 깨끗한 연꽃[5]은, 손님 잡아두기 넉넉하다네"라는 구절도 있다.

王立之詩話曰, 山谷詩云, 小立佇幽香, 儂家能有幾絇絲. 韻聯與荊公頗相同, 當時[6]暗合耳. 按介夫詩云, 月映林塘淡, 空涵笑語凉. 俯窺憐綠淨, 小立佇幽香. 然亦本於老杜稀疎小紅翠, 駐屐近微香之句. 老杜詩又曰, 水花晚色靜, 庶足充淹留.

두 번째 수 其二

主人心安樂	주인의 마음이 안락하여
花竹有和氣	꽃과 대나무에도 화기 있구나.
時從物外賞	이따금 세상 밖에서 노닐면서
自益酒中味	절로 술의 맛을 더한다오.
斸枯蟻改穴	고목 자르니 개미는 구멍 만들고
掃擇筍迸地	대나무 자르니 죽순은 땅에서 솟네.
萬籟寂中生	만뢰가 고요함 속에 일어나니

---

5   연꽃 : '수화(水花)'는 연꽃을 달리 이르는 말이다.
6   時 : 중화서국본에는 '是'로 되어 있으나, '時'의 오자이다.

乃知風雨至[7]　　　　　　　이에 비바람 이른 것을 알았다오.

【주석】

主人心安樂 花竹有和氣 時從物外賞 自益酒中味 : 『국어』에서 진晉 문공
文公이 "인생이 안락하니, 그 밖의 것을 어찌 알랴"라고 했다. 평자平子
장형張衡은 「귀전부歸田賦」에서 "진실로 세상 밖에 마음을 풀어 놓았네"
라고 했다. 연명 도잠의 「음주飮酒」에서 "술 가운데 진실로 많은 맛이
있네"라고 했다.

國語, 晉文公曰, 人生安樂, 孰知其他. 張平子歸田賦曰, 苟縱心於外物. 淵
明詩, 酒中固多味.

斸枯蟻改穴 掃籜筍迸地 : '촉斸'의 음은 '주株'와 '옥玉'의 반절법으로,
벤다는 의미이다. 두보의 「정월삼일귀계상유작正月三日歸溪上有作」에서
"약초는 이웃이 잘라가도록 허락하네"라고 했다. 낙천 백거이는 「순筍」
에서 "담장 뚫고 길에 솟아나 그 길로 가지 않네"라고 했다.

斸音株玉切, 斫也. 老杜詩, 藥任鄰人斸. 樂天笋詩曰, 穿牆迸路不依行.

萬籟寂中生 乃知風雨至 : '만뢰萬籟'[8]는 앞의 주注에 보인다.

7　[교감기] '至'가 문집·고본에는 '見'으로 되어 있다.
8　만뢰(萬籟) :『장자·제물론(齊物論)』에서 "자유(子游)가 '감히 천뢰(天籟)에 대
　해 묻습니다'라고 하니, 자기(子綦)가 "대저 천뢰라는 것은 온갖 것에 바람을 모
　두 다르게 불어넣으니 제 특유의 소리를 내는 것이다. 모두 제 소리를 내고 있지

萬籟見前注.

만 과연 그 소리가 나게 하는 것은 누구인가"라 했다"라고 했다. 두보의 「옥화궁
(玉華宮)」에서 "바람소리는 참으로 생황이며[萬籟眞笙竽]"라고 했다.

162　산곡시집주(山谷詩集注)

2. 또 화답하다. 2수

又和. 二首

첫 번째 수 其一

西風鏖殘暑	가을바람이 남은 더위 몰아내니
如用霍去病	마치 곽거병을 쓰는 것과 같네.
疏溝滿蓮塘	도랑 이어져 연꽃 못엔 물 가득하고
掃葉明竹逕	잎 쓸어가 대나무 길은 환하리.
中有寂寞人	그 가운데 적막한 사람 있노니
自知圓覺性	절로 원각의 본성을 안다오.
心猿方睡起	심원이 바야흐로 잠에서 깨어
一笑六窓靜	한 번 웃으면 육창 고요해지리.

【주석】

西風鏖殘暑 如用霍去病 : 『한서·곽거병전霍去病傳』에서 "단병短兵[9]으로 싸워 고란皐蘭 아래서 무찔렀다"라고 했다.

漢書霍去病傳曰, 合短兵, 鏖皐蘭下.

疏溝滿蓮塘 掃葉明竹逕 : 「위도부魏都賦」에서 "도랑은 바닷가 길로 이

---

9 단병(短兵) : 창검(槍劍) 등 길이가 짧은 무기이다. 여기에서는 칼이나 창 따위의 길이가 짧은 병기로 적과 직접 맞부딪쳐 싸우는 것을 의미한다.

어졌다"라고 했는데, 소소疏에서 "'소소疏'는 통한다는 것이다"라고 했다.

魏都賦曰, 疏通溝以濱路. 疏云, 疏, 通也.

中有寂寞人 自知圓覺性 : 『원각경』에서 "최상의 법왕法王에 대다라니문大陀羅尼門이 있는데, 그 이름을 원각圓覺이라 한다"라고 했다.

圓覺經曰, 無上法王, 有大陀羅尼門, 名爲圓覺.

心猿方睡起 一笑六窓靜 : 『고승구군발마전高僧求郡跋摩傳』에서 "알겠어라, 저 감각이 의지하는 곳, 원숭이처럼 날뛰는 것[10]에서 비롯됨을. 업과 업의 인과응보는, 인연에 의지해 순간순간 사라짐을"이라 했다. 살펴보건대, 『유교경遺教經』에서 "이 다섯 뿌리[五根][11]는 마음을 그 주인으로 한다. 비유하자면, 원숭이가 나무에 있어 제어하기 어려운 것과 같다"라고 했다. 『전등록』에 실린 「중읍선사전中邑禪師傳」에서 "앙산仰山이 "어떻게 해야 성性을 볼 수 있습니까"라 물었다. 선사는 "어떤 집이 있다고 비유하자면, 그 집에 여섯 개의 창문[12]이 있고 그 안에 원숭이 한 마리가 있다. 동쪽에서 「산산山山」[13]이라 부르면, 원숭이가 이에 반응

---

10 원숭이처럼 날뛰는 것 : '심원(心猿)'은 원숭이처럼 날뛰는 마음이라는 뜻의 불교 용어로, 안정을 찾지 못한 채 조급하게 동요하는 마음을 가리킨다. 심신이 산란하여 제어하기 어려울 때, 심원의마(心猿意馬)라는 비유를 쓰기도 한다.
11 다섯 뿌리[五根] : '오근(五根)'은 불교어로, 안(眼), 이(耳), 비(鼻), 설(舌), 신(身)을 말한다.
12 여섯 개의 창문 : '육창(六窓)'은 불가의 용어로 육근(六根)을 비유한 말이다. 육근은 여섯 개의 뿌리 즉 안(眼)·이(耳)·비(鼻)·설(舌)·신(身)·의(意)를 말한다.
13 산산(山山) : 원숭이를 부르는 소리이다.

을 한다. 이처럼 여섯 창문도 부를 때마다 응답을 한다"라고 했다. 앙산이 "가령 안에 있던 원숭이가 피곤하여 잠이 들었는데, 밖에 있던 원숭이가 만나고자 한다면 어찌해야 합니까"라 했다. 이에 선사는 곧바로 승상繩床에서 내려와 앙산의 손을 잡고 춤을 추면서 "산산아, 이제야 너를 만났구나"라고 말했다"라고 했다.

高僧求郡跋摩傳曰, 知彼所依處, 從心猿猴起. 業及業報果, 依緣念念滅. 按遺敎經曰, 此五根者, 心爲其主. 譬如猿猴得樹, 難可禁制. 傳燈錄中邑禪師傳, 仰山問, 如何見得性. 師云, 譬如有屋, 屋有六窓, 內有一獼猴. 東邊喚山山, 山山應. 如是六牕, 俱喚俱應. 仰山云, 只如內獼猴困睡, 外獼猴欲與相見, 如何. 師卽下繩床, 執仰山手, 作舞云, 山山與汝相見了.

두 번째 수其二

外物攻伐人	외물은 사람을 공격해 해치고
鍾鼓作聲氣	종과 북은 소리로 기운 진작시키네.
待渠弓箭盡	그 활과 화살 다 쓰기를 기다리며
我自味無味	나는 절로 무미無味를 맛으로 삼으리.
宴安衽席間	이부자리 사이에서 편히 지내는 것은
蛟鰐垂涎地	교룡 악어가 침 흘리는 곳이라오.
君子履微霜	군자가 무서리를 밟으면
卽知堅氷至	곧 두꺼운 얼음 얼게 될 줄 안다오.

【주석】

外物攻伐人 鍾鼓作聲氣 : 『장자』에서 "외물外物은 반드시 기약할 수 없다"라고 했다. 『유자劉子』에서 "눈이 비단 무늬를 좋아하면, 이를 목숨을 해치는 도끼라고 한다. 눈이 음란한 소리를 좋아하면, 마음을 공격하는 북이라고 한다"라고 했다. 『좌전』에서 "무릇 전쟁에 종과 북이 있으면 '벌伐'이라 하고 종과 북이 없으면 '침侵'이라고 한다"라고 했다. 또한 "금고金鼓는 소리로써 사기士氣를 진작시킨다"라고 했다. ○ 또한 "한 번 북을 쳐 사기를 진작시킨다"라고 했다.

莊子曰, 外物不可必. 劉子曰, 目愛綵色, 命曰伐性之斤. 耳樂淫聲, 命曰攻心之鼓. 左傳曰, 凡師有鍾鼓曰伐, 無曰侵. 又曰, 金鼓以聲氣也. ○ 又曰, 一鼓作氣.

待渠弓箭盡 我自味無味 : 『전등록』에서 "승僧이 암두巖頭에게 묻기를 "활은 부러지고 화살을 다 써버리면 어찌해야 합니까"라고 하자, 이에 법사는 '도망가라'고 했다"라고 했다. 『노자』에서 "무위無爲를 행하고 무사無事를 일삼고 무미無味를 맛으로 삼는다"라고 했다.

傳燈錄, 僧問巖頭, 弓折箭盡如何. 師曰, 去. 老子曰, 爲無爲, 事無事, 味無味.

宴安酖席間 蛟鰐垂涎地 : 『좌전』에서 "편안한 것은 짐독酖毒[14]과도 같

---

14   짐독(酖毒) : 사람을 죽이는 짐새의 독을 말한다. 전의(轉意)하여 사람을 해치거

은 것이니, 이것을 생각해서도 안 된다"라고 했다. 『장자』에서 "무릇 길 가는 것을 두려워하는 사람은 열 명 가운데 한 명이라도 죽으면 부자형제처럼 서로 경계한다. 사람이 두려워하는 것은 이부자리 위의 일과 음식을 먹는 문제인데, 이것을 경계할 줄 모른다면 수양을 잘못한 것이다"라고 했다. 구양수歐陽脩는 「걸치사표乞致仕表」에서 "생각지도 못한 암화暗禍가 신을 풍파의 죽을 연못에 반드시 빠트릴 것입니다. 상上께서는 지극한 인仁을 갖고 계시니 신을 교룡과 악어가 침 흘리는 입에게 벗어나게 할 수 있습니다"라고 했다. 『문선』에 실린 매승枚乘의 「칠발七發」에서 "잔치에 오가며 놀고 은밀한 밀실 가운데서 방자하게 지낸다. 이것은 독약을 달게 마시고 맹수의 발톱과 어금니를 희롱하는 것이다"라고 했다.

左傳曰, 宴安酖毒, 不可懷也. 莊子曰, 夫畏途者, 十殺一人, 則父子兄弟相戒也. 人之所取畏者, 衽席之上, 飮食之間, 而不知爲之戒者過也. 歐陽公乞致仕表曰, 不虞暗禍, 陷臣於風波必死之淵. 上賴至仁, 脫臣於蛟鰐垂涎之口. 文選枚叔七發曰, 往來游醼, 縱姿乎曲房隱間之中. 此甘餐毒藥, 戱猛獸之爪牙也.

君子履微霜 卽知堅氷至 : 외물外物이 오는 것을 보고 마땅히 일의 상황을 일찍 판단해야 한다는 말이다. 『초사』에 실린 동방삭東方朔의 「칠간七諫」에서 "무서리가 내리자 밤이 오네"라고 했다. 『역·곤괘坤卦』에서

나 불선(不善)에 빠뜨리는 독소(毒素), 곧 색(色)·성(聲)·향(香)·미(味)·촉(觸) 등의 번뇌를 의미한다.

"서리를 밟고 나면 두꺼운 얼음 얼게 된다"라고 했다.

言外物之來, 當辨於早也. 楚詞東方朔七諫曰, 微霜下而夜降. 易坤卦曰, 履霜堅冰至.

3. 또 빈로의 「병유견민」이란 작품에 답하다. 2수

又答斌老病愈遣悶. 二首

첫 번째 수其一

百痾從中來	온갖 병은 마음속에서 오는 것이니
悟罷本誰[15]病	깨닫고 나면 본래 누구의 병이던가.
西風將小雨	가을바람이 가랑비를 몰아와
凉入居士徑	시원스레 거사의 길로 접어드네.
苦竹遶蓮堂	참대나무는 연꽃 집을 빙 둘렀고
自悅魚鳥性	물고기 새의 본성에 절로 기뻐하네.
紅粧[16]倚翠蓋	붉은 단장으로 푸른 연잎에 기대어
不點禪心靜	선심의 고요함에 점찍지 않노라.

【주석】

百痾從中來 悟罷本誰病 : 『황정경』에서 "백 가지 병이 모여서 무영無英이 존재한다"라고 했다. 『설문』에서 "이痾는 병病이다"라고 했다. 『문선·단가短歌』에서 "근심은 마음속에서 나오는 것으로 끊을 수가 없다"라고 했다. 『유마경』에서 "유마힐維摩詰이 "지금 나의 이 병은 다 전생의 망상과 뒤집힌 온갖 번뇌로부터 생긴 것이라서, 실다운 법이 없는데

---

15 [교감기] '誰'가 문집·고본에는 '非'로 되어 있다.
16 [교감기] '粧'이 전본에는 '荷'로 되어 있다.

누가 병을 받아들이는 사람인가. 그 이유는 무엇인가. 사대四大[17]가 합치되었기에, 이름을 빌려 몸이라고 했다. 그러니 사대에는 주인이 없고 몸에도 또한 내가 없는 것이다"라 했다"라고 했다.

黃庭經曰, 百痾所鍾存無英. 說文曰, 痾, 病也. 文選短歌曰, 憂從中來, 不可斷絶. 維摩經曰, 維摩詰言, 今我此病, 皆從前世妄想顚倒諸煩惱生, 無有實法, 誰受病者, 所以者何. 四大合故, 假名爲身, 四大無主, 身亦無我.

西風將小雨 涼入居士徑 苦竹遶蓮堂 自悅魚鳥性 : 당나라 시인 상건常建의 「제파산사후선원題破山寺後禪院」에서 "산 빛은 새의 본성 기쁘게 하고, 못 그림자는 사람 마음 비게 하네"라고 했다.

唐人常建詩曰, 山光悅鳥性, 潭影空人心.

紅粧倚翠蓋 不點禪心靜 : 『청상잡기』에 실린 조수曹脩의 고시古詩에서 "연잎이 연꽃을 감싸, 둥근 푸른빛에 선명한 붉은 빛 비추네. 그대는 남쪽 언덕에서, 봄바람 속 푸른 연잎 사이에 있네"라고 했다. 태백 이백의 「동족질평사암유창선사산지同族姪評事黯游昌禪師山池」에서 "꽃이 색에 물들지 않으니, 마음과 물이 모두 한가롭구나"라고 했다.

靑箱雜記, 曹脩古詩云, 荷葉罩芙蓉, 圓靑映嫩紅. 佳人南陌上, 翠蓋立春風. 太白詩, 花將色不染, 心與水俱閑.

---

17 사대(四大) : 불교에서는 지(地)·수(水)·화(火)·풍(風)을 사대라고 하는데, 사람의 몸이 이로써 구성되었다고 여긴다.

두 번째 수其二

風生高竹涼	바람 일어 높은 대나무 서늘하고
雨送新荷氣	비 몰아와 갓 핀 연꽃 생기도네.
魚游悟世網	노는 물고기에 세상 그물 깨닫고
鳥語入禪味	새 소리에 선미로 들어가네.
一揮四百病	한 번에 사백 가지 병 떨쳐내면
智刃有餘地	지혜의 검도 남은 공간 있으리라.
病來每厭客	병 들어 늘 손님 옴 꺼렸는데
今乃思客至	지금 이에 그리던 길손 오누나.

【주석】

風生高竹涼 雨送新荷氣 : 두보의 「배정광문유하장군산림陪鄭廣文游何將軍山林」에서 "옆집으로 이어진 높은 대나무"라고 했다. 위응물의 「남당범주회원육곤계南塘泛舟會元六昆季」에서 "가랑비에 연꽃은 서늘하여라"라고 했다.

老杜詩, 旁舍連高竹. 韋應物詩, 雨微荷氣凉.

魚游悟世網 鳥語入禪味 : 『문선』에 실린 육기陸機의 「부낙도중작赴洛道中作」에서 "세상 그물이 내 몸을 얽어매네"라고 했다. 『아미타경阿彌陀經』에서 "물과 새와 숲과 그 밖의 여러 부처님에게서 나는 소리는 모두 오묘한 법을 연설한 것으로, 십이부경十二部經[18]과 합치된다"라고 했다.

『유마경』에서 "비록 음식을 다시 먹더라도, 참선하는 기쁨으로 맛을 삼아야 한다"라고 했다. ○ 또 살펴보건대, 『열반경』에는 '출가미出家味'와 '독송미讀誦味', '좌선미坐禪味'가 있다. 자후 유종원의 「종최중승과로소윤교거從崔中丞過盧少尹郊居」에서 "세상 그물이 얽어매기 어렵게 늘 자중해야 하리"라고 했다. 『남사』에서 우기虞寄가 "물고기가 끓는 솥에서 논다"라고 했다.

選詩曰, 世網嬰我身. 阿彌陀經云, 水鳥樹林及與諸佛所出音聲, 皆演妙法, 與十二部經合. 維摩經曰, 雖復飲食, 而以禪悅爲味. ○ 又按涅槃經有出家味讀誦味坐禪味. 柳子厚詩云, 世網難嬰每自珍. 南史, 虞寄云, 魚游沸鼎.[19]

一揮四百病 智刀有餘地 病來每厭客 今乃思客至 : 『유마경』에서 "이 몸은 재앙이라 백 한 가지 병[20]의 괴로움뿐이다"라고 했다. 승僧, 조肇가 『유마경』의 주注에서 "일대一大[21]가 더해지고 빠지면서 백 한 가지 병이 생겨나고 사대四大가 더해지고 빠지면서 사백 네 가지 병이 한꺼번에

---

18 십이부경(十二部經) : 모든 불교 경전의 총칭인데, 부처의 일대 교설을 그 경문의 성질과 형식으로 구분하여 열둘로 나눈 것이다.

19 [교감기] '柳子 (…중략…) 沸鼎'이란 구절이 원본·건륭본에는 이 두 조목의 주가 없다. 또한 '魚游沸鼎'은 『남사(南史)·우기전(虞寄傳)』에 보이지 않는다.

20 백 한 가지 병 : '백일병(百一病)'은 신체의 네 가지 요소인 사대(四大)에 각각 백 가지 병이 있고, 거기에 원소 자체를 포함해서 '백일병'이라고 한다. 그래서 흔히 사백네 가지 병이 있다고도 한다. '사대(四大)'는 지(地)·수(水)·화(火)·풍(風)을 말하는데, 불교에서는 이 네 가지로 사람의 몸이 이루어져있다고 한다.

21 일대(一大) : 사대(四大)에서 말한 지(地)·수(水)·화(火)·풍(風) 중의 하나를 가리킨다.

모두 일어난다"라고 했다. 『유마경』에서 또한 "지혜의 검으로 번뇌라는 도적을 부숴버린다"라고 했다. 『문선·두타사비頭陀寺碑』에서 "지혜의 검이 노는 곳은 날로 새롭고 달로 익숙해진다"라고 했다. 『장자』에서 "넓고 넓구나, 칼을 놀리고도 반드시 남는 공간이 있을 것이다"라고 했다. ○ 퇴지 한유의 「동숙련구同宿聯句」에서 "맑은 거문고 시험 삼아 한 번 튕기네"라고 했다.

維摩經曰, 是身爲災百一病惱. 僧肇注曰, 一大增損, 則百一病生, 四大增損, 則四百四病同時俱作. 經又曰, 以智慧劍破煩惱賊. 文選頭陀寺碑曰, 智刃所游, 日新月故. 莊子曰, 恢恢乎, 其於游刃, 必有餘地矣.[22] ○ 退之詩, 清琴試一揮.

22　[교감기] '莊子云云' 부분을 살펴보건대 『문선(文選)』의 이선(李善) 주에서 인용한 것으로, 『장자·양생주(養生主)』에 보인다.

4. 황빈로의 「만유지정」이란 작품에 차운하다. 2수

次韻黃斌老23晚遊池亭. 二首

첫 번째 수其一

路入東園無俗駕	동원으로 들어서니 세속 수레 없는데
忽逢佳士喜同遊	홀연 멋진 선비 만나 함께 즐겁게 노닐었네.
綠荷菡萏稍覺晚	푸른 연잎과 연꽃에 차츰 저물어감 느끼고
黃菊拒霜殊未秋	누런 국화 서리 이겨내니 자못 가을 아니네.
客位24正須懸榻下	길손 오면 바로 걸어둔 걸상 내리며
主人自愛小塘幽	주인은 절로 작은 못의 그윽함 아끼네.
老夫多病蠻江上	늙은이는 만강 가에서 병 많노니
頗憶平生馬少游	자못 평소의 마소유의 말 생각나네.

【주석】

路入東園無俗駕 忽逢佳士喜同遊 綠荷菡萏稍覺晚 黃菊拒霜殊未秋 : 『문선·북산이문北山移文』에서 "청컨대, 속된 선비는 수레를 돌릴지어다, 그대를 위해 도망간 객을 사절하네"라고 했다. 「산유부소山有扶蘇」라는 작품의 주注에서 "연화荷華는 부거扶渠이다. 그 꽃은 함담菡萏이다"라고

---

23 [교감기] '黃斌老'가 문집·고본에는 '王斌老'로 되어 있다.
24 [교감기] '客位'와 관련해 문집·고본의 작품 말미에 "'客位'가 다른 판본에는 '客至'로 되어 있다"라는 원주가 있다.

했다. 도악陶岳의 「영릉기零陵記」에서 "거상화拒霜花[25]는 나무에서 떨기로 자라는데, 잎은 크고 갈라져 있고 꽃은 대단히 붉다. 9월 서리 내릴 때에 피기 때문에 '거상拒霜'이라고 한다"라고 했다. 『문선』에 실린 문통文通 강엄江淹의 「휴상인원별休上人怨別」에서 "그대는 자못 오지 않네"라고 했다.

文選北山移文曰, 請回俗士駕, 爲君謝逋客. 山有扶蘇詩注曰, 荷華, 扶渠也, 其花菡萏. 陶岳零陵記曰, 拒霜花樹叢生, 葉大而岐, 花甚紅. 九月霜降時開, 故謂之拒霜. 文選江文通詩曰, 佳人殊未來.

客位正須懸榻下 主人自愛小塘幽：『예기·관의冠義』에서 "손님의 자리에서 초례醮禮를 행한다"라고 했다. 『후한서·서치전徐穉傳』에서 "태수 진번陳蕃은 손님이나 길손을 응대하지 않았는데, 오직 서치가 오면 특별이 하나의 걸상을 설치하고 서치가 가면 걸어두었다"라고 했다. 『문선』에 실린 휴문休文 심약沈約의 「수사선성酬謝宣城朓」에서 "손님 오면 먼지 낀 걸상 내리네"라고 했다. 두보의 「복거卜居」에서 "주인은 조용한 숲과 못가에 살 곳 정했네"라고 했다.

禮記冠義曰, 醮於客位. 後漢書徐穉傳曰, 太守陳蕃不接賓客, 惟穉來, 特設一榻, 去則懸之. 文選沈休文詩, 賓至下塵榻. 老杜詩, 主人爲卜林塘幽.

---

25 거상화(拒霜花) : 목부용(木芙蓉)의 별칭이다. 중추(仲秋)경에 꽃이 피는데, 추위를 잘 견디어 떨어지지 않으므로 이렇게 이름한 것이라 한다.

夫多病蠻江上 頗憶平生馬少游：『후한서·마원전馬援傳』에서 "내 사촌 동생 마소유는 언제나 내가 강대한 큰 뜻을 품고 있는 것을 슬퍼하면서 '가득 찬 것을 구하다보면, 다만 절로 괴로울 뿐입니다"라고 했다. 내가 지금 낭박浪泊과 서리西里 사이에 있는데, 독기毒氣와 찌는 듯한 더위 때문에, 하늘을 올려다보면 날아가던 솔개들도 물속으로 떨어진다. 누워 생각해보니, 마소유가 평소에 내게 했던 말을 어떻게 해야 이룰 수 있을까"라고 했다.

後漢馬援傳曰, 吾從弟少游常哀吾慷慨多大志曰, 致求盈餘, 但自苦耳. 當吾在浪泊西里間, 毒氣薰蒸, 仰視飛鳶跕跕墮水中, 臥念少游平生時語, 何可得也.

두 번째 수其二

岑寂東園可散愁	고요한 동원에선 근심 씻어낼 수 있노니
膠膠擾擾夢神遊	어지러움 속에서도 꿈속에선 정신 노닌다오.
萬竿苦竹旌旗卷	대숲의 대나무는 휘날리는 깃발 같고
一部鳴蛙鼓吹秋[26]	한 부의 개구리 울음 가을 고취시키네.
雨後月前天欲冷	비 온 뒤 달빛 아래 하늘은 서늘하고
身閑心遠地常幽	몸 한가롭고 마음 멀어 땅 늘 외지다네.
杜門謝客恐生謗	문 닫고 길손 사양함에 비방 생길까 두려워

---

26 [교감기] '秋'가 전본·건륭본에는 '休'로 되어 있는데, 의미가 뒤떨어진다.

且作人間鵬鷃遊[27]　　　세상에서 붕새 메추라기와 어울려 노닌다네.

【주석】

岑寂東園可散愁 膠膠擾擾夢神遊 : '잠적岑寂'[28]은 앞의 주注에 보인다. 두보의 「효망백제성염산曉望白帝城鹽山」에서 "환한 햇살이 나그네 시름 덜어주네"라고 했다. 『장자·천도편天道篇』에서 요堯가 "어지러워 안정되지 못한[29] 것이 아니겠는가"라고 했다. 그 주注에서 "스스로 일을 많이 한 것을 혐오한 것이다"라고 했다. 『열자』에서 "황제黃帝가 꿈속에서 화서씨華胥氏의 나라에서 노닐었는데, 배나 수레나 다리의 힘으로는

27　[교감기] 이 두 번째 수는 또한 명성화본 『동파속집(東坡續集)』 권2 율시(律詩)에도 보이는데, 제목이 『동원(東園)』으로 되어 있으며, '神遊'가 '神州'로, '秋'가 '收', '常'이 '偏'으로 되어 있다. 사신행(查愼行)이 "'東園必斌老所居'와 '山谷嘗從之遊', '與斌老唱和甚多'"라고 한 바 있어서, 이 작품을 마침내 산곡 황정견의 작품으로 정했다.

28　잠적(岑寂) : 『문선』에 실린 포조(鮑照)의 「무학부(舞鶴賦)」에서 "고요한 도성을 떠나[去帝鄉之岑寂]"라고 했다.

29　어지러워 안정되지 못한 : '교교요요(膠膠擾擾)'는 분란(紛亂)하여 안정되지 못한 것을 말한다. 『장자·천도편(天道篇)』에서, 순(舜)임금이 일찍이 요(堯)임금에게 묻기를, "임금님께서는 마음 쓰기를 어떻게 하십니까"라고 했다. 요임금이 곤궁한 백성과 죽은 이와 어린애와 부인을 적극 돌봐주는 데에 마음을 쓴다고 대답하자, 순임금이 말하기를 "좋기는 합니다만 아직 위대하지는 못합니다"라고 했다. 요임금이 그러면 어떻게 해야 하느냐고 다시 묻자, 순 임금이 말하기를 "천덕(天德)과 부합하면 자취는 드러나도 마음은 편안하여, 해와 달이 비치고 사계절이 운행하며, 밤낮이 일정한 질서가 있고 구름이 일어 비가 내리는 것과 같이 되는 것입니다"라고 했다. 요임금이 말하기를 "그렇다면 나의 방법은 분란하여 안정되지 못한 것이 아니겠는가. 자네는 하늘과 합한 사람이고, 나는 사람과 합한 사람이로다[然則膠膠擾擾乎, 子天之合也, 我人之合也]"라고 한 데서 온 말이다.

미칠 수 있는 곳이 아니었고 정신만이 노닐 수 있는 곳이었다"라고 했다.

岑寂見前注. 老杜詩, 暄和散旅愁. 莊子天道篇, 堯曰, 膠膠擾擾乎. 注云, 自嫌有事. 列子曰, 黃帝夢遊於華胥氏之國, 非舟車足力之所及, 神遊而已.

萬竿苦竹旌旗卷　一部鳴蛙鼓吹秋：『남사·공규전孔珪傳』에서 "문정門庭의 잡초를 제거하지 않아 그 안에서 개구리들이 울어대는데, 공규는 "나는 이 개구리의 울음소리를 양부兩部[30]의 음악 연주로 삼겠다"라 했다"라고 했다.

南史孔珪傳, 門庭內草萊不剪, 中有蛙鳴, 曰, 我以此當兩部鼓吹.

雨後月前天欲冷　身閑心遠地常幽：연명 도잠의 「음주飮酒」에서 "마음 머니 땅 절로 외지다네"라고 했다.

淵明詩,[31] 心遠地自偏.

杜門謝客恐生謗　且作人間鵬鷃遊：『한서·신공전申公傳』에서 "죽을 때까지 문 밖으로 나가지 않았고 다시 빈객을 사양했다"라고 했다. 또 살펴보건대, 『당서·육지전陸贄傳』에서 "이미 황폐한 먼 곳으로 쫓겨나, 늘 사립문 닫아거니 사람들이 그의 얼굴을 알지 못했다. 또한 비방을

---

30 양부(兩部) : 본디 입부(立部)와 좌부(坐部) 양부로 나누어 연주하는 악기 연주를 말한다. 여기에서는 곧 개구리의 울음소리를 양부의 음악 연주에 비유한 것이다.
31 [교감기] '淵明詩'가 원본에는 '陶淵明『雜詩』'로 되어 있다.

피하기 위해 글도 쓰지 않았다"라고 했다. 그러나 이 작품은 그 의미를 반대로 사용했다. 유효표劉孝標의 『세설신어』 주注에서 "상자기向子期와 곽자현郭子玄은 '소요逍遙'의 뜻에 대해 '무릇 대붕大鵬이 구만 리를 오르는 것과 척안尺鷃,메추라기이 느릅나무 박달나무에 오름에 있어, 그 작고 큰 것은 비록 다르지만, 각각 그 본성에 따른 것이다. 진실로 그 분수에 합당하니 소요하기는 마찬가지이다"라고 했다. 그리고 산곡은 『장자내편해莊子內篇解』를 지었는데, 거기에서 "곤붕鯤鵬은 크고 구안鳩鷃은 작은데, 모두 그 사물에 구속되어 있어 능히 소요할 수가 없다. 오직 도道를 체득한 사람만이 능히 소요할 수 있을 따름이다"라고 했다. 그러니 이 작품에서는 상자기와 곽자현이 말한 의미를 이용했다.

漢書申公傳, 終身不出門, 復謝賓客. 又按唐陸贄傳, 旣放荒遠, 常闔戶, 人不識其面. 又避謗, 不著書. 此詩反其意. 世說注, 向子期郭子玄逍遙義曰, 夫大鵬之上九萬, 尺鷃之起枋楡, 小大雖殊, 各任其性, 苟當其分, 逍遙一也. 而山谷作莊子內篇解則曰, 鯤鵬之大, 鳩鷃之細, 均爲有累於物, 而不能逍遙. 惟體道者乃能逍遙耳. 然此詩用向郭之意.

5. 사응지에게 장난으로 답하다. 3수

戱答史應之. 三首

첫 번째 수其一

先生早擅屠龍學	선생은 일찍이 도룡 배움에 뛰어났는데
袖有新硎不試刀	소매에 새 숫돌 있지만 칼날 시험 못했다오.
歲晚亦無雞可割	노년에는 또한 닭 잡을 칼도 없으니
庖蛙煎鱔薦松醪	개구리와 물고기 요리하며 송료주 마시네.

【주석】

先生早擅屠龍學 袖有新硎不試刀 歲晚亦無雞可割 庖蛙煎鱔薦松醪 : 일찍이 장로長老가 "응지應之는 미산眉山 사람으로, 죽을 때까지 자신을 검속함이 없었고 비루한 말을 하는 것을 좋아했다. 그래서 사람들이 응지를 '도회屠膾'³²라고 지목했다. 그래서 이 작품에서는 도가屠家의 일을 많이 이용했다"라고 했다. 『장자』에서 "주평만朱泙漫은 지리익支離益에게서 용을 죽이는 기술을 배웠는데, 천금의 가산을 탕진해서 3년 만에 기술을 완성했지만 그 뛰어난 솜씨를 쓸 곳이 없었다"라고 했다. '신형新硎'³³과 '할계割雞'³⁴는 모두 앞의 주注에 보인다. 전배前輩의 시에서 "아

---

32 도회(屠膾) : 짐승을 죽여 회로 만드는 것을 말한다. 도축하는 사람을 가리키기도 한다.

33 신형(新硎) : 『장자』에서 "날카로운 칼날은 마치 숫돌에서 새로 간 것 같다[刃若新發於硎]"라고 했다.

침에 선생에게 반찬 보내기 위해, 하룻밤 계곡에서 물고기를 잡네"라고 했다. 응지가 다른 사람이 글방을 열어주어 동자의 스승이 되었기에 이렇게 말한 것이다. 구본舊本에는 '전선煎鱔'이 '추맹熰蜢'으로 되어 있는데, 모두 미산眉山에 사는 야인野人이 먹은 것으로, 혹은 메뚜기[虺蜢]도 먹었다. 그래서 향언鄕諺에서 이것으로 희롱거리를 삼은 것이다. 당나라 시인 곽수郭受의 「기두원외寄杜員外」에서 "송료주松醪酒[35] 익으니 옆에서 봐도 취하네"라고 했다. 또한 부기傅奇는 "정덕린鄭德鄰이 강가에서 살면서 마름을 파는 한 노인을 만나면 늘 송료춘松醪春이란 좋은 술을 그에게 주었다"라고 했다.

嘗聞長老云, 應之, 眉山人, 落魄無檢, 喜作鄙語, 人以屠膾目之, 故此詩多用屠家事. 莊子曰, 朱泙漫學屠龍於支離益, 單千金之家, 三年技成, 而無所用其巧. 新硎割雞皆見前注. 前輩詩曰, 來朝爲送先生飯, 一夜沿溪捉鱔魚. 應之授館於人, 爲童子師, 故云爾. 舊本煎鱔作熰蜢, 蓋眉之野人, 或食虺蜢, 故鄕諺因以爲戲. 唐人郭受詩, 松醪酒熟旁看醉. 又傅奇曰, 鄭德鄰居江上, 遇一賣菱叟, 每以佳酒松醪春與之.

34　할계(割雞) : 『논어』에서 "닭을 잡는데 어찌 소 칼을 쓰는가[割雞焉用牛刀]"라고 했다.

35　송료주(松醪酒) : 송료춘(松醪春)이라고도 하는데, 송진과 솔잎 등을 원료로 빚은 술을 말한다. 당나라 사람들은 양생(養生)을 좋아했으며, 소나무가 장수한다고 여겨 솔잎과 송진으로 술을 빚는 것이 유행했었다.

두 번째 수其二

老萊有婦懷高義	노래자 아내는 높은 절개 품고 있어
不厭夫家苜蓿盤	지아비 집의 목숙 반찬 싫어하지 않았지.
收得千金不龜藥	천금의 불귀약을 얻었지만
短裙漂絖暮江寒	짧은 치마의 솜옷 뜬 저물녘 강은 차갑네.

【주석】

老萊有婦懷高義 不厭夫家苜蓿盤 : 『열녀전』에서 "노래자老萊子가 세상을 피해 몽산蒙山의 남쪽에서 농사를 짓고 있었다. 초왕楚王이 그 집의 문에 이르러 "나라를 지키는데 홀로이니 바라건대, 선생이 마음을 바꿔주십시오"라고 했다. 노래자는 "그렇게 하겠소"라고 했다. 그런데 노래자의 처가 "첩이 듣기에, 난세에 살면서 다른 사람에게 제어를 받는다면 어떻게 근심을 면할 수 있겠습니까. 첩은 남의 제어를 받을 수 없습니다"라고 하고서는 삼태기를 버리고 가버렸다. 노래자가 이에 처를 따라서 은거했다"라고 했다. 『민천명사전閩川名士傳』에서 "설령지薛令之가 개원開元 연간에 우서자右庶子가 되었다. 당시에 관료들이 청담淸淡을 나누고 있었는데, 설령지가 "아침 해가 둥그렇게 솟아올라, 선생의 식탁을 비춰 주네. 쟁반에 무엇 반찬 있는가, 난간에서 자란 목숙苜蓿[36] 나물이네"라는 시를 지었다"라고 했다.

列女傳, 老萊子逃世, 耕於蒙山之陽. 楚王駕至其門曰, 守國之孤, 願變先

---

36 목숙(苜蓿) : 개자리라고 하는 식물로, 변변찮은 음식의 대명사이다.

生. 老萊曰, 諾. 妻曰, 妾聞之, 居亂世, 爲人所制, 能免於患乎. 妾不能爲人所制者. 委畚而去. 老萊乃隨而隱. 閩川名士傳, 薛令之, 開元中爲右庶子, 時官僚清淡, 令之爲詩曰, 朝日上團團, 照見先生盤. 盤中何所有, 苜蓿長闌干.

收得千金不龜藥 短裙漂絮暮江寒 : 『장자』에서 "송나라 사람 중에 손이 트지 않는 약[不龜手之藥]을 만들어 대대로 솜옷 세탁하는 것을 일로 삼는 사람이 있었다. 손님이 이를 듣고 그 처방을 백금百金에 사겠다고 제안했다. 그 처방을 사서 월越나라 사람과 물에서 싸워 크게 월나라 군대를 물리쳤다. 오왕吳王은 땅을 갈라 그에게 봉해주었다"라고 했다. 그 주注에서 "그 약은 손을 갈라지지 않게 할 수 있기에, 늘 병사들이 입은 솜옷이 물 위에 뜰 수 있었다"라고 했다.

莊子曰, 宋人有不龜手之藥者, 世世以洴澼絖爲事. 客聞之, 請買其方百金, 與越人水戰, 大敗越人, 吳王裂地而封之. 注云, 其藥能令手不拘拆, 故常漂絮於水中也.

세 번째 수其三

| 甑有輕塵釜有魚 | 시루에 가는 먼지 있고 솥엔 물고기 있어 |
| 漢庭日日召嚴徐 | 한나라 조종에선 날마다 엄서[37] 불렀다네. |

---

37 엄서(嚴徐) : 한나라 때 제(齊)나라 엄안(嚴安)과 조(趙)나라 서악(徐樂)을 합칭한 것이다.

不嫌藜藿來同飯　　와서 함께 여곽 먹는 것 꺼려 않고
更展芭蕉看學書　　다시 파초 펼쳐 글씨 쓰는 걸 보네.

【주석】

甑有輕塵釜有魚　漢庭日日召嚴徐 : 『후한서·범단전范丹傳』에서 "사는 곳은 누추한 곳으로 이따금 곡식이 떨어지기도 했다. 그래서 마을 사람들이 "시루 속에 먼지가 쌓인 범사운范史雲[38]이요, 솥 안에 물고기가 사는 범내무范萊蕪[39]로다"라 했다"라고 했다. 『한서·주보언전主父偃傳』에서 "당시에 서악徐樂과 엄안嚴安 또한 모두 글을 올려 세무世務에 대해 말했다. 이에 천자가 세 사람을 불러 보고서 "공公들은 모두 어디에 있었는가. 어찌 이리 늦게야 서로 만났단 말인가"라 했다"라고 했다. 『한서·전숙전田叔傳』에서 "한나라 조정 신하들로 그들보다 뛰어난 사람은 없다"라고 했다.

後漢范丹傳, 所止單陋, 有時絶粒. 閭里歌之曰, 甑中有塵范史雲, 釜中生魚范萊蕪. 漢書主父偃傳曰, 是時徐樂嚴安亦俱上書, 言世務. 上召見三人謂曰, 公皆安在, 何相見之晚也. 田叔傳曰, 漢廷臣無能出其右者.

不嫌藜藿來同飯　更展芭蕉看學書 : '여곽藜藿'[40]은 위의 주注에 보인다.

38　범사운(范史雲) : 후한(後漢) 환제(桓帝) 때 범염(范冉)을 말한다. '사운(史雲)'은 범염의 자(字)이다.
39　범내무(范萊蕪) : 후한(後漢) 환제(桓帝) 때 범염(范冉)을 말한다. 범염이 내무(萊蕪)의 장관으로 부름을 받고도 응하지 않았기에, '범내무'라고도 한다.

『법서원法書苑』에서 "육우陸羽가 지은 「회소전懷素傳」에서 "가난해 글씨

쓸 종이도 없어, 늘 고향에 파초 만여 그루를 심어서 붓을 휘두르는데

제공했다"라 했다"라고 했다.

藜藋見上注. 法書苑, 陸羽作懷素傳曰, 貧無紙可書, 常於故里種芭蕉萬餘,

以供揮洒.

40　여곽(藜藿) : 퇴지 한유의 「최십육소부(崔十六少府)」에서 "뱃속에 명아주와 비름만 가득하네[腸肚集藜莧]"라고 했다.

6. 야족헌에 쓰다【서문을 붙이다】

題也足軒【幷序】41

간주簡州 경덕사景德寺의 각범도인覺範道人은 자신이 거주하는 동헌東軒에 대나무를 심었다. 사군使君 양몽楊夢이 그 헌軒에 '야족也足'이라는 이름을 내려주었다. 이것은 옛사람이 말한 "다만 세한의 마음이 있노니, 두세 대나무면 족하다오"라는 의미를 취한 것이다. 그리고는 그를 위해 시를 지어주었다. 나도 문득 그 작품에 차운했다【이 작품은 석본石本으로 잘못된 부분을 교정했는데, '종種', '애愛', '약若', '담曇' 네 글자를 바로잡았다】.

簡州景德寺覺範道人, 種竹於所居之東軒. 使君楊夢旣題其軒曰也足, 取古人所謂但有歲寒心, 兩三竿也足者也. 仍爲之賦詩. 余輒次韻【此詩以石本校過, 正種愛若曇四字】.

道人手種42兩三竹	도인이 두세 대나무 손수 심었는데
使君忽來唾珠玉	사군이 홀연 와서 주옥을 뱉었다네.
不須客賦千首詩	길손은 천 수의 시 지을 필요 없으니
若是賞音一夔足	음악 즐기는 한 명의 기夔면 충분하리.
世人愛處屬同流43	세상사람 좋아하는 곳 동류와 즐기며

---

41 [교감기] '題也足軒【幷序】'과 관련해 문집·고본에는 표제(標題) 및 시서(詩序)가 없으며, 별도의 「筍竹」이라는 제목으로 되어 있다.

42 [교감기] '手種'이 문집·고본에는 '手挿'으로 되어 있는데, 자세한 것은 작품의 주(注)에 보인다.

一絲不掛似太俗　　　아무런 생각 없으니 너무 속인 같구나.

客來若問⁴⁴有何好　　길손 와서 만약 무엇이 좋냐고 묻는다면

道人優曇⁴⁵遠山綠　　도인의 우담발화 꽃으로 먼 산이 푸르네.

【주석】

道人手種兩三竹 使君忽來唾珠玉 : '수종手種'이 다른 본에는 '수삽手挿'
으로 잘못된 곳도 있다. 태백 이백의 「첩박명妾薄命」에서 "공중 떨어진
침방울이, 바람 따라 구슬로 변했네"라고 했다.

手種誤作手挿. 太白詩, 咳唾落九天, 隨風生珠玉.

不須客賦千首詩 若是賞音一夔足 : 목지 두목杜牧의 「지주등구봉루기장
호池州登九峯樓寄張祜」에서 "어느 누가 장공자張公子⁴⁶ 같을까, 천 수의 시로
만호후를 가볍게 여기는 걸"이라고 했다. 『오지·주유전周瑜傳』의 주注
에 실린 「강표전江表傳」에서 "주유가 장간蔣幹에게 "내가 비록 기광夔曠⁴⁷

43　[교감기] 이 구절의 '愛處'가 문집·고본에는 '同處'로 되어 있는데, 자세한 것은
　　작품의 주(注)에 보인다. 또한 '屬'이 문집·고본·전본·건륭본에는 '但'으로 되
　　어 있다.

44　[교감기] '若問'이 문집·고본에는 '問我'로 되어 있는데, 자세한 것은 작품의 주
　　(注)에 보인다. 고본에서는 "석본(石本)에는 '問我'가 '莫問'으로 되어 있다"라고
　　했다.

45　[교감기] '優曇'이 문집·고본에는 '優波'로 되어 있는데, 자세한 것은 작품의 주
　　(注)에 보인다. 고본에서는 "석본(石本)에는 '優波'가 '優曇'으로 되어 있다"라고
　　했다.

46　장공자(張公子) : 장호(張祜)를 가리킨다.

47　기광(夔曠) : 기(夔)와 사광(師曠)의 합칭이다. '기'는 순임금의 신하로 음악을

에게 미치지 못하지만, 거문고 소리를 듣고 그 음을 즐기면서 아정한 곡조임을 충분히 알 수 있다"라 했다"라고 했다. 『여씨춘추』에서 "노애공魯哀公이 공자孔子에게 "악정樂正 기夔는 하나면 충분합니까"라고 물었다"라고 했다. 이 구절은 이러한 전고를 차용하여 양사군楊使君에게 견준 것이다.

杜牧之詩, 何人得似張公子, 千首詩輕萬戶侯. 吳志周瑜傳注, 江表傳, 瑜謂蔣幹曰, 吾雖不及夔曠, 聞絃賞音, 足知雅曲. 呂氏春秋, 魯哀公問於孔子曰, 樂正夔一足矣. 此借用, 以屬楊使君.

世人愛處但同流 一絲不掛似太俗 : '애처愛處'가 다른 판본에는 '동처同處'로 잘못된 곳도 있다. 『전등록』에서 "석두화상石頭和尙의 「초암가草庵歌」에서 "세상사람 사는 곳에 나는 살지 않고, 세상사람 좋아하는 곳을 나는 좋아하지 않는다"라 했다. 또한 풍간豊干이 한산자寒山子에게 "그대가 나와 함께 오대산五臺山에 갔다면 나의 동류同流이다. 만약 나와 함께 가지 않는다면 나의 동류가 아니다"라고 했다. 이에 한산자는 "나는 가지 않겠다"라고 했다. 그러자 풍간이 "그러면 그대는 나의 동류가 아니다"라고 했다. 또한 남천南泉이 육긍陸亘에게 "항상[48] 어떤 생각을 하는가"라 물었다. 육긍이 "아무 생각도 하지 않습니다"[49]라 했다. 그러자

담당했다. 『서경·익직(益稷)』에 기가 음악의 효과에 대해 한 말이 나온다. '사광'은 춘추시대 진(晉)나라 사람으로 진 평공(晉平公) 때의 악사이다.

48 항상 : '십이시(十二時)'는 하루의 낮밤은 열두 개로 나눈 것으로, 하루 종일, 항상이라는 의미이다

남전이 "아직 섬돌 아래 서 있는 사람이군"이라 했다. 또 남천이 자리에 앉아 있는데, 한 스님이 양손을 깍지 끼고 서 있었다. 남천이 "너무 속인俗人 같구나"라고 했다. 그러자 그 스님이 합장을 하니, 남천이 "너무 스님 같구나"라 했다"라고 했다. 이 구절의 의미는 대나무를 좋아해 동헌東軒에 심고서 애오라지 좋은 벗들과 함께 즐기며, 불법佛法에 애초부터 방해받지 않았다는 의미이다.

愛處誤作同處. 傳燈錄, 石頭和尚草庵歌曰, 世人住處我不住, 世人愛處我不愛. 又豐干告寒山子曰, 汝與我遊五臺, 卽我同流. 若不與我去, 非我同流. 曰我不去. 豐干曰, 汝不是我同流. 又南泉問陸亘, 十二時中作麼生. 陸曰, 寸絲不掛. 師云, 猶是階下漢. 又南泉坐次, 一僧叉手而立. 南泉白, 太俗生. 僧合掌, 南泉曰, 太僧生. 詩意謂愛竹開軒, 聊同世好, 於佛法初無所妨也.

客來若問有何好 道人優曇遠山綠 : '약문若問'이 다른 판본에는 '문아問我'로 잘못된 곳도 있다. '우담優曇'이 다른 판본에는 '우파優波'로 잘못된 곳도 있다. 『진서·맹가전孟嘉傳』에서 환온桓溫이 "술이 무슨 좋은 것이 있기에 그대는 즐겨 마시는가"라고 했다. 관휴貫休의 「야우산초자夜雨山草滋」에서 "저녁 비에 산 풀은 더 자랐고, 시원한 바람 고목에 불어오네. 한가롭게 축선게竺仙偈 읊조리니, 청절함이 옥보다 낫구나. 귀뚜

---

49 아무 (…중략…) 않습니다 : '일사불괘(一絲不掛)'는 낚싯줄에 걸리지 않는 물고기라는 뜻으로, 진속(塵俗)에 이끌림을 당하면 안 된다는 비유로 곧잘 쓰는 선가(禪家)의 용어이다. 여기에서는 아무런 잡념이 없다는 의미이다.

라미는 무너진 담장에서 울어대나, 진실로 구슬프게 재촉함[50]을 면했네. 도인의 우담발화優曇鉢華 꽃으로, 아득히 먼 저 산은 푸르기만 하네"라고 했다. 살펴보건대, 『법화경』에서 "불처가 사리불舍利弗에게 "이같이 오묘한 법은 모든 부처님 여래如來께서 때가 되어야 설파하는 것이다. 마치 우담발화가 때가 되어야 한 번 피는 것과 같다"라고 했다. 또한 게偈에서 "이런 사람은 매우 드무니, 우담발화 꽃이 핀 것보다 나으리라"라고 했다"라고 했다. 소疏에서는 "우담優曇은 발명鉢名으로, 삼천년에 한 번 꽃이 피고 꽃이 피면 금륜왕金輪王[51]이 출현하다"라고 했다. 이 시는 이러한 전고를 인용하여 대나무는 좋아할만 하지만 도인을 얻기는 어렵다는 것을 말한 것이다. 산곡은 「여주원옹서與周元翁書」에서 "범상좌範上座는 간주簡州 사람으로, 위산潙山 철로喆老의 문인입니다. 그 사람은 도道를 들은 지 이미 오래되었고 선배들을 많이 보았기에, 도기道機에 매우 정통했고 지려知慮도 심원합니다. 그러니 사대부 중에서 이와 같은 사람을 얻기란 쉽지 않습니다"라고 했다.

若問誤作問我. 優曇誤作優波. 晉書孟嘉傳, 桓溫問, 酒有何好, 而卿嗜之. 貫休詩, 夜雨山草滋, 爽籟雜枯木, 閑吟竺仙偈, 淸絶過於玉. 蟋蟀鳴壞牆, 苟免悲局促. 道人優曇華, 迢迢遠山綠, 按法華經曰, 佛告舍利弗, 如是妙法, 諸

---

50 재촉함 : 귀뚜라미를 촉직(促織)이라고도 하는데, 날씨가 추워지니 빨리 베를 짜라고 재촉하는 소리같이 운다는 데서 얻어진 귀뚜라미의 이명(異名)이다.
51 금륜왕(金輪王) : 금륜보(金輪寶)를 지닌 왕이라는 뜻으로, 3000년에 한 번 꽃이 피는 우담발화(優曇鉢花)가 필적에 함께 나온다는 전륜성왕(轉輪聖王)이다. 금륜보는 바퀴 모양의 무기(武器)로 칠보(七寶)의 하나인데, 이것이 향하는 곳마다 모두 귀복(歸伏)한다고 한다.

佛如來, 時乃說之. 如優曇鉢華, 時一現耳. 又偈曰, 是人甚稀有, 過於優曇華. 疏云, 優曇, 鉢名, 瑞應三千年一現, 現則金輪王出. 此詩引用, 言竹之所以可愛, 政由道人難得耳. 山谷與周元翁書曰, 範上座[52]是簡州人, 潙山喆老門人也, 其人聞道已久, 多見前輩, 道機純熟, 知慮深遠, 於士大夫中求之, 未易得.

---

52   座 : 중화서국본에는 '坐'로 되어 있는데, '座'의 오자이다.

7. 영주 조원대사의 차군헌에 써서 보내다

寄題榮州祖元大師此君軒[53]

王師學琴二十[54]年	왕사는 거문고를 이십 년 배웠노니
響如淸夜落澗泉	청아한 밤 「유간천」 떨어지는 소리인 듯.
滿堂洗盡箏琶耳	집 가득한 거문고 비파 소리 깨끗이 씻고
請師停手恐斷絃	왕사여 손 멈추시게 줄 끊어질까 두렵나니.
神人傳書道人命	신인이 책을 전해 인명에 대해 말했으니
死生貴賤如看鏡	사생과 귀천은 거울 보는 것과 같다네.
晚知直語觸憎嫌	늦게서야 곧은 말이 증오 일으킴을 알아서
深藏幽寺聽鐘磬	그윽한 사찰에 깊이 숨어 경쇠 소리 듣누나.
有酒如澠客滿門	민수처럼 술 많아 길손 집에 가득하니
不可一日無此君	하루라도 차군이 없어서는 안 된다네.
當時手栽數寸碧	당시에 손수 몇 촌의 푸른 대나무 심어
聲挾風雨今連雲	비바람 소리 끼고 지금은 구름과 닿았네.
此君傾蓋如故舊	차군이 옛 벗처럼 수레를 기울이니
骨相奇怪淸且秀	기괴한 그 모습은 청아하고 수려하네.
程嬰杵臼立孤難	정영과 저오는 고아 기르는 걸 어렵게 여겼고
伯夷叔齊採薇瘦	백이숙제는 고사리 캐 먹으며 수척해졌다오.

---

53 [교감기] 문집·고본에는 '寄'자가 없다. 문집에는 '元'자가 '無'자로 잘못 되어 있다.
54 [교감기] '二十'이 문집·고본·전본·건륭본에는 '三十'으로 되어 있다.

霜鍾堂上弄秋月	상종당 위에는 가을 달이 환하고
微風入絃此君說[55]	살랑 바람 거문고에 들어오니 차군 기뻐하네.
公家[56]周彦筆如椽	공가의 주언 글씨는 서까래와 같으니
此君語意當能傳	차군이란 말의 의미는 마땅히 전해질 만 하네.

【주석】

王師學琴二十年 響如淸夜落澗泉 : 『금곡琴曲』 중에 「유간천幽澗泉」이란 곡조가 있다. 두보의 「구일남전최씨장九日藍田崔氏莊」에서 "남수는 많은 골짜기 물과 합쳐져 멀리 흐르네"라고 했다.

琴曲有幽澗泉. 老杜詩, 藍水遠從千澗落.

滿堂洗盡箏琵耳 請師停手恐斷絃 : 동파 소식의 「청현사금聽賢師琴」에서 "집에 돌아가면 우선 천 섬의 물을 찾아, 지금까지 쟁적만 들어왔던 귀 깨끗이 씻으시길"이라고 했다. 장적의 「복금석약服金石藥」에서 "두 시녀가 나오더니, 비파와 거문고를 같이 타네"라고 했다. 퇴지 한유의 「청영사금聽穎師琴」에서 "손 들어 연주를 멈추게 하니, 펑펑 쏟아지는 눈물 옷소매를 적시네"라고 했다. 또한 "술잔 돌아 그대에게 가거든 손 멈추지 마시게"라고 했다. 금기琴家에 "거문고를 연주하다가 거문고 줄이

---

55 [교감기] '說'이 전본에는 '悅'로 되어 있다. 살펴보건대, 두 글자는 서로 통용되니, 이 아래 다시 보여도 교감을 하지 않겠다.
56 [교감기] '公家'가 문집에는 '君家'로 되어 있다.

끊어지려 하면, 손가락으로 가볍게 눌러 줄을 나무속으로 들어가려는 듯하면서 힘을 쓰지 않아야 한다"라는 말이 있다

東坡詩, 歸家且覓千斛水, 淨洗從前箏笛耳. 張籍詩, 爲出二侍女, 合彈琵琶箏. 退之聽穎師琴詩曰, 推手據止之, 濕衣淚滂滂. 又詩, 杯行到君莫停手. 琴家有彈欲斷絃, 下指淺按, 欲入木, 力不見之語.

神人傳書道人命 死生貴賤如看鏡 : '도道'자는 '요도인지선樂道人之善'의 도道로 읽어야 한다. 『사기·구책전龜策傳』에서 "점쟁이는 공연히 사람의 운세를 높여 말하여 사람을 기쁘게 만들다"라고 했다. 퇴지 한유는 「이허중지李虛中誌」에서 "이허중은 오행서五行書에 대해 가장 심원하여, 사람의 생년월일生年月日에서의 일진日辰과 간지干支를 갖고서 서로 낳고 이기고[相生勝] 쇠하고 죽고[衰死] 돕고 왕성하게[相王] 하는 상태를 적절히 참작해서 사람 목숨의 길고 짧음, 귀함과 천함, 이로움과 불리함을 추리했는데, 언제나 그 생년과 생시로부터 먼저 시작했으며 백에 하나도 틀리지 않았다"라고 했다.

道讀如樂道人之善之道. 史記龜策傳曰, 卜者虛高人祿命, 以說人志. 退之作李虛中誌曰, 最深於五行書, 以人之始生年月日, 所直日辰支干, 相生勝衰死相王斟酌, 推人壽夭貴賤利不利, 輒先處其年時, 百不失一.

晚知直語觸憎嫌 深藏幽寺聽鐘磬 : 다시는 하늘의 일을 말하는 것을 일삼지 않겠다는 말이다. 『한서·곡영전谷永傳』에서 "어리석은 말로[甓言]

로 기휘忌諱의 건드렸다"라고 했다. 퇴지 한유의 「조부가서행향증노이이중사인早赴街西行香贈盧李二中舍人」에서 "외진 곳 사찰 그 경치 도리어 그윽해라"라고 했다.

言不復以談天爲事. 漢書谷永傳曰, 瞽言觸忌諱. 退之詩, 僻寺境還幽.

有酒如澠客滿門 不可一日無此君 : 『좌전』에서 "술은 민수처럼 많고 고기는 언덕처럼 쌓였다"라고 했다. '차군此君'[57]은 앞의 주注에 보인다.

左傳曰, 有酒如澠, 有肉如陵. 此君見前注.

當時手栽數寸碧 聲挾風雨今連雲 : 한유과 맹교의 「성남연구城南聯句」에서 "먼 산봉우리에서 조금의 푸른빛 드러났네"라고 했는데, 이 구절은 이 의미를 차용한 것이다. '협풍우挾風雨'[58]는 앞의 주注에 보인다. 『문선』에 실린 반악의 「추흥부秋興賦」에서 "높은 누대 구름에 닿았네"라고 했다.

韓孟城南聯句云, 遙岑出寸碧. 此借用. 挾風雨見前注. 文選藩岳秋興賦曰, 高閣連雲.

---

57 차군(此君) : 『진서』에서 "왕휘지가 빈 집에 잠깐 거처할 때에도 대나무를 심게 하고서는 '어찌 하루라도 차군(此君)이 없어서야 되겠는가'라 했다"라고 했다.
58 협풍우(挾風雨) : 『서경잡기』에서 "회남왕(淮南王)이 『홍렬(鴻烈)』을 짓고 스스로 말하기를 "글자 사이에 바람과 서리가 담겨 있다[字中皆挾風霜]"라 했다"라고 했다. 두보의 「기이백(寄李白)」에서 "붓을 들면 비바람에 놀라고[筆落驚風雨]"라고 했다.

此君傾蓋如故舊　骨相奇怪淸且秀：『한서·추양전鄒陽傳』에서 "속담에 "머리가 희어질 때까지 사귀었어도 낯선 사람이 있고 길을 가다 수레 기울려 잠시 만났는데 오랜 벗인 듯한 사람이 있다"라 했다"라고 했다. 살펴보건대,『공자가어』에서 "공자가 정자程子를 만나 수레의 덮개를 기울이고 이야기를 하는데, 종일토록 서로 대단히 즐거워하였다. 그리고는 자로子路를 돌아보고서는 "묶어 놓은 비단을 가져다가 드려라"라 했다"라고 했다.『노론魯論』에서 "옛 벗을 버리지 않으면 백성들이 야박해지지 않는다"라고 했다. '골상骨相'[59]은 앞의 주注에 보인다.

漢書鄒陽傳, 諺[60]曰, 有白頭如新, 傾蓋如故. 按家語, 孔子遇程子, 傾蓋而語, 終日甚相悅. 顧謂子路, 取束帛以贈之. 魯論曰, 故舊不遺, 則民不偸. 骨相見前注.

程嬰杵臼立孤難　伯夷叔齊採薇瘦：대나무가 이처럼 굳세고도 파리하다는 말이다.『사기·조세가趙世家』에서 "조趙나라 도안기屠岸賈가 조삭趙朔을 죽였다. 조삭의 처는 성공成公의 누이로, 그 때에 유복자遺腹子를 임신하고 있어서 공궁公宮으로 달아나 숨었다. 조삭의 문객門客인 공손저오公孫杵臼가 조삭의 벗인 정영程嬰에게 "고아를 맡아 기르는 일과 지금

59　골상(骨相) :『후한서·반초전(班超傳)』에서 "관상쟁이를 찾아가니 관상쟁이가 "제비의 턱에 호랑이 머리니 날아다니며 고기를 먹을 것이니 만리후가 될 상이다 [燕頷虎頭, 飛而肉食, 萬里侯相]"라 했는데 후에 정원후(定遠侯)에 봉해졌다"라고 했다.

60　諺 : 중화서국본에는 '語'로 되어 있는데, '諺'의 오자이다.

죽는 것 중 어떤 것이 더 어렵습니까"라고 물었다. 정영은 "죽는 것은 쉬운 일이고 고아를 기르는 일은 어렵다"라고 했다. 이에 공손저오는 "그대가 힘써 어려운 일을 해 주십시오. 저는 쉬운 일을 맡아 먼저 죽겠습니다"라 했다"라고 했다. 『사기·백이전伯夷傳』에서 "백이숙제는 의리상 주나라 곡식을 먹을 수 없다고 하면서 수양산에 숨어 고사리를 캐 먹었다. 마침내 수양산에서 굶어주었다"라고 했다.

言竹之勁且瘦如此. 史記趙世家, 趙屠岸賈殺趙朔. 朔妻成公姊, 有遺腹, 走公宮匿. 趙朔客曰公孫杵曰, 謂朔友人程嬰曰, 立孤與死孰難. 程嬰曰, 死易, 立孤難耳. 杵曰曰, 子强爲其難者, 吾爲其易者, 請先死. 伯夷傳曰, 伯夷叔齊, 義不食周粟, 隱於首陽山, 採薇而食之. 遂餓死於首陽.

霜鍾堂上弄秋月 微風入絃此君說 : '상종霜鍾'은 아마도 채옹蔡邕의 「추사금곡秋思琴曲」 중의 하나일 것인데, 조원대사가 이것으로 그 당의 이름을 삼았다.

霜鍾蓋蔡邕秋思琴曲之一也, 此僧因以名其堂.

公家周彦筆如椽 此君語意當能傳 : 왕상王庠의 자는 주언周彦으로 영주榮州 사람이다. 동파 소식이 일찍이 그를 칭송했었다. '필여연筆如椽'[61]은

---

61 필여연(筆如椽) :『진서·왕순전(王恂傳)』에서 "꿈에 어떤 사람이 서까래와 같은 큰 붓을 주었다[夢人以大筆如椽與之] 꿈에서 깨어나 사람들에게 말하기를, "이는 반드시 큰 붓으로 글 쓸 일이 있을 것이다"라 했다"라고 했다.

앞의 주注에 보인다.

王庠字周彦, 榮州人, 東坡嘗稱之. 筆如椽見前注.

8. 이임도가 콩죽을 나누어 준 것에 사례하며 답하다

答李任道謝分豆粥

豆粥能驅晚瘴寒　　콩죽으로 늘그막 질병 추위 몰아내고
與公同味更同餐　　그대와 같은 맛을 또 같이 먹누나.
安知天上養賢鼎　　어찌 알랴, 하늘이 성현을 기르는 솥이
且作山中煮菜看　　또한 산 속에서 나물 삶을 줄을.

【주석】

豆粥能驅晚瘴寒 與公同味更同餐 安知天上養賢鼎 且作山中煮菜看 : 『후한서·풍이전馮異傳』에서 "광무光武가 "어제 공손의 콩죽을 얻어먹어서 굶주림과 추위가 모두 풀렸다"라 했다"라고 했다. 『세설신어』에 실린 손장락孫長樂의 「왕장사뢰王長史誄」에서 "그윽한 맛을 함께 했네"라고 했다. 『주역·정괘鼎卦』에서 "성인이 크게 제향하여 이로써 성현을 기른다"라고 했다.

後漢馮異傳, 光武曰, 昨得公孫豆粥, 饑寒俱解. 世說, 孫長樂作王長史誄[62]云, 同此玄味. 易鼎卦曰, 聖人大亨, 以養聖賢.

62　[교감기] '王長史誄'는 본래 '王長史詩'로 되어 있는데, 『세설신어·경저(輕詆)』 및 전본에 따라 바로잡는다.

9. 지명 동생이 융주로 떠나기에 주다

贈知命弟離戎州

道人終歲學陶朱	도인은 한 평생 도주공을 배웠으며
西子同舟泛五湖	서자와 같은 배 타고 오호를 떠돌았네.
船窓臥讀書萬卷	배 창에 누워 만 권의 책을 읽었노니
還有新詩來起予	오히려 새로운 시로 날 흥기시키누나.

【주석】

道人終歲學陶朱 西子同舟泛五湖 船窓臥讀書萬卷 還有新詩來起予 : 지명 知命이 자못 이리저리 돌아다니며 정착하지 못했는데, 이 작품은 그를 깨닫게 해 주려 한 것이다. 산곡 황정견이 일찍이 다른 사람에게 주는 편지에서 "지명이 고요히 머물러 지내는 것을 좋아하지 않아, 자주 나갔었다"라고 했다. 또한 「답송자무서答宋子茂書」에서 "지명이 한 명의 첩과 자식 사胣 한 명을 데리고 왔다"라고 했다. 『사기·화식전貨殖傳』에서 "범려范蠡가 제齊나라에 이르러서는 치이자피鴟夷子皮라고 이름을 바꾸고, 도읍陶邑에 이르러서는 도주공陶朱公[63]으로 이름을 바꿨다"라고 했

---

[63] 도주공(陶朱公) : 춘추시대 월(越)나라 대부(大夫) 범려(范蠡)의 별칭이다. 월왕(越王) 구천(句踐)을 도와 오왕(吳王) 부차(夫差)를 죽여서 회계(會稽)의 치욕을 씻은 뒤에, 일엽편주로 강호(江湖)를 떠돌아다니다가, 뒤에 도(陶) 땅에 들어가서는 주공(朱公)으로 이름을 고치고 수만금을 모아 거부(巨富)가 된 고사가 전한다.

다. 『국어』에서 "범려가 마침내 가벼운 배를 따고 오호五湖를 떠돌아다 녔다"라고 했다. 목지 두목의 「두추랑시杜秋娘詩」에서 "서자西子[64]가 고 소대姑蘇臺에서 내려와, 하나의 배를 타고 치이鴟夷를 좇았네"라고 했다. '기여起予'[65]는 『노어魯語』에 보인다.

知命頗落魄不羈, 此詩蓋鐫誨之也. 山谷嘗有書與人云, 知命不樂靜居, 數出. 又答宋子茂書云, 知命將一妾一子相同來. 史記貨殖傳, 范蠡適齊, 爲鴟夷子皮, 之陶, 爲朱公. 國記曰, 范蠡遂乘輕舟, 以浮於五湖. 杜牧之詩云, 西子下姑蘇, 一舸逐鴟夷. 起予見魯語.

---

64 서자(西子) : 춘추시대 월(越)나라의 미녀인 서시(西施)로, 전설에 의하면 범려 (范蠡)가 오왕(吳王) 부차(夫差)에게 그녀를 보내 오나라를 패망케 하였다 한다.
65 기여(起予) : 나를 흥기시킨다는 말이다. 공자의 제자 자하(子夏)가 『시경』에 나 오는 시를 잘 해석하며 평하자, 공자가 "나를 계발시켜 주는 사람은 바로 우리 상이로다. 이제는 너와 함께 시를 이야기할 수 있겠구나[起予者 商也 始可與言詩 已矣]"라고 칭찬한 대목이 『논어 · 팔일(八佾)』에 나온다.

10. 조카 사가 지명을 따라 배를 타고 왔기에【사의 자는 유심이고 어릴 적 자는 한십으로 지명의 둘째 아들이다】

姪相隨知命舟行【相字惟深, 小字韓十,⁶⁶ 知命第二子】

莫去沙邊學釣魚	모래사장에 가서 낚시 배우지 말고
莫將百丈作轆轤	백 장 끌어다가 도르래 만들지 마시게.
淸江濯足窓下坐	맑은 강물에 발 씻으며 창 아래 앉으면
燕子日長宜讀書	제비 날고 해 길어 책 읽기 좋다네.

【주석】

莫去沙邊學釣魚 莫將百丈作轆轤 淸江濯足窓下坐 燕子日長宜讀書 : 두보의 「사남석망泗南夕望」에서 "백 장으로 강물 빛을 당기네"라고 했다. 노동盧仝의 「방함희상인訪含曦上人」에서 "도르래는 줄 없는데 우물은 백 척이네"라고 했다. 두보는 또한 「연자래주중燕子來舟中」에서 "호남의 나그네 되어 그럭저럭 봄 지나니, 제비는 진흙 무는 일도 두 번째라오. 잠시 돛대에서 재잘거리다 다시 날아가, 꽃 쪼아 물에 떨어뜨리니 더욱 눈물이 수건 적신다"라고 했다.

老杜詩, 百丈牽江色. 盧仝詩, 轆轤無繩井百尺. 老杜又有燕子來舟中詩云, 湖南爲客動經春, 燕子銜泥兩渡新. 暫語船檣還起去, 穿花落水益霑巾.

66　[교감기] '小字韓十'이 전본에는 '小字燕子'로 되어 있다.

11. 문소격이 보내온 작품에 삼가 차운하여 답하다. 2수

次韻奉答文少激[67]紀贈. 二首

첫 번째 수其一

詩來淸吹拂衣巾	시 오니 맑은 바람이 옷에 부는 듯
句法詞鋒覺有神	구법과 필법에 신묘함을 깨닫노라.
今日相看淸眼舊	오늘 만나보니 예전처럼 청안이니
他年肯作白頭新	다른 날 어찌 백두여신처럼 되리오.
文如霧豹容窺管	무표 같은 무늬는 대롱으로 볼 수 있고
氣似靈犀可辟塵	신령한 무소 같은 기운으로 먼지 피했네.
慙愧相期在臺省	대성에 오르자는 약속에 부끄러우니
無心枯木豈能春	무심한 고목에 어찌 봄이 찾아오겠는가.

【주석】

詩來淸吹拂衣巾 句法詞鋒覺有神:『시경』에서 "길보가 노래를 지으니, 온화하기가 맑은 바람과 같다"라고 했다. 진순유의『여산기廬山記』에 실린 교지喬之 왕교王喬의「오언봉화왕임가교지五言奉和王臨賀喬之」에서 "늘 허공에 부는 맑은 바람 소리 듣네"라고 했다.『문선』에 실린 휴문 심약 의 시에서 "어찌 옷과 의관 씻을 필요 있으랴"라고 했다.『진서·반악

---

67 [교감기] '文少激'이 문집에는 '少微'로 되어 있는데, 다음 작품의 제목 아래에 있 는 주(注)에 자세하다. 또한 전본에는 '文少激' 아래 '推官'이라는 두 글자가 있다.

찬潘岳讚』에서 "필법筆法이 멋지다"라고 했다. 두보의 「독작성시獨酌成詩」
에서 "시 이루어지자 신묘함 깨닫노라"라고 했다.

詩云, 吉甫作誦, 穆如淸風. 廬山記載王喬之詩曰, 常聞淸吹空. 文選沈休
文詩, 豈假濯衣巾. 晉潘岳讚曰, 詞鋒景絢. 老杜詩云, 詩成覺有神.

今日相看淸眼舊 他年肯作白頭新 : 『청상잡기』에 실린 범풍范諷의 「제
제남성서장사승원정題濟南城西張寺丞園亭」에서 "오직 남산과 그대 눈만이,
다시 만나도 옛적 푸름 그대로일세"라고 했다. 『한서·추양전鄒陽傳』에
서 "머리가 희어질 때까지 사귀었어도 낯선 사람이 있고 길을 가다 수
레 기울려 잠시 만났는데 오랜 벗인 듯한 사람이 있다"라고 했다.

靑箱雜記范諷詩, 惟有南山與君眼, 相逢不改舊時靑. 漢書鄒陽傳曰, 白頭
如新, 傾蓋如故.

文如霧豹容窺管 氣似靈犀可辟塵 : '무표霧豹'[68]는 앞의 주注에 보인다.
『진서·왕헌지전王獻之傳』에서 "문생門生이 "이 아이는 대나무 대롱 속으
로 표범을 보듯이, 때때로 얼룩 반점 가운데 하나는 볼 줄 안다"라 했
다"라고 했다. 이상은의 「무제無題」에서 "마음에는 서로 통하는 한 점
무소뿔 있다네"[69]라고 했다. 『술이기』에서 "각진서却塵犀[70]는 바다에 사

---

68 무표(霧豹) : 『열녀전』에서 "도답자(陶答子)의 아내가 말하기를 "남산(南山)에
    붉은 표범이 있는데, 안개비 내리는 열흘 동안 사냥하러 내려오지 않는 것은 그
    털을 윤택하게 하여 표범의 무늬를 만들기 위함이다. 그러므로 몸을 숨겨 해를
    멀리한 것이다"라 했다"라고 했다.

는 짐승으로, 그 뿔이 먼지를 피한다"라고 했다. ○ 남산南山에 붉은 표범이 있는데, 안개비 내리는 열흘 동안 사냥하러 내려오지 않는 것은 그 털을 윤택하게 하여 표범의 무늬를 만들기 위함이다.

霧豹見前注. 晉書王獻之傳, 門生曰, 此郞管中窺豹, 時見一斑. 李商隱詩, 心有靈犀一點通. 述異記曰, 却塵犀, 海獸也, 其角辟塵. ○ 南山有玄豹, 霧雨十日, 不下食, 欲以澤其毛羽, 成其文章.

慙愧相期在臺省 無心枯木豈能春 : 두보의 「취시기醉時歌」에서 "여러 관리 줄지어 좋은 자리[71] 오르네"라고 했다. 유우석劉禹錫의 「수낙천양주초봉석상견증酬樂天揚州初逢席上見贈」에서 "병든 나무 앞에 모든 나무는 봄일러라"라고 했다.

老杜詩, 諸公袞袞登臺省. 劉禹錫詩, 病樹前頭萬木春.

---

69 마음에는 (…중략…) 있다네 : 두 사람의 마음이 서로 잘 통한다는 말이다. 무소의 뿔에 있는 흰색의 문양 하나가 선처럼 두 뿔의 사이를 관통하기 때문에 신령스러운 감응이 있는 것으로 여겨진다고 한다.
70 각진서(却塵犀) : 전설에 나오는 바다에 사는 짐승으로 그 뿔이 먼지를 멀리할 수 있기에 그런 이름이 붙었다. '피진서(辟塵犀)'라고도 하는데, 이 또한 먼지를 피하는 물소라는 말이다.
71 좋은 자리 : '대성(臺省)'은 당대(唐代)의 어사대(御史臺)와 중서성(中書省), 상서성(尙書省), 문하성(門下省) 등의 합칭이다. 모두 청요직(淸要職)에 해당한다.

두 번째 수其二

文章藻鑑隨時去	문장의 조감은 때에 따라서 달라지고
人物權衡逐勢低	인물에 대한 평가도 형세를 따른다네.
楊子墨池春草遍	양자의 묵지에는 봄풀이 질펀하고
武侯祠廟曉鶯啼	무후의 사당에는 새벽 꾀꼬리 울부짖네.
書帷寂寞知音少	글방은 적막해져 지음은 드물고
幕府留連要路迷	막부에 머물러 있어 벼슬길은 희미하네.
顧我何人敢推輓	날 돌아보니 누가 날 감히 추천하랴
看君桃李合成蹊	그댈 보니 도리가 합쳐져 길 이뤘어라.

【주석】

　文章藻鑑隨時去　人物權衡逐勢低 : 소격少激은 원우元祐 3년에 진사進士에 급제했다. 이때에 동파 소식이 지거관知擧官[72]이었고 산곡 황정견도 시험 감독을 하고 있었다. 그래서 이 시에서 한 번 탄복했다는 의미를 붙인 것이다. '조감藻鑑'[73]은 앞의 주注에 보인다. 『후한서・허소전許劭傳』에서 "향당의 인물들을 엄격히 평가했다"라고 했다.

　少激登元祐三年進士第, 時東坡知擧, 山谷爲其屬, 故於此詩寄一歎之意. 藻鑑見前注. 後漢許劭傳, 覈論鄕黨人物.

72　지거관(知擧官) : 과거 시험 감독관을 말한다.
73　조감(藻鑑) : 두보의 「상위좌상(上韋左相)」에서 "공평하게 인사를 추천하였고 [持衡留藻鑑]"라고 했다. 살펴보건대 진(晉)나라 사마염(司馬炎)의 태강(太康) 연간의 조칙에서 "전형을 맑게 분별하라[藻鑑銓衡]"라고 했다.

楊子墨池春草遍 武侯祠廟曉鶯啼 : 자운子雲 양웅楊雄의 묵지墨池와 제갈 랑諸葛亮의 충무묘忠武廟는 모두 지금의 성도成都에 있다. 두보의 「촉상사 당蜀相祠堂」에서 "섬돌에 어리는 푸른 풀은 절로 봄빛이며, 나뭇잎 저편 의 꾀꼬리 부질없이 곱게 울어대네"라고 했다. 산곡 황정견은 동파 소 식이 쫓겨나 유배 가, 민산과 아미산[74]이 처참해져 다시 앞 사람의 기 상을 진작 시킬 수 없음을 말하고자 했다.

楊子雲墨池, 諸葛忠武廟, 皆在今成都. 老杜蜀相祠堂詩云, 映階碧草自春 色, 隔葉黃鸝空好音. 山谷意謂東坡竄謫, 岷峨悽愴, 無復振起前人象氣也.

書帷寂寞知音少 幕府留連要路迷 : 『한서·동중서전董仲舒傳』에서 "강송 講誦할 때 장막을 내리었다"라고 했다. '지음소知音少[75]는 앞의 주注에 보인다. 『한서·이광전李廣傳』에서 "막부에서 문서를 생략하였다"라고 했다. 그 주注에서 "막부는 군막軍幕의 의미이다"라고 했다. 『문선』에 실린 「고시古詩」에서 "어찌 고족高足을 채찍질하여, 먼저 요로要路의 나 루를 차지할까"라고 했다.

漢書董仲舒傳, 下帷講誦. 知音少見前注. 漢書李廣傳曰, 幕府省文書. 注 云, 幕府者, 以軍幕爲義. 選詩云, 何不策高足, 先據要路津.

---

74 민산과 아미산 : '민아(岷峨)'는 촉(蜀)에 있는 민산(岷山)과 아미산(峨眉山)의 병칭이다. 동파 소식이 촉(蜀)에서 태어났기에 한 말이다.
75 지음소(知音少) : 『여씨춘추』에서 "종자기가 죽자 백아는 거문고 줄을 끊어버렸 으니, 세상에 자신의 음을 알아주는 이가 없기 때문이다"라고 했다.

顧我何人敢推輓 看君桃李合成蹊 : '추만推輓'[76]과 '도리성혜桃李成蹊'[77]는

모두 앞의 주注에 보인다.

竝有前注.

---

76 추만(推輓) : 『한서 · 정당시전(鄭當時傳)』에서 "정당시가 선비들을 천거할 때면
    참으로 흥미진진하게 말하였다[其推轂士, 誠有味其言也]"라고 했다.
77 도리성혜(桃李成蹊) : 『한서 · 이광전(李廣傳)』 찬(贊)에서 "복사, 오얏은 말하지
    않아도 저절로 그 아래 길이 생긴다[桃李不言, 下自成蹊]"라고 했다.

12. 문소격 추관의 「기우유감」이란 작품에 차운하다

次韻文少激推官[78]祈雨有感

소격少激의 이름은 항抗으로 임공臨邛 사람이다. 이때에 융주戎州에 있었다. 여러 판본에는 '소미少微'라고 되어있는데, 잘못된 것이다. 내가 일찍이 그 집안에서 보관하고 있는 이 작품의 진본眞本을 보았는데, 그 서문에서 "태수가 깨끗이 재계하고 사당에 제사를 올렸다고 들었으니, 마땅히 하늘의 아름다운 응답을 얻으리라"라고 했다.

少激名抗, 臨邛人, 時在戎州. 諸本或作少微, 誤. 予嘗見其家藏此詩眞本, 有序云, 竊聞太守齋潔奉祠, 當獲嘉應.

窮儒憂樂與民同	곤궁한 선비 백성과 근심 즐거움 함께 하는데
何況朱輪職勸農	하물며 주륜朱輪[79]이 권농의 직책을 맡았음에랴.
終日蘁鹽供一飯	종일 부추와 소금으로 밥을 먹노니
幾時膚寸冒千峯	언제쯤 조금씩 천 봉우리를 뒤덮을까.
未須丘垤占鳴鸛	개밋둑 차지해 황새 울 필요 없으며
只要朝廷[80]起臥龍	다만 조정에 요구해 와룡 일으켜야 하네.

78　[교감기] '文少激推官'이 문집에는 '文少微判官'으로 되어 있다. 전본에는 '推官' 2글자가 없다.

79　주륜(朱輪) : 주홍색(朱紅色)을 칠한 수레바퀴를 이르는데, 신분이 귀하고 현달(顯達)한 사람들이 타는 수레이다. 전하여 고관(高官)을 의미한다.

從此滂沱徧枯槁　　이로부터 마른 나무에도 비 두루 쏟아져

愛民天子似仁宗　　인종처럼 백성을 아끼는 천자가 되리.

【주석】

窮儒憂樂與民同 何況朱輪職勸農 終日齏鹽供一飯 幾時膚寸冒千峯 : 문씨文氏 집안에서 소장하고 있는 진본眞本에는 '민民'이 '인人'으로 되어 있다. 살펴보건대,『진서・사안전謝安傳』에서 간문제簡文帝가 "안석安石 사안謝安이 이미 사람들과 함께 즐기노니, 반드시 다른 사람과 근심도 함께 할 것이다"라고 했다. 퇴지 한유의 「송궁문送窮文」에서 "4년 동안 태학太學에 있을 때에, 아침 반찬은 부추요 저녁 반찬은 소금이었다"라고 했다.『공양전』에서 "바위에 부딪쳐 구름이 나와, 조금씩 모여들어 아침이 끝나기도 전에 천하에 두루 비를 내리는 것은 오직 태산泰山뿐이다"라고 했다. 그 주注에서 "한 손이 부膚가 되고 손가락이 촌寸이 된다"라고 했다.『문선』에 실린 안인 반악의 「하양현작河陽縣作」에서 "시내의 기운이 산 고개를 뒤덮었네"라고 했다. 이 구절의 의미는 문소격의 궁핍함이 이와 같으니, 어찌 능히 백성들에게 은택을 베풀 수 있겠느냐는 것이다.

文氏眞本民作人. 按晉書謝安傳, 簡文帝曰, 安石旣與人同樂, 必不得不與人同憂. 退之送窮文曰, 太學四年, 朝齏暮鹽. 公羊曰, 觸石而出, 膚寸而合, 不崇朝而徧雨乎天下者, 唯泰山耳. 注云, 側手爲膚, 按指爲寸. 文選潘安仁

80　[교감기] '朝廷'이 문집・고본・장지본에는 '雷霆'으로 되어 있다.

詩, 川氣冒山嶺. 詩意謂少激之窮如此, 安能澤加於民.

未須丘垤占鳴鸛 只要朝廷起臥龍 : 음양陰陽을 조섭調攝하는 것은 어떤 사람을 얻느냐에 달려 있다는 말이다. 『시경·동산東山』에서 "황새는 개밋둑에서 우네"라고 했다. 그 주注에서 "관鸛은 물새이다. 흐려 비가 내리려하면 운다"라고 했다. '구질丘垤'[81]은 『맹자』에 보인다. 『촉지·제갈량전諸葛亮傳』에서 서서徐庶가 선주先主에게 "제갈공명이란 사람은 와룡입니다. 장군께서 한 번 만나 보지 않으시렵니까"라고 했다. 황문黃門 소철蘇轍의 「봉사거란이십팔수운운奉使契丹二十八首云云」에서 "천둥과 비 연이어지니 누운 용 일어나네"라고 했다.

言調燮陰陽, 在得人也. 東山詩, 鸛鳴於垤. 注云, 鸛, 水鳥也. 將陰雨則鳴. 丘垤見孟子. 蜀志諸葛亮傳, 徐庶謂先主曰, 諸葛孔明者, 臥龍也. 將軍豈願見之乎. 蘇黃門詩, 雷雨連年起臥龍.

從此滂沱徧枯槁 愛民天子似仁宗 : 문씨文氏의 진본眞本에는 윗구가 '종

---

81 구질(丘垤) : 『맹자·공손추 (公孫丑)』 상 (上)에 "길짐승 중에는 기린이 있고, 날짐승 중에는 봉황이 있으며, 흙이 모여서 쌓인 것 중에는 태산이 있고, 물이 고인 것 중에는 하해가 있다. 이들은 차원이나 규모에 있어서는 다르지만 같은 부류이다. 성인들과 일반 사람들과의 관계도 이와 마찬가지이다. 하지만 성인들은 인류 중에서 출중하게 빼어난 분들이다. 그리고 그 성인들 중에서 공자보다 위대한 분은 인류가 생긴 이래로 아직 있지 않았다[麒麟之於走獸, 鳳凰之於飛鳥, 泰山之於丘垤, 河海之於行潦, 類也. 聖人之於民, 亦類也. 出於其類, 拔乎其萃, 自生民以來, 未有盛於孔子也]"라는 말이 나온다.

차방타삼십육從此滂沱三十六'으로 되어 있는데, 뒤에 이 글자로 고쳤다. 살펴보건대, 『예문유취·춘추설제사春秋說題辭』에서 "일 년에 서른여섯 번 비가 내리면 천지의 기운이 마땅하게 된다. 열흘 마다 짧게 비가 내리면 천문天文에 응하게 되고 보름마다 큰 비가 내리면 북두성이 움직이게 된다"라고 했다. 또한 살펴보건대, 경방京房의 『역비후易飛候』에서 "태평시절에는 열흘에 한 번 비가 내려, 한 해 동안 서른여섯 차례 비가 내린다. 이것은 태평시절이라 기후가 조화롭게 되는[82] 응험應驗이다"라고 했다.

　　文氏眞本上句作從此滂沱三十六, 後改此字. 按春秋說題辭曰, 一歲三十六雨. 天地之氣宣, 十日小雨, 應天文, 十五日大雨, 以斗運也. 又按京房易飛[83]候云, 太平之時, 十日一雨, 凡歲三十六雨. 此休徵時若之應.

82　태평시절이라 (…중략…) 되는 : '시약(時若)'은 맑고 흐린 날이 때에 맞아서 기후가 조화된다는 뜻의 우양시약(雨暘時若)의 준말로,『서경·홍범(洪範)』서징(庶徵)의 "임금이 정숙하면 제때에 비가 내리고, 민첩하면 제때에 볕이 비친다[曰肅時雨若, 曰乂時暘若]"라는 말에서 나왔다. 임금의 행동에 따라 여러 가지 좋은 반응[休徵]과 나쁜 반응[咎徵]들이 나온다는 말이다.

83　[교감기] '飛'자가 원래 없었는데,『태평어람(太平御覽)』권10에 보이는 글에 따라 보충했다.

13. 이임도의 「만음쇄강정」이란 작품에 차운하다

次韻李任道晚飮鎖江亭

이 작품 앞에 「증혜홍贈惠洪」이란 작품이 있었는데, 편차가 맞지 않아 전배들은 산곡 황정견의 작품이 아니라고 생각했다. 증조曾慥의 『시선詩選』에 유수로俞秀老의 일을 기록했는데, 또한 이에 대해서 일찍이 언급했었기에, 지금 「증혜홍」이란 작품은 삭제한다. 쇄강정은 융주戎州의 동쪽에 있고 융주는 지금 서주敍州이다. 산곡 황정견의 「여왕관복서與王觀復書」에서 "이임도는 본재本梓 사람으로, 강가에 이십여 년 우거했으며, 그 사람은 언행에 진실함이 있고 도를 탐구하여 그 요지를 얻은 노성인이다"라고 했다.

此詩前有贈惠洪一篇, 編次不倫, 前輩以爲非山谷所作. 曾慥詩選記俞秀老事, 亦嘗及之. 今刪去. 鎖江亭在戎州之東, 戎今爲敍州. 山谷與王觀復書云, 有李仔任道, 本梓人, 而寓江津二十餘年, 其人言行有物, 參道得其要, 老成人也.

西來雪浪如煮烹	서쪽에서 온 눈보라 굽고 삶은 듯
兩涯一葦乃可橫	양 물가를 갈대 하나로도 건널 수 있네.
忽思鍾陵江十里	갑자기 종릉의 십 리 강물 생각나고
白蘋風起穀紋生	백빈에 바람 일어 비단 무늬 일어나네.
酒杯未覺浮蟻滑	술잔에 뜬 개미 매끈한 것도 몰랐는데
茶鼎已作蒼蠅鳴	차 끓이는 솥에서 파리 소리 들리누나.

歸時共須落日盡　　돌아올 땐 모름지기 낙일이 다 졌는데도
亦嫌持蓋僕屢更　　또한 가마 타고 일꾼 자주 바꾸는 것 싫어하네.

【주석】

西來雪浪如煎烹 兩涯一葦乃可橫 : 『동파악부』에서 "장강長江과 한수漢
水는 서쪽에서 흘러와, 여전히 민산岷山과 아미산峨眉山의 눈 녹은 물과
금강錦江의 봄빛을 띠고 있구나"라고 했다. 퇴지 한유의 「연하남부수재
燕河南府秀才」에서 "이렇게 굽고 삶은 것을 갖추었네"라고 했다. 『장자·
추수편秋水篇』에서 "양 물가의 물가 사이"라고 했다. 『시경』에서 "누가
하수가 넓다고 하는가, 갈대 하나로도 건널 수 있는데"라고 했다. 『초
사』에서 "큰 강을 갈로 질러 신령함 드날리네"라고 했다.

東坡樂府曰, 江漢西來, 猶自帶岷峨雪浪錦江春色. 退之詩, 具此煎熬烹.
莊子秋水篇曰, 兩涘渚涯之間. 詩曰, 誰謂河廣, 一葦杭之. 楚辭曰, 橫大江兮
揚靈.

忽思鍾陵江十里 白蘋風起縠紋生 : 유우석의 「낭도사浪淘沙」에서 "사람
으로 하여금 돌연 소상 물가 생각나게 하네"라고 했다. 『여지광기輿地廣
記』에서 "당唐나라 때, 예장豫章을 고쳐 종릉鍾陵이라 했고 또 남창南昌으
로 고쳤는데, 지금은 홍주洪州에 해당하며 산곡 황정견의 고향이다"라
고 했다. '백빈白蘋'[84]은 앞의 주注에 보인다. 송옥의 「풍부風賦」에서 "바

84　백빈(白蘋) : 유운(柳惲)의 「강남곡(江南曲)」에서 "물가의 흰 마름을 캐는데, 해

람이 푸른 개구리밥 끝에서 일어나네"라고 했다. 유우석의 「죽지가竹枝歌」에서 "양수瀼水 서쪽 봄물에는 비단 무늬 이네"라고 했다.

劉禹錫詩, 令人忽憶瀟湘渚. 輿地廣記, 唐改豫章曰鍾陵, 又改曰南昌, 今屬洪州, 山谷鄉里也. 白蘋見前注. 宋玉風賦曰, 風起於青蘋之末. 劉禹錫竹枝歌曰, 瀼西春水縠紋生.

酒杯未覺浮蟻滑 茶鼎已作蒼蠅鳴 : 평자平子 장형張衡의 「남도부南都賦」에서 "술은 구온九醞[85]의 달콤함 것과 십순十旬[86]의 맑은 것 있노니, 탁주를 작은 잔에 부으면, 뜬 개미[87]가 마치 부평초 같아라"라고 했다. 『퇴지집退之集』에 실린 「미명석정연구彌明石鼎聯句」에서 "때때로 지렁이의 구멍에서, 파리 울음소리가 희미하게 들리네"라고 했다.

張平子南都賦曰, 酒則甘醴, 十旬兼淸. 醪敷徑寸, 浮蟻若萍. 退之集載彌明石鼎聯句曰, 時於蚯蚓竅, 微作蒼蠅鳴.

歸時共須落日盡 亦嫌持蓋僕屢更 : 두보의 「야망인과상산선野望因過常山仙」에서 "높은 하늘의 해가 다 지도록, 유인은 나를 보내지 않는구나"

가 떨어지는 강남의 봄이네[汀洲採白蘋, 日落江南春]"라고 했다.
85 구온(九醞) : 명주(名酒)의 이름이다. 정월 초하루에 술을 빚어 8월에 익으므로 구온이라 했다.
86 십순(十旬) : 명주(名酒)의 이름이다. 청주(淸酒)가 백 일이면 만들어지기 때문에 붙여진 것이다.
87 뜬 개미 : '부의(浮蟻)'는 뜬 개미라는 말인데, 여기에서는 술에 떠오르는 거품을 의미한다.

라고 했다. 또한 「배왕시어동등동산운운陪王侍御同登東山云云」에서 "맑은 강에 밝은 해가 다 지려하네"라고 했다. 『예기·유행儒行』에서 "급하게 세면 그 사물을 다 셀 수 없고, 이것을 다 세자면 오래 지체되어, 일꾼을 교체하더라도 다 끝낼 수가 없다"라고 했다.

老杜詩, 落盡高天日, 幽人未遣回. 又云, 淸江白日落欲盡. 禮記儒行曰, 遽數之不能終其物, 悉數之乃留, 更僕未可終也.

14. 거듭 차운하고 이중 남옥에게 편지를 겸하다. 3수

再次韻兼簡履中南玉. 三首

첫 번째 수其一

李侯詩律嚴且淸	이후의 시율은 엄정하고 맑으니
諸生賡載筆縱橫	제생들을 이어 지으며 붓이 종횡무진.
句中稍覺道戰勝	시구로 도가 이긴 것을 점차 깨닫노니
胸次不使俗塵[88]生	흉중에 세속 먼지 생겨나지 않게 하누나.
山繞樓臺鐘鼓晩	산 두른 누대에는 저물녘 종소리 들려오고
江觸石磯碓杵鳴	강물 부딪치는 돌 여울에선 다듬이 소리.
鎭江主人能致酒	쇄강의 주인이 능히 술 보내오리니
願渠久住莫終更	오래 머물며 끝내고 돌아오지 마시게.

【주석】

李侯詩律嚴且淸　諸生賡載筆縱橫 : 『예기·치의편緇衣篇』에서 "예전에 우리 선왕의 정사가 있어, 그 말은 밝고도 맑았네"라고 했다. 『서경·고도皐陶』에서 "이에 이어 만들어 노래했다"라고 했다. 그 주注에서 "'갱賡'은 잇는 것이고 '재載'는 만든 것이다. 노래를 이어 그 의미를 이루었다"라고 했다. ○ 동파 소식의 「사인견화전편謝人見和前篇」에서 "감히 시율로 청엄淸嚴함을 다투랴"라고 했다.

88　[교감기] '俗塵'이 장지본·명대전본에는 '塵俗'으로 되어 있다.

禮記緇衣篇曰, 昔吾有先正, 其言明且淸. 書皋陶, 乃賡載歌. 注云, 賡, 續, 載, 成也. 續歌以成其義. ○ 東坡詩, 敢將詩律鬪淸嚴.

句中稍覺道戰勝 胸次不使俗塵生 : 연명 도잠의 「영빈사詠貧士」에서 "빈부는 늘 서로 싸우지만, 도가 이기면 근심스런 얼굴 없다오"라고 했다. 살펴보건대, 『한비자』에서 자하子夏가 "지금은 선왕의 의義가 이겼기에, 이렇게 살쪘다"라고 했다. 자세한 것은 앞의 주注에 갖추어져있다.[89] 『초사』에 실린 굴원의 「어부사漁父辭」에서 "어찌 희디 흰 몸으로, 세상의 먼지를 뒤집어쓸 수 있겠는가"라고 했다.

　淵明詩, 貧富常交戰, 道勝無戚顏. 按韓非子, 子夏曰, 今先王之義勝, 故肥. 其詳具前注. 楚辭屈平漁父曰, 安能以皓皓之白, 蒙世俗之塵埃乎.

山繞樓臺鐘鼓晚 江觸石磯碓杵鳴 : 퇴지 한유의 「동장수부적유곡강기백이십이사인同張水部籍遊曲江寄白二十二舍人」에서 "푸른 봄날 태양이 누대에 비치네"라고 했다. 두보의 「송선우만주천파천送鮮于萬州遷巴川」에서 "찬 강물 돌에 부딪쳐 요란하네"라고 했다. 『환우기』에서 "악주鄂州 강하현江夏縣에 경기산驚磯山이 있는데, 아래로 큰 강과 접해 있다. 그 아래 돌

89　자세한 (…중략…) 갖추어져있다. : 『한비자』에서 "자하(子夏)가 증자(曾子)를 만났는데, 증자가 "어째서 살이 쪘는가"라 묻자, 대답하기를 "싸움에서 이겼기 때문에 살이 쪘네. 내가 집에서 책을 보며 선왕의 도를 배울 때는 그것을 부러워하였고, 집에서 나와 부귀한 이들의 환락을 보면 또 부러워하였네. 두 가지가 흉중에서 다퉈는데 어느 쪽이 이길지 알지 못하였기에 파리해졌다가 지금 선왕의 의리가 이겼기 때문에 살이 쪘네"라 했다"라고 했다.

여울이 있는데 물결이 대단히 빨라, 장사치들이 놀라기에 이로 인해 '경기산'이라 했다"라고 했다. 이 작품에서는 그 글자를 사용했다. 낙천 백거이의 「문야침聞夜砧」에서 "괴로운 달빛 슬픈 바람에 다듬이 소리 구슬프네"라고 했다.

退之詩, 靑春白日映樓臺. 老杜詩, 寒江觸石喧. 寶宇記曰, 鄂州江夏縣, 有驚磯山, 俯臨大江, 下有石磯, 波濤迅急, 商旅驚駭, 因以爲名. 此用其字. 樂天詩, 月苦風凄[90]砧杵悲.

鎖江主人能致酒 願渠久住莫終更 : 이하李賀가 지은 「치주행致酒行」에서 "영락하게 지내면서 한 잔 술 기우니, 주인이 잔 들어 길손 장수하길 칭송하네"라고 했다. 『한서·단회종전段會宗傳』에서 "마치고 속히 돌아오기만 해도 또한 안문의 불우함을 조금은 보상할 수 있을 것이다"[91]라고 했다. 그 주注에서 "변방의 관리는 3년에 한 번 바뀐다"라고 했다.

李賀有致酒行曰, 零落棲遲一杯酒, 主人奉觴稱客壽. 漢書段會宗傳曰, 終更亟還, 亦足以復雁門之踦. 注云, 邊吏三歲更.

---

90 凄 : 중화서국본에는 '淸'으로 되어 있는데, '凄'의 오자이다.
91 마치고 (…중략…) 것이다 : 단회종은 대절(大節)을 좋아하고 공명(功名)을 자랑하는 인물로, 안문 태수(雁門太守)에서 면직되었다가 다시 서역(西域)의 도호(都護)에 제수된 일이 있다. 부임할 때에, 그와 친하게 지내던 곡영(谷永)이 그가 늙은 나이에 변방으로 나가는 것을 안타깝게 여기며 증언(贈言)을 지어 이르기를 "마치고 다시 속히 돌아오기만 해도 안문의 불우함을 보상(補償)하기에 충분할 것이다[終更亟還, 亦足以復雁門之踦]"라고 했다.

두 번째 수其二

江津道人心源清	강진의 도인은 마음 근원이 맑으니
不繫虛舟盡日橫	매이지 않은 빈 배가 종일 걸려 있어라.
道機禪觀轉萬物	도기道機와 선관禪觀은 만물을 굴리고
文采風流被諸生	문채와 풍류가 제생들에게 영향을 주네.
與世浮沉惟酒可	세상 따라 부침하노니 술만이 좋을 뿐이요
隨人[92]憂樂以詩鳴	사람 따라 근심하고 즐기며
	시로 명성 드러냈네.
江頭一醉豈易得	강가에서 취하는 것 어찌 쉽게 얻으리오
事如浮雲多變更[93]	뜬 구름 같은 세상일은 많이 바뀐다오.

【주석】

江津道人心源淸 不繫虛舟盡日橫 : 『사십이장경四十二章經』에서 "불처님이 "출가해 사문沙門이 된 사람은 애욕愛欲을 끊고 자기 마음의 근원을 알아야 한다"라 했다"라고 했다. 『장자』에서 "마치 매이지 않은 배가 물 위에 둥둥 떠 있듯이, 공허하게 노니는 것이다"라고 했다. 내공萊公 구준寇準의 「춘일등루회귀春日登樓懷歸」에서 "들 물엔 건너는 사람 없어, 외로운 배 종일 걸려 있네"라고 했다. '강진江津'은 투주渝州에 속해 있는데, 투주는 지금의 공주恭州이다.

---

92 [교감기] '隨人'이 문집·고본·장지본에는 '隨時'로 되어 있다.
93 [교감기] '多變更'에 대해 문집·고본에서 '一作喜變更'이라는 원주가 달려 있다.

四十二章經曰, 佛言沙門者, 斷去愛欲, 識自心源. 莊子曰, 泛乎若不繫之舟, 虛而遨遊者也. 寇萊公詩, 野水無人渡, 孤舟盡日橫. 江津屬渝州, 渝今爲恭.

道機禪觀轉萬物 文采風流被諸生 : 자후 유종원의 「증강화장로贈江華長老」에서 "노승의 도기道機가 무르익어, 말하거나 침묵하거나 마음은 한적하네"라고 했다. 규봉圭峯의 「선원서禪源序」에서 "염불念佛하며 정토淨土에서 태어나기를 구하는 것도 또한 모름지기 십육관十六觀의 선법禪法을 닦아야 한다"라고 했다. 『능엄경』에서 "만약 사물을 굴릴 수 있다면, 여래如來와 같아지리라"라고 했다. 두보의 「단청인丹靑引」에서 "문채와 풍류가 지금도 오히려 남아 있네"라고 했다. 『전한서 · 주운전朱雲傳』에서 "때때로 소가 크는 수레를 타고 나오면 제생들이 좇았다"라고 했다.

柳子厚贈江華長老詩, 老僧道機熟, 默語心皆寂. 圭峯禪源序曰, 至於念佛, 求生淨土, 亦須修十六觀禪. 楞嚴曰, 若能轉物, 卽同如來. 老杜詩, 文采風流今尙存. 前漢朱雲傳曰, 時出乘牛車, 從諸生.

與世浮沉惟酒可 隨人憂樂以詩鳴 : 두보의 「회일심최즙이봉晦日尋崔戢李封」에서 "막걸리에 오묘한 이치 있노니, 부침의 내 인생 위로해 주네"라고 했다. 『사기 · 유협전서游俠傳序』에서 "어찌 격을 낮추고 세속에 동조해 시대에 따라 부침해 명예를 얻는 것과 같겠는가"라고 했다. 『진서 · 고영전顧榮傳』에서 "오직 술로 근심을 잊을 수 있다오"라고 했다.

채염蔡琰의 「호가십팔박胡笳十八拍」에서 "사죽絲竹의 미묘함이여, 조화의 공과 같도다. 슬픔과 즐거움은 각기 사람의 마음을 따름이여, 마음이 변하면 통한다오"라고 했다. 퇴지 한유의 「송맹동야서送孟東野序」에서 "동야가 비로소 시로써 명성을 드러냈다"라고 했다. 이것을 인용하여, 마음이 느끼는 바를 따라 근심하기도 즐기기도 하면서, 그것을 모두 시로써 드러냈다고 말한 것이다.

杜詩, 濁醪有妙理, 庶用慰沉浮. 史記游俠傳序曰, 豈若卑論儕俗, 與世浮沉, 而取榮名哉. 晉書顧榮傳曰, 惟酒可以忘憂. 蔡琰胡笳十八拍曰, 絲竹微妙兮, 均造化之功. 哀樂各逐人心兮, 有變則通. 退之送孟東野序曰, 東野始以其詩鳴. 此引用, 言隨其心之所感, 或憂或樂, 皆於詩焉發之.

江頭一醉豈易得 事如浮雲多變更 : 두보의 「곡강曲江」에서 "매일 강가에서 흠뻑 취해 돌아온다네"라고 했다. 또한 「가탄可歎」에서 "하늘에 떠 있는 구름은 흰옷 같은데, 잠깐 사이 푸른 개로 모양 바뀌었네"라고 했다.

老杜詩, 每日江頭盡醉歸. 又詩, 天上浮雲似白衣, 須臾改變如蒼狗.

세 번째 수其三

鎭江亭上一樽酒	쇄강정에 올라 한 동이 술 기울이니
山自白雲江自橫	산 절로 흰구름이요 강 절로 비껴있네.
李侯短褐有長處	이후는 짧은 갈옷 입었지만 장점이 있어

不與俗物同條生	속물과 더불어 한 가지에서 태어나지 않았네.
經術貂蟬續狗尾	초선 같은 경술을 개꼬리로 이었으며
文章瓦釜作雷鳴	질그릇 같은 문장만이 요란하게 울리네.
古來寒士但守節	예로부터 한사는 다만 절개 지키면서
夜夜抱關聽五更	밤마다 관문 지키며 오경 소리 들었지.

【주석】

鎮江亭上一樽酒 山自白雲江自橫 : 『문선』에 실린 휴문 심약의 「별범안성시別范安成詩」에서 "한 동이 술 사양하지 마시게, 내일이면 다시 쥐기 어렵나니"라고 했다.

文選沈休文詩, 勿言一樽酒, 明日難重持.

李侯短褐有長處 不與俗物同條生 : 『좌전』에서 "노포별盧蒲嫳의 머리는 짧지만 마음속의 지혜는 대단히 뛰어나다"라고 했다. 이 구절은 그 의미를 취한 것이다. '단갈短褐'[94]은 앞의 주注에 보인다. 『한서·병길전丙吉傳』에서 "사람마다 각기 장점이 있다"라고 했다. 부배화상浮杯和尙이 "따로 장처長處가 있노니, 끄집어내어도 무방하다"라고 했다. 『진서·왕융전王戎傳』에서 완적阮籍이 "속물俗物이 이미 다시 와서 사람의 흥치

94　단갈(短褐) : 영척(甯戚)의 「반우가(飯牛歌)」에서 "짧은 갈베의 홑옷이 정강이에 이르네[短褐單衣適至骭]"라고 했다. 『열자·역명편(力命篇)』에서 "북궁자(北宮子)가 "나의 옷은 짧은 갈옷이다[朕衣則短褐]"라 했다"라고 했다.

깨뜨린다"라고 했다. 『전등록』에서 암두巖頭가 "설봉雪峯이 비록 나와 같은 가지에서 태어났지만, 나와 같은 가지에서 죽지는 않을 것이다. 말후구末後句를 알고 싶은가, 그게 바로 이것이다"라고 했다.

左傳曰, 盧蒲嫳髮短而心甚長. 此句頗採其意. 短褐見前注. 漢書丙吉傳曰, 人各有所長. 浮杯和尙語曰, 別有長處, 不妨拈出. 晉書王戎傳, 阮籍曰, 俗物已復來敗人意. 傳燈錄, 巖頭曰, 雪峯雖與我同條生, 不與我同條死. 要識末後句, 只這是.

經術貂蟬續狗尾 文章瓦釜作雷鳴 : 이 구절은 당시 선비들의 모습을 말한다. 『진서·조왕륜전趙王倫傳』에서 "조회를 할 때마다 초선관貂蟬冠[95]이 자리에 가득했다. 그래서 당시 사람들이 "담비가 부족하니 개 꼬리로 잇는구나"라 했다"라고 했다. 『사기·굴원전屈原傳』에서 "웅장한 소리를 내는 황종黃鍾은 버림을 받고, 질그릇 두드리는 소리만이 요란하게 울려 퍼진다"라고 했다.

此句指當世之士. 晉書趙王倫傳, 每朝會, 貂蟬盈坐, 時人諺曰, 貂不足, 狗尾續. 史記屈原傳曰, 黃鍾毀棄, 瓦釜雷鳴.

古來寒士但守節 夜夜抱關聽五更 : 『한서·급암전汲黯傳』에서 "절개를

---

95 초선관(貂蟬冠) : 선문(蟬文)과 초미(貂尾)로 장식한 관(冠)이라는 뜻이다. 한대(漢代)의 시중(侍中) 상시(常侍)들이 쓰던 관인데 전(轉)하여 높은 벼슬아치들을 가리킨다.

지켜 의롭게 죽다'라고 했다. 또한 「소망지전蕭望之傳」에서 "소망지가 소원小苑의 동문후東門候를 맡았다. 왕중옹王仲翁이 소망지를 보고서 "어찌 녹록하게 굴려고 하지 않고 거꾸로 문지기 따위가 되었단 말인가"라고 하자, 소망지가 "각자 자기 신념을 따를 뿐이오"라고 말했다'라고 했다. 그 주注에서 "문후門候는 문을 맡아 지키면서 때가 되면 문을 여는 것이다'라고 했다. 『맹자』에서 "관문을 지키고 딱따기를 치는 것"[96]이라고 했다. 하송夏竦의 「유감有感」에서 "누워 원융元戎이 오경 알리는 소리 듣네"라고 했다.

漢書汲黯傳曰, 守節死義. 又蕭望之傳, 署小苑東門候. 王仲翁顧謂望之曰, 不肯錄錄, 反抱關爲. 望之曰, 各從其志. 注云, 門候謂主候時而開門也. 孟子曰, 抱關擊柝. 夏竦詩, 臥聽元戎報五更.

---

96 관문을 (…중략…) 것 : '포관격탁(抱關擊柝)'은 미관말직(微官末職)을 뜻하는 말이다. 가난 때문에 벼슬하는 경우에는 높은 관직을 사양하고 그저 문을 지키는 일[抱關]이나 밤에 순찰을 도는 일[擊柝]처럼 미천한 일을 맡아야 한다는 말이다.

15. 임도의 「식여지유감」이란 작품에 차운하다. 3수

次韻任道食荔支有感. 三首

첫 번째 수 其一

一錢不直程衛尉	일 푼의 가치도 안 되는 정위위
萬事稱好司馬公	모든 것이 좋다고 칭찬하는 사마공.
白髮永無懷橘日	백발에 영원히 귤 품을 날 없노니
六年怊悵荔支紅	6년 동안 여지의 붉은 것이 서글프구나.

【주석】

一錢不直程衛尉 萬事稱好司馬公 : 이 두 구절은 모두 산곡이 자신을 비유적으로 말한 것이다. 『한서·관부전灌夫傳』에서 "관부가 관현灌賢에게 욕하며 "평소에 정불식程不識이 한 푼의 가치도 없다고 비방하더니, 오늘은 계집애를 흉내 내며 귀에 소근댄단 말인가"라고 했다. 전분田蚡이 "정불식과 이광李廣은 모두 동서東西 두 궁전의 위위衛尉인데, 지금 많은 사람들 속에서 정장군을 모욕 하니, 중유 관부는 어찌 이장군의 입장을 생각하지 않는가"라고 했다"라고 했다. 『세설신어』에 실린 「사마휘별전司馬徽別傳」에서 "휘의 자는 덕조德操로, 입을 다문 채 두려워하고 조심하는 사람이었다. 당시 인물에 대해 사마휘에게 묻는 사람이 있으면, 애초부터 그 사람의 고하를 비평하지 않았고 매번 훌륭하다고만 했다. 그래서 그의 아내가 이를 탓하자, 사마휘는 "당신이 말한 것도

또한 훌륭하오"라 했다"라고 했다.

兩句皆山谷自道. 漢書灌夫傳, 夫罵灌賢曰, 平生毀程不識不直一錢, 今酒效女曹兒沾囁耳語. 田蚡曰, 程李俱東西宮衛尉, 今衆辱程將軍, 仲孺獨不爲李將軍地乎. 世說載司馬徽別傳曰, 徽字德操, 括囊畏愼人. 有以人物問徽者, 初不辯其高下, 每輒言佳. 其婦諫之, 徽曰, 如君所言, 亦復佳.

白髮永無懷橘日 六年怊悵茘支紅 :『오지吳志』에서 "육적陸績이 여섯 살 때, 구강九江으로 원술袁術을 뵈러 갔다. 원술이 귤을 꺼내 대접하자, 원적이 품 안에 귤 세 개를 숨기고 가려다가 떠날 때 원술에게 절을 하는데 그 귤이 땅에 떨어졌다. 이에 원술이 "육랑은 손님으로 왔는데 어찌하여 귤을 품고 가려했는가"라고 하자, 육적은 무릎을 꿇고 대답하길 "어머니에게 가져다 드리고자 한 것입니다"라고 했다. 원술은 육적을 심히 기특하게 여겼다"라고 했다. 살펴보건대, 산곡 황정견이 촉蜀 땅에 들어가 무릇 여섯 차례 여지茘支를 보았다. 송옥의 「고당부高堂賦」에서 "슬퍼하며 실망했습니다"라고 했다. '초怊'는 '치恥'와 '교驕'의 반절법이다.

吳志, 陸績年六歳, 於九江見袁術. 術出橘, 績懷三枚去, 拜辭墮地. 術謂曰, 陸郎作賓客而懷橘乎. 績跪答曰, 欲遺母. 術大奇之. 按山谷入蜀, 凡六見茘支. 宋玉高堂賦曰, 怊悵自失, 怊恥驕反.

두 번째 수其二

今年荔子[97]熟南風	금년 여지가 남풍에 잘 익었으니
莫愁留滯太史公	태사공처럼 체류됨을 걱정하지 마시게.
五月照江[98]鴨頭綠	오월에는 강물 비쳐 오리 머리는 푸르고
六月連山柘枝紅	유월이라 산 이어져 자지는 붉기만 하네.

【주석】

今年荔子熟南風 莫愁留滯太史公 : 『한서·사마천전司馬遷傳』에서 "태사공이 주남周南 땅에 체류되어 있었다"라고 했다. 그 주注에서 "아버지 사마담司馬談이 태사령太史令이 되었기에, 사마천이 그 아버지를 존숭하여 '공公'이라고 한 것이다"라고 했다. 산곡 황정견이 일찍이 신종실록원검토관神宗實錄院檢討官이 되었기에 한 말이다.

漢書司馬遷傳曰, 太史公留滯周南. 注云, 司馬談爲太史令, 遷尊其父, 故謂之爲公. 山谷嘗爲神宗實錄院檢討官云.

五月照江鴨頭綠 六月連山柘枝紅 : 태백 이백의 「양양가襄陽歌」에서 "멀리 보이는 한수가 오리처럼 푸르네"라고 했다. 두보의 「추야秋野」에서 "연이어진 산 석양이 붉게 비추네"라고 했다. 산곡 황정견의 「여왕관

97　[교감기] '荔子'가 고본에는 '荔支'로 되어 있다.
98　[교감기] '五月照江'에 대해 문집에는 '五'가 '三'으로 되어 있다. 장지본·명대전본에는 '照'가 '臨'으로 되어 있다.

복서與王觀復書」에서 "금년 융주에는 여지가 완전 풍년으로, 한 종류 자
지柘枝[99]가 알랍평遏臘平에서 나왔는데, 크기는 계란만 하고 맛은 너무도
좋다"라고 했다.

太白詩, 遙看漢水鴨頭綠. 老杜詩, 連山晚照紅. 山谷與王觀復書云, 今年
戎州荔子盛登, 一種柘枝頭, 出於遏臘平, 大如雞卵, 味極美.

세 번째 수其三

舞女荔支熟雖晚	무녀와 여지가 익는 것 비록 늦었지만
臨江照影自惱公	강에 가 그림자 비추니 절로 고뇌 이네.
天與魘羅裝寶髻	하늘이 비단 짜서 머리 꾸미게 했으며
更揉猩血染殷紅	다시 성혈을 모아 검붉은 빛으로 물들였네.

【주석】

舞女荔枝熟雖晚 臨江照影自惱公 天與魘羅裝寶髻 更揉猩血染殷紅 : '무
녀舞女' 또한 자지柘枝를 말한다. 『악부잡록樂府雜錄』에서 "자지무柘枝舞는
자지곡柘枝曲 때문에 이름이 붙여진 것이다. 이 춤에는 두 명의 여아女兒
를 쓰며, 모자에 금방울을 달아서 손뼉을 치며 돌면 소리가 났다"라고
했다. 『후한서 · 환자전론宦者傳論』에서 "노래하는 아이와 춤추는 여아
의 놀이"라고 했다. 이하李賀의 시 중에 「뇌공惱公」이란 작품이 있는데,

---

99   자지(柘枝) : 여지의 한 종류이다.

모두 염정체艷情體이다. 그 첫 수에서 "송옥宋玉은 근심을 헛되어 끊어버렸고, 동교요董嬌饒의 고운 화장 절로 불그레하네. 노랫소리는 봄풀에 내린 이슬 같은데, 문 닫자 살구꽃 흐드러지게 피었네"라고 했다. '성혈猩血'[100]은 앞의 주注에 보인다. 두보의 「백사행白絲行」에서 "상아 평상에 고운 손길 검붉은 빛 어지럽네"라고 했다. '은殷'의 음은 '오烏'와 '한閑'의 반절법이다.

舞女亦謂柘枝. 樂府雜錄曰, 柘枝舞, 因曲爲名, 用二女兒,[101] 帽施金鈴, 抃轉有聲. 後漢書宦者傳論曰, 歌童舞女之玩. 李賀詩有惱公篇, 蓋艷體也, 其首章曰, 宋玉愁空斷, 嬌饒粉自紅. 歌聲春草露, 門掩杏花叢. 猩血見前注. 老杜詩, 象牀玉手亂殷紅. 殷音烏閑反.

---

100 성혈(猩血): 『당문수(唐文粹)』에 실린 배염(裴炎)의 「성성설(猩猩說)」에서 "그 피를 내서 피륙을 물들이고 채찍으로 때려 옮기게 하여 한 말에 이르게 합니다 [刺其血, 染毳罽, 隨鞭箠輸之, 至於一斗]"라고 했다. 이 말은 『화양국지(華陽國志)』에서 나왔다.
101 [교감기] '女兒'가 『악부시집(樂府詩集)』 권56에서는 『악원(樂苑)』을 인용하여 '女童'이라고 했다

16. 요치평이 푸른 여지를 보내왔는데 융주의 최고였고 왕공권이 여지로 만든 푸른 술을 보내왔는데 또한 융주의 최고였다

廖致平送綠荔支, 爲戎州第一, 王公權荔支綠酒, 亦爲戎州第一

王公權家荔支綠	왕공권의 집에서 보낸 여지의 푸른 술
廖致平家綠荔支	요치평의 집에서 보낸 푸른 여지.
試傾一杯重碧色	시험 삼아 한 잔 기울이니 짙은 푸른색이요
快剝千顆輕紅肌	시원스레 여지 벗기니 연한 붉은 껍질일세.
撥醅蒲萄未足數	갓 거른 포도주도 이에 대적할 수 없고
堆盤馬乳不同時	쟁반에 쌓인 마유도 함께 논할 수 없네.
誰能同此勝絕味	누가 능히 이 최고의 맛을 함께 하리오
唯有老杜東樓詩[102]	오직 두보의 「동루시」[103]만이 있다오.

【주석】

王公權家荔支綠 廖致平家綠荔支 試傾一杯重碧色 快剝千顆輕紅肌 : 두보

---

102 [교감기] '老杜東樓詩'에 대해 문집의 원주(原注)에서 "자미 두보의 「연융주동루
시(宴戎州東樓詩)」에서 '짙은 푸른색 봄 술을 잡고, 연하게 붉은 여지를 쪼개네
[重碧拈春酒, 輕紅擘荔枝]'라고 했다"라고 했다. 그러하기에 마땅히 산곡이 자주
(自注)로 삼은 것이다.
103 두보의 「동루시」 : 두보의 「연융주양사군동루(宴戎州楊使君東樓)」를 말한다. 그
작품은 다음과 같다. "勝絕驚身老, 情忘發興奇. 座從歌妓密, 樂任主人爲. 重碧拈春
酒, 輕紅擘荔枝. 樓高欲愁思, 橫笛未休吹."

의 「연융주동루시宴戎州東樓詩」에서 "짙은 푸른색 봄 술을 잡고, 연하게 붉은 여지를 쪼개네"라고 했다.

老杜宴戎州東樓詩云, 重碧拈[104]春酒, 輕紅擘荔支.

撥醅蒲萄未足數 堆盤馬乳不同時 : 태백 이백의 「양양가襄陽歌」에서 "멀리 보이는 한수漢水 오리 대가리처럼 푸르니, 포도주를 막 거르는 것 같네"라고 했다. 퇴지 한유의 「포도蒲萄」에서 "만일 쟁반 가득 마유가 쌓이게 하려거든, 대나무 갖다가 넝쿨[105] 끌어주는 걸 사양치 마소"라고 했다. ○ 한무제가 "이 사람과 시대를 같이 하지 못한 것이 한스럽다"라고 했다.

太白詩 遙看漢水鴨頭綠, 有似蒲萄新撥醅. 退之蒲萄詩曰, 若欲滿盤堆馬乳, 莫辭添竹引龍鬚. ○ 漢武帝曰, 恨不得與此人同時.

誰能同此勝絶味 唯有老杜東樓詩 : 『세설신어』에 실린 손장락孫長樂의 「왕장사뢰王長史誄」에서 "내가 그대와 더불어, 사귄 것은 권세나 이익 때문이 아니었네. 마음이 마치 맑은 물 같아, 그윽한 맛을 함께 하였지"라고 했다. 두보의 「동루시東樓詩」의 수구首句에서 "경치 좋은 잔치에 몸이 늙어 놀랐는데, 늙음 잊어버리고 아름다운 흥을 발하네"라고 했다.

世說, 孫長樂作王長史誄曰, 余與夫子, 交非勢利, 心猶澄水, 同此玄味. 老

---

104 拈 : 중화서국본에는 '酤'로 되어 있는데, '拈'의 오자이다.
105 넝쿨 : '용수(龍鬚)'는 포도덩굴의 새순을 말한다.

杜東樓詩首句曰, 勝絶驚身老, 情忘發興奇.

17. 양리도가 은가를 보내왔기에 사례하다. 4수

謝楊履道送銀茄. 四首

첫 번째 수其一

藜藿盤中生精神	명아주 콩잎의 쟁반에서도 정채를 들어내고
珍蔬長蒂色勝銀	맛좋은 채소 긴 뿌리보다 훨씬 은빛 감도네.
朝來鹽醯飽滋味	아침 오자 소금에 그 맛이 배부르니
已覺爪匏漫輪困	뒤옹박이 멋대로 뒤엉킨 것 깨달았다네.

【주석】

藜藿盤中生精神 珍蔬長蒂色勝銀 朝來鹽醯飽滋味 已覺爪匏漫輪困 : 『공자가어』에서 자로子路가 "제가 두 어버이를 섬길 때에, 일찍이 명아주와 콩잎만 먹었습니다"라고 했다. 두보의 「북정北征」에서 "얼굴빛이 눈보다 훨씬 희네"라고 했다. 『예기·월령月令』에서 "음식의 맛을 박하게 하여, 자미를 조화롭게 하지 않으면"이라고 했다. 『한서·추양전鄒陽傳』에서 "얽히고설킨 나무뿌리가 기괴하게 꼬불꼬불 얽혔다"라고 했다. 그 주注에서 "꼬불꼬불 구부러져 있다"라고 했다. 이것을 차용한 구절이다.

家語, 子路曰, 由也事二親之時, 嘗食藜藿之食. 老杜詩, 顔色白勝雪. 禮記月令曰, 薄滋味, 毋致和. 漢書鄒陽傳曰, 蟠木根柢, 輪困離奇. 注云, 委曲盤戾也. 此借用.

두 번째 수其二

君家水茄白銀色	그대 집의 수가는 은백색으로
殊勝埧[106]裏紫彭亨	냇물 속의 자줏빛 볼록한 배보다 낫네.
蜀人生疏不下箸	촉나라 사람들 생소하여 젓가락 대지 않지만
吾與北人眼俱明	나는 북인들과 함께 눈이 모두 커졌다네.

【주석】

君家水茄白銀色 殊勝埧裏紫彭亨 蜀人生疏不下箸 吾與北人眼俱明 : 『옥편』에서 "촉蜀나라 사람들은 평평한 냇물을 '구埧'라 한다. 그 음은 '필必'과 '가駕'의 반절법이다"라고 했다. 미명彌明의 「석정연구石鼎聯句」에서 "돼지 배가 불러서 불룩하네"라고 했다. 『황정경』에서 "오악五嶽의 구름은 기를 형통하게 한다"라고 했다. '생소生疏'는 대개 속어俗語를 쓴 것이다. 『진서·하증전何曾傳』에서 "하루에 1만 전錢어치를 대하건만, 오히려 젓가락 댈 데가 없다"라고 했다. 두보의 「춘수생春水生」에서 "나도 너희들과 함께 기쁨에 눈이 커졌단다"라고 했다.

玉篇云, 蜀人謂平川曰埧, 音必駕反. 彌明石鼎聯句曰, 豕腹漲膨脝. 黃庭經曰, 五岳之雲氣彭亨. 生疏蓋用俗語. 晉書何曾傳曰, 日食萬錢, 猶曰無下箸處. 老杜詩, 吾與汝曹俱眼明.

---

106 [교감기] '埧'가 고본에는 '園'으로 되어 있다.

세 번째 수其三

白金作顆非椎成　　　백금의 과실이니 퇴성은 아니요

中有萬粟嚼輕[107]氷　　가운데 만속 있어 가벼운 얼음 씹네.

戎州夏畦少蔬供　　　융주의 여름 밭둑엔 먹을 채소도 귀하거니

感君來飯在家僧　　　집에 있는 중에게 반찬거리 보낸 그대 고맙네.

【주석】

白金作顆非椎成 中有萬粟嚼輕氷 戎州夏畦少蔬供 感君來飯在家僧：『후한서·한릉전韓稜傳』에서 "숙종肅宗이 세 사람에게 보검寶劍을 주면서 직접 보검에 그 이름을 서명했는데, '한릉초용연韓稜楚龍淵', '질수촉한문郅壽蜀漢文', '진총제남퇴성陳寵濟南椎成'이었다. 진총은 순박하여 선함이 겉으로 드러나지 않았기에 '퇴성椎成'[108]이라고 했다"라고 했다. 이것을 차용借用했다. 『맹자』에서 "여름에 밭에서 일하는 것보다 더 괴롭다"라고 했다. 『집복덕삼매경集福德三昧經』에서 "만약 보살이 있어 이 삼매三昧[109]를 만든다면, 비록 집에 있더라도 마땅히 이러한 사람을 말할 때에는 출가出家했다고 한다"라고 했다. 산곡 황정견은 계율을 엄격히 수행했기에, 자신을 '재가승在家僧'이라고 했다. ○ 동파 소식의 「화식순和食筍」에서 "한 밥의 집에 있는 중"이라고 했다.

---

107 [교감기] '輕'이 고본에는 '白'으로 되어 있다.

108 퇴성(椎成) : 단성(鍛成)과 같은 말로, 단련하여 성취한다는 의미이다.

109 삼매(三昧) : 불가(佛家)의 용어로, 잡념을 물리쳐 마음이 흐트러지거나 어지럽지 않아 어느 한곳에 집중한다는 뜻이다.

後漢韓稜傳, 肅宗賜三人以寶劍, 自手署其名曰, 韓稜楚龍淵, 郅壽蜀漢文, 陳寵濟南椎成. 以寵敦朴, 善不見外, 故得椎成. 此借用. 孟子曰, 病於夏畦. 集福德三昧經曰, 若有菩薩作是三昧, 雖在家, 當說是人, 名爲出家. 山谷持律頗嚴, 故自謂在家僧. ○ 東坡和食筍詩云, 一飯在家僧.

네 번째 수其四

畦丁收盡垂露實	농부가 이슬 맞은 열매 다 거뒀는데
葉底猶藏十二三	잎 아래 되려 열에 한둘 감춰져 있네.
待得銀包已成穀[110]	은빛이 둘러싸면 이미 곡식이 되노니
更當乞種過江南	마땅히 씨앗 구해 강남으로 건너가리.

【주석】

畦丁收盡垂露實 葉底猶藏十二三 待得銀包已成穀 更當乞種過江南 : 두보의 「적창이摘蒼耳」에서 "밭의 젊은이는 힘들다 하소연하네"라고 했다. 『장자·마제편馬蹄篇』에서 "말 중에 죽는 놈이 열 마리 중에 두세 마리이다"라고 했다. 가자가 익으면 그 열매가 단단하고 검은 빛으로 곡식과 같기에, 북쪽 사람들은 곡자가穀子茄라고 부른다.

老杜摘蒼耳詩曰, 畦丁告勞苦. 莊子馬蹄篇曰, 馬之死者, 十二三矣. 茄子

---

110 [교감기] '穀'이 장지본에는 '殼'으로 되어 있다. 건륭본의 원교(原校)에서는 "'곡(穀)'이 다른 판본에는 '각(殼)'으로 되어 있다"라고 했다.

老者, 其子堅黒如轂, 北人謂之轂子茄.

18. 석장경을 태학추보로 전송하다

送石長卿太學秋補

長卿家亦但四壁	사마장경의 집엔 또한 사벽뿐인데
文君窺之介如石	탁문군의 돌과 같은 절개 엿보았네.
胸中已無少年事	흉중에는 이미 어릴 적 일은 없고
骨氣乃有老松格	기골에는 늙은 소나무의 풍격 있다오.
漢文新覽[111]天下圖	한 문제가 새로 천하의 지도를 보고서는
詔山採玉淵獻珠	산에서 옥 캐고 연못에서 진주 바치라 했네.
再三可陳治安策	두세 번 치안책 올리는 것은 괜찮지만
第一莫上登封書	절대 봉서封書의 글은 올리지 마시게나.

【주석】

長卿家亦但四壁 文君窺之介如石 : 사마장경司馬長卿의 일을 차용했다.[112] '사벽四壁'[113]은 앞의 주注에 보인다. 『주역·예괘豫卦』의 육이六二에서

---

111 [교감기] '漢文新覽'이 장지본에는 '文'이 '人'으로 되어 있고 문집에는 '覽'이 '攬' 으로 되어 있다.

112 사마장경(司馬長卿)의 일을 차용했다 : 한(漢)나라 사마상여(司馬相如)가 탁문 군(卓文君)과 야반도주하여 성도(成都)에 살림을 차렸을 때, 집안에 살림살이가 하나도 없이 사방에 벽만 덩그러니 서 있을 뿐이었다는 고사가 있다. 『사기·사 마상여열전(司馬相如列傳)』에 보인다.

113 사벽(四壁) : 『한서·사마상여전(司馬相如傳)』에서 "집에는 다만 네 벽만 서 있 다[家徒四壁立]"라고 했다.

"절개가 돌과 같아 하루를 마치지 않고 떠나가니, 정貞하고 길吉하다"라고 했다. 「계사繫詞」에서 "절조가 돌과 같으니 어찌 하루가 다하기를 기다리겠는가. 이를 통해서 군자가 결단하는 것을 알 수 있다"라고 했다.

借用司馬長卿事. 四壁見前注. 易豫卦之六二曰, 介於石, 不終日, 貞吉. 繫詞曰, 介如石焉, 寧用終日, 斷可識矣.

胸中已無少年事 骨氣乃有老松格 : 『진서・완유전阮裕傳』에서 사람들이 "완유의 기골이 일소 왕희지에는 미치지 못하지만, 여러 사람들의 아름다움을 겸하여 갖추고 있다"라고 했다. 노동盧소의 「여마이결교시與馬異結交詩」에서 "기골은 종횡으로 기이하고 기이하여, 천 년 만 년의 고송의 가지 같네"라고 했다.

晉書阮裕傳曰, 人云, 裕骨氣不及逸少, 而兼有諸人之美. 盧全詩曰, 此骨縱橫奇又奇, 千歲萬歲枯松枝.

漢文新覽天下圖 詔山採玉淵獻珠 : 휘종徽宗이 이때에 막 즉위했었다. 반고의 「동도부東都賦」에서 "천자가 사해의 지도와 문서를 받았고, 만국의 진귀한 공물을 접수했다"라고 했다.

徽宗時初卽位. 東都賦曰, 天子受四海之圖籍, 膺萬國之貢珍.

再三可陳治安策 第一莫上登封書 : 『한서・가의전賈誼傳』에서 "인하여 치안책治安策을 아뢰게 해서, 자세히 가려보지 않으십니까"라고 했다. 「사

마상여전司馬相如傳」에서 "사마상여가 한 권의 책을 지어, 봉선封禪의 일에 대해 말했다"라고 했다. 『남사』에서 진후주陳後主가 수문제隋文帝를 따라 동쪽으로 순행하면서 "태평시절이라 무엇으로 보답할까요, 동봉서 올리기를 바랍니다"라고 했다. 낙천 백거이의 「방려안放旅鴈」에서 "기러기들아 너희들은 어디로 날아가느냐, 서북쪽으로 절대 날아가지 말라"라고 했다.

漢書賈誼傳曰, 因陳治安之策, 試詳擇焉. 司馬相如傳, 長卿爲一卷書, 言封禪事. 南史, 陳後主從隋文帝東巡, 賦詩曰, 太平何以報, 願上東封書. 樂天詩, 鴈鴈汝飛向何處, 第一莫飛西北去.

19. 소격의 「감로강태수거도엽상」의 작품에 차운하다
次韻少激114甘露降太守居桃葉上

金莖甘露薦齋房	구리 기둥의 감로를 재방에 올리니
潤及邊城草木香	윤기가 변성에도 미쳐 초목 향기롭구나.
蕡實葉間天與味	잎 사이의 탐스런 열매 하늘이 내린 맛이요
成蹊枝上月翻光	오솔길의 가지 위에는 달빛이 부딪치네.
群心愛戴葵傾日	접시꽃 해에 기울 듯 뭇 사람들 즐겨 추대했고
萬事驅除葉隕霜	서리가 잎 시들게 하듯 모든 사악함 몰아내었네.
玉燭時和君會否	사시 기운 조화로움을 그대 만났는가
舊臣重疊起南荒	옛 신하들이 거듭 남황에서 일어났다오.

【주석】

金莖甘露薦齋房　潤及邊城草木香 : 『한무제고사漢武帝故事』에서 "승로반承露盤을 만들어 구름 밖의 이슬을 취했다"라고 했다. 반고의 「서도부西都賦」에서 "선인장을 들어 이로써 이슬을 받고, 두 줄기로 구리 기둥을 세웠다네"라고 했다. 『한지漢志』의 「교묘가郊廟歌」에서 "재방齋房115에 지초가 났다"라고 했다. 동파 소식의 「산광사회차지상인운山光寺回次芝上人

---

114 [교감기] '少激'이 문집에는 '少微'로 되어 있다.
115 재방(齋房) : 재계(齋戒)하는 조용하고 정결한 거실(居室)을 말한다.

韻」에서 "십 리의 남풍에 초목이 향기롭네"라고 했다.

漢武帝故事, 作承露盤, 以取雲表之露. 班固西都賦曰, 抗仙掌以承露, 擢雙立之金莖. 漢志, 郊廟歌曰, 齋房産草. 東坡詩, 十里南風草木香.

賁實葉間天與味 成蹊枝上月翻光 : 좌사의 「촉도부蜀都賦」에서 "탐스런 과일이 맛이 좋아, 왕공에게 올리노라"라고 했다. 살펴보건대, 『시경·도요桃夭』의 주注에서 "분賁은 열매의 모양이다"라고 했다. 『한서·이광찬李廣賛』에서 "복숭아 오얏이 말이 없으나 그 아래 절로 오솔길이 생긴다"라고 했다. 유우석의 「분사폭棼絲瀑」에서 "반사되는 빛은 석양빛에 부서지네"라고 했다.

蜀都賦曰, 賁實時味, 王公羞焉. 按桃夭詩注云, 賁, 實貌. 漢書李廣賛曰, 桃李不言, 下自成蹊. 劉禹錫棼絲瀑詩曰, 翻光破夕曛.

群心愛戴葵傾日 萬事驅除葉隕霜 : 『국어』에서 채공蔡公이 그 아버지와 모의하며 "여러 사람들이 참지 못하여 즐거운 마음으로 무왕武王을 추대推戴했다"라고 했다. '채경일葵傾日'[116]은 위의 주注에 보인다. 『한서·왕망찬王莽賛』에서 "제왕이 몰아내었다"라고 했다. 『춘추·희공僖公 23년』조條에서 "서리는 내렸지만 풀은 죽지 않았다"라고 했다. 『공양

---

116 채경일(葵傾日) : 『회남자』에서 "성인의 도는 마치 접시꽃이 해와 함께 하는 것 같으니, 비록 처음과 끝을 함께 하지는 못하지만, 그 향하는 것은 진실하다[聖人之於道, 猶葵之與日也, 雖不能與終始哉, 其鄕之誠也]"라고 했다.

전』의 주注에서 "음이 양의 위엄을 거짓으로 빌린 것이다"라고 했다.
산곡 황정견은 "휘종徽宗이 황제의 자리에 오르니, 모든 사람들이 즐거
운 마음으로 추대하여 마치 해가 바야흐로 떠오르는 것 같았고 간사한
이들을 물리치는 것이 마치 서리가 엄정하게 사물을 죽이는 것과 같았
다"라고 말한 것이다.

國語, 蔡公謀父曰, 庶人不忍, 欣戴武王. 葵傾日見上注. 漢書王莽贊曰, 帝
王之驅除云爾. 春秋僖公三十三年書, 隕霜不殺草. 公羊注曰, 陰假陽威之應.
山谷意謂徽宗踐阼, 群心傾戴, 如日之方升. 姦回屛斥, 如霜之肅殺也.

玉燭時和君會否 舊臣重疊起南荒 : 이때에는 쫓겨났던 신하들이 모두
북쪽으로 돌아왔다. 『문선』에서 "경사와 태평을 거듭하고자 하네"
라고 했다. 육기의 「변망론辨亡論」에서 "높은 벼슬아치가 남황南荒을 방
문했었다"라고 했다. ○『이아』에서 "사시사철의 기운이 조화로운 것
을 옥촉玉燭이라 한다"라고 했다.

時放臣皆得北還. 選詩, 慶泰欲重疊. 陸機辯亡論曰, 軺軒聘於南荒. ○ 爾
雅, 四氣[117]和謂之玉燭.

---

117 [교감기] '爾雅四氣'가 건륭본에는 '漢書四時'로 되어 있다. 살펴보건대, 여기에서
   의 주(注)는 『이아·석천(釋天)』에서 인용한 것이다.

20. 차경정【서문을 붙이다】

借景亭【幷序】

청신현青神縣 관청에 있으면서, 성 머리에 있던 옛 집을 수리하여 차경정을 지었다. 아래로는 사 씨 집안의 수죽이 내려다 보였지만, 종일토록 적막하게 오가는 사람이 없었다. 또한 큰 나무의 푸른 그늘 아래에서 장난삼아 장구長句를 지어 삼가 명부明府의 신유信孺와 소부少府의 개경介卿에게 올렸다.

靑神縣尉廳, 葺城頭舊屋作借景亭, 下瞰史家水竹, 終日寂然, 了無人迹, 又當大木綠陰之間. 戲作長句, 奉呈信孺明府介卿少府.[118]

靑神縣中得兩張	청신현에서 두 양씨를 만났는데
愛民財力惟恐傷	백성 재력 아끼며 손상시킬까 두려워했지.
二公身安民乃樂	두 공은 몸 편안했고 백성들도 즐거웠으니
勸葺城頭五月涼[119]	성 머리에서 수리하는 5월에도 시원했네.
竹鋪不浣吳綾襪	대나무 깨끗하여 오나라 비단 버선 같고
東西開軒蔭淸樾	동서로 난간 열리어 맑은 그늘 드리웠네.

---

118 [교감기] '借景亭幷序'가 문집·고본에는 제목으로 되어 있지 않고 '靑神 (…중략…) 少府' 50글자가 긴 제목으로 되어 있다. 장지본에는 서문(序文) 뒤에 옹씨(翁氏)의 '介卿, 張祉也, 其母爲山谷之姑'라는 비교(批校)가 있다.
119 [교감기] 문집·고본·장지본·건륭본에는 '勸'이 '新'으로 되어 있다. 문집·고본·장지본에는 '五'가 '六'으로 되어 있다.

當官借景不[120]傷民　　벼슬하며 차경정 지어도 백성 아프게 안 하니

恰似鑿池取明月　　마치 못을 파서 밝은 달을 얻은 듯하네.

【주석】

靑神縣中得兩張 愛民財力惟恐傷 : 『한서・가산전賈山傳』에서 "임금은 재물이 남았고 백성은 힘이 남아서 칭송하는 소리가 일어났다"라고 했다.

漢書賈山傳曰, 君有餘財, 民有餘力, 而頌聲作.

二公身安民乃樂 勸葺城頭五月涼 : 『맹자』에서 말한 "현자가 된 이후에야 이것을 즐길 수 있다"라는 의미를 이용했다. ○ 차경정이 고을의 경계에 있었기에 '성두城頭'라고 한 것이다.

用孟子賢者而後樂此之意. ○ 亭在縣墻上, 故曰城頭也.

竹鋪不浣吳綾襪 東西開軒蔭淸樾 : 『회남자』에서 "무왕이 더위 먹은 사람을 나무 숲 그늘 아래로 옮기었다"라고 했다. 퇴지 한유의 「송문창사북유送文暢師北遊」에서 "고을 지키며 깊은 나무 그늘에 앉았다네"라고 했다.

淮南子曰, 武王蔭暍人於樾下. 退之詩, 守縣坐深樾.

當官借景不傷民 恰似鑿池取明月 : 달그림자가 몸을 나누지만 어찌 본

---

120 [교감기] '不'이 문집・고본에는 '未'로 되어 있다.

래 모습을 해치겠는가. 목지 두목의 「분지盆池」에서 "이끼 낀 땅을 파
서, 한 조각 하늘을 훔치었네"라고 했는데, 그 의미를 이용한 것이다.

月影分身, 何傷本體. 杜牧之盆池詩云, 鑿破蒼苔地, 偸他一片天. 此用其意.

21. 장난스레 가안국에게 주다
【안국은 미산 사람으로 자는 복례이다】

戲贈家安國【安國, 眉山人, 字復禮】

家侯口吃善著書	가후는 말 더듬지만 저술에는 뛰어나
常願執戈王前驅	항상 창 들고 왕의 선구가 되고자 했지.
朱紱蹉跎晚監郡	높은 벼슬 어긋나 만년에 고을 수령 되어
吟弄風月思天衢	풍월 읊조리고 즐기며 친구 생각했었지.
二蘇平生親且舊	이소와는 친척이면서 오랜 벗이라
少年筆硯老杯酒	어릴 적 함께 글씨 쓰고 늙어 술 마셨네.
但使一氣¹²¹轉洪鈞	다만 한 기운으로 홍균을 돌리게 하니
此老矍鑠還冠軍	이 노인네 씩씩하여 오히려 관군이로세.

【주석】

家侯口吃善著書　常願執戈王前驅 : 『사기 · 한비전韓非傳』에서 "한비는 사람됨이 말을 더듬고 변론을 잘하지 못했지만 저서는 뛰어났다"라고 했다. 『시경』에서 "우리 임이 창을 쥐고서, 임금님의 선구가 되었도다"라고 했다. ○ 산곡 황정견은 이 시에서 모두 실제 일을 거론했다. 살펴보건대, 복례의 「상사부서上相府書」에서 "제가 보잘것없이 장경 사마상여나 자운 양웅보다 천오백 년 뒤에 태어났고 책을 써서 도를 밝히

---

121 [교감기] '氣'가 문집 · 고본에는 '公'으로 되어 있다.

고 글을 지어 논의를 세우는 데에는 재주가 조금 있지만, 말을 더듬는 단점은 그들과 같습니다"라고 했다. 복례가 처음에는 무과로 과거 급제 했지만 뒤에 좌선左選에 들어갔다. 그래서 동파 소식이 복례에게 준 「송 가안국교수귀성도送家安國教授歸成都」에서 "밤에 헛되어 검에 대해 얘기했 는데, 봄꿈이 마치 경전을 펼치는 듯"이라고 했다. 또한 "처음엔 서책의 향기 풍기더니, 차츰 칼날의 비린내 깨달았네"라고 했다. 그리고 복례 는 「사개관계謝改官啓」에서 "세 번 주악籌幄에서 모시고 십만의 병사에 대 해 담소를 나누었습니다. 두 자리에서 스승이 되어 문을 열고 삼천 명 의 제자들을 응대했습니다"라고 한 것이 모두 이런 의미이다.

史記韓非傳, 非爲人口吃, 不能道說, 而善著書. 詩曰, 伯也執殳, 爲王前驅. ○ 山谷此詩皆學實事. 按復禮上相府書云, 某不佞, 後長卿子雲生千有五百 年, 著書明道, 摛詞立論, 才得其緒餘, 而口吃之病同之. 復禮初以武進, 後入 左選. 故東坡贈之詩云, 夜談空說劍, 春夢猶橫經. 又云, 初聞編簡香, 稍覺鋒 鏑腥. 而復禮謝改官啓云, 三陪籌幄, 笑談當十萬戎行. 兩席師筵排闥應三千 門弟. 皆此意也.

紱蹉跎晚監郡 吟弄風月思天衢 : 『주역・곤괘困卦』에서 "주불朱紱[122]이 바야흐로 오니, 제사에 씀이 이롭다"라고 했다. 두보의 「기고적寄高適」 에서 "듣건대, 그대 이미 붉은 인끈 찼다니, 불우한 삶이 조금은 위로

---

122 주불(朱紱) : 고대 예복 가운데 붉은 색을 띠는 폐슬(蔽膝) 즉 무릎 덮개를 지칭 하는 말로, 전하여 관복, 관직 등을 의미한다.

됐네요"라고 했다. 『한서·백관표百官表』에서 "감어사監御史, 진관, 장감군掌監郡"이라 했다. 낙천 백거이의 「여원구서與元九書」에서 "양梁과 진陳에 이르러서는 대부분 눈이나 노래하고 화초나 만지작거릴 뿐이다"라고 했다. '천구天衢'[123]는 앞의 주注에 보인다.

易困卦曰, 朱紱方來, 利用享祀. 老杜寄高適詩, 聞君已朱紱, 且得慰蹉跎. 漢書百官表曰, 監御史秦官掌監郡. 樂天與元九書曰, 梁陳間, 率不過嘲風雪, 弄花草而已. 天衢見前注.

二蘇平生親且舊 少年筆硯老杯酒 : '이소二蘇'는 동파 소식과 황문黃門 소철蘇轍으로 또한 미산眉山 출신이다. 『한서·장안세전張安世傳』에서 "팽조彭祖[124]가 또한 어릴 적부터 같은 자리에서 글씨를 익혔다"라고 했다. 사마천의 「보임소경서報任少卿書」에서 "함께 술잔을 기울이며 은근한 즐거움을 접한 적이 없습니다"라고 했다. ○ 동파 소식의 「송가안국교수귀성도送家安國教授歸成都」에서 "그대 이에 늙어서 돌아가노니, 또한 족히 남은 생애 위로되리라"라고 했다. 황문 소철도 「송가안국부성도교수送家安國赴成都教授」에서 "백발의 형제 가운데 내가 살아 있음 놀라우니, 그대 벼슬살이에 기뻐함도 또한 천륜이라오"라고 했다. 그러니 "친척이면서 오랜 벗이네[親且舊]'라는 의미를 대략이나마 볼 수 있다.

二蘇謂東坡黃門, 亦眉人. 漢書張安世傳曰, 彭祖又小[125]與上同席研書. 司

---

123 천구(天衢) : 『주역』에서 "저 하늘 거리이니 형통하리라[何天之衢亨]"라고 했다.
124 팽조(彭祖) : 장안세(張安世)의 작은 아들의 이름이다.

馬遷書曰, 未嘗銜杯酒, 接殷勤之歡. ○ 東坡贈之曰, 吾儕便歸老, 亦足慰餘齡. 黃門則曰, 白髮弟兄驚我在, 喜君遊宦亦天倫. 親且舊之意, 槩可見矣.

但使一氣轉洪鈞　此老矍鑠還冠軍 : 두보의 「상위좌상이십운上韋左相二十韻」에서 "하나의 양기가 홍균洪鈞[126]을 돌리네"라고 했다. 살펴보건대, 『문선』에서 "홍균이 만물을 만드네"라고 했다. 『후한서·마원전馬援傳』에서 "씩씩하구나,[127] 이 노인이여"라고 했다. 『한서·항우전項羽傳』에서 "송의宋義를 경자관군卿子冠軍[128]이라 불렀다"라고 했다.

老杜詩, 一氣轉洪鈞. 按選詩, 洪鈞陶萬類. 後漢馬援傳曰, 矍鑠哉, 是翁也. 漢書項羽傳, 宋義號卿子冠軍.

---

125 [교감기] '又小'가 원본에는 '又少'로 되어 있는데, 『한서(漢書)』의 원문에 따라 고쳤다.
126 홍균(洪鈞) : 도자기를 만들 때 돌리는 큰 물레라는 뜻으로, 대자연이 원기(元氣)를 조화시켜 만물을 생성하는 것을 말하는데, 임금이나 재상이 훌륭한 정치를 행하는 비유로 흔히 쓰인다.
127 씩씩하구나 : '확삭(矍鑠)'은 나이가 들었어도 여전히 젊은이처럼 원기 왕성하고 씩씩한 것을 말한다. 후한(後漢)의 명장(名將) 마원(馬援)이 62세의 나이로 전쟁에 다시 나가려고 하자, 광무제(光武帝)가 그의 연로함을 염려하여 윤허하지 않았다. 이에 마원이 갑옷을 입고 말에 올라타서는 몸을 가볍게 놀려 아직 자신이 건재하다는 것을 과시하려 하니, 광무제가 "씩씩하구나, 이 노인이여[矍鑠哉, 是翁也]"라고 한 바 있다.
128 경자관군(卿子冠軍) : '경자(卿子)'는 서로 높이는 말이다. '관군(冠軍)'은 재주가 탁월하여 모든 군사의 으뜸[冠]이라는 뜻이다.

22. 양군전이 술을 보내왔기에 차운하다

次韻楊君全送酒[129]

扶衰却老世無方 　쇠로함 부지하고 막을 방도 세상에 없지만

惟有君家酒未嘗 　오직 그대 집의 술을 맛보진 못했다네.

秋入園林花老眼 　원림에 가을 드니 노안에는 꽃이 피고

茗搜文字響枯腸 　문자에 차 붓노니 마른 창자 울리노라.

醉頭夜雨排簷滴 　체 주변엔 밤비가 처마에서 떨어지고

盃面春風繞鼻香 　술잔 옆엔 봄바람이 향기롭게 코 감싸네.

不待澄淸遣分送 　맑을 때까지 기다리지 않고 나눠 보내 주니

定知佳客對空觴 　가객이 빈 술잔 대하고 있는 걸 알았구나.

【주석】

扶衰却老世無方 惟有君家酒未嘗 : 『한서·화식지食貨志』에서 "술은 노쇠한 부지하고 질병 낫게 하네"라고 했다. 『사기·한무제기漢武帝紀』에서 "이소군李少君이 각로방却老方[130]을 가지고 한 무제를 알현했다"라고 했다. 퇴지 한유의 「원흥遠興」에서 "한평생 보내는 데는 오직 술이 있을 뿐이네"라고 했다. 『좌전』에서 영곡봉인潁谷封人이 "임금의 고깃국을 먹

---

129 [교감기] 문집·고본에는 '酒' 아래 '長句' 두 글자가 있다.

130 각로방(却老方) : 선가(仙家)의 불로장생법(不老長生法)을 말하는데, 한 무제(漢武帝) 때에 방사(方士) 이소군(李少君)이 각로방을 가지고 무제를 알현하여 극진한 대우를 받았다고 한다.

어 보지 못했습니다"라고 했다.

漢書食貨志曰, 酒所以扶衰養疾. 史記漢武帝紀, 李少君以却老方見上. 退之詩, 斷送一生惟有酒. 左傳, 穎谷封人曰, 未嘗君之羹.

秋入園林花老眼 茗搜文字響枯腸 : 『원각경』에서 "비유하자면 저 눈에 병 걸린 자가, 허공의 꽃을 보는 것과 같다"라고 했다. '노안老眼'[131]은 앞의 주注에 보인다. 노동盧仝의 「다가茶歌」에서 "셋째 잔은 메마른 창자를 씻어주어, 뱃속엔 문자 오천 권만 남았을 뿐이네"라고 했다.

圓覺經曰, 譬彼病目, 見空中花. 老眼見前注. 盧仝茶歌云, 三碗搜枯腸, 惟有文字五千卷.

頭夜雨排簷滴 盃面春風繞鼻香 不待澄淸遣分送 定知佳客對空觴 : 『옥편』에서 "'지醆'는 '초酢'와 음이 같고 '측側'과 '사射'의 반절법이다"라고 했다. 『절운切韻』에서 "술을 거르는 도구이다"라고 했다. 양공 구양수의 「추만응취정」에서 "한배寒醅[132]의 새로 거른 술 맛 좋구나"라고 했다. 두보의 「배장유후시어연남루陪章留後侍御宴南樓」에서 "처마의 비는 가늘게 바람 따르네"라고 했다. 노동盧仝의 「억금아산심산인憶金鵝山沈山人」

---

131 노안(老眼) : 『전등록』에서 "어떤 승려가 약산대사에게 묻기를 "평소 남들에게 경을 보지 말라고 하시더니 어찌하여 경을 보십니까"라 하니, 대사가 "나는 그저 눈을 가리려는 것이다[我只圖遮眼]"라 했다"라고 했다. 두보의 「송혜이귀고거(送惠二歸故居)」에서 "하늘 아래 노련한 안목이 없으니[皇天無老眼]"라고 했다.
132 한배(寒醅) : 봄에 마시기 위해 겨울에 미리 담가 둔 술을 말한다.

에서 "한 조각 새 차의 향기가 코를 찌르네"라고 했다.

玉篇, 醡與酢同音, 側射反. 切韻云, 壓酒具也. 歐陽公詩, 寒醅美新醡. 老杜詩, 簷雨細隨風. 盧仝詩, 一片新茶破鼻香.

23. 양군전이 봄꽃을 보내왔기에 차운하다

次韻楊[133]君全送春花

化工能斡大鈞回	조물주는 대균을 돌아오게 하는데
不得東君花不開	동군을 얻지 못해 꽃도 피지 않누나.
誰道纖纖綠窓手	누가 말했나, 부드러운 푸른 창의 손이
磨[134]刀剪綵喚春來	칼 갈고 비단 잘라 봄을 불러온다고.

【주석】

化工能斡大鈞回 不得東君花不開 誰道纖纖綠窓手 磨刀剪綵喚春來 : 『한서』에 실린 가의賈誼의 부賦에서 "조물주는 장인이다"라고 했다. 또한 "대균大鈞[135]이 만물을 퍼뜨리네"라고 했다. 『시경』에서 "고운 여자의 손"이라 했다. 주注에서는 "부드럽고 부드럽다"라고 했다. 『경룡문관기景龍文館記』에서 "경룡景龍 4년 입춘에, 내전內殿에서 채화수綵花樹를 내오게 하여 사람마다 한 가지씩 하사했다"라고 했다. ○ 목지 두목의 시에서 "투자骰子[136]를 손으로 감싸고 있어, 뜬금없이 섬섬옥수만 보이누나"

---

133 [교감기] 문집·고본에는 '楊' 자가 없다.
134 [교감기] '磨'가 건륭본 원교(原校)에서는 "'磨'가 다른 본에는 '金'으로 되어 있다"라고 했다.
135 대균(大鈞) : 하늘 혹은 자연을 말한다.
136 투자(骰子) : 주사위이다. 후한(後漢) 동창(董昌)이 본디 우둔하여 일을 잘 결단하지 못했는데 마침 백성의 송사가 있자 주사위를 던져서 이긴 자를 옳은 것으로 판결하였다는 고사가 있다.

라고 했다. 또한 낙천 백거이의 「의혼議婚」에서 "녹색 창가의 가난한 집의 딸, 쓸쓸히 보낸 지 20여 년"이라고 했다. 수隋나라 양제煬帝가 강도江都의 궁宮에 있을 때, 겨울이면 비단을 잘라 꽃을 만들었는데, 당唐나라 사람 오융吳融이 일찍이 「전채부剪綵賦」를 지어 "이것을 모두 참고하여 이용했다"라고 했다. '환춘래喚春來'는 또한 두보 「수愁」의 "강 구름은 날마다 근심을 불러오며 자라네"라는 의미이다.

漢書賈誼賦曰, 造化爲工. 又曰, 大鈞播物. 詩云, 摻摻女手. 注云, 纖纖也. 景龍文館記曰, 景龍四年立春, 內出綵花樹, 人賜一枝. ○ 杜牧之詩, 骰子逡巡裹手拈, 無因得見玉纖纖. 又樂天詩, 綠窓貧家女, 寂寞二十餘. 隋煬帝在江都宮時, 冬月剪綵爲花, 唐人吳融嘗爲作剪綵賦云, 此皆參而用之. 喚春來字, 亦老杜江雲日日喚愁生意也.

24. 양경산이 술그릇을 보내왔기에 사례하다

謝楊景山送惠酒器[137]

楊君喜我梨花盞	양군은 나의 배꽃의 술잔을 좋아했는데
却念初無注酒魁	도리어 처음부터 술 따를 국자는 없었다네.
㩪矮金壺肯持送	짤막한 금빛 술병을 보내왔으니
挼莎殘菊更傳杯	남은 국화 어루만지며 다시 술잔 돌리네.

【주석】

楊君喜我梨花盞 却念初無注酒魁 㩪矮金壺肯持送 挼莎殘菊更傳杯 : 촉蜀의 주괴酒魁는 대개 시인이 말한 "큰 국자로 술을 뜨다[酌以大斗]"[138]라는 것의 유제遺制로, 북두성에 국자 모양이 있는 것을 본뜬 것이다. 허신의 『설문해자』에서 "'이㪱'는 국자와 비슷하며, 손잡이에 홈이 있어 물을 따를 수 있다"라고 했다. 『옥편』에서는 "'패㩪'의 음은 '포蒲'와 '해楷'의 반절법으로, 짧다라는 의미이다. '왜矮'의 음은 '어於'와 '해解'의 반절법으로, 길지 않다는 의미이다"라고 했다. 『곡례』에서 "함께 밥을 먹을 때에는 손때를 묻지 않게 하라"라고 했다. 그 주注에서 "'택澤'은 주물럭거림[挼莎]을 말한다"라고 했다. 두보의 「구일九日」에서 "술잔계속 돌

---

137 [교감기] '謝楊景山送惠酒器'가 문집에는 '謝楊景仁承事送惠酒器'라고 되어 있고 고본도 문집과 같지만, '楊'자가 빠져 있다. 전본에는 '送' 아래 '惠'자가 없다.
138 큰 (…중략…) 뜨다 : 『시경·행위(行葦)』의 "큰 말로 잔질하여 황구(黃耇)를 축원하노라[酌以大斗, 以祈黃耇]"라는 곳에 보인다.

리며 손에서 놓지 않았네"라고 했다.

蜀之酒魁, 蓋詩人所謂酌以大斗之遺制, 象北斗有魁柄也. 許愼說文曰, 匜 似羹魁, 柄中有道, 可以注水. 玉篇, 㲲音蒲楷切, 短也. 矮音於解反, 不長也. 曲禮, 共飯不澤手. 注曰, 澤謂挼莎也. 老杜詩, 傳杯不放杯.

25. 사언승이 봄꽃을 보내왔다

史彦升送春花139

언승彦升의 이름은 회會로 청신靑神 사람이며, 소봉紹封의 아들이다. 산곡 황정견의 「서백학사산거書柏學士山居」라는 작품의 발문跋文에서 "사소봉의 아들 회는 나의 외생外甥 장협張恊과 소 씨蘇氏 집안의 남자 동서同壻가 된다"라고 했다.

彦升名會, 靑神人, 乃紹封之子. 山谷有書柏學士山居詩跋云, 史紹封之子會, 與余外甥張恊, 於蘇氏爲友婿也.

千林搖落照秋空	온 숲에 잎 져서 가을 하늘 비치더니
忽散穠花在眼中	홀연 이곳저곳에서 풍성한 꽃이 눈에 비치네.
蝶繞蜂隨俱入座	맴돌던 개미와 벌도 모두 자리로 들어오니
君家女手化春風	그대 집의 여인 손이 춘풍으로 변했구려.

【주석】

千林搖落照秋空 忽散穠花在眼中 蝶繞蜂隨俱入座 君家女手化春風 : 송옥의 「구변九辯」에서 "슬프다 가을 기운이여, 싸늘한 바람에 풀과 나무 온통 시들어 버렸도다"라고 했다. '여수女手'140는 앞의 주注에 보인다. 또

---

139 [교감기] '史彦升'이 문집·고본에는 '應之'로 되어 있다.
140 여수(女手) : 『시경』에서 "곱고 고은 여자의 손[摻摻女手]"이라 했다. 주(注)에

한 『예기』에서 "여인의 손을 잡은 것처럼 매끄럽다"라고 했다.

宋玉九辯曰, 悲哉, 秋之爲氣也, 蕭瑟兮草木搖落而變衰. 女手見前注. 又禮記曰, 執女手之卷然.

서는 "부드럽고 부드럽다[纖纖也]"라고 했다.

26. 석각이 그린 「상초옹」[141]의 그림에 쓰다

題石恪畵嘗醋翁

『명화평名畵評』에서 "석각은 성도成都 비읍郫邑 사람으로, 성품이 경솔했다. 일찍이 해학의 시구를 짓기도 했다. 장남본張南本의 그림을 배운지 몇 년만에 장남본보다 더 훌륭해졌다. 대부분 기괴하게 인물을 그리거나 특이한 모습의 그림을 그려 호족豪族들을 업신여기고 욕보였다"라고 했다.

名畵評曰, 石恪, 成都郫人, 性輕率. 嘗爲嘲謔之句. 學張南本畵, 數年, 已出張右. 多爲古僻人物, 詭形殊狀, 以蔑辱豪右.

石媼忍酸喙三尺	석씨 할멈 초 신맛 참고 삼 척의 입 나왔고
石皤嘗味面百摺	석씨 할아범 맛보고 얼굴에 백 겹 주름졌네.
誰知聳膊寒至骨	뉘 알았으랴, 어깨 치켜들며 기운 뼈에 스밀 줄
圖畵不減吳生筆	오도원의 그림에 조금도 뒤떨어지지 않누나.

【주석】

石媼忍酸喙三尺 石皤嘗味面百摺 : 홍각범洪覺範의 『승보전僧寶傳』에 실

---

141 상초옹(嘗醋翁) : 중국 송나라의 불인 선사(佛人禪師), 소식(蘇軾), 황정견이 도화산(桃花酸)이라는 초(醋)를 맛보고는 눈살을 찌푸렸다는 고사(故事)를 그린 그림으로, 삼산도(三酸圖)라고도 한다.

린 보봉홍영선사寶峰洪英禪師의 게송偈頌에서 "시부모는 초 맛보고 삼 척의 입 나왔고, 신부는 세수할 때마다 코가 만져진다"라고 했다. 살펴보건대,『장자‧서무귀徐無鬼』에서 중니仲尼가 "나는 삼척의 입을 가지고 싶다"라고 했다.『송경문필기宋景文筆記』에서 "촉인蜀人들은 노인을 '파皤'라고 부르는데, 하얗게 되어 다시 누런 머리칼이라는 의미에서 취한 것이다. '파'의 음은 '파婆'이다"라고 했다. '백접百摺'은 얼굴의 주름을 말한 것이다.『절운切韻』에서 "'접摺'은 겹쳐진다는 의미로, 음은 '지之'와 '섭涉'의 반절법이다"라고 했다. ○『동파소집東坡小集』에 "꿈속에서 궁인宮人의 치마끈 사이를 보고서는 육언시六言詩를 시어 "백 겹의 너울너울 비단 주름"이라고 했다"라는 기록이 있다.

洪覺範僧寶傳載寶峰洪英禪師偈曰. 阿家嘗酸三尺喙, 新婦洗面摸着鼻. 按莊子徐無鬼篇, 仲尼曰, 吾願有喙三尺. 宋景文筆記曰, 蜀人謂老曰皤, 取皤皤黃髮義. 皤音婆. 百摺言其面皺. 切韻云, 摺, 疊也, 音之涉反. ○ 東坡小集記夢中見宮人裙帶間有六言詩云, 百疊漪漪[142]縠皺.

誰知聳膊寒至骨 圖畫不減吳生筆 :『국조잡기國朝雜記』에서 장손무기長孫無忌가 구양순歐陽詢을 조롱하면서 "어깨를 치켜들어 메 산 자를 이뤄라, 어깨 속에 파묻어 머리를 못 내놓네"라고 했다. 개보 왕안석의「병술오일경사작丙戌五日京師作」에서 "북풍이 차갑게 불어대니 한기가 뼈에 스미네"라고 했다. 두보의「동일낙성북알현원황제묘冬日洛城北謁玄元皇帝廟」

---

142 漪漪 : 중화서국본에는 '猗猗'로 되어 있는데, '漪漪'의 오자이다.

에서 "선배 화가 중에, 오도원吳道元[143]이 화단을 주름잡았네"라고 했다. '오생吳生'은 오도자吳道子를 말한다. 예전에 이 그림을 보고서 삼매三昧[144]의 경지에서 노닐면서 그 정감을 곡진하게 나타냈다는 것을 더욱 절감하게 되었다.

國朝雜記, 長孫無忌嘲歐陽詢曰, 聳膊成山字, 埋肩不出頭. 王介甫詩, 北風蕭蕭寒到骨. 老杜詩, 畫手看前輩, 吳生遠擅[145]場. 吳生謂道子也. 頃嘗見此圖, 益知此詩得游戲三昧, 曲盡其情狀云.

---

143 오도원(吳道元) : 당(唐)나라의 화가로, 자는 도자(道子), 동경(東京) 양적(陽翟) 출신이다. 불화(佛畫)와 산수화(山水畫)에 뛰어나 화성(畫聖)이라 불리었다. 소화(疏畫)의 체인 서화일치의 화체를 확립하고 준법(皴法) 등을 사용하여 동양 회화에 영향을 끼쳤다.
144 삼매(三昧) : 불가(佛家)의 용어로, 잡념을 물리쳐 마음이 흐트러지거나 어지럽지 않아 어느 한곳에 집중한다는 뜻이다.
145 擅 : 중화서국본에는 '檀'으로 되어 있는데, '擅'의 오자이다.

27. 응지에게 사례하다

謝應之

昨夜風雷震海隅	어젯밤 풍뢰가 바다 가에 진동하더니
天心急擬活焦枯	하늘이 급히 타고 마른 나무 살게 하려는 듯.
去年席上蛟龍語	지난 해 자리에서 하신 교룡의 말씀
未委先生記得無	선생은 이걸 기억하실런지 모르겠네.

【주석】

昨夜風雷震海隅 天心急擬活焦枯 去年席上蛟龍語 未委先生記得無 : 이때에 응지應之가 융주戎州에 와 있으면서 "산곡은 절대 연못 속의 생물이 아니네"라고 했는데, 복관復官하고 점차 등용되어 쓰임이 있었으니, 그 말이 자못 맞았던 것이다. 두보의 「시종손제示從孫濟」에서 "누구의 집으로 가야할지 모르겠네"라고 했다.

當是應之往在戎州, 謂山谷必非池中物, 至是復官, 有進用之漸, 其言頗有證也. 老杜詩, 未知[146]適誰門.

---

146 知 : 중화서국본에는 '委'로 되어 있으나, '知'의 오자이다.

1. 붓을 달려 왕박거사가 지팡이를 준 것에 사례하다
走筆謝王朴居士拄杖

投我木瓜霜雪枝	목과의 눈서리 맞은 가지 내게 주니
六年流落放歸時	육 년 동안 유랑하며 돌아올 때였지.
千巖萬壑須重到	천 봉우리 만 계곡을 다시 오는데
脚底危時幸見持	다리 위태로울 때 다행히 도움 받았네.

【주석】

投我木瓜霜雪枝 六年流落放歸時 千巖萬壑須重到 脚底危時幸見持 : 『시경』에서 "나에게 목과를 주네"라고 했다. 『진서·고개지전顧愷之傳』에서 "천 봉우리 수려함 다투고, 만 계곡 다투듯 흐르네"라고 했다. 『노론魯論』에서 "위태로운데도 굳게 지키지 않고 넘어지는데도 붙들지 않는다면 그런 재상을 어디에 쓰겠느냐"라고 했다. 퇴지 한유의 「적등장가赤藤杖歌」에서 "목숨이 경각에 달렸을 때도 부지하고 있었지"라고 했다. 두보의 「사엄중승송청성산도사부유일병謝嚴中丞送靑城山道士乳酒一缾」에서 "맛과 짙은 향을 다행히 나눠 주네"라고 했다. ○ 도은거陶隱居가 "세상 사람들은 목과의 가지로 만든 지팡이를 '이근경利筋脛'이라 했다"라고 했다.

詩曰, 投我以木瓜. 晉書顧愷之傳曰, 千巖競秀, 萬壑爭流. 魯論曰, 危而不持, 顚而不扶, 則將焉用彼相矣. 退之赤藤杖歌曰, 性命造次蒙扶持. 老杜詩, 氣味濃香幸見分. ○ 陶隱居云俗人扗木瓜枝, 云利筋脛.

2. 왕거사가 무늬 있는 돌을 보내왔기에 장난스레 답하다
戱答王居士送文石

南極一星天九秋	남극성 한 별에 하늘은 가을인데
自埋光景落江流	스스로 빛 감추고 강물에 떨어졌네.
是公至樂山中物	이를 공이 지락산 가운데서 얻어
乞與衰翁似暗投	노쇠한 옹에게 주니 마치 암투인 듯.

【주석】

南極一星天九秋 自埋光景落江流 是公至樂山中物 乞與衰翁似暗投 : 두보의 「송이팔비서부두상공막送李八秘書赴杜相公幕」에서 "남극의 별 하나 북두성을 조회하네"라고 했다. 살펴보건대, 『진서·천문지天文志』에서 "노인성老人星 한 별이 호弧의 남쪽에 있는데, 일명 남극성南極星이라고 한다. 항상 춘분秋分의 아침이면 병방丙方에 나타났다가 춘분春分의 저녁에 정방丁方으로 사라진다"라고 했다. 이것을 차용하여 별이 떨어져 돌이 되었음을 말한 것이다. 『문선』에 실린 사령운의 「등석문최고정登石門最高頂」에서 "마음에 가을 나무가 좋기만 하네"라고 했다. 이선李善의 주注에서는 고악부古樂府에 있는 「역구추歷九秋」와 「첩박상행妾薄相行」이란 작품을 인용했다. 『장자』에서 "스스로 백성들 사이에 파묻히다"라고 했다. 사령운의 「초발석수성初發石首城」에서 "해와 달이 빛을 드리우네"라고 했다. '지락산至樂山'은 가주嘉州 능운凌雲의 옆에 있다. '암투暗投'[1]는 앞의

주注에 보인다. ○ 자후 유종원의 「시견백발제소식해석류始見白髮題所植海石榴」에서 "고목을 보니 늙은이 마주한 듯"이라고 했다.

老杜詩, 南極一星朝北斗. 按晉書天文志曰, 老人一星在弧南, 一曰南極, 常以秋分之旦見於丙,[2] 春分之夕而沒於丁. 此借用. 以言星隕爲石也. 文選謝靈運詩, 心契九秋幹. 李善注引古樂府, 有歷九秋妾薄相行. 莊子曰, 是自埋於民. 謝靈運詩, 日月垂光景. 至樂山在嘉州凌雲之側. 暗投見前注. ○ 柳子厚詩, 看成古木對衰翁.

---

1   암투(暗投) :『한서·추양전(鄒陽傳)』에서 "명월주와 야광벽을 어두운 밤에 길가에서 사람에게 던지면 모두들 칼을 어루만지면서 서로를 흘겨봅니다. 왜 그렇겠습니까. 아무런 까닭 없이 앞에 나타났기 때문입니다[明月之珠, 夜光之璧, 以闇投人於道, 衆莫不按劍相眄者, 何則, 無因而至前也]"라고 했다.
2   丙 : 중화서국본에는 '景'으로 되어 있는데, '丙'의 오자이다.

3. 양명숙과 전별하면서 차운하다. 10수

次韻楊明叔見餞. 十首3

양명숙楊明叔은 나를 좇아 학문을 했는데, 대단히 성취함이 있었다. 그러나 당시 벼슬길에 아는 사람이 없었기에, 노주瀘州의 종사從事를 원했지만 얻지 못했다. 내가 황제의 은혜를 입어 동쪽으로 돌아오는데, "용사가 구름 비를 얻었고, 봉새와 물수리가 가을 하늘에 있네"4라는 구절을 이용하여 열 수의 작품을 지어 전별을 했다. 그래서 나는 그 운을 이용하여 작품을 짓고 헤어졌다. ○ 산곡 황정견의 「사면이부원외랑장辭免吏部員外郎狀」에서 "원부元符 3년 12월 융주의 적소謫所로 출발했다. 건중정국建中靖國 원년 3월에 협주峽州에 도착했는데, 또한 지서주知舒州로 관직이 바뀌었다. 4월 형남荊南에 도착했는데 이부원외랑吏部員外郎으로 불러들임을 입었다"라고 했다. 이 작품은 촉 땅을 벗어나지 못한 상태에서 지은 것으로, 이미 '동안수同安守'와 '이부전吏部銓'의 시어가 있으니 마땅히 이것은 저보邸報에 의거한 것이다. 산곡 황정견이 장차 융주를 떠나려고 한 것은 12월 계묘일癸卯日이었고 「서양보음발어書梁甫吟跋語」에서 또한 "이 때에 조봉랑朝奉郎에 다시 제수되었기에 지서주

---

3 [교감기] '次韻楊明叔見餞十首' 아래 전본·건륭본에는 '幷序' 두 글자가 있다. 문집·고본에는 이 제목이 없다.

4 용사가 (…중략…) 있네 : 이 구절은 두보의 「봉증엄팔각노(奉贈嚴八閣老)」라는 작품의 한 구절이다. 전체 작품은 다음과 같다. "扈聖登黃閣, 明公獨妙年. 蛟龍得雲雨, 雕鶚在秋天. 客禮容疏放, 官曹許接聯. 新詩句句好, 應任老夫傳"

^{知舒州}는 제수 받지 않았다"라고 했다.

楊明叔從予學問, 甚有成. 當路無知音, 求爲瀘州從事而不能得. 予蒙恩東歸, 用蛟龍得雲雨, 鵬鷃在秋天, 作十詩見餞, 因用其韻以別.⁵ ○ 山谷辭免吏部員外郎狀云, 元符三年十二月, 發戎州貶所. 建中靖國元年三月至峽, 又改知舒州. 四月至荊南, 又召以爲吏部員外郎. 此詩未出蜀所作, 已有同安守吏部銓之語, 當是據邸報也. 山谷將發戎州, 時十二月癸卯, 有書梁甫吟跋語, 亦云, 時聞復朝奉郎, 知舒州, 而未被受.

첫 번째 수其一

平津善牧豕	평진후는 돼지를 잘 키웠으며
伙飛能斬蛟	차비는 능히 교룡의 목을 베었네.
終藉一汲黯	끝내 급암 한 사람에게 의지해
淮南解兵交	회남왕은 교전을 풀 수 있었다네.
楊子有直氣	양자는 올곧은 기개를 지녀
未忍死草茅	차마 초가에서 죽을 수 없었다네.
引之入漢朝	이끌어 한나라 조정에 들어가면
誰爲續弦膠	누가 속현교가 될 것인가.

5　[교감기] '楊明 (…중략…) 以別'이 원래 제목 좌측에 자주(自注)로 되어 있는데, 지금 전본·건륭본에 따라 이 주(注)를 시서(詩序)로 삼는다. 문집·고본는 이 시서(詩序)를 시의 제목으로 삼았다.

【주석】

平津善牧豕 佽飛能斬蛟 : 『한서』에서 "공손홍公孫弘은 집이 가난하여 바닷가에서 돼지를 키우며 살았다. 나이 마흔이 넘어 『춘추』와 여러 학설을 배웠다. 무제가 현량賢良으로 초빙했으며, 뒤에 평진후平津侯에 봉해졌다"라고 했다. 『선제기』에서 "활을 잘 쏘는 차비佽飛를 선발했다"라고 했다. 그 주注에서는 『여씨춘추』를 인용하여 "형荆나라에 차비라는 사람이 보검을 얻었다. 돌아오는 길에 강을 건너는데, 교룡이 그 배를 에워쌌다. 이에 차비는 검을 뽑아 강에 가서는 교룡의 목을 베어 죽였다. 형나라 왕이 이것을 듣고 옥을 받들어 벼슬길에 나오게 했다"라고 했다. 무제는 진좌익秦左弋官이란 관직을 '차비관佽飛官'으로 고쳤는데, 대개 옛 용력한 사람을 관직명으로 삼은 것이다.

漢書, 公孫弘家貧, 收豕海上. 年四十餘, 乃學春秋雜說. 武帝以賢良徵, 後封平津侯. 宣帝紀, 發佽飛射士. 注引呂氏春秋曰, 荆有佽飛者, 得寶劍. 還涉江, 蛟夾繞其船. 佽飛拔劍赴江, 斬蛟殺之. 荆王聞之, 仕以執珪. 武帝改秦左弋官曰佽飛官, 蓋取古勇力人以名官也.

終藉一汲黯 淮南解兵交 : 평진후의 비루함과 자비의 용맹은 모두 한나라에 도움이 되지 않았다. 의지할 수 있는 사람은 급암汲黯의 무리뿐이었다. 『한서·급암전汲黯傳』에서 회남왕淮南王이 반역을 도모할 때, 급암을 꺼리며 "급암은 직간直諫하기를 좋아하고 충절을 지켜 의리에 죽을 수 있으며, 승상 공손홍公孫弘 등을 설득하기는 마치 뒤집어 쓴 것을

벗기는 것처럼 쉽다"라고 했다. 『좌전』의 주注에서는 "교전交戰 중에도 사신은 그 사이를 오간다"라고 했다.

平津之郿, 伏飛之勇, 皆無益於漢家. 所可賴者, 汲黯輩爾. 漢書汲黯傳, 淮南王謀反, 憚黯曰, 黯好直諫, 守節死義. 至說公孫弘等, 如發蒙耳. 左傳注曰, 兵交, 使在其間.[6]

楊子有直氣 未忍死草茅 : 퇴지 한유의 「송장도사送張道士」에서 "신에게는 담력과 기개가 있어, 차마 초가에서 죽을 수 없었네"라고 했다. 『한서·조착전晁錯傳』에서 "죽음을 무릅쓰고 미쳐 의혹된 보잘것없는 어리석은 신의 말을 올립니다"라고 했다.

退之送張道士詩曰, 臣有膽與氣, 不忍死茅茨. 漢書晁錯傳曰, 昧死上狂惑草茅之愚臣言云云.

引之入漢朝 誰爲續弦膠 : 동방삭의 『십주기十洲記』에서 "봉린주鳳麟洲의 선가仙家에서 봉황의 부리와 기린의 뿔을 삶고 고아서 아교를 만드는데, 이것을 속현교續弦膠라 하며 혹은 '연금니連金泥'라고 부른다. 이 아교는 이미 끊어진 궁노弓弩의 줄도 붙일 수 있고 도검刀劍의 쪼개진 쇠붙이도 이을 수 있다"라고 했다. 산곡 황정견은 이것을 이용하여 조정에서 멀리 떨어져 있어 조정에 들어가기는 매우 어렵지만 반드시 그 사이에서 결속시키는 일을 할 수 있을 것이라고 말한 것이다.

---

6   間 : 중화서국본에는 '閒'으로 되어 있는데, '間'의 오자이다.

東方朔十洲記曰, 鳳麟洲, 仙家煮鳳喙及麟角, 合煎作膠, 名之爲續弦膠, 或一名連金泥. 此膠屬弓弩已斷之弦, 連刀劍斷折之金. 山谷引用, 謂疎遠之於朝廷, 其合甚難, 必有爲之固結於其間者.

두 번째 수 其二

楊君淸渭水	양군은 맑은 위수로
自流濁涇中	절로 탁한 경수 중에 흐르네.
今年貧到骨	금년엔 가난이 뼈에 사무치지만
豪氣似元龍	호방한 기운은 원룡과 같다오.
男兒生世間	남아로 세상에 태어나
筆端吐白虹	붓 끝에서 흰 무지개 뿜어냈네.
何事與秋螢	어찌 가을 반딧불과
爭光蒲葦叢	갈대 숲에서 빛을 다투리오.

【주석】

楊君淸渭水 自流濁涇中 : '경위涇渭'[7]는 앞의 주注에 보인다.

---

7   경위(涇渭) : 언승(彦昇) 임방(任昉)의 「출군전사곡범복야(出郡傳舍哭范僕射)」
    에서 "저 사람의 경수와 위수는, 내가 맑고 흐림을 도운 것이 아니네[伊人有涇渭,
    非余揚濁淸]"라고 했다. 살펴보건대 『시경·곡풍(谷風)』의 주에서 "경수와 위수
    가 서로 합쳐져도 맑은 물과 흐린 물은 섞이지 않는다[涇渭相入而淸濁異]"라고
    했다.

涇渭見前注.

今年貧到骨 豪氣似元龍 : 두보의 「우정오랑우몰오랑又呈吳郞」에서 "가렴주구가 뼈에 사무쳤다고 이미 하소연했네"라고 했다. '원룡元龍'[8]은 앞의 주注에 보인다.

老杜詩, 已訴徵求貧到骨. 元龍見前注.

男兒生世間 筆端吐白虹 : 문장에 광채가 있다는 말이다. 포조鮑照의 「행로난行路難」에서 "장부로 세상에 태어나 얼마나 사는가"라고 했다. 퇴지 한유의 「월식시효옥천자작月蝕詩效玉川子作」에서 "이 밤 불꽃 뿜어내는 것이 긴 무지개 같네"라고 했다. 『예기』에서 "군자는 옥으로 덕을 견주고 기운이 흰 무지개 같은 것은 하늘이다"라고 했다.

言文章有光熠也. 鮑照行路難曰, 丈夫生世能幾時. 退之詩, 是夕吐熠如長虹. 禮記曰, 君子於玉比德焉, 氣如白虹, 天也.

何事與秋螢 爭光蒲葦叢 : 『유마경』에서 "태양빛을 가지고 저 반딧불과 같다고 하지 말라"라고 했다. 『사기·굴원전屈原傳』에서 "비록 해와 달이어야 그 빛을 다툴 수 있다"라고 했다.

---

8   원룡(元龍) : 『위지(魏志)·장막전(張邈傳)』에서 "진등(陳登)의 자는 원룡(元龍)이다. 유표(劉表)가 유비(劉備)와 천하의 인물을 논하였는데, 허사(許汜)가 "원룡은 강호의 선비이니 오만한 호기를 버리지 못하였습니다"라 했다"라고 했다.

維摩經曰, 無以日光, 等彼螢火. 史記屈原傳曰, 雖與日月爭光可也.

세 번째 수其三

事隨世滔滔	일은 세상의 도도함을 따르지만
心欲自得得	마음은 자득함을 얻고자 하네.
楊君爲己學	양군의 자기 위한 학문은
度越流輩⁹百	무리들보다 뛰어나 으뜸이네.
坐捫故衣蝨	앉아서 입던 옷의 이를 문지르고
垢襪春汗¹⁰黑	더러운 버선에 봄 땀도 새까맣네.
睥睨紈袴兒	비단 옷 입은 아이들 흘겨보며
可飮三斗墨	서 말의 먹물을 마실 만 해라.

【주석】

　事隨世滔滔 心欲自得得 : 『노론』에서 "천하가 모두 도도하다"라고 했
다. 주注에서는 "'도도滔滔'는 두루 흘러가는 모양이다"라고 했다. 『맹
자』에서 "군자가 깊이 나아가기를 도道로써 함은 자득自得하고자 해서
이다"라고 했다. 『장자』에서 "내가 이른바 귀가 밝다고 하는 것은 소리
를 잘 듣는 것을 말하는 것이 아니라, 들리는 대로 듣는 것을 말한 것

9　[교감기] '流輩'가 문집·고본에는 '輩流'로 되어 있다.
10　[교감기] '春汗'이 장지본에는 '春汙'로 되어 있다.

이다. 내가 이른바 눈이 밝다고 하는 것은 잘 구분해 보는 것을 말하는 것이 아니라, 자연 그대로의 내면의 자기를 보는 것을 말한 것이다. 내면의 자기를 보지 못하고 대상 사물을 보며 내면의 자기 모습을 얻지 못하고 외적인 대상 사물만을 얻는 자는 다른 사람이 얻고자 하는 것을 얻기만 할 뿐 자신이 얻고자 하는 것을 얻지 못하는 자이다"라고 했다.

魯論曰, 滔滔者天下皆是也. 注云, 滔滔, 周流之貌. 孟子曰, 君子深造之以道, 欲其自得之也. 莊子曰, 吾所謂聰者, 非謂其聞彼也, 自聞而已矣. 吾所謂明者, 非謂其見彼也, 自見而已矣夫. 不自見而見彼, 不自得而得彼者, 是得人之得, 而不自得其得者也.

楊君爲己學 度越流輩百 : 『노론』에서 "옛 배우는 자들은 자신을 위했다"라고 했다. 퇴지 한유의 「여최군서與崔群書」에서 "하물며 그대는 이 백천의 무리보다 뛰어남에랴"라고 했다. 살펴보건대, 『한서·양웅전揚雄傳』에서 "반드시 여러 사람보다 뛰어나다"라고 했다. 두보의 「송이교서이십육운送李校書二十六韻」에서 "청준한 인품 동년배의 으뜸이네"라고 했다.

魯論曰, 古之學者爲己. 退之與崔群書曰, 況足下度越此等百千輩. 按漢書揚雄傳曰, 必度越諸子矣. 老杜詩, 淸峻流輩伯.[11]

坐捫故衣蝨 垢襪春汗黑 : 『진서·전진재기前秦載記』에서 "왕맹王猛이 환

11　伯 : 중화서국본에는 '百'으로 되어 있으나, '伯'의 오자이다.

온桓溫을 찾아가 얼굴을 대하고 당세의 일을 논하는데, 이[蝨]를 문지르면서 말을 하며 곁에 사람이 없는 것처럼 여겼다"라고 했다. 두보의 「북정北征」에서 "때 묻은 다리에는 버선도 없네"라고 했다. 『척언』에 실린 「고봉휴서高逢休書」에서 "고운수가 장차 일척삼촌의 더러운 발로, 저 타고 남은 용미도[12]를 밟았다"라고 했다. 일찍이 장노長老에게 들으니, "산곡의 이 구절은 대개 명숙이 때가 껴 더러운데도 발을 씻지 않음을 조롱한 것이다"라고 했다.

晉書前秦載記, 王猛詣桓溫, 面談當世之事, 捫蝨而言, 旁若無人. 老杜詩, 垢膩脚不襪. 摭言, 高逢休書云, 顧雲樹將一尺三寸汗脚, 踏他燒殘龍尾道. 嘗聞長老云, 山谷此句, 蓋譏明叔垢汗不濯足.

睥睨紈袴兒 可飮三斗墨 : 『한서·관부전灌夫傳』의 주注에서 "'비예睥睨'는 흘겨보는 것이다"라고 했다. 반고의 「서전敘傳」에서 "반백의 비단 저고리와 비단 치마를 입은 틈에 있는 것을 좋아하지 않았다"라고 했다. 『통전』에서 "북제北齊 때에 수재秀才를 책시策試할 때, 글자가 나쁜 사람이 있으면 먹물 한 되를 마시게 했다"라고 했다. 여기에서 '삼두三斗'라고 한 것은 대단히 심하다는 말이다. 오히려 『당사唐史』에서는 "차라리 서 말의 파를 먹으리", "차라리 서 말의 쑥을 먹으리"라고 했다. 두보이 「봉증위좌승장이십이운奉贈韋左丞丈二十二韻」에서 "비단 옷은 굶어

---

12 용미도 : 당(唐)나라 궁궐 함원전(含元殿)의 용도(甬道)인 용미도(龍尾道)를 말한다.

죽을 일 없네"라고 했다.

漢書灌夫傳注曰, 睥睨, 旁視也. 班固敍傳曰, 班伯在於綺襦紈袴之間, 非
其好也. 通典曰, 北齊策秀才, 書有濫劣者, 飲墨水一升. 此云三斗, 蓋甚言之.
猶唐史謂寧食三斗葱寧食三斗艾爾. 老杜詩, 紈袴不餓死.

네 번째 수其四

淸靜草玄學	맑고 고요함 속에 초현을 배우니
西京有子雲	서경에도 양자운이 있어라.
太尉死宗社	태위가 종사를 위해 죽으니
大鳥泣其墳	큰 새가 그 무덤에서 울었다네.
寂寞向千載	천 년 동안 적막하다가
風流被仍昆	그 풍류를 후손이 이어받았네.
富貴何足道	부귀를 어찌 말할 것이 있으랴
聖處要策勳	성처에 들어 공로 기록되길 바라오.

【주석】

淸靜草玄學 西京有子雲 : 『한서·양웅전揚雄傳』에 실린 「해조解嘲」에서
"이에 맑고 고요함은 정신이 노니는 조정이요, 오직 고요하고 쓸쓸함
은 덕을 지키는 집이라오"라고 했다. '초현草玄'[13]은 앞의 주注에 보인다.

---

13   초현(草玄) : 『한서·양웅전(揚雄傳)』에서 "내가 바야흐로 『태현경』을 지어 자

漢書揚雄傳, 解嘲曰, 爰淸爰靜, 游神之廷, 惟寂惟寞, 守德之宅. 草玄見前注.

太尉死宗社 大鳥泣其墳 : 『후한서·양진전楊震傳』에서 "양진이 번풍樊豐 등에서 참소를 당해, 책서策書를 내려 양진의 태위太尉 인수印綬를 거둬 들였는데, 보내고 본군本郡으로 돌아왔다. 성의 서쪽에 이르러 강개함 속에 여러 사람들에게 "간신이 교활하게 구는 것을 미워하면서도 처형하지 못했고, 총애 받는 여인이 기강을 어지럽히는 것을 미워하면서도 금하지 못했으니, 무슨 면목으로 다시 해와 달을 보겠는가"라 했다. 그리고는 마침내 독을 마시고 죽었다. 장사 지내기 십여 일 전에, 1장丈이나 되는 큰 새가 양진의 상기喪家에 날아와 모였는데, 오르락내리락하면서 슬피 우니 그 새의 눈물이 땅에 떨어졌다. 장사를 마치니 이에 그 새도 날아갔다"라고 했다.

後漢楊震傳, 爲樊豐等所譖, 策收震太尉印綬, 遣歸本郡. 行至城西, 慷慨謂諸子曰, 疾姦臣狡猾而不能誅, 惡嬖女傾亂而不能禁, 何面目復見日月. 遂飮酖而卒. 先葬十餘日, 有大鳥高丈餘, 集震喪前, 俯仰悲鳴, 淚下霑地, 葬畢, 乃飛去.

寂寞向千載 風流被仍昆 : 『이아』에서 "내손來孫[14]의 아들을 곤손昆孫이

신을 지키려고 하였으니, 찬에 "경전은 『주역』보다 위대한 것이 없다. 그러므로 『태현경』을 지었다[雄方草創太玄, 有以自守. 贊曰, 以爲經莫大於易, 故作太玄]"라 했다"라고 했다.
14 내손(來孫) : 현손(玄孫)의 아들을 말한다.

라 하며, 곤손昆孫의 아들을 잉손仍孫이라고 한다"라고 했다.

爾雅曰, 來孫之子爲昆孫, 昆孫之子爲仍孫.

富貴何足道 聖處要策勳 : 퇴지 한유의 「감춘感春」에서 "굴원의 이소離騷
는 이십오 편, 즐겨 술 찌꺼기와 순주를 먹지 않았네. 애석하다, 이들
의 공교로운 말이여, 임금 귀에 들어가지 못한 것 어찌 어리석은 것 아
니랴"라고 했다. 『좌전』에서 "돌아와서는 종묘에 보고하고 종묘 안에
서 잔치를 베풀어, 그것이 끝나면 술잔을 거두고 공훈을 책에다 기록
하는 것이 예이다"라고 했다. 주注에서는 "공로勳勞를 책에 기록하는 것
은 공로가 있는 사람을 서둘러 책에 기록한다는 말이다"라고 했다.

退之詩, 屈原離騷二十五, 不肯餔啜糟與醨. 惜哉此子巧言語, 不到聖處寧非
癡. 左傳曰, 反行飮至, 舍爵策勳焉, 禮也. 注云, 書勳勞於册, 言速紀有功也.

다섯 번째 수其五

桑輿金石交	자상과 자여는 금석지교로
旣別十日雨	열흘 비에 서로 떨어져 지냈지.
子輿裹飯來	자여가 음식을 싸가지고 가서는
一笑相告語	한 번 웃으며 서로에게 알려주었지.
楊子[15]困簞瓢	양자는 단표에 고달파했지만

15 [교감기] '楊子'가 문집에는 '楊君'으로 되어 있다.

諸公不能擧　　　제공들 능히 천거하지 않았네.

儻可從我歸　　　만일 나를 좇아 돌아간다면

沙頭駐鳴艣　　　사두에 노를 매어둘 것일세.

【주석】

桑輿金石交 旣別十日雨 子輿裹飯來 一笑相告語 : 『장자』에서 "자여子輿
와 자상子桑은 벗이었다. 장마가 열흘이나 지속되자, 자여가 음식을 싸
서 자상에게 가서 먹으려 했다. 자상의 문에 이르자, 노래하는 듯 곡을
하는 듯한 소리가 들렸다. 이에 자여가 들어가 "자네의 노래가 어찌하
여 이와 같은가"라고 했다. 자상은 "내가 생각해봐도 나를 이렇게 곤궁
하게 한 것이 무엇인지 알 수가 없다"라 했다"라고 했다. 『한서 · 한신
전韓信傳』에서 무섭武涉이 "그대는 스스로 한왕漢王과 금석지교를 맺었다
고 여긴다"라고 했다. 주注에서 "그 견고함을 취한 것이다"라고 했다.

莊子曰, 子輿與子桑友. 淋雨十日, 子輿裹飯而往食之. 至子桑之門, 則若
歌若哭. 子輿入曰, 子之歌詩, 何故若是. 曰, 吾思夫使我至此極者, 而弗得也.
漢書韓信傳, 武涉曰, 足下自以爲與漢王爲金石交. 注云, 取其堅固.

楊子困簞瓢 諸公不能擧 : '단표簞瓢'[16]는 『노론』에 보인다. 또한 『노

16　단표(簞瓢) : 『논어 · 옹야(雍也)』에서 "어질구나, 안회여. 한 대그릇의 밥과 한
　　표주박의 마실 것으로 누추한 마을에 사는 고생을 다른 사람들은 그 근심을 견디
　　지 못하거늘 안회는 그 즐거움을 고치지 않았으니. 어질구나, 안회여[賢哉回也.
　　一簞食一瓢飲在陋巷, 人不堪其憂, 回也不改其樂, 賢哉回也]"라고 했다.

론』에서 "장문중臧文仲은 유하혜柳下惠의 어짊을 알고서도 함께 서지 않았다"라고 했다. 주注에서 "어짊을 알고서도 능히 천거하지 않음을 말한다"라고 했다. 살펴보건대, 『맹자』에서 "어짊을 기뻐하면서 능히 천거하지 않는다"라고 했다.

簞瓢見魯論. 又臧文仲知柳下惠之賢, 而不與立. 注, 謂知賢而不能擧. 按孟子曰, 悅賢不能擧.

儻可從我歸 沙頭駐鳴艫 : 승부乘桴[17]의 의미를 활용한 대목이다. 명숙 집안에 보관되어 있는 진본眞本에는 '사두沙頭'로 되어 있는데, 그 집안에서는 "산곡은 본래 명숙과 형남荊南의 사두沙頭에 가서 함께 머물자고 약속했었다. 그래서 이렇게 말한 것이다"라고 했다. 금본今本에는 '강두江頭'라고 되어 있는데, 옳지 않다. 『운서』에서 "'노艫'는 배를 나가게 하기 위한 것이다"라고 했다.

用乘桴之意. 明叔家眞本作沙頭, 其家云, 山谷元約明叔同住荊南之沙頭, 故云爾. 今本作江頭非是. 韻書云, 艫, 所以進舟也.

---

17 승부(乘桴) :『논어·공야장(公冶長)』에서 공자(孔子)가 난세를 개탄하면서 "도가 행해지지 않으니, 뗏목을 타고 바다로나 나갈까 보다[道不行, 乘桴浮于海]"라고 말한 대목을 가리킨다.

여섯 번째 수其六

山圍少天日	산이 둘러 하늘 해 적게 비치니
狐鬼能作妖	여우 귀신이 능히 요괴한 짓 한다오.
睒閃載一車	얼핏 보니 한 수레에 가득 실렸고
獵人用鳴梟	사냥꾼은 우는 올빼미를 이용한다네.
小智窘流俗	작은 지혜는 세속에 막히어
蹇淺不能超	천박한 일을 뛰어넘지 못하네.
安得萬里沙	어찌 만 리의 모래사장을 얻어
晴天[18]看射鵰	개인 하늘에서 매 쏘는 것을 볼까.

【주석】

山圍少天日 狐鬼能作妖 睒閃載一車 獵人用鳴梟 : 유우석의 「석두성石頭城」에서 "산은 고국을 두루 둘렀네"라고 했다. 두목의 「아방궁부阿房宮賦」에서 "아방궁은 삼백여 리를 뒤덮었고 해를 가릴 정도였다"라고 했다. 『설문』에서 "여우는 요괴스러운 짐승으로 귀신이 업고 다닌다"라고 했다. 퇴지 한유의 「영정행永貞行」에서 "우는 여우와 시끄러운 올빼미[19]를 다투듯 관직에 두면, 멋대로 엿보며 서로 자태 뽐낸다네"라고 했다. 『주역·규괘睽卦』에서 "멧돼지가 진흙을 진 것과 귀신을 수레에

---

18 [교감기] '晴天'이 문집·고본에는 '霜晴'으로 되어 있다. 건륭본의 원교(原校)에는 "'청천(晴天)'이 다른 판본에는 '상청(霜晴)'으로 되어 있다"라고 했다.
19 우는 (…중략…) 올빼미 : '호명효조(狐鳴梟噪)'는 소인들이 득세하여 떠들어대는 것을 말한다.

가득 실었음을 본다"라고 했다. 올빼미 역시 요괴스러운 새로, 여우를 사냥하는 사람은 마땅히 매를 이용하는데, 지금은 올빼미를 이용한다. 이로써 작은 지혜가 얕고 비루하다고 말한 것이다.

劉禹錫詩, 山圍故國周遭在. 杜牧阿房宮賦, 覆壓三百餘里, 隔離天日. 說文曰, 狐, 妖獸, 鬼所乘. 退之詩, 狐鳴梟噪爭署置, 跳踉[20]脈閃相嫵媚. 易睽卦曰, 見豕負塗, 載鬼一車. 梟亦妖鳥, 獵狐者, 當用鷹隼, 今乃用梟, 以言小智淺陋.

小智窘流俗 蹇淺不能超 : 『장자』에서 "큰 지혜는 한가롭고, 작은 지혜는 촘촘하다"라고 했다. 가의賈誼가 "작은 지혜는 자신에게 사사로워, 남을 천하게 여기고 자신을 귀하게 여긴다"라고 했다. 『맹자』에서 "유행하는 풍속과 어울리고 더러운 세상과 부합한다"라고 했다. 『장자』에서 또 "천박한 일에 정신을 소모한다"라고 했다. 『세설신어』의 주注에서 "그때에 왕융王戎이 속세를 초월하지 못한 것을 이른다"라고 했다.

莊子曰, 大智閑閑, 小智間間. 賈誼曰, 小智自私, 賤彼貴我. 孟子曰, 同乎流俗, 合乎汙世. 莊子又曰, 敝精神於蹇淺. 世說注曰, 時謂王戎未能超俗也.

安得萬里沙 晴天看射鵰 : 『사기・한무제기漢武帝紀』에서 "이에 만 리의 모래사장에서 빌었다"라고 했다. 그 주注에서 "모래밭이 삼백 여 리이다"라고 했다. 『한서・이광전李廣傳』에서 "흉노 세 명을 보고서는 그들

---

20 踉 : 중화서국본에는 '浪'으로 되어 있는데, '踉'의 오자이다.

과 싸웠다. 이에 이광이 "이들은 매를 떨어뜨릴 만한 활솜씨가 있는 자들이다"라 했다"라고 했다. 그 주注에서 "'조鵰'는 큰 매이다. 그렇기에 활을 잘 쏘는 사람만이 쏘아 잡을 수 있다"라고 했다. 또한 『북사·곡률광전斛律光傳』에서 형자고邢子高가 "이는 매를 쏘아 맞힌 솜씨이다"라고 했다. 이것을 차용하여, 소견所見이 광원廣遠함을 말했다.

史記漢武帝紀, 乃禱萬里沙. 注曰, 沙徑三百餘里. 漢書李廣傳曰, 見匈奴三人, 與戰. 廣曰, 是必射鵰也. 注云, 鵰, 大鷲鳥, 故善射者射之. 又北史斛律光傳, 邢子高曰, 此射鵰手也. 此借用, 以言所見廣遠.

일곱 번째 수其七

元之如砥柱	원지는 지주산과 같고
大年若霜鶻	대년은 서리 맞은 매와 같다네.
王楊立本朝	왕양이 조정에 서면
與世作郛郭	세상의 성곽이 될 걸세.
觀公有膽氣	그대 보니 담력과 기개 있어
自可[21]繼前作	절로 이전 일을 이을 수 있으리.
丈夫存遠大	대장부는 원대함을 품어야 하고
胸次要落落	가슴은 탁 트여 넓어야 한다네.

---

21 [교감기] '自可'가 문집·고본·건륭본에는 '似可'로 되어 있다.

【주석】

元之如砥柱 大年若霜鶚 : 왕우칭王禹偁의 자가 원지元之[22]인데, 위의 주注에 보인다. 양억楊億의 자는 대년大年으로 건안建安 사람이다. 나이 열한 살에 신동으로 천거되어 진종眞宗을 섬겼으며 내한內翰이 되어 조정에 서서 거리낌 없이 직언直言했다.[23] 유우석의 「영사詠史」에서 "세상의 도가 파도에 무너짐이 심하다고 해도, 내 마음은 지주산砥柱山과 같다네"라고 했다. 산곡 황정견은 양명숙楊明叔을 위해 「위정공지주명魏鄭公砥柱銘」을 쓰면서 일찍이 이 말을 인용했었다. 또한 하나의 발문을 지어 왕관복王觀復에게 남겨주면서 "내가 지주산이 물 가운데 우뚝 서 있는 것을 보니, 급한 물결이 부딪쳐 동쪽으로 흘러가니 군자와 같은 모습이 있었네. 사대부가 세상의 풍파에 서서 육척의 어린 임금을 맡길 만하고 백 리의 명을 부탁할 만해야 하네.[24] 천승千乘의 이로움으로도 그 사람의 절개를 빼앗을 수 없다면, 이 바위에 부끄럽게 되지 않을 것일세"라고 했다. 살펴보건대, 『서경 · 우공禹貢』의 주注에서 "'지주砥柱'는 산 이름으로 황하가 나누어져 흐르다가 산을 휘감고 지나가니, 그 산이 물 가운데 있어 마치 기둥과도 같다"라고 했다. 『후한서』에서 공융

---

22 원지(元之) : 왕우칭(王禹偁)의 자는 원지(元之)로, 함평(咸平) 연간에 서액(중서성)에서 좌천되어 황주 태수가 되었다.
23 거리낌 없이 직언(直言)했다 : '건악(謇諤)'은 기탄없이 바른 말을 했다는 말이다.
24 육척의 (…중략…) 하네 : 이 구절은 『논어 · 태백(泰伯)』의 "육척의 어린 임금을 맡길 만하고, 백 리의 명을 부탁할 만하며, 큰 절조를 세울 때를 당하여 굽히지 않는다면, 그가 바로 군자이다[可以託六尺之孤, 可以寄百里之命, 臨大節而不可奪也, 君子人與, 君子人也]"라는 구절을 그대로 활용했다.

孔融이 예형禰衡을 천거하면서 "사나운 새가 수백 마리 있어도 한 마리의 매보다 못하니, 예형을 조정에 세우면 반드시 볼만한 점이 있을 것이다"라고 했다. 이 말은 본래 『사기·조간자趙簡子』에서 유래했다. 『조야첨재朝野僉載』에서 "소미도蘇味道가 고상高爽했는데, 장원일張元一이 "소미도는 구월에 서리 맞은 매와 같다"라 했다"라고 했다.

王禹偁字元之, 見上注. 楊億字大年, 建安人. 年十一擧神童, 事眞宗, 爲內翰, 立朝蹇諤. 劉禹錫詩, 世道劇頹波, 我心如砥柱. 山谷爲楊明叔書魏鄭公砥柱銘, 嘗引此語. 又有一跋遺王觀復曰, 余觀砥柱之屹中流, 閱頹波之東注, 有似乎君子. 士大夫立於世道之風波, 可以託六尺之孤, 寄百里之命. 不以千乘之利奪其人節, 則可以不爲此石羞矣. 按書禹貢注曰, 砥柱, 山名, 河水分流, 包山而過, 山見水中, 若柱然. 後漢, 孔融薦禰衡曰, 鷙鳥累百, 不如一鶚. 使衡立朝, 必有可觀. 其語本出於史記趙簡子. 朝野僉載, 蘇味道高爽, 張元一曰, 蘇如九月得霜鷹.

王楊立本朝 與世作郛郭 : 『맹자』에서 "남의 조정에 서다"라고 했다. 『법언』에서 "포악한 정사와 어지러운 세상을 겪은 뒤에야 성인의 도가 백성들을 지켜주는 성곽이라는 것을 알게 된다"라고 했다. 이 말을 차용하여 그의 충의는 세상의 방패막이 되니 은연중에 성곽과 비슷하다고 말한 것이다.

孟子曰, 立乎人之本朝. 法言曰, 虐政虐世, 然後知聖人之爲郛郭. 此借用, 言其忠義, 爲世大閑, 隱然如城郭也.

觀公有膽氣 自可繼前作 : 퇴지 한유의 「송장도사送張道士」에서 "신은 담력과 기개가 있습니다"라고 했다. 또한 "평생 담력과 기개 과시한 것 절로 우습구나"라고 했다.

退之送張道士詩曰, 臣有膽與氣. 又云, 自笑平生誇膽氣.

丈夫存遠大 胸次要落落 : 『좌전』에서 "군자는 먼 것과 큰 것 알기에 힘을 써야 한다"라고 했다. 『장자』에서 "희로애락이 마음에 들어오지 않는다"라고 했다. 『후한서 · 경엄전耿弇傳』의 주注에서 "'낙낙落落'은 탁 트여 넓다[疏闊]와 같다"라고 했다.

左傳曰, 君子務知遠者大者. 莊子曰, 喜怒哀樂, 不入於胸次. 後漢耿弇傳 注曰, 落落猶疏闊也.

여덟 번째 수其八

虛心觀萬物	마음 비우고 만물을 보면
險易極變態	험준함과 평이함이 그 변화 다한다오.
皮毛剝落盡	껍질 털 모두 다 벗겨지고
惟有眞實在	오직 참된 열매만 남았구나.
侍中乃珥貂	시중은 귀고리에 담비 장식
御史則[25]冠豸	어사는 해치관을 쓴다네.

---

25 [교감기] '則'이 문집에는 '卽'으로 되어 있다.

照[26]影或可羞　　그림자 비치면 간혹 부끄러울 수 있으니

短簑釣寒瀨　　도롱이에 찬 여울에서 낚시하는 게 나으리.

【주석】

虛心觀萬物 險易極變態 : 독실한 선비가 아니면 어려운 상황에 되어 절개를 바꾸지 않는 경우가 드물다. 마음을 비운 사람이 이를 보면 그 참과 거짓을 알 수 있다.『노자』에서 "그 마음을 비우면 그 배가 채워진다"라고 했다. 또한 "만물이 함께 번성하되, 나는 그 돌아감을 본다"라고 했다.『주역·계사繫辭』에서 "괘에는 대와 소가 있고, 사에는 험난함과 평이함이 있다"라고 했다. '변태變態'[27]는 앞의 주注에 보인다.

非篤實之士, 鮮不以夷險而易操, 虛心者觀之, 眞僞了然. 老子曰, 虛其心, 實其腹. 又曰, 萬物竝作, 吾以觀其復. 繫辭曰, 卦有大小, 辭有險易. 變態見前注.

皮毛剝落盡 惟有眞實在 : 마조馬祖가 약산藥山에게 "요즘 그대의 견처見

26　[교감기] '照'가 문집·고본에는 '顧'로 되어 있다. 건륭본의 원교(原校)에서 "『정화록(精華錄)』에는 '고(顧)'로 되어 있다"라고 했다.

27　변태(變態) : 사마상여(司馬相如)의 「자허부(子虛賦)」에서 "뭇 사물의 변화되는 모습을 다 살피네[殫觀衆物之變態]"라고 했다. 장형(張衡)의 「서경부(西京賦)」에서 "반이(般爾)에게 명하여 공교로운 솜씨로 그 가운데에서 기이함과 공교로움을 다하게 했다[命般爾之巧匠, 盡變態乎其中]"라고 했는데, 이선(李善)의 주(注)에서 "'변(變)'은 기이함이고, '태(態)'는 공교로움이다[變, 奇也, 態, 巧也]"라고 했다.

處가 어떠한가"라고 물었다. 이에 약산이 "피부가 다 벗겨지고, 오직 하나의 참된 것만 남았습니다"라고 대답했다. 살펴보건대, 『열반경』에서 "큰 마을 밖에 사리나무 숲이 있고 그 가운데 한 그루 나무 있는데, 숲에서 먼저 자라 족히 백 년은 되었다. 이때 숲의 주인이 물을 부어주고 수시로 가꾸어 주었다. 그 나무가 썩어 껍질과 가지 및 잎이 모두 다 떨어지고 오직 참된 열매만 남았다. 이러한 경우라 하겠다"라고 했다. 산곡 황정견은 「여왕자비서與王子飛書」에서 또한 "늙어 가매 가지와 잎 및 껍질이 썩어 벗겨지고 오직 쇠와 돌 같은 마음만 남았네. 속된 글만이 가득하여 의미가 없어 더욱 싫다네"라고 했다.

馬祖問藥山, 子近日見處作麼生. 藥云, 皮膚脫落盡, 惟有一眞實. 按涅槃經云, 如大村外, 有娑羅林, 中有一樹, 先林而生, 足一百年. 是時林主灌之以水, 隨時修治. 其樹陳朽, 皮膚枝葉悉皆脫落, 惟眞實在. 山谷與王子飛書亦云, 老來枝葉皮膚枯朽剝落, 惟有心如鐵石. 益厭俗文密而意疎也.

侍中乃珥貂 御史則冠豸 : 응소應劭의 『한관의漢官儀』에서 "시중侍中은 무변武弁의 대관大冠을 쓰는데 금빛 옥을 달고 매미를 붙여 무늬를 만들며 담비 꼬리로 장식을 하기에 '초선貂蟬'이라고 한다"라고 했다. 『문선』에서 "일곱 잎 귀고리 한나라 초선"이라고 했다. 호광胡廣의 『한관의漢官儀』에서 "어사御史 네 사람과 지서持書[28]는 모두 법관法冠을 썼는데, 일명 주후柱後라고도 하고 일명 해치관獬豸冠[29]이라고도 한다"라고 했다.

---

28 지서(持書) : 관직명으로, 문서를 담당하는 관리이다.

應劭漢官儀云, 侍中冠武弁大冠, 加金璫, 附蟬爲文, 貂尾爲飾, 謂之貂蟬.
選詩云, 七葉珥漢貂. 胡廣漢官儀云, 御史四人持書, 皆法冠. 一名柱後, 一名
獬豸冠.

照影或可羞 短蓑釣寒瀨 : 그 복장을 말하지 않으면서도 그림자를 돌
아보고 스스로 부끄러워했으니 차라리 도롱이를 입고 부끄러움이 없
는 것이 낫다. 퇴지 한유의 「조귀朝歸」에서 "머리엔 높고 높은 진현의
관[30]을 쓰고, 허리엔 맑게 빛나는 수창의 패옥을 찼네. 복장이야 어찌
멋있지 않으랴만, 덕과 서로 어울리지 않네. 그림자를 돌아보고 그 소
리를 듣노라니, 얼굴 붉어지고 등에서 땀이 흐르네"라고 했다. 태백 이
백의 「수담소부誚談少府」에서 "삼공의 재상도 간혹 부끄러울 수 있노니,
흉노가 천추 세월 비웃노라"라고 했다. '조한뢰釣寒瀨'[31]와 관련된 것은
'엄릉뢰嚴陵瀨'의 앞 주注에 보인다.

不稱其服, 則顧影自羞, 寧蓑笠而無愧也. 退之詩, 峩峩進賢冠, 耿耿水蒼

---

29 해치관(獬豸冠) : 해치란 뿔이 하나인 전설상의 동물로, 사람의 정사(正邪)와 곡
    직(曲直)을 능히 분변할 줄 알아, 사람들이 다투면 그중 그릇되고 사악한 자를
    뿔로 들이받는다고 한다. 고대에 어사대부(御史大夫) 등 집법관(執法官)이 쓰는
    관을 해치관이라 했다.
30 진현의 관 : '진현관(進賢冠)'은 고대에 황제를 조현(朝見)할 때 쓰던 일종의 예
    모(禮帽)인데, 당나라 때에는 백관들이 모두 이 관을 썼다.
31 조한뢰(釣寒瀨) : 중국 후한(後漢) 광무제(光武帝) 때의 은사(隱士) 엄광(嚴光)
    이 머물렀던 엄릉탄(嚴陵灘)을 말한다. 엄광은 광무제와 어릴 적 친구였는데, 광
    무제가 제위에 오른 뒤에 성명을 고치고 숨어 살았으며, 끝내 벼슬을 사양하고
    부춘산(富春山)에 은거하였다. 이에 후인들이 그가 낚시질하던 곳을 '엄릉탄'이
    라 하였다.

佩. 服章豈不好, 不與德相對. 顧影聽其聲, 頳顏汗漸背. 太白詩, 三事或可羞,
匈奴哂千秋. 嚴陵瀬見前注.

아홉 번째 수其九

松柏生澗壑	소나무 잣나무 계곡에서 자라면서
坐閱草木秋	초목이 가을이 시듦은 본다네.
金石在波中	금석은 물결 속에 있으면서
仰看萬物流	만물이 흘러감을 올려 본다네.
抗髒自抗髒[32]	항장은 절로 항장이요
伊優自伊優	이우는 절로 이우라네.
但觀百歲[33]後	다만 백세 후를 본다면
傳者非公候	전해진 것이 공후만은 아닐걸세.

【주석】

松柏生澗壑 坐閱草木秋 : 『문선』에서 "울창한 계곡 아래의 소나무"라
고 했다. 『예기』에서 "계추季秋의 달이 되면 초목이 누렇게 떨어진다"

---

32 **[교감기]** '抗髒'이 문집·고본·장지본·건륭본에는 본래 '骯髒'으로 되어 있다. 고
본의 원교(原校)에서는 "'항(骯)'이 다른 판본에는 '항(亢)'으로 되어 있다"라고
했다. 살펴보건대, 『후한서·문원전(文苑傳)』에는 '항(抗)'으로 되어 있는데, 산
곡의 시는 이곳에서 취했다.

33 **[교감기]** '百歲'가 문집에는 '百世'로 되어 있다. 건륭본의 원교(原校)에서는 "'세
(歲)'가 『정화록(精華錄)』에는 '세(世)'로 되어 있다"라고 했다.

라고 했다.

選詩曰, 鬱鬱澗底松. 禮記, 季秋之月, 草木黃落.

金石在波中 仰看萬物流 : '금석金石'[34]은 위의 주注에 보인다.

金石見上注.

抗髒自抗髒 伊優自伊優 :『후한서』에서 조일趙壹이 "이우는 북당 위에
서 뻐기는데, 항장은 문간에서 시름겨워 하누나"라고 노래했다. 그 주
注에서 "'이우伊優'는 굴신거리며 아첨하는 모습이다. '항장抗髒'은 강직
하고 곧은 모습이다. 아첨하는 자들이 친근함을 받고 강직함을 좋아하
는 이들이 버려짐을 말한 것이다"라고 했다.

後漢, 趙壹歌曰, 伊優北堂上, 抗髒倚門邊. 注云, 伊優, 屈曲佞媚之貌. 抗
髒, 高亢婞直之貌. 言佞媚者見親, 好直者見棄.

但觀百歲後 傳者非公候 : 백이숙제 및 경공의 일을 말한 것이다.

夷齊景公是也.

---

34 금석(金石) : 왕충(王充)의『논형(論衡)』에서 "급한 여울물에 모래가 돌고 돌이
    구르는데, 큰 돌은 움직이지 않는다. 이것은 돌은 무겁고 모래는 가볍기 때문이
    다. 대유(大儒)와 속리(俗吏)가 함께 세상에 살아가는데, 이와 유사한 것이 있다
    [湍瀨之回沙轉石, 而大石不動者, 是石重而沙輕. 大儒俗吏並在世俗, 有似於此]"라
    고 했다.

열 번째 수其十

老作同安守	늙어 동안의 수령이 되어
蹇足信所便	절름발이 발을 편안대로 맡기네.
胸中無水鏡	흉중에 물거울이 없노니
敢當吏部銓	감히 이부전을 감당하랴.
恨此虛名在	한스럽네, 이러한 헛된 명성 있어
未脫世絲纏	세상의 밧줄에서 벗어나지 못하니.
夢[35]作白鷗去	꿈에 흰 갈매기 되어 날아가니
江南水如天	강남의 물은 하늘같구나.

【주석】

老作同安守 蹇足信所便 : 동안군同安郡은 곧 서주舒州이다. 산곡 황정견이 다리에 병이 들었기에 외군外郡에서 안정을 취하면서 「사면이부원외랑장辭免吏部員外郎狀」을 지어 "몇 년 동안 다리의 병이 위중하여 절하기 위해 일어나는 것이 어려우니, 온전히 그 일을 감당할 수가 없습니다"라고 했다. 『문선』에 실린 선원 사첨의 「장자방시張子房詩」에서 "사방이 비록 평탄하고 곧지만, 절름발이 걸음이라 좋은 계책 없어 부끄럽네"라고 했다. 이선李善의 주注에서는 『좌전』을 인용하여 "맹집孟縶의 다리는 잘 걸을 수가 없었다"라고 했다. 또한 사령운의 「과시녕서일수過始寧墅一首」에서 "졸렬함과 병이 서로 어울렸는데, 도리어 조용한 곳의

35　[교감기] '夢'이 문집에는 '念'으로 되어 있다.

안정을 얻었다네"라고 했다. 두보의 「기제강외초당寄題江外草堂」에서 "난리 만나 촉 강에 왔는데, 병으로 누워 편한 대로 보내네"라고 했다.

同安郡卽舒州. 山谷以足疾, 故便於外郡, 有辭免吏部員外郞狀曰, 重以累年腦疾, 拜起艱難, 全不堪事. 文選謝宣遠詩, 四達雖平直, 蹇步愧無良. 李善注引左傳曰, 孟縶之足, 不良能行. 又謝靈運詩曰, 拙疾相倚薄, 還得靜者便. 老杜詩, 遭亂到蜀江, 臥痾遣所便.

胸中無水鏡 敢當吏部銓 : 동파 소식의 「차운승잠견증次韻僧潛見贈」에서 "도인은 흉중이 물거울처럼 맑구나"라고 했다. 살펴보건대, 『촉지·방통전龐統傳』의 주注에서 "사마덕조가 수경선생水鏡先生이라 불리었다"라고 했다. 『진서·악광전樂廣傳』에서 위관衞瓘이 "이 사람은 물거울이니 보면 맑아진다"라고 했다. 『당서·백관지百官志』에서 "이부상서는 삼전三銓[36]의 법으로 천하의 인재를 담당한다"라고 했다. 이때 산곡 황정견이 질병으로 이부랑吏部郞의 부름을 사양했었다.

東坡詩, 道人胷中水鏡淸. 按蜀志龐統傳注, 司馬德操爲水鏡. 晉書樂廣傳, 衞瓘曰, 此人之水鏡也, 見之瑩然. 唐書百官志曰, 吏部尙書, 以三銓之法官天下之材. 時山谷以疾辭吏部郞之召.

恨此虛名在 未脫世絲纏 : 『문선·고시古詩』에서 "헛된 명성이니 다시

36　삼전(三銓) : 이조 참의(吏曹參議)의 별칭으로, 전조(銓曹)의 셋째 벼슬을 뜻한다. 이조에서 문관의 선임(選任)을 맡았다.

무슨 도움 되랴"라고 했다. 가의의 「복부鵩賦」에서 "재앙과 복의 관계가, 밧줄이 얽힌 것과 어찌 다르랴"라고 했다. 그 주注에서 "실과 밧줄이 서로 얽혀 있는 것과 같다는 말이다. '전繯'은 동아줄로 그 음은 '묵墨'이다"라고 했다. 여기에서 "밧줄이 얽혔다[糾繯]"라고 한 것은 다만 그 의미만을 사용한 것이다.

文選古詩曰, 虛名復何益. 賈誼鵩賦曰, 禍之與福, 何異糾繯. 注云, 如糾絞繩索, 相附會也. 繯, 索也, 音墨. 此云糾繯, 特用其意耳.

夢作白鷗去 江南水如天 : 『장자』에서 "또한 그대는 꿈에서 새가 되어 하늘에 오르기도 하고 꿈에서 물고기가 되어 연못에 잠길 수도 있네"라고 했다. 『남사·양충열세자방등전梁忠烈世子方等傳』에서 일찍이 논論을 저술하여 "내가 일찍이 꿈에서 물고기가 되었다가 변하여 새가 되었었다. 꿈을 꾸고 있을 때에는 즐거움이 어떠했겠는가. 꿈을 깨고 나니 어떤 근심이 이와 같겠는가"라고 했다. 자후 유종원의 「별사제종일別舍弟宗一」에서 "동정호에는 봄이 지나도 물이 하늘과 같구나"라고 했다. 산곡 황정견이 예전에 「화사사후和謝師厚」라는 시를 지었는데, 그 작품에서 "꿈에 흰 갈매가 되어 날아가니, 강남의 물이 하늘과 맞닿았네"라고 했다. ○ 또한 「연아演雅」라는 시를 지었는데, 그 작품에서 "강남은 봄 지나도 물은 하늘과 같고, 그 가운데 흰 갈매기 있는데 나처럼 한가롭네"라고 했다. 또한 이 의미이다.

莊子曰, 且汝夢爲鳥而厲乎天, 夢爲魚而沒於淵. 南史梁忠烈世子方等傳,嘗著論曰, 吾嘗夢爲魚, 因化爲鳥. 方其夢也, 何樂如之. 反其覺也, 何憂斯類.

柳子厚詩, 洞庭春盡水如天. 山谷舊有和謝師厚詩云, 夢作白鷗去, 江南水黏

天. ○ 又作演雅云, 江南春盡水如天, 中有白鷗閑似我. 亦此意也.

4. 석칠삼의 육언 시에 차운하다. 7수

次韻石七三六言.37 七首

첫 번째 수其一

從來不似一物	종래로 한 물건과도 같지 않으면서
妄欲貫穿九流	망령되이 구류를 꿰뚫고자 했지.
骨鯁38非黃閣相	골상이 황각의 재상은 아니니
眼靑見白蘋洲	흰 마름 물가 보니 눈이 맑아지네.

【주석】

　從來不似一物　妄欲貫穿九流：『전등록・남악회선사전南嶽懷禪師傳』에서 육조六祖가 "무슨 물건이 이렇게 왔는가"라고 했다. 이에 선사가 "설사 한 물건이라고 해도 맞지 않습니다"라고 했다. 『후한서・반표전班彪傳』에서 "사마천은 경전을 꿰뚫어보아 해박함에 이르렀다"라고 했다. 『후한서・반고전班固傳』에서 "서적을 두루 꿰뚫어 구류九流와 백가百家의 말에 대해 궁극하지 않음이 없었다"라고 했다. 『한서・예문지藝文志』에서 "제자諸子 십가十家 중에 볼만 한 것은 구가九家뿐이다"라고 했다. 대개 소설가小說家는 세지 않았다. 유儒・도道・음양陰陽・법法・명名・묵墨・

37　[교감기] '六言'이 문집・고본에는 없다. 건륭본의 원교(原校)에서 "어떤 본에는 '육언(六言)' 두 글자가 없다"라고 했다.
38　[교감기] '骨鯁'이 문집・장지본・전본・건륭본에는 모두 '骨硬'으로 되어 있다.

종횡縱橫·잡雜·농農이 구가이다. 『곡량전』의 서문序文에서 "구류가 나누어져 은미한 말이 사라졌다"라고 했다.

傳燈錄南嶽懷禪師傳, 六祖曰, 什麼物, 恁麼來. 師曰, 說似一物卽不中. 後漢班彪傳曰, 司馬遷貫穿經傳, 至廣博也. 班固傳曰, 博貫載籍, 九流百家之言, 無不窮究. 漢書藝文志曰, 諸子十家, 其可觀者, 九家而已. 蓋不數小說家也. 謂儒道陰陽法名墨縱橫雜農, 凡九家. 穀梁序曰, 九流分而微言隱.

骨鯁非黃閣相 眼靑見白蘋洲 : '골경骨鯁'은 우번虞翻처럼 "나의 골상骨相이 원래 아첨을 떨지 못하게 되어 있다"라고 말한 것이다. 퇴지 한유의 「소주유별장사군韶州留別張使君」에서 "어찌 우번의 골상 불우함이리오"라고 했다. 개보 왕안석의 「송松」에서 "타고난 모습 늙고 단단해 피부 없어라"라고 했다. 위굉衛宏의 『한의漢儀』에서 "승상이 업무를 보는 곳을 '황각黃閣'이라 한다"라고 했다. 유운柳惲의 「강남곡江南曲」에서 "물가에서 흰 마름을 캐니, 강남의 봄날에 해가 떨어지네"라고 했다. ○ 자후 유종원의 「기로형주寄盧衡州」에서 "흰 마름 물가의 길손이 아니니, 오히려 원대한 뜻을 소상에게 묻네"라고 했다.

骨鯁謂如虞翻, 骨體不媚也. 退之詩, 豈是虞翻骨相屯. 王介甫松詩, 天骨老硬無皮膚. 衛宏漢儀, 丞相聽事閣曰黃閣. 柳惲[39]詩, 汀洲採白蘋, 日落江南春. ○ 柳子厚寄盧衡州詩, 非是白蘋洲畔客, 還將遠意問瀟湘.

39　惲 : 중화서국본에는 '渾'으로 되어 있는데, '惲'의 오자이다.

두 번째 수其二

生涯一九節筇	생애는 하나의 구절 지팡이요
老境五十六翁	늙어 쉰여섯의 노인네 되었네.
不堪上補黼黻	국정 도울 자리는 감당할 수 없노니
但可歸教兒童	다만 돌아가 아동들 가르칠 만하네.

【주석】

生涯一九節筇 老境五十六翁 不堪上補黼黻 但可歸教兒童 : 『진고眞誥』에서 "양희楊羲가 꿈을 꾸었는데, 봉래산의 신선이 붉은 구절장九節杖[40]을 치켜들고 흰 용을 바라보고 있었다"라고 했다. 원부元符 3년에 산곡 황정견의 나이는 56세였다. 『진서·왕희지전王羲之傳』에서 "오히려 자손을 돈후퇴양敦厚退讓으로 가르치고자 한다"라고 했다.

眞誥曰, 楊羲夢蓬萊仙人, 拄赤九節杖, 而視白龍. 元符三年, 山谷年五十六. 王羲之傳, 猶欲教子孫以敦厚退讓.

세 번째 수其三

萬里草荒先壟	만 리 밖의 선조 묘는 잡초가 우거진 채
六年蟲蠹群經	6년이나 벌레들이 무리지어 다니네.

---

40 구절장(九節杖) : 옛날의 신선인 왕요(王遙)가 짚고 다녔다는 지팡이이다. 마디가 아홉인 대나무로 만들었기에 구절장이라 한다.

老喜寬恩放去　　　늙어 임금 은혜로 돌아가게 되어 기쁘니

心似驚波不停　　　마음은 놀란 파도가 그치지 않는 것 같네.

【주석】

萬里草荒先壟 六年蟲蠹群經 : 자후 유종원이 영주永州에 좌천되어 있
으면서 쓴 「여허맹용서與許孟容書」에서 "조상의 묘소가 성의 남쪽에 있
는데, 제사를 맡을 다른 자제가 없습니다. 묘소의 소나무와 잣나무를
손상시키고 가축의 방목을 금하지 않아 큰 문제를 만들지 않았나 두렵
습니다. 우리 집이 기증받은 책 3,000권이 아직 선화리善和里 옛 집에
있습니다. 그러나 그 집이 지금 이미 세 번이나 주인이 바뀌었으니, 책
이 지금도 남아 있는지 알 수 없습니다"라고 했다.

柳子厚謫永州, 與許孟容書曰, 先墓在城南, 無異子弟爲主. 懼便毀傷松柏,
芻牧不禁, 以成大戾. 家有賜書三千卷, 尙在善和里舊宅. 宅今已三易主, 存亡
不可知者.

老喜寬恩放去 心似驚波不停 : 고향으로 돌아가고픈 마음이 강물 같다
는 말이다. 「서경부西京賦」에서 "놀란 파도처럼 흩어지네"라고 했다. 유
우석의 「낭도사사浪淘沙詞」에서 "모래톱 쓸며 흘러가는 물 잠시도 그치
지 않노니, 앞 물결 사라지기 전에 뒤 물결 밀려오네"라고 했다.

言歸心如流也. 西京賦曰, 散似驚波. 劉禹錫詩, 流水淘沙不暫停, 前波未
滅後波生.

네 번째 수其四

爲君試講古學	그대가 시험 삼아 옛 학문 익히노니
此事可牋天公	이 일은 천공에게 질정한 만하네.
君看花梢朝露	그대 꽃 끝의 아침 이슬 보시게
何如松上霜風	솔 위의 서리 바람과 어떤 차이 있던가.

【주석】

爲君試講古學 此事可牋天公 君看花梢朝露 何如松上霜風 :『노론』에서 "배운 것을 익히지 않는 것이 나의 근심이다"라고 했다. 또한 "옛 배우는 사람들은 자신을 위했다"라고 했다. 자미子美 소순흠蘇舜欽의 「애애가愛愛歌」에서 "이 즐거움 또한 천공에게 묻고 싶네"라고 했다. '전천공牋天公'[41]은 앞의 주注에 보이는데, 천지에 질정할 만하다는 말이다. 아래 두 구는 옛 학문에는 근본이 있으니, 마치 서리 맞은 소나무와 이슬 젖은 꽃이 진실로 절로 같지 않은 것과 같다는 말이다. 사령운의 「종근죽간월령계행從斤竹澗越嶺溪行」에서 "꽃 위엔 이슬이 여전히 빛나고 있네"라고 했다.

魯論曰, 學之不講, 是吾憂也. 又曰, 古之學者爲己. 蘇子美愛愛歌曰, 此樂亦可牋天公. 牋天公見前注, 謂可質諸天地. 下兩句言古學之有根本, 如經霜

---

41 전천공(牋天公):『운계우의(雲溪友議)』에 실린 왕범지(王梵志)의 시에서 "조물주여, 나를 돌려놓으시오, 내가 태어나기 이전으로[爾天公我, 還我未生時]"라고 했다.

之松, 與浥露之花, 固自不同也. 謝靈運詩, 花上露猶泫.

다섯 번째 수其五

幽州已投斧柯	유주에 이미 도끼 자루 던졌으니
崇山更用憂何	숭산에 다시 무슨 근심 있으리오.
且喜龔鄒冠多⁴²	또한 공쾌와 추호 높은 벼슬 올라 기뻤는데
又聞張董上坡⁴³	또 장순민과 동돈일이 언덕에 오름 들었다네.

【주석】

幽州已投斧柯 崇山更用憂何 : 우두머리 간사한 자가 이미 죽었으니 나머지 무리는 근심거리가 되지 않는다고 말한 것이다. 이때 재상 장돈章惇이 담주潭州에 안치되어 있었다. 『서경』에서 "공공共工을 유주에 유배幽州시키고 환도驩兜를 숭산崇山으로 쫓아냈다"라고 했다. 또한 "어찌 환도를 근심하겠는가"라고 했다. 살펴보건대, 『후한서 · 풍근전馮勤傳』에 실린 황제가 후패侯霸에게 하사한 새서璽書⁴⁴에서 "숭산은 깊은 곳이니 어찌 짝이 되겠는가, 황월黃鉞⁴⁵ 아래에선 그런 곳이 한 곳도 없네"라고

---

42   [교감기] '且'가 문집 · 고본에는 '무'로 되어 있으며, 이 구절 아래 "夫浩"라는 원주 (原注)가 있다.
43   [교감기] 문집 · 고본에는 이 구절 아래 "舜民敦逸"이라고 원주(原注)가 있다.
44   새서(璽書) : 황제의 옥새를 찍은 친서를 말한다.
45   황월(黃鉞) : 황금으로 장식한 자루가 긴 도끼로, 천자의 의장(儀仗)이다. 위진 남북조 때 지위가 높고 권세가 중한 대신이 출정(出征)할 때 황월을 내려 주었으

했다. 그 주注에서 "'월鉞'은 도끼로 사람을 죽이는 것이다"라고 했다.
「위도부魏都賦」에서 "소부蕭斧[46]의 자루 거두고 칼날을 궤에 넣었다"라
고 했다. 대개 쓰지 않음을 말한 것이다.

言大姦已誅, 餘黨不足憂. 時宰相章惇安置潭州. 書曰, 流共工于幽州, 放
驩兜于崇山. 又曰, 何憂乎驩兜. 按後漢馮勤傳, 帝賜侯霸璽書曰, 崇山幽都何
可偶, 黃鉞一下無處所. 注云, 鉞, 斧也, 所以戮人. 魏都賦曰, 蕭斧戢柯以柙
刃. 蓋言不用也.

且喜龔鄒冠豸 又聞張董上坡 : 살펴보건대, 『구록舊錄』에서 "원부元符 3
년 3월에, 공쾌龔夬를 전중시어사로 삼았고 추호鄒浩를 우정언으로 삼았
다. 4월에, 장순민張舜民을 우간의대부로 삼았고 동돈일董敦逸을 좌간의
대부로 삼았다. 공쾌의 자는 언화彦和이고 추호의 자는 지완志完이고 장
순민의 자는 운수耘叟인데, 모두 곧은 명성으로 이름이 드러났었다"라
고 했다. '관치冠豸'[47]는 앞의 주注에 보인다. 이종악李宗諤의 『선공담록先
公談錄』에서 "당唐나라 때 간의대부는 반열이 급사중給事中과 중서사인中
書舍人 위에 있는데, 한 번 좌천되면 급사중이 되고 두 번 좌천되면 중서
사인이 된다. 다른 관직에 있다가 간의대부가 된 사람은 그 반열이 급

니, 이는 곧 황제의 친정(親征)을 대신한다는 의미이다.
46   소부(蕭斧) : 형벌을 시행할 때 쓰는 도끼이다.
47   관치(冠豸) : 호광(胡廣)의 『한관의(漢官儀)』에서 "어사(御史) 네 사람과 지서
     (持書)는 모두 법관(法冠)을 썼는데, 일명 주후(柱後)라고도 하고 일명 해치관
     (獬豸冠)이라고도 한다"라고 했다.

사중과 중서사인 위에 있게 된다. 그래서 반중班中에서 장난하는 말에 "여유롭게 언덕에 올랐다[48]가 도리어 언덕에서 내려오네"라는 것이 있다. 급사중과 중서사인의 반열로 좌천되어 다시 아래 있게 되었다는 말이다"라고 했다.

按舊錄,[49] 元符三年三月, 龔夬爲殿中侍御史, 鄒浩爲右正言. 四月, 張舜民爲右諫議大夫, 董敦逸爲左諫議大夫. 夬字彥和, 浩字志完, 舜民字耘叟, 皆著直聲. 冠多見前注. 李宗諤先公談錄云, 唐諫議大夫, 班在給舍上, 一遷爲給事, 再遷爲中書舍人. 有自他官爲諫議者, 班給舍上. 故班中戲語曰, 饒他上坡, 却須下坡. 言遷給舍班, 復在下也.

여섯 번째 수其六

看着莊周枯槁	보건대 장주는 몸이 말라비틀어졌어도
化爲胡蝶翾輕	호랑나비로 변하여 가벼이 날았다네.
人見穿花入柳	사람들 꽃과 버들 속으로
	들어가는 것만 보지만
誰知有體無情	누가 알리오, 몸은 있으되 욕정이 없는 것을.

---

48 언덕에 올랐다 : 간의대부에 오르는 것을 '언덕에 오른다[上坡]'라고 한다.
49 [교감기] '舊錄'이 전본에는 '實錄'으로 되어 있다.

【주석】

看着莊周枯槁 化爲胡蝶翾輕 人見穿花入柳 誰知有體無情 : 이 작품은 산곡 황정견이 자기 자신에 대해 말한 것이다. 두보의 「곡강曲江」에 "꽃 사이 맴도는 호랑나비 보이다말다 하네"라고 했다. 『운서』에서 "'편현翩翾'은 작은 새가 나는 것이다"라고 했다. 『순자』에서 "기쁠 때는 경박하여 건들거린다"라고 했다. 『장자』에서 "성인은 사람의 형상을 하고는 있지만 사람의 욕정欲情은 없다. 사람의 형상을 하고 있기에 사람들과 무리지어 살지만, 사람의 욕정이 없기에 시비가 그의 몸에 있지 않게 된다"라고 했다.

此篇山谷自道. 老杜詩, 穿花蛺蝶深深見. 韻書云, 翩翾, 小飛也. 荀子曰, 喜則輕而翾. 莊子曰, 有人之形, 無人之情. 有人之形, 故群於人. 無人之情, 故是非不得於身.

일곱 번째 수其七

欲行水遶山圍	물과 산이 두른 곳에 가려
但聞鯤化鵬飛	다만 곤이 붕새로 변해 날아가는 것 들었네.
女憂鬢髮[50]盡白	여인은 머리털 모두 희어졌다고 근심하나
兄歎江船未歸	형은 강 배가 아직 돌아오지 않아 탄식하네.

50　[교감기] '鬢髮'이 문집·고본에는 '須髮'로 되어 있다.

【주석】

欲行水遠山圍 但聞鯤化鵬飛 : 상구는 아직 촉을 벗어나지 않음을 말한 것이고 하구는 천제遷除[51]한 사람이 많다는 말이다. 맹교의 「증검부왕 중승초贈黔府王中丞楚」에서 "산과 물이 천만 번 휘감았는데, 그 가운데 군자가 길을 가네"라고 했다. 유우석의 「석두성石頭城」에서 "산이 고향을 두루 둘렀구나"라고 했다.

上句言未卽出蜀, 下句言遷除者衆. 孟郊詩, 山水千萬遠, 中有君子行. 劉禹錫詩, 山圍故國周遭在.

女憂鬢髮盡白 兄歎江船未歸 : 산곡 황정견의 딸은 이덕소李德素의 아들 거화去華에게 시집갔는데, 문백文伯이 그때에 회남淮南의 서주舒州에 있었다. '형兄'은 원명元明을 말한다. 퇴지 한유의 「여최군서與崔羣書」에서 "양쪽 귀밑머리는 반백이 되었고, 머리카락도 5분의 1이 세었다"라고 했다. 두보의 「일실一室」에서 "홀로 서서 강의 배를 보네"라고 했다.

山谷女嫁李德素之子去華, 文伯時在淮南舒州. 兄謂元明. 退之書曰, 兩鬢半白, 頭髮五分, 亦白其一. 老杜詩, 獨立見江船.

51　천제(遷除) : 관리가 승진하여 다른 관직을 제수 받는 것을 말한다.

5. 만주태수 고중본과 하룻밤 자면서 잠공동을 유람하자고 약속했는데, 저녁 비가 새벽까지 이어지기에 장난스레 짓다. 2수

萬州太守高仲本宿約游岑公洞, 而夜雨連明戲作. 二首[52]

첫 번째 수其一

肩輿欲到岑公洞	가마 수레로 잠공동에 가고자 했는데
正怯衝泥傍險行	진흙탕에 험한 길 갈까 진정 두렵다네.
定是岑公閟淸境	잠공동이 맑은 비경 감춰두려고 하는지
春江一夜雨連明	봄 강의 하룻밤 비가 새벽까지 이어지네.

【주석】

肩輿欲到岑公洞 正怯衝泥傍險行 : 두보의 「최평사제허상영불도운운崔評事弟許相迎不到云云」에서 "부질없이 백수 노인이 진흙탕 겁내리라 여겼네"라고 했다.

老杜詩, 虛疑皓首衝泥怯.

定是岑公閟淸境 春江一夜雨連明 : 자후 유종원의 「석담기石潭記」에서

---

52 [교감기] 이 두 수의 작품은 또한 『동파속집(東坡續集)』 권2에도 보이는데, 표제(標題)에 '高仲本'이 '高公'으로 되어 있고 '作二首'가 '贈二小詩'로 되어 있다. 사신행(査愼行)이 「산곡연보(山谷年譜)」에 의거하여 황정견의 작품이라고 판단했다.

"이곳의 환경이 너무 썰렁하여 오랫동안 머무를 수 없어 마침내 이 내용을 기록하고 떠난다"라고 했다. 유우석의 「함휘동술含輝洞述」에서 "이전에 이곳에 왔을 때에는 개암나무가 옅게 가리고 있어 그 맑은 빛을 감추었는데 기다리다 보니 활짝 열렸다"라고 했다.

柳子厚石潭記曰, 以其境過清, 不可久居, 乃記之而去. 劉禹錫含輝洞述曰, 先是斯境, 翳於榛薄. 閟其清光, 有待而發.

두 번째 수其二

蓬蔥高臥[53]雨如繩	거룻배에 누우니 비가 줄줄 쏟아지니
恰似糟牀壓酒聲	흡사 술독에서 술이 익는 소리 같아라.
今日岑公不能飲	오늘 잠공동에서 술 마시지 못했지만
吾儕聞健且[54]頻傾	우리들 건강해 자주 술 잔 기울인다 들었네.

【주석】

蓬蔥高臥雨如繩 恰似糟牀壓酒聲 : 두보의 「강촌羌村」에서 "다행히 곡식도 거둬들였고, 집집마다 술도 익어감 이미 알겠어라"라고 했다.

老杜詩, 賴知禾黍收, 已覺糟牀注.

53　[교감기] '臥'가 문집·고본에는 '枕'으로 되어 있다.
54　[교감기] '聞健且'가 『동파속집(東坡續集)』에는 '猶健可'로 되어 있다.

今日岑公不能飲 吾儕聞健且頻傾 : 낙천 백거이의 「십이월이십삼일작겸정회숙十二月二十三日作兼呈晦叔」에서 "건강하여 한가로움 틈타 또한 열심히 술 마시네"라고 했다. 또한 "원림에서 한가롭게 지낸다는 걸 들었네"라고 했다. 그 의미는 지금 사람이 말을 들은 것이 오래 되었다는 것이다.

樂天詩, 聞健偸閑且勤飲. 又云, 園林亦要聞閒置. 其義猶今人言聞早也.

6. 만주의 하암에서 쓰다. 2수【서문을 붙이다】

萬州下巖. 二首【幷序】55

만주의 하암과 관련해, 당나라 말기에 유도劉道라는 사람이 있었는데, 정주定州 무극無極 사람이다. 운거응선사雲居膺禪師에게 도를 듣고서 개암開巖을 만들어 제일대 조사祖師가 되었고 법호는 도미道微이다. 스스로 돌을 뚫어 감실龕室을 만들고서는 "내가 죽거든 이 감실에 묻고 일시日時는 쓰지 말라"라고 했다. 문인들이 그 명을 받든지 이백 년이 되었다. 이곳을 유람하는 사람들이 쓴 시가 다 읽을 수 없을 정도로 많지만 이 개암에 대해서는 작품 속에서 언급한 것이 없었다. 그래서 내가 2편의 작품을 지어 이 바위를 드러내었다. 첫 번째 수는 양자안楊子安의 운자를 사용했고 두 번째 수는 왕정국王定國의 운자를 사용했다.

萬州之下巖, 唐末有劉道者, 定州無極人. 聞道於雲居膺禪師, 爲開巖第一祖, 法號道微. 自鑿石龕, 曰, 死便藏龕中, 不用日時. 門人奉其命, 二百年矣.56 遊者題詩, 不可勝讀, 莫能起此開巖者. 故予作二篇表見之, 其一用楊子安韻, 其一用王定國57韻.

---

55 [교감기] 전본에는 시 제목 아래 '二首'라는 두 글자가 더 있다. 문집·고본 권5에 실린 고시(古詩) 중에 이 작품의 첫 번째 수가 수록되어 있는데, 제목은 '萬州下巖'이고 권10에 실린 율시 중에 이 작품의 두 번째 수가 수록되어 있는 '幷序'를 작품의 제목으로 삼고 있다. 병서 뒤의 교주(校注)에서 "'用楊子安韻' 한 편은 고시 제 5권에 있다'라고 했다.

56 [교감기] '矣'가 문집·고본에는 '來'로 되어 있다. 전본·건륭본에서는 '矣' 아래에 '來'자를 두었고 '來'자를 뒤 구절에 붙였다.

첫 번째 수其一

空巖靜發鐘磬[58]響　　　빈 바위 고요함 속에 경쇠 소리 울리고

古木倒掛藤蘿昏　　　고목을 등나무가 휘감아 어둑하기만 하네.

莫道蒼崖鎖靈骨　　　푸른 벼랑에 신령스런 기골 감췄다 하지 말게

時將[59]持鉢到諸村　　　때때로 바리 들고 여러 마을에 이르나니.

【주석】

空巖靜發鐘磬響 古木倒掛藤蘿昏 : 두보의 「백제白帝」에서 "고목에 등나무 우거져 해와 달이 희미하네"라고 했다.

老杜詩, 翠木蒼藤日月昏.

莫道蒼崖鎖靈骨 時將持鉢到諸村 : 지인至人이 숨는 것과 드러나는 것을 예측할 수 없다는 말이다. 『전등록』에서 "점원漸源이 석상화상石霜和尚에게 가서 선사의 신령스런 기골을 구했다"라고 했다. 『금강경』에서 "세존이 밥 때가 되면 옷을 입고 발우를 가지고 사위대성舍衛大城에 들어가 걸식乞食했다"라고 했다.

言至人隱顯不可測. 傳燈錄, 漸源在石霜覓先師靈骨. 金剛經曰, 世尊食時, 着衣持鉢, 入舍衛大城乞食.

57　[교감기] '王定國'이 원본·박교(博校)에는 '王安國'으로 되어 있다.

58　[교감기] '鐘磬'이 명대전본에는 '鐘聲'으로 되어 있다.

59　[교감기] '時將'이 문집·고본·장지본·명대전본·전본·건륭본에는 모두 '時應'으로 되어 있다.

두 번째 수其二

寺古松楠老	오래된 사찰에 소나무 녹나무 늙어가고
巖虛塔廟開	암자 텅 빈 채 불탑과 불묘가 있구나.
僧緣蠶麥去	스님은 누에 보리 익어 떠나가고
官數荔支來	관청에선 여지 재촉하러 오누나.
石室無心骨	석실에는 무심한 모습이요
金鋪稱意苔	황금 문고리는 마음에 들게 이끼 꼈네.
若爲劉道者	어찌하여 유도자는
拽得鼻頭回	고삐 끌어 돌아갔는고.

【주석】

寺古松楠老 巖虛塔廟開 : 『법화경』에서 "각각 불탑佛塔과 불묘佛廟를 세우되 높이가 1천 유순由旬[60]이다"라고 했다.

法華經曰, 各起塔廟, 高千由旬.

僧緣蠶麥去 官數荔支來 : 위 구절은 스님이 곡식이 익을 때 달려가 걸식하는 것을 말했고 뒤 구절은 절에 여지가 있는데 관청에서 재촉한다는 것을 말했다. 『한서·소제기昭帝紀』의 조서詔書에서 "작년에는 재해가 많았고 금년에는 누에와 보리가 훼손되었습니다"라고 했다.

---

60   유순(由旬) : 건강한 남자가 하루도 쉬지 않고 10일을 걸어간 거리를 1유순이라 한다.

上句言僧徒趁熟乞食, 下句言寺有荔支, 爲官所催. 漢書昭帝紀, 詔曰, 往年災害多, 今年蠶麥傷.

石室無心骨 金鋪稱意苔 : 사마상여의 「장문부長門賦」에서 "옥으로 된 문을 미니 황금 문고리 흔들리네"라고 했다. 그 주注에서 "금으로 문의 문고리를 만든 것이다"라고 했다. 개보 왕안석의 시에서 "연꽃이 내 마음에 들게 붉어라"라고 했다.

司馬相如長門賦曰, 擠玉戶以撼金鋪. 注云, 以金爲門之鋪首. 王介甫詩, 荷花稱意紅.

若爲劉道者 拽得鼻頭回 : 『전등록・석공선사전石鞏禪師傳』에서 "어느 날 석공石鞏이 부엌에서 일을 하고 있었다. 그런데 마조선사馬祖先師가 "무엇 하고 있느냐"라고 물었다. 석공이 "소를 키우고 있습니다"라고 했다. 만조선사가 "어떻게 키우느냐"라고 묻자, 석공이 "한 번 풀밭으로 들어가면 곧바로 고삐를 당겨 끌어냅니다"라고 했다. 마조선사가 "그대는 참으로 소를 잘 키우는구나. 선사는 이제 쉬시게나"라 했다"라고 했다. 산곡 황정견이 이를 차용하여, "산야의 남은 중들이 옛 전철을 밟지 않고 있으니, 어찌 도를 깨달은 자가 다시 나올 수 있겠는가"라고 하면서 질책한 것이다. '약위若爲'는 '여하如何'라는 말과 같다. 『고악부・격곡가隔谷歌』에서 "식량이 다 떨어지면 어떻게 살 것인가"라고 했다.

傳燈錄石鞏禪師傳, 一日在廚作務次, 馬祖問曰, 作什麼. 曰, 牧牛. 祖曰,作麼生牧. 曰, 一回入草去, 便把鼻孔拽來. 祖曰, 子眞牧牛, 師便休去. 山谷借用, 意謂山野殘僧, 不遵軌轍, 安得道者復生, 鞭繩之也. 若爲猶言如何. 古樂府隔谷歌曰, 食糧乏盡若爲活.

7. 또 하암에서 장난스레 짓다

又戲題下巖[61]

往往攜家來託宿	이따금 가족 데리고 와서 하룻밤 자는데
裙襦參錯佛衣巾	치마와 저고리 부처님 앞에 들쭉날쭉해라.
未嫌滿院油頭臭	뜰 가득 기름 머리의 냄새는 싫지 않지만
蹋破苔錢最惱人	이끼 밟는 것이 가장 시름겹게 하누나.

【주석】

往往攜家來託宿 裙襦參錯佛衣巾 未嫌滿院油頭臭 蹋破苔錢最惱人 : 어린 여자들이 혼잡하게 섞여 있어 이 깨끗한 곳을 더럽힌다는 말이다. 『장자』에서 "치마와 저고리 벗지 못했다"라고 했다. 『문선』에 실린 사령운의 「부춘저富春渚」에서 "그곳에 서보니 험하고 들쭉날쭉해라"라고 했다. 동파 소식의 「기향공記鄕公」에서 "뜰 가득 가을빛 방울져 떨어질 듯한데, 지팡이 든 노승 푸른 솔 옆에 서 있네. 괴이하다 큰 소리로 불러도 대답 없으니, 눈 부릅뜨고 이끼 낀 길을 걸어가네"라고 했다. 『문선』에 실린 휴문 심약의 「절후지승상제예서자거중작節後至丞相第詣庶子車中作」에서 "손님 계단에는 푸른 이끼 가득하고, 손님 자리엔 자줏빛 이끼 돋아났네"라고 했다. 살펴보건대, 최표의 『고금주』에서 "'태선苔蘚'은 일명 녹전綠錢이다"라고 했다.

61　[교감기] '下巖'이 원본·부교본·장지본·명대전본에는 '巖下'로 되어 있다.

言兒女子混雜, 汚此淨坊也. 莊子曰, 未解裙襦. 文選謝靈運詩, 臨圻阻參
錯. 東坡記麞公詩云, 滿院秋光濃欲滴, 老僧倚杖靑松側. 只怪高聲問不應, 瞑
余踏破蒼苔色. 文選沈休文詩, 賓階綠錢滿, 客位紫苔生. 按崔豹古今注, 苔
蘚, 一名綠錢.

8. 무산현에서 자미 두보의 운자를 사용하여 장난스레 짓다【두

보의 「무산제벽」이란 작품이 바로 이 작품의 운자로, "파땅 동쪽에서

오래 동안 병에 누워 있다가, 올해 힘겹게 고향으로 돌아왔네"로 시작

하는 작품이 바로 이것이다】62

戱題巫山縣用杜子美韻.63【老杜有巫山題壁詩, 卽此韻, 所謂臥病巴東久, 今年强作歸. 是也】

巴俗深留客	파 땅의 풍속이 나그네 발길 깊이 잡는데
吳儂但憶歸	오나라 사람은 다만 돌아갈 생각만 하네.
直知難共語	함께 얘기하기 어려움을 알기 때문이요
不是故相違	일부러 서로 피하려고 한 것은 아닐세.
東縣聞銅臭	동현에 와서는 구리 돈 냄새를 맡고
江陵換袷衣	강릉에서는 겹옷으로 바꿔 입었다네.
丁寧巫峽雨	정녕 바라보니 무협의 비여
愼莫暗朝暉	부디 아침 해를 어둡게 하지 말라.

【주석】

巴俗深留客 吳儂但憶歸 直知難共語 不是故相違 : 두보의 「동일낙성북

62　두보의 「무산제벽(巫山題壁)」은 다음과 같다. "臥病巴東久, 今年强作歸. 故人猶遠
　　謫, 玆日倍多違. 接宴身兼杖, 聽歌淚滿衣. 諸公不相棄, 擁別惜光輝"
63　[교감기] 이 작품은 명성화본『동파속집(東坡續集)』권2에도 보이는데, 사신행
　　(査愼行)이 방회(方回)의『영규률수(瀛奎律髓)』에 의거하여, 이 시가 실제 산곡
　　황정견의 작품이라고 했다.

알현원황제묘冬日洛城北謁玄元皇帝廟」에서 "잣나무는 석양에 더욱 푸르네"
라고 했다. 『유편』에서 "'농儂'은 '나'라는 의미로, 오나라 말이다"라고
했다. 『동파악부』에서 "말은 오히려 오나라 사람 음색 띠고 있네"라고
했다. '난공어難共語'는 오랑캐 풍속으로 누추하다는 것을 말한다. 두보
또한 「기주희작夔州戲作」에서 "이상한 풍속 기이해 탄식할 만하니, 이
사람들과 함께 거처하기는 어렵네"라고 했다. 『노론』에서 "호향 사람
은 더불어 말할 수가 없다"라고 했다. 또한 살펴보건대, 『진서 · 석륵재
기石勒載記』에서 "석륵은 '호胡'를 기휘忌諱하는 것이 매우 엄격했다. 문
지기인 풍저馮翥가 "예전 어떤 술 취한 호인胡人이 말을 타고 달려 들어
오기에, 그를 막으려고 매우 심하게 소리쳤지만 더불어 말을 할 수가
없었습니다"라고 했다. 이에 석륵이 웃으며 "호인과는 정말로 더불어
말하기 어렵지"라고 했다"라고 했다. 두보의 「남초南楚」에서 "지팡이
짚고 나서면 내달리는 말 방해될까, 일부러 사람들을 떠나려는 것이
아니라네"라고 했다. 또한 두보의 「배왕시어동등동산최고정운운陪王侍
御同登東山最高頂云云」에서 "청컨대 공들은 깊은 곳에 임하라는 경계를 어
기지 말게"라고 했다. 살펴보건대, 『좌전』에서 "서로 어긋나려고 한 것
이 아니라, 서로 따르고자 한 것이다"라고 했다. ○ 살펴보건대, 무산
석각巫山石刻에는 '파속심유객巴俗深留客'이 '파속수친아巴俗殊親我'로 되어
있고 '오농단억귀吳儂但憶歸'의 '단但'자가 '잠暫'자로 되어 있다.

老杜詩, 翠栢深留景. 類篇曰, 儂, 我也, 吳語. 東坡樂府曰, 語音猶自帶吳
儂. 難共語謂夷俗之陋. 老杜亦有夔州戲作云, 異俗可吁怪, 斯人難竝居. 魯論

曰, 互鄉難與言. 又按晉書石勒載記, 勒諱胡尤峻, 程遐曰, 向有醉胡, 乘馬馳入, 甚呵禦之, 而不可與語. 勒笑曰, 胡人正自難與言.[64] 老杜詩, 杖藜妙躍馬, 不是故離群. 又詩, 請公臨深莫相違. 按左傳曰, 非相違也, 而相從也. ○ 按巫山石刻, 巴俗深留客作殊親我, 吳儂但憶歸, 但作暫字.

東縣聞銅臭 江陵換袷衣 : 예전 산곡 황정견의 발문跋文을 보니, 구리 냄새는 퇴지 한유의 "벽 위에 전갈을 보게 되어 기뻐라"라는 의미로, 아마도 무산을 지나면서부터는 구리 돈을 쓴 것으로 보인다. 살펴보건 대, 무산의 강가에 바위 두 개가 있는데, 사람들은 '동전퇴銅錢堆'과 '철전퇴鐵錢堆'라고 부른다. 대개 귀주歸州의 파동현巴東縣과 서로 접해 있고 형주荊州와 기주夔州가 이곳으로부터 나누어지기 때문이다. 『후한서·최식전崔寔傳』에서 "예전에 최열崔烈을 보니 오백만 전을 내고 사도司徒 벼슬을 얻었다. 이에 그 아들 최구崔鈞가 "논하는 사람들이 구리 냄새를 싫어했다"라 했다"라고 했다. '강릉江陵'은 형남荊南으로 산곡 황정견이 이때 이곳을 지났는데 이미 초여름이었다. 반악의 「추흥부秋興賦」에서 "왕골로 자리를 삼고 겹옷을 둘렀다"라고 했다. 그 주注에서 "'겹의袷衣'는 솜이 없는 것으로 음은 '고古'와 '흡洽'의 반절법이다"라고 했다.

舊見山谷跋云, 銅臭乃退之照壁喜見蝎之意, 蓋過巫山用銅錢也. 按巫山江上有二石, 俗謂之銅錢鐵錢堆. 蓋與歸州巴東縣相接, 荊夔自此分界. 後漢崔寔傳曰, 從見烈, 入錢五百萬, 得爲司徒. 其子鈞曰, 論者嫌其銅臭. 江陵卽荊

64　[교감기] '又按 (…중략…) 與言'이라는 구절이 전본에는 삭제되어 있다.

南, 山谷度至此時, 已初夏矣. 潘岳秋興賦曰, 藉莞蒻, 御袷衣. 注云, 袷衣, 無
絮也, 音古洽反.

丁寧巫峽雨 愼莫暗朝暉 :『한서·곡영전谷永傳』주注에서 "'정령丁寧'은
두세 번 알려주는 것이다"라고 했다. '무협우巫峽雨'[65]는 앞의 주注에 보
인다. 두보의 「청晴」에서 "오랜 비에 무산이 어둑해졌네"라고 했다. '조
휘朝暉'는 신녀神女를 말한다. 송옥의 「신녀부神女賦」에서 "그녀가 처음
왔을 때에는 마치 태양이 집의 들보를 막 비추는 듯이 빛이 났었다"라
고 했다. 『문선』에 실린 육기의 「일출동남우행日出東南隅行」에서 "부상에
아침 해가 떠오르네"라고 했다.

漢書谷永傳注云, 丁寧, 謂再三告示. 巫峽雨見前注. 老杜詩, 久雨巫山暗.
朝暉謂神女. 宋玉神女賦曰, 其始來也, 耀乎若白日初出照屋梁.[66] 文選陸機
日出東南隅行曰, 扶桑升朝暉.

65　무협우(巫峽雨) : 송옥(宋玉)의 「고당부(高唐賦)」에서 "선왕이 일찍이 고당에서
　　노닐다가 한 부인을 보았습니다. 그 여인이 '첩은 무산(巫山)의 여자로, 고당관
　　의 손님으로 있습니다. 듣자하니 임금께서 고당에서 노난다고 하니 원컨대 베개
　　와 자리를 받들고 싶습니다'라고 했다. 왕이 인하여 사랑을 나눴다. 그녀가 떠나
　　면서 말하기를 "첩은 무산의 남쪽, 높은 구릉의 험한 곳에 있습니다. 아침에는
　　아침 구름이 되고 저녁에는 내리는 비가 되어 아침이면 아침마다 저녁이면 저녁
　　마다 양대(陽臺)의 아래에 있을 것입니다[妾在巫山之陽, 高丘之阻. 旦爲朝雲, 暮
　　爲行雨. 朝朝暮暮, 陽臺之下]"라 했다"라고 했다.
66　[교감기] '耀'는 본래 '止+翟'로 되어 있고 '照'자는 본래 빠져 있는데,『문선(文
　　選)』권19에 의거하여 보충하고 바로잡는다.

9. 왕관복과 홍구보가 진무기를 알현하고 지은 장구에 화답하다
和王觀復洪駒父謁陳無己長句

　　왕번王蕃의 자는 관복觀復, 기공沂公 왕증王曾의 후예로 관직은 낭관郞中이었다. 이 시절 자주 편지로 황정견에게 학문을 익혔는데 이때에 경사京師에서 와서 황정견이 있는 형주荊州에 모였었다. 홍추洪芻의 자는 구보駒父로 산곡 황정견의 생질이다. 진무기陳無己는 원부元符 3년 겨울에 비서정자祕書正字가 되었다.

　　王蕃字觀復, 沂公之裔, 官閣中. 時多以書從山谷問學, 至是自京師來, 會山谷於荆州. 洪芻字駒父, 山谷之甥也. 無己元符三年冬爲祕書正字.

陳君今古焉不學	진군이 어찌 고금을 배우지 않았겠는가
淸渭無心映涇濁	맑은 위수는 무심히 흐린 경수를 비추네.
漢官舊儀重九鼎	한관의 옛 의형은 구정보다 중하고
集賢學士見一角	집현전의 학사들도 기린 한 뿔을 보았지.
王侯文采似於菟	왕후의 문채는 호랑이[67]와 같고
洪甥人間汗血駒	홍질은 세상에서 좋은 말[68]이라네.

67　호랑이 : '오도(於菟)'는 호랑이의 별칭이다. 『춘추좌씨전』 선공(宣公) 4년에 "초나라 사람들은 젖을 곡이라 하고, 호랑이를 오도라 한다[楚人謂乳穀, 謂虎於菟]"라는 말이 나온다.

68　좋은 말 : '한혈구(汗血駒)'는 하루 천리를 간다는 좋은 말의 별칭이다. 옛날 중국 한(漢)나라 장군 이광리(李廣利)가 대완왕(大宛王)의 머리를 베고 그가 타던 좋은 말을 얻었는데, 땀이 피 흐르듯 했기 때문에 그렇게 부른 데서 유래했다.

相將問道城南隅	잠시 성 남쪽 모퉁이에서 도 물으니
無屋正借船官居[69]	집 없어 관청 배 빌려 산다고 하네.
有書萬卷繞[70]四壁	만권의 책은 사방 벽을 빙 둘렀고
樵蘇不爨談至夕	밥 짓지도 않으며 청담 속에 저녁 왔네.
主人自是文章伯	주인은 절로 문장에선 으뜸인데
鄰里頗怪有此客	이웃 고을에선 이 길손 괴이하다 하네.
食貧各仕[71]天一方	굶주림에 각각 하늘 끝에서 벼슬살이하니
佳人可思不可忘	그대 그리움에 잊을 수가 없다네.
河從天來砥柱立	황하 하늘로부터 내려오고 지주가 섰는데
愛莫助之涕淋浪	사랑하나 돕지 못해 눈물만 줄줄 흘리네.

【주석】

陳君今古焉不學 淸渭無心映涇濁 : 『노론』에서 "자하가 "부자께서 어찌 배우지 않겠는가, 또한 어찌 일정한 스승을 두셨겠는가"라 했다"라고 했다. '경위涇渭'[72]는 위의 주注에 보인다. 퇴지 한유의 「부독서성남符讀

---

69 [교감기] '正借船官'이 문집에는 '止借船官'으로 되어 있고 고본·장지본에는 '正借官船'으로 되어 있다.

70 [교감기] '繞'에 대해 문집의 원교(原校)에서 "다른 판본에는 '재(纔)'로 되어 있다"라고 했다.

71 [교감기] '各仕'가 문집·고본에서는 작품 끝의 원교(原校)에서 "'사(仕)'가 다른 판본에는 '재(在)'로 되어 있다"라고 했다.

72 경위(涇渭) : 언승(彦昇) 임방(任昉)의 「출군전사곡범복야(出郡傳舍哭范僕射)」에서 "저 사람의 경수와 위수는, 내가 맑고 흐림을 도운 것이 아니네[伊人有涇渭, 非余揚濁淸]"라고 했다. 살펴보건대 『시경·곡풍(谷風)』의 주에서 "경수와 위수

^{書城南}」에서 "맑은 물이 더러운 도랑에 비치는 듯"이라고 했다.

魯論, 子貢曰, 夫子焉不學, 而亦何常師之有. 涇渭見上注. 退之詩, 清溝映
汙渠.

漢官舊儀重九鼎 集賢學士見一角 : 상구에 대해서는 앞의 주注에 보이
는데, 진무기가 선배로써의 전형이 있어 사림에서 추앙받기에 충분하
다는 의미이다. 하구는 진무기는 사람 가운데 상서로운 사람으로, 이
러한 사람이 세상에 드물다는 것을 말한 것이다. 두보의 「막상의행莫相
疑行」에서 "집현전의 학사들이 담장처럼 둘러앉아서, 중서당에서 글을
짓는 나를 바라보았었지"라고 했다. 『북사 · 문원전서文苑傳序』에서 "배
우는 자들이 소의 털처럼 많지만, 성취하는 자는 기린의 뿔처럼 드물
기만 하다"라고 했다. 『춘추감정부春秋感精符』에서 "기린의 한 뿔이 해내
를 밝혀 함께 일주一主가 된다"라고 했다. ○ 『사기』에서 "모선생毛先生
이 한 번 조나라에 사신으로 오자 구정九鼎 대려大呂보다 귀중하게 되었
다"라고 했다.

上句竝見前注, 意謂無己有前輩典刑, 足爲士林之重. 下句言無己人中之
瑞, 世所少有. 老杜詩, 集賢學士如堵墻, 觀我落筆中書堂. 北史文苑傳序曰,
學者如牛毛, 成者如麟角. 春秋感精符曰, 麟一角, 明海內共一主也. ○ 史記,
毛先生一行使趙, 重於九鼎大呂.

가 서로 합쳐져도 맑은 물과 흐린 물은 섞이지 않는다[涇渭相入而淸濁異]"라고
했다.

王侯文采似於菟 洪甥人間汗血駒 : '오도於菟'⁷³와 '한혈구汗血駒'⁷⁴는 모
두 위의 주注에 보인다.

竝見上注.

相將問道城南隅 無屋正借船官居 : 두보의 「관이고청사마제산수도觀李
固請司馬弟山水圖」에서 "신선이여 잠시 나를 데려가 주시오"라고 했다.
『장자』에서 "황제가 광성자를 보고 "감히 지극한 도의 정밀함을 묻습
니다"라 했다"라고 했다. 『남사·장융전張融傳』에서 "무제가 장융에게
사는 곳이 어디냐고 물었다. 이에 장융은 "땅에는 살지만 집은 없고 배
에서 살지만 물은 없습니다"라고 했다. 뒤에 장융의 사촌 형인 장서張緒
가 "장융은 일정한 주거가 없이 작은 배와 언덕 위의 집에서 임시로 기
거하고 있다"라 했다. 이에 무제가 크게 웃었다"라고 했다. 『한서·지
리지地理志』에서 "경조京兆에 선사공현船司空縣이 있다"라고 했다. 그 주注
에서 "본래 배를 관리하는 관청이었는데, 이것으로 고을 이름을 삼았
다"라고 했다. 『세설신어』에서 "도공이 형주에 있을 때에, 배를 만드는
관리에게 톱밥의 많고 적음을 모두 기록하라고 명령했다"라고 했다.

老杜詩, 仙老暫相將. 莊子, 黃帝見廣成子曰, 敢問至道之精. 南史張融傳,

---

73 오도(於菟) : 『좌전』에서 "초나라 사람들은 호랑이를 오도라고 부른다[楚人謂虎
    於菟]"라고 했다.
74 한혈구(汗血駒) : 두보의 「취가행(醉歌行)」에서 "월따말 망아지 때부터 이미 피
    땀을 흘리고[驊騮作駒已汗血]"라고 했다. 살펴보건대, 살펴보건대『한서』에서
    "대완국에는 좋은 한혈마가 많다[大宛國多善馬汗血]"라고 했다.

武帝問融, 住在何處. 答曰, 陸處無屋, 舟居無水. 後融從兄緒言, 融末有居止, 權索小船, 方岸上住. 帝大笑. 漢書地理志, 京兆有船司空. 注曰, 本主船之官, 遂以爲縣. 世說, 陶公作荊州時, 勅船官悉錄鋸木屑.

有書萬卷繞四壁 樵蘇不爨談至夕 :『문선』에 실린 응휴련應休璉의 편지에서 "다행히도 원생이 있어 때때로 옥 같은 발길 옮기셨는데, 불 땔 필요도 없이 청담만 나누었습니다"라고 했다. '담지석談至夕'은 위의 '담지모談至暮'[75]의 주注에 보인다.

文選應休璉書曰, 幸有袁生, 時步玉趾. 樵蘇不爨, 淸談而已. 談至夕見上談至暮注.

主人自是文章伯 鄰里頗怪有此客 : 두보의 「모춘배이상서이중승운운暮春陪李尙書李中丞云云」에서 "해내에서는 문장으로 으뜸인데, 호숫가에서 생각만 많다오"라고 했다. 『진서·사안전謝安傳』에서 "환온이 좌우에 묻기를 "자못 일찍이 내게 이러한 손님이 있는 것을 본 적 있는가"라고 했다.

老杜詩, 海內文章伯, 湖邊意緒多. 晉書謝安傳, 桓溫問左右, 頗嘗見我有如此客不.

---

75 담지모(談至暮) : 『세설신어』에서 "안국 손성(孫盛)이 중군 은호(殷浩)를 찾아가 함께 토론을 하였다. 정신을 집중하여 주고받느라 도중에 점심이 나왔지만 손님과 주인이 저녁때까지 먹는 것을 잊었다"라고 했다.

食貧各仕天一方 佳人可思不可忘：『시경』에서 "삼 년 동안 가난 속에 굶주렸다"라고 했다. 『문선』에 실린 시에서 "각각 하늘 한 모퉁이에 있어라"라고 했다. 살펴보건대, 『한서·서역전西域傳』에서 "오손공주烏孫公主가 "우리 집에선 나를 하늘 한쪽 끝으로 시집보냈네"라 노래했다"라고 했다. 『세설신어』에서 "사태부가 "안북安北을 보면 사람을 싫증나지 않게 한다. 그러나 문 밖으로 나가고 나면 다시 사람으로 하여금 생각나게 하지 못한다"라 했다"라고 했다. 여기에서는 이 의미와는 반대로 사용했다. 『시경』에서 "문채 있는 군자, 끝내 잊을 수 없어라"라고 했다 그 주注에서 "'훤諼'은 잊는다는 것이다"라고 했다.

詩曰, 三歲食貧. 選詩曰, 各在天一方. 按漢書西域傳, 烏孫公主歌曰, 吾家嫁我兮天一方. 世說, 謝太傅云, 安北見之, 乃不使人厭. 然出戶去, 不復使人思. 此反而用之. 詩曰, 有匪君子, 終不可諼兮. 注云, 諼, 忘也.

河從天來砥柱立 愛莫助之涕淋浪：진무기가 홀로 휩쓸려가는 파도 사이에 서 있는데, 그를 도와주지 못해 애석하다는 말이다. 개보 왕안석의 「시평보제示平甫弟」에서 "늙은 장인 은하수 취하고 하늘 위에서 내려왔네"라고 했다. '지주砥柱'[76]는 앞의 주注에 보인다. 『시경·증민烝民』에서 "사람들이 또한 말을 하노니, 덕이 털처럼 가벼우나 사람들이 능히

76　지주(砥柱)：『서경·우공(禹貢)』의 주(注)에서 "'지주(砥柱)'는 산 이름으로 황하가 나누어져 흐르다가 산을 휘감고 지나가니, 그 산이 물 가운데 있어 마치 기둥과도 같다"라고 했다.

덕을 행하는 이가 적다. 내 헤아려 보고 도모해 보건대, 오직 중산보만
이 덕을 거행하니 사랑하되 도와줄 수가 없도다"라고 했다. 『초사』에
서 "부드러운 혜초蕙草를 꺾어 눈물 닦으니, 눈물이 주르륵 내 옷깃을
적시네"라고 했다. 숙야 혜강의 「금부琴賦」에서 "어지럽게 눈물 뿌리며
헤어지노라"라고 했다. ○ 한나라 장건이 황하의 근원을 찾으러 갔다
가 은하수까지 올라갔기에 '하종천래河從天來'라고 했다.

言無己獨立於頽波之間, 惜其不能助之也. 王介甫詩, 老工取河天上落. 砥
柱見上注. 烝民詩曰, 人亦有言, 德輶如毛, 民鮮克擧之. 我儀圖之, 維仲山甫
擧之, 愛莫助之. 楚詞曰, 擥茹蕙以掩涕兮, 霑余襟之浪浪. 嵇叔夜琴賦曰, 紛
淋浪以流離. ○ 漢張騫尋河源, 與銀河相連屬, 故曰河從天來.

10. 옛 구리 병을 왕관복이 보내주었기에

以古銅壺送王觀復

隨俗是汨沒	속세 따라 빠지고 가라앉기에
從公常糾紛	공을 따르면서도 늘 어지러웠다오.
我觀王隆化	내가 임금의 융화를 살펴보니
入薖不改薰	악취 들어가도 향기 바뀌지 않네.
未見蛇起陸	뱀이 육지에 오르는 것 못 보았지만
已看豹成文	이미 표범이 무늬 이룸은 보았다오.
愛君古人風	그대 옛 풍모 있어 좋아했는데
古壺投贈君	옛 병을 그대가 내게 주었지.
酌酒時在旁[77]	술 마실 때면 옆에 두고서
可用弭楚氛	초분을 막는데 사용할 만하네.
問君何以報	묻노니, 그대에게 어떻게 보답할까
直諒與多聞	정직과 진실함 더불어 다문이라네.

【주석】

隨俗是汨沒 從公常糾紛 : 사마상여의 「자허부子虛賦」에서 "서로 얽혀 어지럽다"라고 했다.

子虛賦曰, 交錯糾紛.

---

77 [교감기] '旁'이 문집·전본·건륭본에는 '傍'으로 되어 있다.

我觀王隆化 入猶不改薰 : '융화隆化'는 남쪽을 평정하는 군대[南平軍]를 부린 것을 말한다. 『좌전』에서 "하나의 향내 나는 풀과 하나의 악취가 풍기는 풀을 같이 놓으면, 십 년이 되어도 오히려 악취만 남게 된다"라고 했다. 그 주注에서 "'훈薰'은 향기 나는 풀이고 '유蕕'는 악취가 나는 풀이다"라고 했다. 이것을 인용하여, 왕복관이 세속을 좇지 않아 벼슬이 옮겨지게 되었다는 것을 말했다.

隆化隸南平軍. 左傳曰, 一薰一蕕, 十年尙猶有臭. 注云, 薰, 香草, 蕕, 臭草. 此引用, 言觀復不爲從俗及作吏所移.

未見蛇起陸 已看豹成文 : 『음부경』에서 "하늘에게 살기를 발하면 용과 뱀이 육지로 올라온다"라 했다. '표성문豹成文'[78]은 위의 주注에 보인다.

陰符經曰, 天發殺機, 龍蛇起陸. 豹成文見上注.

愛君古人風 古壺投贈君 : 『위지·모개전毛玠傳』에서 "태조가 흰 병풍과 흰 안석安席을 모개에게 주면서 "그대에겐 옛 사람의 풍모가 있기에 옛 사람들이 쓰던 것을 주노라"라 했다"라고 했다.

魏志毛玠傳, 太祖以素屛風素馮几賜玠曰, 君有古人之風, 故賜君古人之服.

---

78 표성문(豹成文) : 『열녀전』에서 "도답자(陶答子)의 아내가 말하기를 "남산(南山)에 붉은 표범이 있는데, 안개비 내리는 열흘 동안 사냥하러 내려오지 않는 것은 그 털을 윤택하게 하여 표범의 무늬를 만들기 위함이다. 그러므로 몸을 숨겨 해를 멀리한 것이다"라 했다"라고 했다.

酌酒時在旁 可用弭楚氛 : '초분楚氛'은 속되고 나쁜 기운을 비유한다. 『좌전』에서 "초나라 진영의 분위기가 대단히 좋지 않다"라고 했다. 『주례·소축小祝』에서 "재앙과 병란을 그치게 하다"라고 했다. 그 주注에서 "'미弭'의 독음은 '미敉'이다. '미敉'은 편안하다는 것이다"라고 했다. 살펴보건대, '미弭'와 '미彌'는 같은 의미이다.

楚氛喩俗惡之氣. 左傳曰, 楚氛甚惡. 周禮小祝, 弭災兵. 注云, 弭讀曰敉, 敉, 安也. 按弭與彌同.

問君何以報 直諒與多聞 : 『문선』에 실린 「사수四愁」에서 "미인이 나에게 금착도金錯刀를 주니, 무엇으로 보답할까 영경요英瓊瑤로세"라고 했다. 『노론』에서 "유익한 세 가지 유형의 벗이 있다. 정직한 벗을 사귀고 진실한 벗을 사귀고 식견이 많은 벗을 사귀면 유익하다"라고 했다.

文選四愁詩曰, 美人贈我金錯刀, 何以報之英瓊瑤. 魯論曰, 益者三友, 友直, 友諒, 友多聞.

11. 병 속에 일어나 형강정에서 본 것을 읊조리다. 10수

病起荊江亭卽事. 十首[79]

첫 번째 수 其一

翰墨場中老伏波	문단에선 늙은 복파장군이요
菩提坊裏病維摩	절간의 병든 유마힐이라오.
近人積水無鷗鷺	근처에 물 가두어도 백로 해오라기 없고
時有歸牛浮鼻過	이따금 돌아오는 소가 코 띄우고 건너네.

【주석】

翰墨場中老伏波 : 『문선』에 실린 사조의 「장자방시張子房詩」에서 "화려한 한묵의 마당이여"라고 했다. 『후한서』에서 "유항劉尙이 오계만이五溪蠻夷를 치러 갔다가 전몰했다. 이때 복파장군 마원馬援의 나이가 예순둘이었는데, 말안장에 올라 돌아보며 위세를 보이면서 쓸 만하다는 것을 과시했다"라고 했다. 낙천 백거이의 「동몽득수우상공초도낙중소음견증同夢得酬牛相公初到洛中小飮見贈」에서 "정사당 중의 진정한 재상, 과거시험 보는 곳의 옛 장군"이라고 했다. ○ 자후 유종원의 「헌홍농공獻弘農公」에서 "한묵의 마당에서 붓끝 휘날리네"라고 했다.

選詩云, 粲粲翰墨場. 後漢, 劉尙擊五溪蠻, 伏波將軍馬援年六十二, 據鞍顧盼, 以示可用. 樂天詩曰, 政事堂中眞宰相, 制科場裏舊將軍. ○ 柳子厚獻弘農公詩, 鋒搖翰墨場.

菩提坊裏病維摩：『화엄경』에서 "부처가 보리도량菩提道場에 있을 때
비로소 정각正覺[80]을 깨달았다"라고 했다. 『열반경』에서 "시방 스님 모
여 있을 절을 지으면, 이런 이는 부동국不動國에 태어나리라"라고 했다.
『유마경』에서 "비야리성毗耶離城 가운데 장자長者가 있는데 유마힐維摩詰
이라고 부른다. 그는 방편方便으로써 몸에 병이 있음을 드러내었다"라
고 했다. 위의 두 구는 모두 황정견이 자신에 대해 말한 것이다.

華嚴經, 佛在菩提道場, 始成正覺. 涅槃經云, 造僧坊招提, 則生不動國. 維
摩經曰, 毗耶離城中, 有長者, 名維摩詰, 其以方便現身有病. 兩句皆山谷自道.

近人積水無鷗鷺 時有歸牛浮鼻過：『문선·위도부魏都賦』에서 "굽은 못
에 물 흐르고, 쌓인 물은 깊기만 해라"라고 했다. 두보의 「추야秋野」에
서 "나이 들어 갈매기 해오라기와 무리 되었네"라고 했다. 『북몽쇄
언』에서 "진영陳詠의 시에서 "언덕 저편 물소 코를 내놓고 건너오고, 개
울가의 물새는 고개 끄덕이며 다닌다"라고 했는데, 이 구절은 비루한
데 한 번 오묘한 솜씨를 걸치자 신묘로운 빛깔이 판이하게 변했다"라
고 했다. 산곡 황정견의 이 구절은 마땅히 가리키는 바가 있을 것이다.
어떤 사람은 "운판運判 진거陳擧가 자못 이를 한스럽게 여겼는데, 그 후
에 마침내 의주宜州로 감이 있었다"라고 했다.

---

80   정각(正覺)：불가어(佛家語)로, 진정한 깨달음을 뜻한다.

文選魏都賦曰, 回淵灂, 積水深. 老杜詩, 年衰鷗鷺群. 北夢瑣言, 陳詠詩曰, 隔岸水牛浮鼻渡, 傍溪沙鳥點頭行. 此本陋句, 一經妙手, 神彩頓異. 山谷此句, 當有所指. 或云, 運判陳舉頗以爲憾, 其後遂有宜州之行.

두 번째 수其二

維摩老子五十七	유마노인 오십칠 세 때는
大聖天子[81]初元年	큰 성인이신 천자의 원년이시다.
傳聞有意用幽仄[82]	듣자하니 숨은 인재 등용한다 하는데
病着不能朝日邊	병 들어 태양 옆으로 다가갈 수 없네.

【주석】

維摩老子五十七 : 산곡 황정견은 경력慶歷 5년 을유에 태어났고 건중정국建中靖國 원년 신사에 이르렀으니, 나이는 오십칠세이다.

山谷生於慶歷五年乙酉, 逮建中靖國元年辛巳, 五十有七.

大聖天子初元年 : 이해 정월에 휘종徽宗이 비로소 연호를 건중정국建中靖國으로 고쳤다. 송상宋庠의 『기년통보紀年通譜』에서 "한 문제漢文帝 후원

---

81 [교감기] '大聖天子'가 문집·고본에는 '天子大聖'으로 되어 있고 문집의 작품 끝의 원교(原校)에서는 "다른 판본에는 '대성천자(大聖天子)'로 되어 있다"라고 했다.
82 [교감기] '仄'이 장지본·전본·건륭본에는 '側'으로 되어 있다. 살펴보건대, '仄'과 '側'은 통용되니, 이 뒤로 또 나오더라도 교정하지 않겠다.

後元 원년元年"이라 했는데, 그 주注에서 "반고班固가 '후後'를 뒤에 덧붙여 써서 이로써 초원初元과 구별했다"라고 했다. 두보의 「증이팔비서별삼십운贈李八祕書別三十韻」에서 "황제가 등극하여 연호를 올렸네"라고 했는데, 또한 숙종肅宗이 등극할 때의 원년元年을 말한다. 퇴지 한유의 「송이단공서送李端公序」에서 "천자는 큰 성인이다"라고 했다.

是歲正月, 徽考初改元建中靖國. 宋庠紀年通譜於漢文帝後元元年注曰, 班固追書後字, 以別初元. 老杜詩云, 扈蹕上元初. 亦謂肅宗之初元年也. 退之送以端公序, 天子大聖.

傳聞有意用幽仄 病着不能朝日邊：『문선』에 실린 심약의 「사행론思倖論」에서 "등용된 사람도 드러내고 숨어 있는 사람도 드러내는데, 오직 재주로 천거해야 한다"라고 했다. 그 주注에서 『상서』의 "이미 등용된 자도 드러내고 아직 숨어 있는 사람도 드러내라"라는 구절을 인용했다. 두보의 「봉기장십시어奉寄章十侍御」에서 "조정에서 임금 뵐 때 숨은 인재 조용히 물으시거든, 강한에 낚시꾼 있다고 아뢰지 마시오"라고 했다. 또한 「십이월일일十二月一日」에서 "명광전에서 글을 지으면 사람들이 부러워하였는데, 폐에 병 걸린 이 몸은 언제나 조정으로 돌아가려나"라고 했다. '일변日邊'[83]은 「유동전幼童傳」 가운데 보이는 진晉 명제

---

83 일변(日邊)：유소(劉昭)의 「유동전(幼童傳)」에서 "진(晉) 명제(明帝) 소(紹)는, 원제(元帝)의 아들이다. 원제가 물었다 "장안이 어떠하냐, 해가 먼가?" 소가 답하기를 "해가 멉니다. 해곁에서 왔다는 사람은 들어보지 못했고[不聞人從日邊來], 장안에서 왔다는 사람은 들어보았으니, 확실히 알 수 있습니다" 다음날은

明帝의 말을 활용한 것이다. 『진서』에도 또한 그 일이 기록되어 있는데, 위의 주注에 기록해 두었다. 산곡 황정견의 「사면이부원외랑장辭免吏部員外郞狀」에서 "신이 형남에 도착하여 등과 옆구리에 난 등창으로 힘들었는데, 지금은 조금 약화되었습니다. 강회江淮의 임무를 하나로 합쳐 차견差遣해 주시길 바랍니다"라고 했다.

文選沈約思倖論曰, 明揚幽仄, 唯才是與. 注引尙書曰, 明明揚仄陋. 老杜詩曰, 朝覲從容問幽仄, 勿云江漢有垂綸. 又云, 明光起草人所羨, 肺病幾時朝日邊. 日邊用幼童傳中晉明帝語. 晉書亦載其事, 具上注. 山谷辭免吏部員外郞狀曰, 臣到荊南, 卽苦癰疽發於背脅, 今方少潰. 欲乞除臣江淮一合入差遣.

세 번째 수其三

禁中夜半定天下	궁중에서 한밤중에 천하의 일 정해졌고
仁風義氣徹脩門	인풍과 의기는 수문까지 통했어라.
十分整頓乾坤了	십분 정돈 되어 천지를 구했으며
復辟歸來道更尊	복명하고 돌아오니 도가 다시 존귀해졌네.

또 해가 가깝다고 하였다. 원제가 이상하게 여겨, "이유가 무엇이냐"고 물었다. 소가 답하기를 "머리를 들면 장안은 보이지 않지만, 해는 볼 수 있으니, 이로써 해가 가깝다는 것을 압니다"라 했다"라고 했다.

【주석】

禁中夜半定天下 : 원부元符 3년 정월 기묘에 철종哲廟이 승하하자, 새벽에 흠성태후欽聖太后가 휘종徽宗을 부르니 단저端邸로부터 들어와 등극했으며 대책은 먼저 궁궐에서 정했었다. 『후한서・안제기安帝紀』에서 "태후가 궁중에서 대책을 정하고서는 그날 밤에 등척鄧隲으로 하여금 황제를 맞이하게 했다"라고 했다. ○ 자유 소철의 「선인시책문宣仁諡冊文」에서 "대책이 궁중에서 정해졌는데 하늘과 더불어 모의한 것이다"라고 했다. 또한 이러한 종류이다.

元符三年正月已卯, 哲廟上昇. 黎明欽聖太后召徽考, 自端邸入立, 大策先定於禁中矣. 後漢安帝紀曰, 太后定策禁中, 其夜使鄧隲迎帝. ○ 蘇子由作宣仁諡冊, 文策自中定, 與天爲謀. 亦此類也.

仁風義氣徹脩門 : 『후한서』에 실린 숙종肅宗의 조서詔書에서 "인풍은 바다 밖까지 드날리고 위령은 귀신 세계에도 행해지누나"라고 했다. 『예기・향음주鄕飮酒』에서 "이것은 천지간의 의기이다"라고 했다. 송옥의 「초혼招魂」에서 "혼이여 돌아오라, 영성의 성문으로 들어오라"라고 했다. 그 주注에서 "'수문脩門'은 영성郢城의 문을 말한다"라고 했다. 살펴보건대, 지금은 강릉현江陵縣인데, 옛날에는 초나라 영도郢都의 땅이었다. 산곡 황정견이 마침 이 지역에 우거했기에 자신의 마음을 붙여 유배 온 사람들이 모두 돌아가 다시 굴원처럼 상강에 빠져 죽는 탄식이 없다고 말한 것이다.

後漢肅宗詔曰, 仁風翔於海表, 威靈行乎鬼區. 禮記鄕飮酒曰, 此天地之義氣
也. 宋玉招魂曰, 魂兮歸來, 入脩門些. 注, 脩門, 謂郢城門也, 按今江陵縣, 故
楚郢都之地. 山谷適寓此邦, 因以寄意, 言遷客皆得歸, 無復屈原沉湘之歎也.

十分整頓乾坤了 : 두보의 「세병마행洗兵馬行」에서 "천지를 정돈하여 세
상을 구하였네"라고 했다.

老杜洗兵馬行, 整頓乾坤濟時了.

復辟歸來道更尊 : 원부元符 3년 정월에 흠성태후가 임시로 군사와 나
라의 중요한 일을 함께 처분했다.[84] 7월에 수렴청정을 그만두었다. 흠
성태후가 하서下書하면서 "황제의 성스러운 지혜가 날로 발전하고 만
가지 일의 기미를 더욱 익혔다. 하물며 산릉山陵을 경영하고 나랏일의
근본을 받드는데 있어 이끌고 깨우쳐주어 기약함이 있어서랴. 혹시라
도 그칠 지를 모른다면 어찌 옛 사람의 경계를 밟고 그대 현명한 임금
에게 아뢴다[復子明辟][85]는 의리에 어긋난 것이 아니겠는가"라고 했다.
『노자』에서 "도가 존귀하고 덕이 귀중하며, 벼슬이 귀하지 않은 것은
언제나 절로 그러하다"라고 했다.

---

84   임시로 (…중략…) 처분했다 : '권동처분군국사(權同處分軍國事)'는 수렴청정
     (垂簾聽政)을 말한다.
85   그대 (…중략…) 아뢴다 : 이 표현은 『서경·낙고(洛誥)』의 "주공이 손을 머리에
     대고 머리를 조아려 말하길, "제가 그대 밝은 임금님께 복명하겠습니다"라고 했
     다[周公拜手稽首, 朕復子明辟]"에서 비롯되었다.

元符三年正月, 欽聖權同處分軍國事, 七月歸政. 下書曰, 皇帝聖智日躋,
萬幾益習, 況山陵營奉就緒, 引發有期, 或不知止, 則豈不蹈古人所戒, 而失復
子明辟之義哉. 老子曰, 道之尊, 德之貴, 莫之爵, 而常自然.

네 번째 수其四

成王小心似文武	성왕은 문무처럼 조심스러웠고
周召何妨略不同	주공 소공은 다스림 같지 않음 꺼리지 않았네.
不須要出⁸⁶我門下	내 문하에서 나오길 바라지 않지만
實⁸⁷用人材卽至公	실용적인 인재라면 지극히 공정해지리.

【주석】

成王小心似文武 : 『시경』에서 "오직 이 문왕이 조심하고 공손했다"라
고 했다. 두보의 「세병마행洗兵馬行」에서 "성왕의 공은 크나 마음은 더
욱 조심스러웠다"라고 했다. 대개 당唐나라의 성왕成王을 가리키는 것
이지 주周나라 성왕成王을 말한 것은 아니다. 산곡 황정견의 이 구절이
두보의 시와는 시어는 같지만 의미는 다르니, 오직 휘종을 주나라 성
왕에 비견한 것이다.

詩曰, 維此文王, 小心翼翼. 老杜洗兵馬行, 成王功大心轉小. 蓋指唐之成

---

86 [교감기] '出'이 전본에는 '由'로 되어 있는데, 의미가 뒤떨어진다.
87 [교감기] '實'이 장지본·명대전본에는 '寶'로 되어 있다.

王, 非周成王. 山谷此句, 語同而意異, 專以周成比徽廟也.

周召何妙略不同 : 『한서·손보전孫寶傳』에서 "주공周公은 으뜸가는 성인이고, 소공召公은 큰 현인이지만 오히려 서로를 좋아하지는 않았는데, 경전에 드러난 것은 두 사람이 서로를 깎아 내리지 않았었다. 지금은 매번 한 가지 일이 있을 때마다 여러 신하들이 같은 목소리로 그것이 아름답다고 하지 않는 사람이 없다"라고 했다.

漢書孫寶傳曰, 周公上聖, 召公大賢, 猶有不相悅, 著於經典, 兩不相損. 今每有一事, 群臣同聲, 得無非其美者.

不須要出我門下 實用人材卽至公 : 황정견의 의도는 당인黨人들을 조정하고자 한 것이다. 퇴지 한유의 「유자후지柳子厚誌」에서 "여러 공들과 귀인들이 다투어 자기 문하에서 나오기를 바랐다"라고 했다. 퇴지 한유의 「진공파적회중배태사운운晉公破賊回重拜台司云云」에서 "한가로운 관직을 얻어 이에 공정해졌네"라고 했다.

意欲調停黨人也. 韓退之作柳子厚誌曰, 諸公貴人, 爭欲令出我門下. 退之詩曰, 得就閒官卽至公.

다섯 번째 수其五

司馬丞相昔登庸[88]　　　　사마승상은 예전에 등용되었고

詔用元老超群公　　　조서로 원로로 등용했는데 공들보다 뛰어났지.

楊綰當朝天下喜　　　양관이 조정에 있자 천하가 기뻐했는데

斷碑零落臥秋風　　　동강난 비석 쓸쓸히 가을바람에 누워있네.

【주석】

司馬丞相昔登庸 詔用元老超群公 : 철종哲廟 초에 온공溫公 사마천司馬遷이 지진주知陳州가 되어 궁궐을 지나다가 문하시랑門下侍郎에게 절을 하여 마침내 우복야右僕射가 되었다. 『서경』에서 "누가 때를 순히 할 사람을 두루 물어서 등용할 수 있는가"라고 했다. 『시경』에서 "여러 공들과 제후 경사卿士들"이라고 했다.

哲廟初, 溫公以知陳州過闕, 拜門下侍郎, 遂爲右僕射. 書曰, 疇咨若時登庸. 詩曰, 群公先正.

楊綰當朝天下喜 : 『당서』에서 "숙종이 양관楊綰을 재상으로 등용하여 아래를 다스리게 하니 선비들이 서로 조정에 하례했다"라고 했다.

唐書, 肅宗相楊綰, 制下, 士相賀於朝.

斷碑零落臥秋風 : 사마온공이 정부政府에 있은 지 일 년 만에 죽어 섬부陝府 하현夏縣으로 돌아가 장사지냈다. 황제가 내린 비액碑額에서 "맑

88　[교감기] '昔登庸'이 문집·고본의 작품 끝의 원교(原校)에서 "다른 판본에는 '취등용(驟登庸)'이라고 되어 있다"라고 했다.

은 충심과 순수한 덕"이라 했다. 소성紹聖 초에, 감찰어사 주질周秩의 말로 인해 뒤늦게 관직을 추증하고 신도비액神道碑額을 하사했었는데, 비문은 깎이고 훼손되었다. 이 일이 『실록』에 기록되어 있다.

溫公在政府一年而薨, 歸葬陝府夏縣. 賜碑額曰, 淸忠粹德. 紹聖初, 以監察御史周秩言, 追所贈官及所賜神道碑額, 仍磨毀碑文. 事具實錄.

여섯 번째 수其六

死者已死黃霧中	죽은 이들 예전에 황무 속에서 죽었고
三事不數兩蘇公	삼사는 두 소공을 헤아리지도 않았다네.
豈謂[89]高才難駕御	어찌 고재를 제어하기 힘들다 했는가
空歸萬里白頭翁	헛되이 만 리에서 돌아온 백두옹 되었네.

【주석】

死者已死黃霧中 : 소성紹聖에 유배 갔던 여대방呂大防 · 유지劉摯 · 양도梁燾 · 범조우范祖禹 등의 여러 사람들은 모두 이전에 장기瘴氣 가득한 지역에서 죽었다. 두보의 「석호리石壕吏」에서 "죽은 놈은 영영 끝장이라오"라고 했다. 『동한서 · 마후전馬后傳』에서 "누런 안개가 사방을 메웠다"

89　[교감기] '豈謂'에 대해 고본의 원교(原校)에서는 "'위(謂)'가 다른 판본에는 '위(爲)'로 되어 있다"라고 했다. 문집에는 '豈爲'로 되어 있고 작품 끝의 원교(原校)에서 "'위(爲)'가 다른 판본에는 '위(謂)'로 되어 있다"라고 했다.

라고 했다.

紹聖竄謫諸人, 如呂大防劉摯梁燾范祖禹, 皆前死於瘴霧之鄕矣. 老杜詩, 死者長已矣.[90] 東漢馬后傳曰, 黃霧四塞.

三事不數兩蘇公 : 휘종에 처음 다스릴 때, 한언충韓忠彦이 재상이었고 또 증포曾布가 재상이었다. 이때에 동파 소식은 창화昌化에서 돌아왔고 자유 소철은 순주循州에서 돌아왔다. 『시경』에서 "삼사三事와 대부大夫들"이라고 했다. 그 주注에서 "삼사는 삼공三公을 말한다"라고 했다.

徽考[91]初政, 相韓忠彦. 又相曾布. 於時蘇東坡歸自昌化, 子由歸自循州. 詩曰, 三事大夫. 注, 謂三公.

豈謂高才難駕御 空歸萬里白頭翁 : 『위지 · 유표전劉表傳』 주注의 「영릉선현전零陵先賢傳」에서 "주불의周不疑는 기이한 재주가 있었다. 위魏 태조太祖가 마음으로 주불의를 꺼려하면서 그를 제거하고자 했다. 그러자 문제文帝가 그렇게 해서는 안 된다고 간했다. 이에 태조는 "이 사람은 그대가 능히 제어할 수 있는 사람이 아니다"라 했다"라고 했다. 『한서 · 차천추전車千秋傳』에서 "신이 일찍이 꿈에 한 분의 흰 머리 노인을 보았습니다"라고 했다.

魏志劉表傳注, 零陵先賢傳曰, 周不疑有異才. 魏太祖心忌不疑, 欲除之.

---

90 [교감기] '長已矣'가 원본 · 부교본에는 '卽已休'로 되어 있다.
91 [교감기] '徽考'를 원본 · 부교본에는 '徽宗'으로 고쳤다.

文帝諫以爲不可. 太祖曰, 此人非汝所能駕御也. 漢書車千秋傳曰, 臣嘗夢見
一白頭翁.

일곱 번째 수其七

이 편은 동파 소식에 대해 언급한 것이다.
此篇屬東坡.[92]

文章韓杜無遺恨   문장에는 한유와 두보의 남은 한 없고

草詔陸贄傾諸公   조칙을 지음에는 육지가 으뜸이어라.

玉堂端要直[93]學士   옥당에서 진정으로 진학사 필요하리니

須得儋州禿鬢翁   담주의 대머리 늙은이 있다오.

【주석】

文章韓杜無遺恨 : 목지 두목의 「독한두집讀韓杜集」에서 "두보 시 한유 글 수심 속에 읽어보니, 마고할멈 시켜 가려운 곳 긁는 것과 같구나"라고 했다. '두한杜韓'은 자미 두보와 퇴지 한유를 말한다. 두보의 「간의 대부시諫議大夫四」에서 "가는 머리털에 남은 한은 없고 세상 파도 속에

---

92   [교감기] 원본·부교본·건륭본에는 '此篇屬東坡'라는 다섯 글자가 제목 아래 주(注)로 되어 있다. 전본에서는 수구(首句)인 '文章韓杜無遺恨' 아래에 이 다섯 글자를 주(注)로 부기했다. 지금 원본을 따른다.
93   [교감기] '直'이 고본·전본에는 '眞'으로 되어 있다.

홀로 늙어가네"라고 했다.

杜牧之詩曰, 杜詩韓集愁來讀, 似倩麻姑癢處抓. 謂子美退之也. 老杜詩, 毫髮無遺恨. 波瀾獨老成.

草詔陸贄傾諸公 : 『당서』에서 "육지陸贄가 덕종德宗의 학사學士가 되어 사냥을 따라다니면서 하늘에 제사를 지냈는데, 조칙을 하루에도 수백 개씩 썼다. 다른 학사들은 붓을 대기도 전이었는데, 육지는 넉넉하게 남음이 있었다"라고 했다.

唐書, 陸贄爲德宗學士, 從狩奉天, 書詔日數百. 他學士筆閣不得下, 而贄 沛然有餘.

玉堂端要直學士 須得儋州禿鬢翁 : 창화昌化는 한漢나라 담이군儋耳郡인 데 당唐나라가 일찍이 담주儋州를 세운 바 있다. 동파 소식이 예전에 지 은 시에서 "미친 장욱[94]과 술 취한 회소[95] 두 대머리 노인"이라고 했다.

---

94 미친 장욱 : '장전(張顚)'은 미친 장욱(張旭)을 말한다. 초성(草聖)으로 불렸던 당(唐)나라 장욱이 너무도 술을 좋아한 나머지 매번 크게 취할 때마다 미친 듯 부르짖으며 질주하다 붓을 휘갈기기도 하고 머리카락을 먹물에 적셔서 쓰곤 했 다. 그래서 세상에서 그를 '장전(張顚)'이라고 불렀는데, 장욱 자신이 술에서 깨 어난 뒤에 다시 그와 같은 신필(神筆)을 시도해 보려고 해도 잘 되지 않았다는 고사가 있다.

95 술 취한 회소 : '취소(醉素)'는 술 취한 회소법사(懷素法師)를 말한다. 회소법사 는 당(唐)나라 때의 불승(佛僧)이다. 초서(草書) 쓰기를 아주 좋아하여 초성 삼 매(草聖三昧)를 얻었다고 자칭하기까지 했다. 일찍이 다 쓴 붓을 산기슭에 묻었 는데 이것을 필총(筆塚)이라 부른다. 또한 술을 매우 좋아했다고 한다. 술이 거나 하여 흥이 나면 절간의 벽과 마을의 담장에 글씨를 휘갈겨 썼다고 하는데, 이를

이는 다만 『한서·관부전灌夫傳』에 보이는 말을 이용한 것이다. 동파 소
식이 영해嶺海에서 돌아왔을 때 귀밑머리와 머리털이 모두 빠졌었다.
○ '직학사直學士'는 본래 '진학사眞學士'로 되어 있다.

　　昌化卽漢儋耳郡, 唐嘗立儋州. 東坡舊有詩曰, 張顚醉素兩禿翁. 特用灌夫
傳中語. 東坡歸自嶺海, 鬢髮盡脫. ○ 直學士, 本作眞學士.

여덟 번째 수其八

閉門覓句陳無己	문을 닫고 시구 찾았던 진무기
對客揮毫秦少游	손님 맞아 붓 휘두르던 진소유.
正字不知溫飽未[96]	정자 진사도는 따뜻한 식사나 하는지
西風吹[97]淚古藤州	서풍은 내 눈물을 옛 등주로 불어주네.

【주석】

　　閉門覓句陳無己 對客揮毫秦少游 : 두 사람의 실제 일을 기록한 것이다.
진무기의 이름은 사도師道이고 진소유의 이름은 관觀이다. 두보의 「우
시종무又示宗武」에서 "시구 찾으며 새로운 음률 안다네"라고 했다. 또한

　　읊은 이백(李白)의 「초서가행(草書歌行)」에 "일어나서 벽을 향해 손을 멈추지
　　않나니, 한 줄에 몇 글자 크기가 말만 하네[起來向壁不停手, 一行數字大如斗]"라
　　는 표현이 나온다.
96　[교감기] '未'가 문집·장지본에는 '味'로 되어 있다.
97　[교감기] '吹'에 대해 문집·고본의 작품 끝 원교(原校)에서는 "다른 판본에는 '휘
　　(揮)'로 되어 있다"라고 했다.

「음중팔선기飮中八僊歌」에서 "붓 휘갈겨 글씨 쓰면 구름 연기 일어나는 듯"이라고 했다.

二君實錄也. 無己名師道, 少游名觀. 老杜詩云, 覓句新知律. 又云, 揮毫落紙如雲煙.

正字不知溫飽未 西風吹淚古藤州 : 진무기는 당파에 연좌되어 유배 갔다가 돌아와 체주棣州 교수教授로 있다가 비서성정자秘書省正字를 제수 받았다. 진소유는 뇌주雷州 유배지에서 북쪽으로 돌아오다가 등주藤州에 이르러 광화정光化亭 위에서 죽었다. 이보다 앞서 진소유가 꿈에 장단구를 지었는데, 그 중에 "옛 등나무 그늘 아래 취해 눕네"라는 말이 있었으니, 거의 참언讖言[98]과 같았다고 한다. 『후한서‧황보규전皇甫規傳』에서 "물러나서도 따뜻하게 입고 배불리 먹으며 생명을 온전하게 유지할 수 없었습니다"라고 했다.

無己坐黨廢錮, 旣而自棣學除秘書省正字. 少游自雷州貶所北歸, 至藤州, 卒於光化亭上. 初, 少游夢中作長短句, 有醉臥古藤陰下之語, 殆若讖云. 後漢皇甫規傳曰, 退不得溫飽以全命.

아홉 번째 수其九

| 張子耽酒語蹇吃 | 장자는 술을 즐기며 말은 어눌했는데 |

98　참언(讖言) : 앞일에 대해 그 길흉을 예언하는 말이다.

聞道潁州又陳州	영주였다가 또 진주였다고 들었네.
形模⁹⁹彌勒一布袋	미륵의 모습인 한 분의 포대화상이요
文字江河萬古流	문자는 강하와 더불어 만고에 흐르리라.

【주석】

張子耽酒語蹇吃 聞道潁州又陳州 : 장문잠張文潛은 평소 술을 좋아했는데, 늘그막에는 말질末疾¹⁰⁰이 있었다. 건중정국建中靖國 원년에 비서소감秘書少監에 제수되어 사직史職을 겸했었다. 어사 진차승陳次升이 그 병에 대해 황제에게 말을 올려 지양주知揚州로 나갔으며 곧 진주陳州로 바뀌었고 또 영주潁州로 바뀌었다. 두보의 「술회述懷」에서 "평생 늙어 가면 술을 즐기네"라고 했다. 『세설신어』에서 두책頭責 진자우秦子羽는 "이들 중에 몇몇 사람은, 혹은 반병어리로 궁상宮商의 발음도 제대로 못하고 또 어떤 이는 약하고 누추하여 말도 못한다"라고 했다. 당唐나라 사람 설능薛能의 시에서 "어느 곳에서 근심을 피할까, 서주 갔다 허주로 가네"라고 했다.

張文潛素嗜酒, 晚有末疾. 建中靖國元年, 除秘書少監, 兼史職. 以御史陳次升言其疾病, 出知揚州, 尋改陳州, 又改潁州. 老杜詩, 平生老耽酒. 世說, 載頭責秦子羽云, 此數子者, 或蹇吃, 無宮商, 或尫陋, 希言語. 唐人薛能詩曰, 何處避煩憂, 徐州又許州.

99　[교감기] '形模'이 문집·고본에는 '形容'으로 되어 있다.
100　말질(末疾) : 손과 발이 마비되는 병을 말한다.

形模彌勒一布袋 : 장문잠이 본래 뚱뚱한데 늘그막에는 대단히 심해졌었다. 『전등록』에서 "명주明州의 포대화상布袋和尙은 그 모습이 살이 쪄 있으면서 좁은 이마에 배는 볼록하게 나왔는데 대개 미륵彌勒의 화신化身이다"라고 했다. 미명彌明의 「석정연구石鼎聯句」에서 "그 모습을 아녀자가 비웃네"라고 했다.

文潛素肥, 晚益甚. 傳燈錄, 明州布袋和尙, 形裁腲脮, 蹙額皤腹, 蓋彌勒化身也. 彌明[101]石鼎聯句曰, 形模婦女笑.

文字江河萬古流 : 두보의 「희위육절구戲爲六絶句」에서 "왕발, 양형, 노조린, 낙빈왕의 시체詩體를, 경박한 시인들이 조롱 마지않네. 너희들 몸과 이름은 전부 사라져도, 사걸은 강하와 더불어 만고를 흐르리라"라고 했다.

老杜詩, 王楊盧駱當時體, 輕薄爲文哂未休. 爾曹身與名俱滅, 不廢江河萬古流.

열 번째 수其十

魯中狂士邢尙書	노 지방의 미친 선비 형상서
本意扶日上天衢	본디 해를 부지하여 하늘 높이 오르려했네.
惇夫若在鐫此老	돈부가 만약 이 노인 깨우쳤다면

---

101 [교감기] '彌明'이 원래 '彌勒'으로 되어 있는데, 전본에 의거해 고쳤다.

不令平地生崎嶇[102]　　　　평지에서 풍파 일으키게 놔두지 않았을 걸.

【주석】

　魯中狂士邢尙書 : 이부상서 형서邢恕를 가리킨다. 『맹자』에서 "공자가 진 땅에 있으면서 어찌 노나라의 광사를 생각하지 않았으리오"라고 했다. 형서의 사람됨이 진취적인 것을 좋아했기에 이렇게 말한 것이다.

　吏部尙書邢恕也. 孟子曰, 孔子在陳, 何思魯之狂士. 恕爲人喜進取故云.

　本意扶日上天衢 : 개보 왕안석의 「한위공만韓魏公挽」에서 "친히 하늘 해를 부지하여 하늘 높이 오르려했네"라고 했다. 이 구절은 영묘英廟를 추대하여 세우려 했다는 말이다. 형서는 채확蔡確에게 둘러붙어 망령되니 영묘를 추대하는 공을 자임하면서 선인태후宣仁太后를 무고하여 당고黨錮의 재앙을 일으켰다. 상황이 이렇게 되자 좌정언左正言 진관陳瓘의 논열論列로 인해 파직되어 형남분사荆南分司가 되었고 서경西京의 균주均州에 거주했기에 한 말이다. ○ 이 구절은 "해를 우연虞淵에서 가져다가 함지咸池에서 씻어 빛나게 했다"[103]라는 의미를 이용한 것이다.

---

102 [교감기] '生崎嶇'가 문집의 원교(原校)에서는 "다른 판본에는 '성기구(成崎嶇)'로 되어 있고 또 다른 판본에는 '작기구(作崎嶇)'로 되어 있다"라고 했다.
103 해를 (…중략…) 했다 : '우연(虞淵)'은 해가 지는 곳을 가리키는 것으로 나라가 망할 위기에 빠지거나 사람이 황혼에 이르는 것을 비유한다. '함지(咸池)'는 동방에 있다는 전설상의 연못으로 해가 여기에서 목욕을 한다고 한다. 당나라의 정승 적인걸(狄仁傑)의 중흥의 공적을 찬송하면서, "해를 우연에서 가져다가 함지에서 씻어 빛나게 하였다[取日虞淵, 洗光咸池]"라고 하였다. 『신당서·적인걸

王介甫作韓魏公挽詩曰, 親扶日轂上天衢. 言援立英廟,[104] 恕附離蔡確, 妄以策立之功自任, 誣謗宣仁太后, 起黨錮禍, 至是以左正言陳瓘論列, 罷知荊南分司, 西京均州居住云. ○ 此意用取日虞淵, 洗光咸池.

惇夫若在鑴此老 不令平地生崎嶇 : 형서는 일이 없는데도 어떤 일을 만들어내니 평지에서 풍파를 일으킨다고 할 만하다. 형서의 아들 거실居實의 자는 돈부惇夫로 어릴 적 준걸이라는 명성이 있었다. 지향하는 바를 알면 그 사람을 도모하여 반드시 불의함에 아버지를 빠지게 하지 않았을 것이다. 거실은 겨우 27세에 죽고 말았다. 『한서·설선전薛宣傳』에서 "그래서 연평掾平으로 하여금 명령을 깨닫게 했다"라고 했다. 그 주注에서 "'전鐫'은 쪼고 뚫는 것을 말한다"라고 했다. 맹교의 「증별최순량贈別崔純亮」에서 "소인의 지혜는 험한 것만 걱정하기에, 평지에서 태항산이 생겨난다네"라고 했다. 『문선』에 실린 평자平子 장형張衡의 「남도부南都賦」에서 "위는 평탄하고 넓어 허공이 끝없이 뚫렸고 아래는 초목이 무성하고 길은 울퉁불퉁해라"라고 했다. 이선의 주注에서 『광아』를 인용하여 "'기구崎嶇'는 옆으로 기울어진 것이다"라고 했다.

恕於無事中造出許事, 可謂平地生崎嶇矣. 恕之子居實, 字惇夫, 少有俊聲. 知所慕向, 計其人, 必不陷父於不義. 死時纔二十七. 薛宣傳曰, 故使掾平鑴令, 注謂琢鑿也. 孟郊詩, 小人智慮險, 平地生太行. 文選張平子南都賦曰, 上

열전(狄仁傑列傳)』에 보인다.
104 [교감기] '英廟'를 원본·부교본에서는 '英宗'으로 고쳤다.

平衍而曠蕩, 下蒙籠而崎嶇. 李善注引廣雅曰, 崎嶇, 傾側也.

12. 송자현에 있는 추영년이 고죽의 샘물과 등국 및 연자탕을 보내왔기에. 3수

鄒松滋寄苦竹泉橙麴蓮子湯. 三首

추영년鄒永年의 자는 천석天錫으로 그 성명은 산곡 황정견의 「강릉승천원부도기江陵承天院浮圖記」에 보인다. 송자현松滋縣은 강릉부江陵府에 속한다.

鄒永年字天錫, 其名姓見於山谷所作江陵承天院浮圖記. 松滋縣隷江陵府.

첫 번째 수其一

松滋縣西竹林寺	송자현의 서쪽 죽림사의
苦竹林中甘井泉	고죽 숲 가운데 달콤한 샘물.
巴人漫說蝦蟇培	촉 땅 사람들이 하마석이라 하기에
試裹春芽來就煎	시험 삼아 봄 싹 가져와 차를 끓여보네.

【주석】

松滋縣西竹林寺 苦竹林中甘井泉 巴人漫說蝦蟇培 試裹春芽來就煎 : 장우신張又新의 「수기水記」에서 "선자협의 돌 가운데 구멍이 있는데, 흘러나오는 물이 유독 맑고 시원하며 돌의 모양은 거북이 머리 같기에 세상 사람들은 '하마석蝦蟆石'이라 부른다. 그 물로 차를 끓이며 최고라고 한

다"라고 했다. 동파 소식의 「임인이월유조령군사운운壬寅二月有詔令郡史云云」에서 "돌연 하마석 찾던 일 생각나니, 겨울이었는데도 사슴 갖옷 벗었다네"라고 했다.

張又新水記曰, 扇子峽, 石中突, 而洩水獨淸冷, 石狀如龜頭, 俗謂之蝦蟆石. 其水煎茶爲第一. 東坡詩, 忽憶尋蟆培, 方冬脫鹿裘.

두 번째 수其二

天將金闕眞黃色	하늘이 금빛 대궐의 참된 황금색을
借與洞庭霜後橙	동정호 서리 내린 후의 유자에 빌려주었구나.
松滋解作逡巡麴	송자에선 준순의 술 만들 수 있노니
壓倒江南好事僧	강남의 호사스런 중을 압도하노라.

【주석】

天將金闕眞黃色 借與洞庭霜後橙 : 『사기』에서 "연燕나라 소왕昭王이 사람을 시켜 봉래산과 방장산 및 영주산을 찾게 했다. 이 세 산은 황금과 백은으로 궁궐을 지었다"라고 했다. '동정상洞庭霜'[105]은 위의 주注에 보

---

105 동정상(洞庭霜) : 미불(米芾)의 『서사(書史)』에서, "당나라 사람이 왕우군이 서첩에서 '귤 삼백 개를 받았습니다, 서리가 내리기 전에는, 많이 얻을 수 없을 것입니다'라고 한 것을 모방했다[唐人模王右軍一帖云, 奉橘三百顆, 霜未降, 未可多得]"라고 하였다. 위응물(韋應物)의 「답정기조청귤절구(答鄭騎曹靑橘絶句)」에서 "책을 읽고 나면 삼백 편의 시를 짓고 싶은데, 동정호는 수풀에 서리 가득 내리기를 더 기다리네[書後欲題三百顆, 洞庭更待滿林霜]"라고 했다.

인다. 두보의 「자경부봉선현영회오백자自京赴奉先縣詠懷五百字」에서 "서리 맞은 유자는 향기로운 귤 위에 있네"라고 했다.

史記曰, 燕昭王使人求蓬萊方丈瀛洲, 此三山, 黃金白銀爲宮闕. 洞庭霜見上注. 老杜詩, 霜橙壓香橘.

滋解作逡巡麴 壓倒江南好事僧 : 『속선전』에 실린 은칠칠殷七七의 시에서 "곧바로 준순주逡巡酒[106]를 만들고, 순식간에 꽃을 피울 수도 있네"[107]라고 했다. '강남승'은 마땅히 산곡 자신을 말한다. '압도壓倒'[108]는 위의 주注에 보인다.

續仙傳, 殷七七詩曰, 解醞逡巡酒, 能開頃刻花. 江南僧當是山谷自謂, 壓倒見上注.

---

106 준순주(逡巡酒) : 신선이 잠깐 사이에 빚는다는 술이다.
107 곧바로 (…중략…) 있네 : 한유(韓愈)의 질손(姪孫)에 상(湘)이란 이가 있었는데, 한유가 일찍이 그에게 학문을 힘쓰라고 하자, 상이 웃으면서, "준순주를 만들 줄도 알거니와, 경각화도 피울 수가 있답니다[解造逡巡酒, 能開頃刻花]"라는 시구를 지어서 보여 주었다. 한유가 이르기를 "네가 어떻게 조화(造化)를 빼앗아서 꽃을 피울 수 있단 말이냐"라고 하자, 상이 이에 흙을 긁어모은 다음 동이로 그 흙을 덮어 놓았다가 한참 뒤에 동이를 들어내니, 거기에 과연 벽모란(碧牧丹) 두 송이가 피어 있었다고 한다.
108 압도(壓倒) : 『척언(摭言)』에서 "양여사(楊汝士)가 양사복(楊嗣復)의 잔치 자리에 있으면서 시를 가장 늦게 지었는데 가장 멋진 작품이었다. 그 자리에 있던 원진(元稹)과 백거이(白居易)가 양여사의 작품에 탄복했다. 양여사가 술이 취해 집에 돌아와서는 그 자제들에게 "오늘 내가 원진(元稹)과 백거이(白居易)를 압도했다[吾今日壓倒元白]"라 했다"라고 했다.

세 번째 수其三

新收千百秋蓮菂　　천백 개의 가을 연밥을 새로 거두어

剝盡紅衣搗玉霜　　붉은 껍질 다 벗겨내고 옥상 찧었구나.

不假參同成氣味　　참동을 빌리지 않고서도 그 맛 만들었으니

跳珠椀裏綠荷香　　사발에선 구슬 뛰고 푸른빛 연꽃 향기롭네.

【주석】

新收千百秋蓮菂 剝盡紅衣搗玉霜 : '연적蓮菂'[109]은 위의 주注에 보인다. 당나라 조하趙嘏의 「장안추망長安秋望」에서 "붉은 꽃잎 모두 진 연꽃 물가에서 수심겹네"라고 했다. 배형裴鉶의 『전기傳奇』에 실린 번부인樊夫人의 「번부인답배항樊夫人荅裴航」에서 "경장瓊漿[110] 한 번 마시면 온갖 감정일고, 현상玄霜[111]을 다 찧고 나면 운영雲英[112]을 만나리라"라고 했다.

109　연적(蓮菂) : 『이아(爾雅)』에서 "하(荷)는 부거(芙蕖)로 그 꽃은 함담(菡萏)이라 하며 그 열매는 연(蓮)이라 하며 그 뿌리는 우(藕)라 하며 그 안에 있는 것을 적(的)이라 하며 적 안에 있는 것을 억(薏)이라 한다"라고 했는데, 그 주에서 "연(蓮)을 방(房)이라 이르며, 적(菂)은 연 안의 열매이다"라고 했다.

110　경장(瓊漿) : 선인(仙人)의 음료라고 하는데, 보통 미주(美酒)의 뜻으로 쓰인다. 송옥(宋玉)의 「초혼(招魂)」에 "화려한 술잔 이미 베풀어졌는데 경장도 있네[華酌旣陳, 有瓊漿些]"라고 한 말이 보인다.

111　현상(玄霜) : 신선이 먹는다는 불로장생의 선약이다.

112　운영(雲英) : 선녀의 이름이다. 당나라 때 배항(裴航)이라는 사람에게 선녀인 운교부인(雲翹夫人)이 시를 지어 주기를 "경장을 한 번 마시면 온갖 감정이 생기고, 현상을 다 찧고 나면 운영을 만나리라. 남교가 바로 신선이 사는 곳인데, 어찌 고생하며 옥경에 오르려 하나[一飮瓊漿百感生, 玄霜搗盡見雲英. 藍橋便是神仙窟, 何必崎嶇上玉京]"라고 했다. 그 뒤에 배항이 남교를 지나다가 목이 말라 한 노파의 집에 들어가 물을 달라고 하자, 노파가 처녀 운영을 시켜 물을 갖다 주었다.

『황정내경경』에서 "자단子丹이 나아가 음식과 술안주를 차리니, 그것이 바로 낭고琅膏와 옥상玉霜이다"라고 했다.

蓮葯見上注. 唐人趙嘏詩曰, 紅衣落盡渚蓮愁. 裴鉶傳奇載樊夫人詩曰, 一飮瓊漿百感生, 玄霜杵盡見雲英. 黃庭內景經云, 子丹進饌肴正黃, 乃曰琅膏及玉霜.

不假參同成氣味 跳珠椀裏綠荷香 : 후한後漢 위백양魏伯陽이 지은 『주역참동계』가 있는데, 단경丹經의 오묘한 의미를 부연 설명한 것이다. 이것을 차용하여 다른 물건과 섞여 있지 않음을 말했다. 낙천 백거이의 「추지秋池」에서 "이슬 내린 연꽃에는 구슬 절로 흐르고, 바람 맞은 대나무는 옥이 서로 부딪치는 듯"이라고 했다. 원헌공元獻公 안수晏殊의 「우후雨後」에서 "향기론 눈물은 성긴 나무에 맺혀 있고, 뛰는 구슬은 푸른 연에 어지럽네"라고 했다.

後漢魏伯陽有周易參同契, 演丹經之奧旨. 此借用, 言不雜以他物. 樂天詩, 露荷珠自傾, 風竹玉相戞. 晏元獻公雨後詩曰, 裏淚凝疎槿, 跳珠亂碧荷.

배항이 그 물을 마시고는, 앞서 운교부인의 예언을 생각하여 운영에게 장가들기를 청하자, 노파가 말하기를 "옥저구(玉杵臼)를 얻어 오면 들어주겠다"라고 했다. 배항이 옥저구를 얻어서 마침내 운영에게 장가들어 신선이 되어 갔다고 한다.

13. 황여적의 작품에 차운하여 답하다

次韻答黃與迪

和氏有尺璧	화씨에게 한 척 옥 있는데
楚國無人知	초나라 사람 아무도 모른다네.
靑山抱國器	청산이 국기를 감싸 안고 있지만
歲月忽如遺	세월은 버리듯 갑자기 가 버렸구나.
但使玉非石	다만 옥이 돌이 아니라면
果有遭逢時	과연 때를 만나는 날이 있으리라.
吾宗固神秀	우리 종손은 진실로 수려하니
天迺晚成之	하늘이 이에 늦게 이루어주었네.
蘭芳深九畹	난초의 향기는 구원에 진동하고
露味挹三危	삼위산에서 이슬을 따라 맛보네.
流俗不顧省	세상 풍속 돌아보지 않으니
古人可前追	옛 사람을 좇을 수 있다네.
胷中凌雲賦	가슴 속에는 구름 위로 나는 듯한 노래
自貴知音希	절로 귀하지만 음 아는 이 드물구나.
淵源學未淺	학문의 연원이 얕지 않고
孝友家正肥	효우의 집안 정말로 풍요로워라.
與世殊軌轍	세상과 살아가는 방식이 다르니
三黜理亦宜	세 번 쫓겨나는 것도 이치상 또한 마땅하네.

吳溪浣紗女	오나라 시내에서 비단 옷 빨던 서시는
不用朱粉施	연지곤지 바르지 않았었다네.
豈伊風塵子	어찌 풍진 세상에서 살아가는 이들은
市門自夸毗	시문에 기대어 절로 굽신거리는가.
我作僰道囚	내가 북도의 죄인이 되어
三年始放歸	삼 년 만에 비로소 돌아왔다네.
邂逅終日語	서로 만나 종일 얘기 하면서
貽我五字詩	내게 오언시를 주었지.
句如秋雨晴	시구는 마치 비 개인 가을 날
遠峯抹脩眉	먼 봉우리에 긴 눈썹 펼쳐진 듯.
老馬甘伏櫪	늙은 말은 마구간에 있는 것 달게 여기며
坐看天驥馳	앉아서 하늘 길 달리는 준마를 본다네.
灑掃清樾下	시원한 그늘 아래를 깨끗이 쓸고
當爲果茗期	마땅히 과명이 되기를 기약한다오.
光陰去易失	세월 흘러가면 때 놓치기 쉽고
日月轉兩儀	해와 달은 양의 사이에서 돈다네.
仲氏有東園	중씨에게 동원이 있는데
花竹深可依	꽃과 대나무 가득해 노닐 만하네.
寸步不往來	한 걸음도 옮겨가지 않았으니
千里常夢思	천 리 밖에서 늘 꿈에 생각한다오.
幾時開後戶	어느 때나 뒷문을 열려나

扶策方自¹¹³茲　　　　지팡이 짚는 것 이로부터 시작되리.

【주석】

　和氏有尺璧 楚國無人知 靑山抱國器 歲月忽如遺 但使玉非石 果有遭逢時 : 『한비자』에서 "초楚나라 사람 변화卞和가 초산에서 옥박玉璞을 얻어 여왕厲王에게 바쳤다. 여왕은 옥 다듬는 사람에게 시켜 살펴보게 했는데 "돌이다"라고 했다. 이에 여왕은 변화가 자신을 속였다고 생각하고서 변화의 오른쪽 발꿈치를 베어버렸다. 무왕武王이 즉위함에 미쳐 또 옥박을 바쳤다. 무왕이 다시 옥을 다듬는 사람에게 살펴보게 했는데 "돌이다"라고 했다. 이에 무왕은 변화의 왼쪽 발꿈치를 베어버렸다. 문왕文王이 즉위함에 미쳐, 변화는 그 옥박을 안고 초산에서 곡을 하며 사흘 낮밤을 울었는데, 눈물이 다하고 이어 피가 흘렀다. 이에 문왕이 옥을 다듬는 사람을 시켜 그 옥박을 다듬게 하여 보옥寶玉을 얻었는데, 그 이름이 '화씨벽和氏璧'이다"라고 했다. 『한서·한안국전韓安國傳』에서 "오직 천자도 한안국을 나라의 그릇이라고 생각했다"라고 했다. 『시경·곡풍谷風』에서 "날 버리기를 잊은 듯하구나"라고 했는데, 정전鄭箋에서 "마치 길 가는 사람이 물건을 잊어버리고 갑자기 그 있는지의 여부를 돌아보지 않는 것과 같다"라고 했다.

　韓非子曰, 楚人卞和得玉璞於楚山, 獻厲王. 使玉人相之曰, 石也. 王以和爲謾, 刖右足. 及武王卽位, 又獻之. 復相曰, 石也. 刖左足. 及文王卽位, 和乃

---

113 [교감기] '自'가 문집에는 '知'로 되어 있다.

抱其璞, 而哭於楚山, 三日三夜, 泣盡繼之以血. 王使玉人治之, 得寶玉焉, 名
曰和氏之璧. 漢書韓安國傳曰, 唯天子以爲國器. 谷風詩, 棄予如遺. 箋云, 如
人行道遺忘物, 忽然不省存否.

吾宗固神秀 天酒晚成之 : 이옹李邕의 「역하정歷下亭」에서 "나의 종손은
진실로 수려하여, 사물 체득해 묘사함이 뛰어나네"라고 했다. 『노
자』에서 "큰 그릇은 늦게 만들어진다"라고 했다.

李邕歷下亭詩曰, 吾宗固神秀, 體物寫謀長. 老子曰, 大器晚成.

蘭芳深九畹 露味挹三危 : 『공자가어』에서 "지초와 난초는 깊은 숲에
서 자라는데, 사람이 없다고 해서 향기가 나지 않는 것은 아니다"라고
했다. 『초사』에서 "내가 구원九畹의 땅에 이미 난초를 심어 놓았다"라
고 했다. 그 주注에서 "십이묘十二畝가 원畹이 된다"라고 했다. 『여씨춘
추』에서 이윤伊尹이 탕湯에게 "물 가운데 맛이 좋은 것으로는 삼위산三危
山의 이슬이 있습니다"라고 했다. 『시경・형작泂酌』에서 "저기에 따라놓
은 물을 들어 여기에 붓는다"라고 했다. ○ 퇴지 한유의 「합강정合江亭」
에서 "난초는 구원에 가득하고, 심어놓은 대나무는 백 개가 훌쩍 넘네"
라고 했다.

家語曰, 芝蘭生於深林, 不以無人而不芳. 楚辭曰, 予旣滋蘭之九畹. 注云,
十二畝爲畹. 呂氏春秋, 伊尹說湯曰, 水之美者, 有三危之露. 泂酌詩云, 挹彼
注茲. ○ 退之詩, 樹蘭盈九畹, 栽竹逾百個.[114]

流俗不顧省 古人可前追：『맹자』에서 "세속에 동화된다"라고 했다. 퇴지 한유의 「한부군묘지韓府君墓誌」에서 "최원은 고을 백성 정모丁某를 대단히 좋아하여 그 집의 형편을 살펴보기까지 했다"라고 했다. 『촉지・여개전呂凱傳』에서 "옛 사람을 좇는 것이 어렵지 않다"라고 했다.

孟子曰, 同乎流俗. 退之韓府君墓誌曰, 崔圓狎愛州民, 丁某至, 顧省其家. 蜀志呂凱傳曰, 古人不難追.

胷中凌雲賦 自貴知音希：『한서・사마상여전司馬相如傳』에서 "사마상여가 「대인부大人賦」를 지어 올리자 천자가 대단히 기뻐하면서 훨훨 날아 구름 위로 올라가 천지간에서 노는 뜻한 기세가 있었다"라고 했다. 『문선・고시古詩』에서 "노래하는 이의 고달픔은 애석하지 않지만, 다만 지음이 드문 것이 마음 아프네"라고 했다.

漢書司馬相如傳曰, 相如旣奏大人賦, 天子大悅, 飄飄有凌雲氣游天地之間意. 文選古詩曰, 不惜歌者苦, 但傷知音希.

淵源學未淺 孝友家正肥：『한서・동중서찬董仲舒贊』에서 "그 스승과 벗의 연원淵源에 내려온 바를 상고해 보면 오히려 자유子游와 자하子夏에게 미치지 못한다"라고 했다. 『예기・예운禮運』에서 "부자간에 돈독하고 형제간에 우애가 있고 부부간에 화목하면 집안이 풍요로워진다"라고 했다.

---

114 [교감기] '退之 (…중략…) 百個'라는 구절이 전본에는 없다.

漢書董仲舒贊曰, 考其師友淵源所漸, 猶未及乎游夏. 禮記禮運曰, 父子篤,
兄弟睦, 夫婦和, 家之肥也.

與世殊軌轍 三黜理亦宜 : 좌사의 「오도부吳都賦」에서 "이에 뒤집히는 길
위의 바퀴자국일세"라고 했다. '삼출三黜'[115]은 『노론』에 보인다. 퇴지 한
유의 「병시病鴟」에서 "죽이는 것도 이치상 또한 마땅하네"라고 했다.

吳都賦曰, 茲乃顚覆之軌轍. 三黜見魯論. 退之詩, 殺却理亦宜.

吳溪浣紗女 不用朱粉施 : 『환우기』에 실린 월주越州 회계현사會稽縣事에
서 "『회계기』를 살펴보건대, 고을 동쪽 육 리 쯤에 토성산이 있다. 구
천勾踐이 미인을 찾아 오왕吳王에게 받쳤는데, 서시西施[116]와 땔감을 팔
고 있는 여자 정단鄭旦이었다. 먼저 이들을 토성산에게 예를 익히게 했
었다. 토성산 주변에 바위가 있으니, 이것이 바로 서시가 비단 옷을 빨
던 돌이다"라고 했다. 송옥의 「등도자호색부登徒子好色賦」에서 "동쪽 집
의 처자는 분을 바르면 너무 희고 연지를 찍으면 너무 붉다"라고 했다.

寰宇記載越州會稽縣事曰, 按會稽記, 縣東六里有土城山. 勾踐索美女, 獻
吳王, 得諸暨賣薪女鄭旦. 先習禮於土城山, 山邊有石, 是西施浣紗石. 宋玉登

---

115 삼출(三黜) : 옥관(獄官)으로 있던 유하혜(柳下惠)가 세 번이나 쫓겨나면서도
[三黜] 직도(直道)를 견지하며 굽히지 않았던 일화가 『논어·미자(微子)』에 보
인다.
116 서시(西施) : '제기(諸暨)'는 절강성에 있는 지명으로, 이곳에 저라산(苧蘿山)이
있다. 서시가 저라산에서 나무를 해다 파는 사람의 딸이라고 전해진다. 여기에서
는 서시를 의미한다.

徒子好色賦曰, 東家之子, 著粉則太白, 施朱則太赤.

豈伊風塵子 市門自夸毗 : 『사기·화식전貨殖傳』에서 "자수하는 일은 시문市門에 기대는 것보다 못하다"라고 했다. 『시경·판板』에서 "하늘이 지금 노여워하고 있으니, 크게 아첨하지 말라"라고 했는데, 그 주注에서 "'과비夸毗'는 몸으로 다른 사람에게 순종하는 것이다"라고 했다.

史記貨殖傳曰, 刺繡文, 不如倚市門. 板詩曰, 天之方懠, 無爲夸毗. 注云夸毗以體柔人也

我作僰道囚 三年始放歸 : '북도僰道'는 곧 융주戎州이며, 융주는 지금은 서주敍州이다.

僰道卽戎州, 戎今爲敍.

邂逅終日語 貽我五字詩 : 『시경』에서 "우연히 서로 만났으니, 내 바람대로 되었구나"라고 했다.

詩曰, 邂逅相遇, 適我願兮.

句如秋雨晴 遠峯抹脩眉 : 작품의 수준이 뛰어나다는 말이다. 『문선』에 실린 사령운의 「유남정遊南亭」에서 "먼 봉우리는 지는 해 반쪽을 숨겼네"라고 했다. 퇴지 한유의 「남산南山」에서 "하늘에 긴 눈썹이 떠 있네"라고 했다. 살펴보건대, 『서경잡기』에서 "탁문군卓文君의 눈썹은

마치 먼 산을 바라보는 것과 같았다"라고 했다. 자건 조식의 「낙신부洛神賦」에서 "구름 같은 머리 높게 틀어 올렸고 긴 눈썹은 곱게 이어졌구나"라고 했다.

言其高秀. 選詩曰, 遠峯隱半規. 退之南山詩, 天宇浮脩眉. 按西京雜記, 文君眉色, 如望遠山. 曹子建洛神賦曰, 雲髻峩峩, 脩眉連娟.

老馬甘伏櫪 坐看天驥馳 : 위무제魏武帝가 노래하기를 "늙은 준마는 마구간에 엎드려 있지만, 뜻만은 천 리에 있다오"라고 했다. 안연지의 「자백마부赭白馬賦」에서 "한나라 길 뻥 뚫려 준마가 재주 드러내네"라고 했다.

魏武帝歌曰, 老驥伏櫪, 志在千里. 顔延之赭白馬賦曰, 漢道亨而天驥呈才.

灑掃淸樾下 當爲果茗期 : '청월淸樾'[117]과 '과명果茗'[118]은 모두 위의 주注에 보인다.

竝見前注.

---

117 청월(淸樾) : 『자림(字林)』에서 "'월(樾)'은 나무의 그늘이다"라고 했다. 『회남자(淮南子)』에서 "소금과 땀이 함께 흐르고 숨이 가빠져 헐떡이게 된다. 이 때 그늘 아래에서 쉬게 되면 상쾌하듯 즐겁다[鹽汗交流, 喘息薄喉. 當此之時, 得休樾下, 則脫然而喜矣]"라고 했는데, 주(注)에서 "초나라 지방의 나무는 위는 크고 아래는 작아서 마치 수레의 덮개와 같다. '위월(爲樾)'이란 그늘이 많다는 말이다[楚人樹, 上大本小, 如車蓋狀, 爲樾, 言多蔭也]"라고 했다.
118 과명(果茗) : 『진서 · 육납전(陸納傳)』에서 "사안이 육납의 집에 이르렀는데, 육납이 내온 것은 다만 차와 과일이었다[謝安詣納, 納所設, 惟茶果而已]"라고 했다.

光陰去易失 日月轉兩儀 :『문선』에 실린 문통 강엄이 「별부別賦」에서 "밝은 달과 흰 이슬에 세월이 오고가누나"라고 했다. 『한서·한신전韓信傳』에서 "때를 만나기는 어렵고 잃기는 쉽다"라고 했다. 『주역·계사繫辭』에서 "역易에 태극太極이 있으니 이것이 양의兩儀를 낳는다"라고 했는데, 그 소疏에서는 "'천지'라고 말하지 않고 '양의'라고 말 했으니, 그 사물을 지목한 것이다"라고 했다.

文選江文通別賦曰, 明月白露, 光陰往來. 漢書韓信傳曰, 時者難值而易失. 繫辭曰, 易有太極, 是生兩儀. 疏云, 不言天地, 而言兩儀, 指其物體.

仲氏有東園 花竹深可依 寸步不往來 千里常夢思 :『시경』에서 "중씨는 젓대를 부네"라고 했다. 퇴지 한유의 「구편인차투증九篇因此投贈」에서 "한 걸음 옮기기도 어려워 비로소 명을 알았네"라고 했다. 두보의 「영회고적詠懷古跡」에서 "운우雲雨의 황폐해진 양대陽臺[119]를 어찌 꿈에서라도 생각했으리"라고 했다. 태백 이백의 「억구유기초군원삼군憶舊遊寄譙郡元參軍」에서 "그대 낙수 북쪽에 머물며 바야흐로 꿈속에서 생각하겠

---

119 운우(雲雨)의 황폐해진 양대(陽臺) : 송옥의 「고당부(高唐賦)」에서 "옛날 선왕이 일찍이 고당에 유람하였다. 꿈에 한 부인이 나타나서, "저는 무산(巫山)의 신녀(神女)입니다"라 하자 왕이 그녀와 사랑을 나누었다. 그녀가 떠나면서 말하기를 "저는 무산의 남쪽, 높고 험한 산꼭대기에 있습니다. 아침에 떠도는 구름이 되고 저녁에는 지나가는 비가 되어 매번 아침저녁마다 양대(陽臺)의 아래에 있을 것입니다"라고 했다. 왕이 아침에 보니 과연 그 말과 같았다. 그러므로 사당을 세워 조운(朝雲)이라 불렀다"라고 했다. 『한서』의 주에서, "송옥의 이 부는 초 양왕(襄王)과 무산 신녀의 일을 빌려 음혹(淫惑)한 것을 풍자했다"라고 했다.

지"라고 했다.

詩曰, 仲氏吹篪. 退之詩, 寸步難往始知命. 老杜詩, 雲雨荒臺豈夢思. 太白詩, 君留洛北方夢思.

幾時開後戶 扶策方自茲 : 유우석의 「제왕랑중선의리신거題王郞中宣義里新居」에서 "추천 받아 거주 옮겨 이웃 마을 되었으니, 시절 따지지 말고 문 열고 닫으시게나"라고 했다. 또한 「연주사표連州謝表」에서 "지팡이 짚고 길에 있어서 머물 수가 없습니다"라고 했다.『문선』에 실린 임언승任彦昇의 「증곽동려출계구운운贈郭桐廬出溪口云云」에서 "급한 여울물이 여기에서 시작되네"라고 했다.

劉禹錫詩, 見擬移居作鄰里, 不論時節請開關. 又連州謝表曰, 扶策在道, 不敢停留. 文選任彦昇詩, 湍險方自茲.

14. 앞의 운자에 차운하여 황여적이 그린 대나무 다섯 폭을 은혜롭게 보내왔기에 사례하다

次前韻謝與迪惠所作竹五幅

吾宗墨脩竹	우리 종손이 그린 대나무는
心手不自知	마음과 손이 절로 모른다오.
天公造化鑪	하늘이 만든 조화의 화로
攬取如拾遺	마치 줍듯이 잡아 취했네.
風雪煙霧雨	바람 눈 연기 이내 비에
榮悴各一時	각기 한 시절 꽃피고 시든다네.
此物抱晚節[120]	이 대나무는 늦게까지 절개 품었는데
君又潤色之	그대가 또 이를 아름답게 꾸몄네.
抽萌或發石	간혹 바위에서 싹 틔우기도 하고
懸箽有阽危	회초리 되어 위급한 상황 되기도 하지.
林梢一片雨	숲 나무 끝의 한 조각 비를
造次以筆追	급히 붓으로 그 모습 그렸네.
猛吹萬籟作	사납게 바람은 불어오는데
微涼大音希	서늘한 기운에 큰 음은 드물다오.
霜兔束毫健	흰 토끼털로 만든 붓은 굳세고
松煙泛硯肥	송연묵이 벼루에 떠서 가득해라.

---

120 [교감기] '晚節'이 문집에는 '明節'로 되어 있다.

盤桓未落筆	결정 못해 붓을 내리지 못하다가
落筆必中宜	붓 내리면 반드시 걸맞게 된다오.
今代捧心學	지금 가슴 쥔 서시 배우면
取笑如東施	동시 같다고 조롱을 받으리라.
或可遺巾幗	간혹 건괵을 보낼 만하지만
選耎¹²¹如辛毗	신비처럼 나약하기만 하다네.
生枝不應節	살아 있는 가지에는 응당 마디 없고
亂葉無所歸	어지러운 잎 돌아갈 곳도 없네.
非君一起予	그대 아니면 누가 날 일으켜 줄까마는
衰疾¹²²豈能詩	늙고 병들어 어찌 능히 시 지으랴.
憶君初解鞍	그대 처음 안장 풀 때 생각나노니
新月挂彎眉	초승달이 굽은 눈썹처럼 걸렸었지.
夜來上金鏡	밤들어 금빛 거울 떠오르니
坐歎光景馳	세월 빨리 감을 탄식했다오.
我有好東¹²³絹	내게 좋은 동견이 있노니
晴明要會期	맑은 날 만날 수 있길 바라네.
猗猗¹²⁴淇園姿	파릇파릇한 기원의 자태

---

121 [교감기] '耎'이 문집에는 '愞'으로 되어 있고 고본에는 '懦'로 되어 있으며, 건륭본에는 '耍'로 되어 있는데 모두 잘못되었다.
122 [교감기] '疾'이 고본·원본·전본·건륭본에는 '病'으로 되어 있다.
123 [교감기] '東'이 고본에는 '素'로 되어 있다.
124 [교감기] '猗猗'가 문집에는 '漪漪'로 되어 있다. 살펴보건대, 물결무늬를 형용할 때, 두 글자는 서로 통용된다. 이후로는 다시 교감하지 않겠다.

此君有威儀	대나무에는 위의가 있어라.
願作數百竿	바라건대, 수백 개의 대나무
水石相因依	수석과 서로 기대고 있었으면.
他年風動壁	다른 해에 바람이 사방 벽에 불어오면
洗我別後思	내 이별한 뒤의 시름을 씻어내 줄 걸세.
開圖慰滿眼	그림 보면서 눈 가득 위로 하는데
何時逐臻玆	어느 때나 이곳에 오시려나.

【주석】

吾宗墨脩竹 心手不自知 : 매승의 「토원부兔園賦」에서 "긴 대나무 아름
답게[125] 못 물을 끼고 있네"라고 했다. 『장자』에서 윤편輪扁이 "마음에
서 터득하여 손에서 호응한다. 입으로 말할 수 없는 것이 이따금 그 사
이에 존재한다"라고 했다.

枚乘兔園賦曰, 脩竹檀欒夾池水. 莊子, 輪扁曰, 得之於心, 而應於手.[126]
口不能言, 有數存焉於其間.

天公造化鑪 攬取如拾遺 : '조화려造化鑪'[127]는 위의 주注에 보인다. 『한

---

125 아름답게 : '단란(檀欒)'은 수려하고 아름다운 모습을 말한다. 시문(詩文)에서는
    대나무를 형용하는 말로 많이 쓰인다.
126 [교감기] '得之於手而應於心'에서 '心'과 '手' 두 글자가 본래 바뀌었는데, 지금 원
    본과 『장자·천도편(天道篇)』에 따라 바뀌어 바로잡는다.
127 조화려(造化鑪) : 『장자』에서 "지금 천지를 큰 화로로 삼고 조물주를 대장장이로
    삼았다[今一以天地爲大爐, 造化爲大冶]"라고 했다.

서·매복전梅福傳』에서 "진나라를 마치 기러기 깃털처럼 들고, 초나라를 마치 줍듯이 취했다"라고 했다.

造化鑪見上注. 漢書梅福傳曰, 擧秦如鴻毛, 取楚若拾遺.

風雪煙霧雨 榮悴各一時 此物抱晚節 君又潤色之 : 연명 도잠의 「형증영形贈影」에서 "초목에도 떳떳한 이치 있노니, 서리 이슬에 지고 핀다오"라고 했다. 낙천 백거이의 「재송栽松」에서 "늦게까지 절개 품은 널 좋아하고, 곧은 모습 품은 널 사랑하노라"라고 했다. 『노론』에서 "동리자산東里子産이 윤색潤色을 했다"라고 했다.

淵明詩, 草木有常理, 霜露榮悴之. 樂天栽松詩曰, 愛君抱晚節, 憐君含直文. 魯論曰, 東里子産潤色之.

抽萌或發石 懸箠有阽危 : 『이아』에서 "'순筍'은 대나무의 싹이다. 미명彌明의 「석정연구石鼎聯句」에서 "언 토란이 힘겹게 싹을 틔우네"라고 했다"라고 했다. '현추懸箠'는 채찍을 끌어온다는 말이다. 『전한서·식화지食貨志』에서 가의賈誼가 "천하를 위하여 위급한 것이 이와 같은 것이 있다고 하여도 어찌 위에서는 놀라지도 않습니까"라고 했는데, 그 주注에서 "'염阽'의 음은 염鹽으로 떨어지고자 한다는 의미이다"라고 했다.

爾雅曰, 筍, 竹萌. 彌明石鼎聯句曰, 凍芋强抽萌. 懸箠謂引鞭也. 前漢食貨志, 賈誼曰, 安有爲天下阽危者若是, 而上不驚者. 注云, 阽音鹽, 欲墜之意.

林梢一片雨 造次以筆追：『노론』의 주注에서 "'조차造次'는 위급하고 분주한 것이다"라고 했다. 동파 소식의 「문여가화죽기文與可畵竹記」에서 "붓을 휘둘러 곧바로 구상한 바를 따라 그린다"라고 했다.

魯論注云, 造次, 急遽也. 東坡作文與可畵竹記曰, 振筆直遂, 以追其所見.

猛吹萬籟作 微凉大音希：『노자』에서 "큰 음은 소리가 드물다"라고 했다. ○ 유공권의 「하일연구夏日聯句」에서 "전각에 서늘한 기운이 이네"라고 했다.

老子曰, 大音希聲. ○ 柳公權詩, 殿閣生微凉.

霜免束毫健 松煙泛硯肥：『범서원法書苑』에 실린 포조의 「비백서명飛白書銘」에서 "가는 붓은 정밀하고 굳세며, 서리 빛의 명주에 선명하게 남아 있네. 여기에 요액瑤液[128]을 붓고 저 송연묵松煙墨[129]에 물들이네"라고 했다.

法書苑鮑照飛白書銘曰, 秋毫精勁, 霜素凝鮮. 沾此瑤液, 染彼松煙.

盤桓未落筆 落筆必中宜：'반환盤桓'은 대개 『장자』에 보이는 화사畵史가 옷을 벗고 두 다리를 쭉 편 채 벌거벗고 있었다는 의미를 사용한 것이다. 『주역・비괘比卦』에서 "서성이니 바름에 거처하면 이롭다"라고

---

128 요액(瑤液) : 여기에서는 벼루에 물을 붓는다는 의미이다.
129 송연묵(松煙墨) : 소나무를 때어서 나오는 그을음으로 만든 먹을 말한다.

372 산곡시집주(山谷詩集注)

했다.

盤桓, 蓋用莊子畫史解衣槃礴裸之意. 易比卦曰, 盤桓利居貞.

今代捧心學 取笑如東施 : '봉심捧心'[130]은 위의 주注에 보인다. 『운계우
의雲溪友議』에 실린 주택朱擇의 「조곽소嘲郭素」에서 "묻노니, 동시가 서시
를 흉내 낸 것이, 곽소를 왕헌지에 견주는 것과 비교해 어떠한가"라고
했다. 살펴보건대, 『환우기』에서 "월주越州의 제기현諸暨縣에는 동시의
집과 서시의 집이 있다"라고 했다.

捧心見上注. 雲溪友議, 朱擇嘲郭素詩曰, 借問東鄰效西子, 何如郭素擬王
軒. 按寰宇記, 越州諸暨縣, 有西施家東施家.

或可遺巾幗 選耎如辛毗 : 『진서·선제기宣帝紀』에서 "선제가 제갈량과
함께 진영을 마주하고 있었는데, 조정에서 선제에게 지중持重하며 그들
의 변화를 살피라고 명령했다. 제갈량이 선제에게 건괵巾幗[131]과 부인
들이 쓰는 장신구를 보냈다. 이에 선제는 격노하여 표문을 올려 결전決

---

130 봉심(捧心) : 『장자』에서 "사금(師金)이 '서시(西施)가 가슴을 앓아 마을에서 얼
  굴을 찡그리고 다니자 그 마을의 어떤 추녀가 그것을 보고 아름답게 여겨 자기
  집에 돌아가 그 또한 가슴을 부여잡고 마을 사람들 앞에서 얼굴을 찡그렸다. 그
  마을의 부자들은 그것을 보고는 문을 굳게 닫고 밖으로 나오려 하지 않았고 가난
  한 사람들은 그것을 보고는 처자식을 이끌고 그 마을을 떠나 버렸다'라 했다[西
  施病心而矉其里, 其里之醜人見而美之, 歸亦捧心而矉其里. 其里之富人見之, 堅閉門
  而不出. 貧人見之, 挈妻子而去之]"라고 했다.
131 건괵(巾幗) : 부녀자들이 쓰던 두건과 머리장식을 말한다.

戰을 청했다. 그러나 천자는 허락하지 않고 신비辛毗를 보내 부절을 지니고 가서 군사軍師가 되어 이를 제지하게 했다"라고 했다.『한서』에서 두흠杜欽이 왕봉王鳳에게 말하길 "논의하는 자들이 나약하여 다시 화해和解를 고수할까 두렵습니다"라고 했는데, 그 주注에서 "'선연選耎'은 두려워 나가지 못한다는 의미이다. '선選'은 '식息'과 '곤袞'의 반절법이고 '연耎'은 '인人'과 '곤袞'의 반절법이다"라고 했다.

晉書宣帝紀, 帝與諸葛亮對壘, 朝廷命帝持重, 以候其變. 亮遺帝巾幗婦人之餙, 帝怒, 表請決戰. 天子不許, 乃遣辛毗仗節爲軍師以制之. 漢書杜欽說王鳳曰, 恐議者選耎, 復守和解. 注云, 選耎, 怯懦不前之意. 選, 息袞反, 耎, 人袞反.[132]

生枝不應節 亂葉無所歸 : 동파 소식의「문여가화언죽기文與可畫偃竹記」에서 "대나무가 처음 나올 적에는 한 치쯤 되는 작은 싹이지만, 마디와 잎이 모두 갖추어져 있다. 매미의 배와 뱀의 껍질 같은 것으로부터 열 길이나 뽑은 검과 같은 것에 이르기까지 땅에서 솟아 나온다. 그런데 지금 대나무를 그리는 자들은 마디마다 만들고 잎마다 포개니, 어찌 다시 제대로 된 대나무가 있겠는가"라고 했다.

東坡作文與可畫偃竹記曰, 竹之始生, 一寸之萌耳, 而節葉具焉. 自蜩腹蛇蚹, 以至於劍脊十尋者, 生而有之也. 今畫者乃節節而爲之, 葉葉而累之, 豈復

---

132 **[교감기]** '漢書 (…중략…) 袞反'이 전본에는 삭제되어 있다.『한서·서남이전(西南夷傳)』의 안사고(顏師古) 주를 참고했다.

有竹哉.

非君一起予 衰疾豈能詩 : '기여起予'[133]는 위의 주注에 보인다. 두보의 「대운사찬공방大雲寺贊公房」에서 "탕휴가 나의 문장벽을 부채질하며, 시 지어 달라 미소로 말하네"라고 했다.

起予見上注. 老杜詩, 湯休起我病, 微笑索題詩.

憶君初解鞍 新月挂彎眉 夜來上金鏡 坐歎光景馳 : 원명 포조의 「완월玩月」에서 "처음 서남쪽에 보일 때는, 가늘고 가늘어 옥 고리 같았네. 미양궁 동북 계단에선, 곱고 곱기가 아미 같았네"라고 했다. 이하의 「십이월악사十二月樂辭 · 십월十月」에서 "긴 눈썹 같은 달 대하니 굽은 옥 같구나"라고 했다. 태백 이백의 「도형문송별渡荊門送別」에서 "달이 떠올라 하늘 거울 날아다니네"라고 했다. 자건 조식은 「공후행箜篌行」에서 "태양은 서쪽으로 달려 흘러가네"라고 했다.

鮑明遠玩月詩, 始見西南樓, 纖纖似玉鉤. 未映東北墀, 娟娟似蛾眉. 李賀詩, 長眉對月鬭彎環. 太白詩, 月上飛天鏡. 曹子建箜篌行曰, 光景馳西流.

我有好東絹 晴明要會期 : 두보의 「쌍송도가雙松圖歌」에서 "나에게 좋은 동견東絹 한 필이 있는데, 금수단錦繡段 못지 않게 중히 여긴다네. 이미

133 기여(起予) : 『노론』에서 "나를 흥기시키는 자는 상(商)이구나. 비로소 더불어 시에 대해서 말할 수 있겠다[起予者, 商也, 始可與言詩已矣]"라고 했다.

털고 닦아 광채가 요란하니, 붓을 놀려 곧은 소나무 그려 주시게"라고
했다. 낙천 백거이의 「군중즉사郡中卽事」에서 "개인 맑은 날 날씨 좋아
라"라고 했다. 『후한서』에 실린 채염蔡琰의 시에서 "이별 생각하니 다
시 만날 기약 없어라"라고 했다. 살펴보건대, 『전국책』에서 위문후魏文
侯가 "어찌 다시 만날 기약 없으리오"라고 했다.

老杜雙松圖歌曰, 我有一匹好東絹, 重之不減錦繡段. 已令拂拭光凌亂, 請
公放筆爲直幹. 樂天詩曰, 晴明好天氣. 後漢書, 蔡琰詩曰, 念別無會期. 按戰
國策, 魏文侯曰, 豈可不一會期哉.

猗猗淇園姿 此君有威儀 : 『시경·기욱淇奧』에서 "저 기수의 물굽이 바
라보니, 푸른 대나무는 파릇파릇"이라고 했다. 또한 "엄숙해라 당당해
라, 환하여라 또렷해라"라고 했는데, 그 注에서는 "'훤咺'은 위의가
널리 드러나는 것이다"라고 했다. '기원淇園'[134]은 위의 注에 보인다.

淇奧詩曰, 瞻彼淇奧, 綠竹猗猗. 又曰, 瑟兮僩兮, 赫兮咺兮. 注云, 咺, 威
儀宣著也. 淇園見上注.

願作數百竿 水石相因依 : 『문선』에 실린 사령운의 「석벽정사환호중작
일수石壁精舍還湖中作一首」에서 "부들과 피는 서로 기대고 있네"라고 했다.

選詩云, 蒲稗相因依.

---

134 기원(淇園): 『한서·구혁지(溝洫志)』에서 "기원의 대나무를 잘라 와서 둑을 만
　　들었다[下淇園之竹以爲楗]"라고 했다.

他年風動壁 洗我別後思 : 당唐나라 사람 이익李益의 「죽창문풍기사공서竹窓聞風寄司空曙」에서 "문 여니 바람이 대나무 흔들어, 마치 옛 벗이 오는 줄 알았네"라고 했다. 이 의미를 이용했다. 『문선』에 실린 원사종의 「영회詠懷」에서 "회오리바람 사벽에 불어오네"라고 했다. 연명 도잠의 「송방참군시서送龐參軍詩序」에서 "또한 헤어진 뒤 서로 생각하는 밑거름이 되리라"라고 했다. 퇴지 한유의 「송무본사귀범양送無本師歸范陽」에서 "힘써 시가를 지어, 너와 헤어진 이후에 보리라"라고 했다. 또한 「송이고送李翺」에서 "헤어질 때 차라리 괴로워하시고, 헤어진 뒤 생각은 마시게"라고 했다.

唐人李益竹窓聞風寄司空曙詩, 開門風動竹, 疑是故人來. 此用其意. 文選阮嗣宗詩, 回風吹四壁. 淵明送龐參軍詩序曰, 且爲別後相思之資. 退之詩, 勉率作歌詩, 慰子別後覽. 又云, 寧懷別時苦, 勿作別後思.

開圖慰滿眼 何時遂臻玆 : 두보의 「시질좌示姪佐」에서 "그대가 눈앞에 찾아오자 위로가 되는구나"라고 했다. 『한서·곽거병전霍去病傳』에서 "마침내 소월지小月氏[135]에 이르렀다"라고 했다. 『사기·사마상여전司馬相如傳』에서 "길상의 징조가 이에 이르렀다"라고 했다.

老杜詩, 君來慰眼前. 漢書霍去病傳曰, 遂臻小月氏. 司馬相如傳曰, 符瑞臻玆.

---

135 소월지(小月氏) : 한나라 때 서역(西域)에 있던 나라로, 감숙성(甘肅省)과 청해현(靑海縣), 서령현(西寧縣) 일대에 있었다.

1. 장난스레 주공무와 유방직, 전자평에서 편지를 써서 보내다. 5수

戲簡朱公武劉邦直田子平. 五首

첫 번째 수其一

不趨吏部曹中版	이부에 수판을 들고 가지 않고
且鱠高沙湖裏魚	또한 고사호 속의 물고기 회를 뜨네.
雖無季子六國印	비록 계자처럼 여섯 나라 인끈은 없지만
要讀田郎萬卷書	전랑처럼 만권의 책을 읽어야 하리라.

【주석】

不趨吏部曹中版 且鱠高沙湖裏魚 : 산곡 황정견이 이부랑에 임명된 것을 사양했기에, 수판手版[1]을 들고 성조省曹에 나가지 않은 것이다. 『저궁구사渚宮舊事』에서 "왕림이 저표翥表가 되어 이로써 다스릴 때에 "고사호의 늙은 노모는 비단에 마음을 둔 것이 아니요, 백유의 계집애가 어찌 푸른 구슬을 기약하리오"라는 말이 있었다"라고 했다. 그 주注에서 "강릉 서쪽 이십 리에 고사호가 있고 그 호수 가운데 물고기가 많다"라고

---

1   수판(手版) : 상아로 만든 홀(笏)인데, 조현(朝見) 때 손에 드는 것이다.

했다.

山谷辭吏部郎之命, 故不持手版以趨省曹. 渚宮舊事曰, 王琳爲組表以刺時, 有曰, 高沙老母, 非有意於羅綺. 白鮪女兒, 豈期心於珠翠. 注云, 江陵西二十里有高沙湖, 其中多魚.

雖無季子六國印 要讀田郎萬卷書 : 『사기·소진전蘇秦傳』에서 "소진이 낙양을 지날 때에 그 형수가 사죄하며 "그대를 보니 지위가 높고 돈이 많기 때문이네"라고 했다. 이에 소진이 한숨 쉬고 탄식하면서 "나에게 낙양의 성곽 안에 있는 밭 2경을 주었었다면, 어찌 여섯 나라 재상의 인끈을 찰 수 있었겠는가"라 했다"라고 했다. 초주譙周의 주注에서 "소진의 자字는 계자季子이다"라고 했다. 『삼보결록三輔決錄』의 주注에서 "전봉田鳳이 상서랑이 되어 용의容儀가 단정했는데, 영제靈帝가 그를 보내며 멀리 보이지 않을 때까지 보고서는 기둥에 "의젓하도다 자장子張이여, 경조京兆의 전랑田郎이여"라고 썼다고 한다"라고 했다. 이 구절을 차용하여 전자평에게 붙인 것이다.

史記蘇秦傳, 秦過雒陽, 其嫂謝曰, 見季子位高金多也. 秦喟然歎曰, 使我有雒陽負郭田二頃, 吾豈能佩六國相印乎. 譙周注云, 秦字季子. 三輔決錄注曰, 田鳳爲尙書郎, 容儀端正, 靈帝目送之, 回題柱曰, 堂堂乎張, 京兆田郎. 此借用, 以屬子平.

두 번째 수其二

歡伯可解藜藿嘲	환백은 여곽의 조롱 피할 수 있으며
孔方定非金石交	공방은 진실로 금석의 사귐 아니라오.
君看劉郎最多智	그대는 보라, 유랑은 가장 지혜가 많나니
昨者火事幾焚巢	지난날 불로 몇 번이나 둥지가 탔던고.

【주석】

歡伯可解藜藿嘲 孔方定非金石交 : '환백歡伯'[2]과 '여곽藜藿'[3]은 모두 앞의 주注에 보인다. 『한서』에 양웅의 「해조解嘲」가 실려 있는데, 이것을 차용한 대목이다. 『진서』에 실린 노포魯褒의 「전신론錢神論」에서 "친하기로는 형과 같으며 자字는 공방孔方이다"라고 했다. '금석교金石交'[4]는 또한 위의 주注에 보인다.

歡伯藜藿皆見上注. 漢書楊雄有解嘲, 此借用. 晉書魯褒錢神論曰, 親之如兄, 字曰孔方. 金石交亦見上注.

---

2 환백(歡伯) : 초공(焦贛) 『역림(易林)』의 감괘(坎卦)에서 태괘(兌卦)로 넘어가는 것에서 "술이 환백(歡伯)이 되니, 걱정을 없애주고 즐거움을 오게 한다[酒爲歡伯, 除憂來樂]"라고 했다. '환백'은 즐거움을 주는 벗으로, 술을 말한다.
3 여곽(藜藿) : 퇴지 한유의 「최십육소부(崔十六少府)」에서 "뱃속에 명아주와 비름만 가득하네[腸肚集藜莧]"라고 했다.
4 금석교(金石交) : 『한서·한신전(韓信傳)』에서 무섭(武涉)이 "그대는 스스로 한왕(漢王)과 금석지교를 맺었다고 여긴다[足下自以爲與漢王爲金石交]"라고 했다. 주(注)에서 "그 견고함을 취한 것이다[取其堅固]"라고 했다.

君看劉郎最多智 昨者火事幾焚巢 : 재앙과 근심이 오는 것을 지혜로도 알 수 없는데, 하물며 부귀는 정해진 분수가 있으니 어찌 지혜와 힘으로써 구할 수 있겠는가라는 말이다. '유랑劉郎'은 유방직을 말한다. 유우석의 「재유현도관再游玄都觀」에서 "지난날의 유랑이 지금 또 왔네"라고 했는데, 이 구절을 차용한 것이다. 『위지·무제기武帝紀』의 주注에서 "『위서』에서 "조공은 네 개의 눈과 두 개의 입을 가지고 있지 않고 다만 지혜가 많을 뿐이다"라 했다"라고 했다. 『유마경』에서 "불은 여전하지만 피해를 입지 않았다"라고 했다. 『주역·여괘旅卦』의 상구上九에서 "새가 둥지를 불태우니 나그네가 먼저는 웃고 뒤에는 울부짖는다"라고 했다.

言禍患之來, 非智慮所及. 況貧富有定數, 安可以智力求之耶. 劉郎謂邦直. 劉禹錫詩曰, 前度劉郎今又來. 此借用. 魏志武帝紀注, 魏書曰, 曹公非有四目兩口, 但多智耳. 維摩經曰, 火事如故, 而不爲害. 易旅卦之上九, 鳥焚其巢, 旅人先笑後號咷.

세 번째 수其三

劉郎好詩又能文	유랑은 시 좋아하고 또한 글도 잘 지으니
方我奔竄義甚敦	내가 분주히 쫓겨날 때에 의리 대단히 돈독했지.
爲親未葬走人門	친한 벗 위해 달려가 장사지내지 못했노니
閉門却掃不足論	대문 닫고 뜰 쓸지 않는 것은 논할 것도 없네.

【주석】

劉郞好詩又能文 方我奔竄義甚敦 : '분찬奔竄'은 검중黔中으로 갈 때에 형
남荊南의 길로 갔다는 것을 말하는데, 이 작품은 대개 과거의 일을 추억
한 것이다. 『문선』에 실린 자건 조식의 「증서간贈徐幹」에서 "친교는 의
리가 돈독한데 있다"라고 했다. 퇴지 한유의 「강한답맹교江漢答孟郊」에
서 "아, 나와 그대는 이 의리 늘 돈독했다오"라고 했다.

奔竄謂赴黔中時取道荊南, 此詩蓋追記往事也. 文選曹子建詩曰, 親交義在
敦. 退之江漢答孟郊詩云, 嗟我與夫子, 此義每所敦.

爲親未葬走人門 閉門却掃不足論 : 친분이 있었기에 세상에서 부앙함
을 면치 못했다. 그러나 이밖의 것에 대해서는 모두 말할 만한 것이 못
되니, 대문을 닫고서 정원의 길도 쓸지 않는 것이 마땅하다. 『문선』에
실린 문통 강엄의 「한부恨賦」에서 "이르러 경통이 찾아오니, 관직 버리
고 고향으로 돌아와 대문을 닫고서 정원의 길도 쓸지 않은 채, 문 막고
서 벼슬하지 않았네"라고 했다. 이선李善의 주注에서는 사마표司馬彪의
『속한서』를 인용하여 "조일은 문 닫고 정원의 길도 쓸지 않은 채, 덕을
지닌 사람이 아니면 교제하지 않았다"라고 했다.

爲親之故, 未免俯仰世間, 此外皆不足道, 閉門却掃可也. 文選江文通恨賦
曰, 至乃敬通見抵, 罷歸田里, 閉關却掃, 塞門不仕. 李善注引司馬彪續漢書
曰, 趙壹閉門却掃, 非德不交.

네 번째 수其四

朱家塤篪好兄弟	주가는 질나팔 젓대 불며 좋은 형제 사이로
陋巷六經葵莧秋	누추한 곳에서 접시꽃 가을 여섯 번 보냈네.
我卜荊州三畝宅	내가 형주에 삼무의 집 짓고서
讀田家書從之游	농사 책 읽으며 따라 노닐고 싶구나.

【주석】

朱家塤篪好兄弟 陋巷六經葵莧秋 : 『시경』에서 "백씨는 질나팔을 부니, 중시는 젓대를 불었다"라고 했다.

詩曰, 伯氏吹塤, 仲氏吹篪.

我卜荊州三畝宅 讀田家書從之游 : 『초사』에 굴원이 지은 「복거편卜居篇」이 실려 있다. 동파 소식의 「차형공운次荊公韻」에서 "내게 삼무의 집 지어 살자고 권하나, 그대 따라 십 년이나 늦은 것 이미 한스럽네"라고 했다. 개보 왕안석의 「두보화상杜甫畫像」에서 "바라건대, 죽은 그대 일어나 따라 노닐 수만 있다면"이라고 했다. 살펴보건대, 『문선』에 실린 휴문 심약의 「유종산시응서양왕교游鍾山詩應西陽王教」에서 "좇아 노닐고 싶노니, 이것이면 이 마음 족하리"라고 했다. ○ 퇴지 한유의 「송제갈각送諸葛覺」에서 "지금 자네가 그를 따라 놀게 되면, 배우고 묻기를 하고 싶은 대로 할 수 있으리"라고 했다.

楚詞屈原有卜居篇. 東坡詩, 勸我試尋三畝宅, 從公已恨十年遲. 王介甫作杜甫畵像詩云, 願起公死從之游. 按文選沈休文詩, 所願從之游, 寸心於此足.

○ 退之送諸葛覺詩云, 今子從之游, 學問得所欲.

다섯 번째 수其五

朱公趨朝瘦至骨	주공이 조정 가서는 여위어 뼈 솟았는데
歸來豪健踞胡床	돌아와서는 건강하게 호상에 걸터앉았네.
日看省曹閣者面	매일 성조에서 문지기의 얼굴만 보았으니
何如田家侍兒粧	전가 시녀의 단장과 비교하면 어떻던가.

【주석】

朱公趨朝瘦至骨 歸來豪健踞胡床 日看省曹閣者面 何如田家侍兒粧 : 『열자』에서 "자공이 칠일 동안 먹지 않아 뼈가 드러나게 되었다"라고 했다. 『진서·환이전桓伊傳』에서 "수레에서 내려 호상에 걸터앉아 삼조三調를 지었다"라고 했다. ○ '전가시아田家侍兒'[5]는 아마도 사실을 기록한

---

5   전가시아(田家侍兒) : 자면(子勉) 고하(高荷)가 지은 「국향시서(國香詩序)」에서 "국향은 형저(荊渚)에 사는 전 씨(田氏)의 시아(侍兒) 이름이다. 태사 황정견이 남계로부터 부름을 받고 이부부랑(吏部副郎)이 되어, 형주에 머물면서 이 고을을 다스리고 싶다고 했다. 조정의 보고를 기다리고 있으면서 거처한 곳이 바로 이 여자의 이웃집이었다. 황정견이 우연히 이 여인을 보고서는 유순하고 얌전하며 아름다워 이전에 이 같은 사람을 본적이 없었다고 생각했다. 뒤에 그 집안에서 그 여인을 비루한 마을의 가난한 백성에게 시집보냈는데, 그 일로 인해 이 시를 지어 마음을 붙였고 나에게 화답해 달라고 했다. 수년이 지난 뒤에 황정견은 영외(嶺外)에서 죽었고 당시 빈객들도 구름처럼 흩어졌다. 이 여인도 이미 두 명

것으로, 하권下卷의 「수선화水仙花」라는 작품의 주注에 보인다.

列子曰, 子貢七日不食, 以至骨立. 晉書桓伊傳, 下車踞胡床, 作三調. ○
田家侍兒蓋紀實事, 見下卷水仙花注.[6]

의 아들을 낳았었고 형남에 흉년이 들자, 그 여인의 지아비가 여인을 전 씨의 집
에 팔았다. 전 씨가 하루는 나를 초대하여 술자리는 마련했는데, 그 여인이 그
자리에 왔는데 초췌한 모습으로 이전의 아름다운 모습이 없었다. 앉은 자리에서
당시의 일을 이야기하다가 서로 탄식하곤 했다. 내가 전 씨에게 '국향'이라고 그
여인을 이름 붙이라고 부탁하여 이로써 황정견의 뜻을 이루어주고자 했다. 정화
(政和) 3년 봄, 경사(京師)에서 표제(表弟) 여음(汝陰) 왕성지(王性之)를 만났는
데, 태사 황정견 시의 본의에 대해 물어 보길래, 그 일에 대해 자세히 말해 주었고
인하여 다음과 같은 시를 지었다. "남계의 태사가 조정으로 돌아감 늦추며, 강릉
에서 수레 멈추고 자못 예뻐했었지. 훌륭한 재주로 일찍이 「수선화」라는 작품
읊조렸는데, 국향을 하늘이 보살피지 않아 애석하구나. 꽃에 마음 붙여 나부(羅
敷)로 삼았지만, 십칠 년 동안 십오 년은 있지 않았다오. 송옥의 대문과 담장에는
귀한 이 오지 않았고, 남교의 뜰과 대문에 가난한 삶은 괴이했지. 십 년 세월 그리
워하며 멀리서 살았는데, 공은 다시 오지 않고 하늘로 가시었네. 이미 이웃집에
시집 간 아름다움 모습, 공연히 시인의 간절한 구절만 전해지네. 난새와 학을 이
별한 슬픔 들었노니, 고침(藁砧)에 의지 못하고 아미(蛾眉)가 팔렸다네. 바람 분
뒤에 복숭아 꽃 열매 맺었고, 무협의 구름은 꿈속에나 있었다오. 전랑의 호사스
러운 일을 안 지 오래이고, 고운 명주 주고받으며 돌과 같은 벗이었지. 초췌한
모습에도 낙포(洛浦)의 비(妃)인가 했고, 풍류는 진실로 장대(章臺)의 버들이었
다오. 보배로 꾸민 트레머리와 무소의 머리빗 및 금빛 목걸이로, 술동이 앞에서
처음엔 동교요(董嬌饒)인줄 알았네. 두목 늦게 옴에 응당 한스러워 했을 테고,
근심 겨운 위소주(韋蘇州)처럼 마음 녹아내리네. 도리어 수선화 시를 지은 것과
유사하니, 서가(西家)의 학사 황정견 너무도 생각나네. 이에 첩과 첩의 당시 일을
알았으니, 부질없이 '황(黃)'자 쓰지 않은 것 한스럽네. 왕자가 이 이야기 상세히
처음 듣고서는, 시 지어 주며 너무도 서글퍼했다오. 다만 지금은 좋을 방법이 없
노니, 헛되이 전랑으로 하여금 국향이라 부르게 하네"라 했다"라고 했다.

6   [교감기] 원본·부교본에는 '田家侍兒云云'이라는 주(注)가 없다.

2. 익수 네 번째 동생의 작품에 차운하다
【황우익의 자는 익수로 시어사 소의 셋째 아들이다】

次韻益修四弟【黃友益, 字益修, 侍御史昭之第三子也】

霜晩菊未花	서리 내린 저물녘 국화 피지 않았으나
節物亦可嘉	계절의 사물로 또한 기뻐할 만하네.
欣欣登高侶	즐거움 속에 벗과 높은 곳에 오르니
畏雨占暮霞	비 온 뒤에 저녁노을 자리 잡았구나.
楚人醯綠豆	초나라 사람 녹두로 술 빚어서
輕碧自相誇	옅은 푸른 빛 서로 자랑하누나.
老夫不舉酒	늙은이는 술을 들지 않지만
嚘嗽鳴兩車	침 삼키니 양거가 시끄럽네.
良辰與美景	좋은 시절과 아름다운 경치
客至但成嗟	길손 이르러 다만 감탄할 뿐이네.

【주석】

霜晩菊未花 節物亦可嘉 : 『문선』에 실린 사형 육기의 「의고시擬古詩」에서 "주저하는 마음에 계절을 느끼나니, 내 떠나온 지 이미 오래되었네"라고 했다.

文選陸士衡擬古詩, 踟躕感節物, 我行已永久.[7]

---

7   久: 중화서국본에는 '父'로 되어 있는데, '久'의 오자이다.

欣欣登高侶 畏雨占暮霞 : 산곡 황정견의 자주自注에서 "속담에 이르길 "아침 안개엔 문을 나서지 말고 저녁에 노을 끼면 천 리 길을 간다"라 했다"라고 했다. ○『한서』에서 "높은 곳에 올라 능히 시 읊조리면 대 부가 될 만하다"라고 했다. ○ 비장방費長房은 중양절에 높은 곳에 올라 술을 마시었다.

山谷自注, 諺云, 朝霞不出門, 暮霞行[8]千里. ○ 漢書, 登高能賦, 可爲大夫. ○ 費長房九日登高飮.[9]

楚人醞綠豆 輕碧自相誇 : 산곡 황정견이 이때에 형주에 있었는데, 형 주는 초나라 땅이다. 그래서 뒤편의 시에 '저궁渚宮'이라는 구절이 있 다. ○ 녹두로 누룩을 만들어 술을 빚으며 그 색깔이 푸르고 푸르다. 지금 사람들은 죽광주竹光酒라고 부른다.

山谷時在荊州, 荊州卽楚地, 故後詩有渚宮之句. ○ 謂以綠豆爲麴而釀酒 也, 其色靑碧, 今人謂之竹光酒云.[10]

老夫不擧酒 嚼嗽鳴兩車 :『황정경』에서 "입은 옥지玉池로 태화궁太和宮 이니, 영액靈液,침을 삼키니 재앙이 간여하지 못한다"라고 했다. '양거兩 車'는 협거頰車를 말한다.『좌전』에서 "덧방나무와 수레의 몸은 서로 의

---

8   [교감기] '行'이 문집에는 '走'로 되어 있다.
9   [교감기] '漢書 (…중략…) 高飮'이 원본·부교본에는 없다.
10   [교감기] '謂以 (…중략…) 酒云'이 원본·부교본에는 없다.

지한다"라고 했다.

黃庭經曰, 口爲玉池太和官, 嗽咽靈液災不干. 兩車謂煩車也. 左傳曰, 輔車相依.

良辰與美景 客至但成嗟 : 『문선』에 실린 사령운의 「의위태자업중집시서擬魏太子鄴中集詩序」에서 "천하에 좋은 시절, 아름다운 경치, 완상하는 마음, 즐거운 일, 이 네 가지를 동시에 만나기는 어렵다"라고 했다. 연명 도잠의 「구일한거시서九日閒居詩序」에서 "내가 한가롭게 살게 되면서 중구重九라는 이름을 좋아하게 되었다. 가을 국화가 뜰에 가득하고 술을 마시고 싶어도 마련할 길이 없어 헛되이 국화를 바라보다 마음을 시에 붙인다"라고 했다.

文選謝靈運擬魏太子鄴中集詩序曰, 天下良辰美景賞心樂事, 四者難幷. 淵明九日閒居詩序云, 余閒居, 愛重九之名. 秋菊盈園, 而持醪靡由, 空服九華, 寄懷于言.

3. 협주의 술을 익수가 보내왔기에 다시 앞의 운자를 이어 짓다

以峽州酒遺益修, 復繼前韻

令節不把酒	좋은 시절에 술을 들지 못하고
新詩徒拜嘉	새로운 시로 한갓 절하며 기뻐하네.
頗憶宋玉賦	자못 송옥의 부가 생각나노니
登高氣¹¹成霞	높이 오르자 기세 노을이 되었지.
渚宮但衰柳	초저궁에는 다만 시든 버들뿐이니
朝雲爲誰誇	조운은 누굴 위해 과시하리오.
吾宗懷¹²古恨	우리 종손 옛 한을 품은 채
流涎過麴車	누룩 수레 지나면 침을 흘리네.
一壺澆往事	한 병 술로 지난날 씻어내며
聊送解愁嗟	애오라지 근심을 풀어버리네.

【주석】

令節不把酒 新詩徒拜嘉 : 퇴지 한유의 「청탄금시서聽彈琴詩序」에서 "일찍이 삼영절三令節¹³이 되면 여러 유사有司에게 조서를 내려, 술 마시며 즐기게 했다"라고 했다. 『구당서』를 살펴보건대, 정원貞元 4년에 조서

---

11 [교감기] '氣'가 문집에는 '意'로 되어 있다.
12 [교감기] '懷'가 전본에는 '憶'으로 되어 있다.
13 삼령절(三令節) : 음력 2월 1일인 정조(正朝)와 추석(秋夕) 및 한식(寒食)을 말한다.

를 내려, 2월 1일, 3월 3일, 9월 9일 세 절일節日에는 모든 관료들로 하여금 경치 좋은 곳을 골라 즐기게 했다. 퇴지 한유의 「유성남遊城南」에서 "술 잡고 남산을 마주하네"라고 했다. 『좌전』에서 "감히 절하며 기뻐하지 않을 수 있겠습니까"라고 했다.

退之聽彈琴詩序曰, 肇置三令節, 詔群有司, 飮酒以樂. 按舊唐書貞元四年詔, 正月晦日三月三日九月九日三節日, 使[14]百寮[15]追賞爲樂. 退之詩, 把酒對南山. 左傳曰, 敢不拜嘉.

頗憶宋玉賦 登高氣成霞 : 송옥은 「고당부高唐賦」와 「신녀부神女賦」를 지었었다. 『한서·예문지藝文志』에서 "높은 곳에 올라 능히 시를 지을 수 있다면 대부가 될 만하다"라고 했다. '기성하氣成霞'는 문장의 기세가 이처럼 성대하다는 것을 말한다. 형주는 초나라 땅이며, 송옥이 초나라 사람이었기에 중양절에 높은 곳에 올라서 마침내 송옥의 일을 언급하게 된 것이다. 자건 조식의 「칠계七啓」에서 "강개하면 그 기세가 무지개가 된다"라고 했다. 「촉도부蜀都賦」에서 "붉은 기운이 펼쳐져 노을이 된다"라고 했다.

宋玉有高唐神女賦. 漢書藝文志, 登高能賦, 可以爲大夫. 氣成霞言文章之氣, 蔚然如此. 荊州蓋楚地, 而宋玉楚人, 故因九日登高, 遂及此事. 曹子建七啓曰, 慷慨則氣成虹蜺. 蜀都賦曰, 舒丹氣而爲霞.

14 　使 : 중화서국본에는 '任'으로 되어 있는데, '使'의 오자이다.
15 　[교감기] '百寮'가 원본·부교본에는 '百官'으로 되어 있다.

渚宮但衰柳 朝雲爲誰誇 : 두우杜佑의 『통전通典』에서 "강릉현에 초저궁 楚渚宮이 있다"라고 했다. '조운朝雲'[16]은 송옥의 「고당부高唐賦」에 보이는 데, 이미 위의 주注에서 말한 바 있다.

杜佑通典曰, 江陵縣有楚渚宮. 朝雲見宋玉高唐賦, 已具上注云.

吾宗懷古恨 流涎過麴車 一壺澆往事 聊送解愁嗟 : '해解'가 다른 판본에 는 '내耐'로 되어 있다. ○ 이옹李邕의 「등력하고성원외손신정登歷下古城員 外孫新亭」에서 "내 종손은 진실로 신묘하고 뛰어나네"라고 했다. 「동경 부東京賦」에서 "선제의 옛 터전 바라다보니, 강개한 생각 일어 옛날 그 리노라"라고 했다. 두보의 「음중팔선가飮中八仙歌」에서 "길에서 누룩 수 레만 보아도 군침을 흘리네"라고 했다. 또한 두보의 「원유遠遊」에서 "시를 읊어 탄식 풀어내네"라고 했다. 사령운의 「입팽려호구入彭蠡湖口」 에서 "삼강에 얽힌 옛이야기 지난 일이 되었네"라고 했다.

解一作耐. ○ 李邕詩, 吾宗固神秀. 東京賦曰, 望先帝之舊墟, 慨長思而懷 古. 老杜歌曰, 道逢麴車口流涎. 又詩, 吟詩解歎嗟. 謝靈運詩, 三江事多往.

---

16 조운(朝雲) : 송옥의 「고당부(高唐賦)」에서 "선왕이 일찍이 고당에서 노닐다가 한 부인을 보았습니다. 그 여인이 '첩은 무산(巫山)의 여자로, 고당(高唐)의 손님 으로 있습니다. 들자하니 임금께서 고당에서 노닌다고 하니 원컨대 베개와 자리 를 받들고 싶습니다'라고 했다. 왕이 인하여 사랑을 나눴다. 그녀가 떠나면서 말 하기를 '첩은 무산의 남쪽, 높은 구릉의 험한 곳에 있습니다. 아침에는 아침 구름 이 되고 저녁에는 내리는 비가 되어[旦爲朝雲, 暮爲行雨] 아침이면 아침마다 저 녁이면 저녁마다 양대(陽臺)의 아래에 있을 것입니다'라 했다"라고 했다.

4. 익수 네 번째 동생이 석병을 보내왔기에 사례하다
謝益修四弟送石屏

石似滄江落日明　　　돌은 창강의 지는 해처럼 밝고
鸕鷀烏鵲滿沙汀　　　가마우지와 오작은 모래톱에 가득해라.
小兒骨相能文字　　　어린 아이 골상은 능히 문자 알만 하니
乞與斑斑作硯屏　　　얼룩덜룩한 연병을 만들어 주고파라.

【주석】

石似滄江落日明 鸕鷀烏鵲滿沙汀 小兒骨相能文字 乞與斑斑作硯屏 : 『문선』에 실린 언승彦昇 임방任昉의 「증곽동려贈郭桐廬」에서 "창강의 길이 여기에서 막히었다"라고 했다. 두보의 「월왕루가越王樓歌」에서 "산머리 지는 해는 반쯤 잠겼네"라고 했다. 또한 두보의 「전사田舍」에서 "서녘에 해 질 때 가마우지는, 깃 쬐며 어량에 가득하네"라고 했다. 일찍이 산곡 황정견이 형주에 있을 때 쓴 「여단돈례첩與檀敦禮帖」을 보니 연산硯山을 구해 동석同惜의 돌잔치에서 돌잡이를 하고자 했다.[17] 또한 "동석同惜은 지명知命의 어린 아들의 어릴 적 자字이다"라고 했다. 이 시에서 가리키는 것이 어찌 이 아이 동석뿐이겠는가. '골상骨相'[18]은 위의 주注에 보

17　돌잔치에서 (…중략…) 했다 : '시수(試睟)'는 예전 어린 아이가 돌이 되면 어른들이 책이나 바구니, 필묵(筆墨) 및 여러 가지 물건들을 어린 아이 앞에 두고 잡게 한 것으로, 지금의 돌잡이와 같은 것이다.
18　골상(骨相) : 『후한서·반초전(班超傳)』에서 "관상쟁이를 찾아가니 관상쟁이가

인다.

文選任彥昇詩, 滄江路窮此. 老杜詩, 山頭落日半輪明. 又詩, 鸕鷀西日照, 曬翅滿魚梁. 嘗見山谷在荊州與檀敦禮帖, 乞硯山, 欲與同惜試睟. 且云, 同惜, 知命幼子小字也. 此詩所指, 豈此郎耶. 骨相見上注.

"제비의 턱에 호랑이 머리니 날아다니며 고기를 먹을 것이니 만리후가 될 상이다 [燕頷虎頭, 飛而肉食, 萬里侯相]"라 했는데 후에 정원후(定遠侯)에 봉해졌다"라 고 했다.

5. 왕관복의 도미국을 보내왔기에 장난스레 답하다. 2수

戱答王觀復酴醾菊. 二首

첫 번째 수其一

誰將陶令黃金菊	누가 장차 도연명의 황금 국화를
幻作酴醾白玉花	도미[19]의 흰 옥빛 꽃으로 바뀌어 놓았나.
小草眞成有風味	소초가 진실로 성취하면 풍미가 있노니
東園添我老生涯	동원에 내 노년의 삶을 붙인다네.

【주석】

誰將陶令黃金菊 幻作酴醾白玉花 小草眞成有風味 東園添我老生涯 : '소초小草'[20]는 위의 주注에 보인다.

小草見上注.

두 번째 수其二

呂園未肯輕沽我	여씨 정원을 내게 경솔하게 팔지 않았기에

---

19 도미(酴醾) : 꽃 이름이다. 도미(酴醾)는 원래 술 이름인데 꽃이 그 술 빛처럼 하얗다고 해서 붙여진 이름이다.

20 소초(小草) : 『세설신어』에서 "환온이 사안에게 "원지(遠地)는 또한 소초(小草)라고도 하는데, 어찌하여 한 물건인데 두 가지 이름이 있는가"라 묻자, 사안이 대답하지 못했는데, 옆에 있던 학륭이 "땅 속에 묻혀 있으면 원지가 되고 땅 위로 나오면 소초가 됩니다"라 대답했다"라고 했다.

且寄田家砌下栽　　　전자평 집에 보내 계단 아래 심게 했다네.

他日秋花媚重九　　　다른 날 가을꽃에 중양절이 아름다우면

清香知自故人來　　　맑은 향에 옛 벗이 온 줄로 아시게나.

【주석】

呂園未肯輕沽我 且寄田家砌下栽 他日秋花媚重九 清香知自故人來：산곡
황정견이 형주에 있을 때 쓴 「여구양원노첩與歐陽元老帖」에서 "성동 여씨
의 정원에는 대나무가 이미 시들해졌고 또한 그 지역이 널찍해 오갈
수 있는 땅이었기에 대단히 그 곳을 얻고 싶었다. 그래서 다른 사람에
부탁해 가서 묻게 하면서 말을 두세 번이나 했는데, 더불어 말하기 어
려웠다"라고 했다. 또한 「여인첩與人帖」에서 "단돈례檀敦禮가 은혜롭게
난초 몇 개를 보내주었는데, 모두 무성하게 총생했을 뿐 꽃은 피지 않
았다. 그래서 전자평田子平의 집으로 보내어 심게 했다"라고 했다.
『노론』에서 "좋은 가격을 구해 팔고자 하십니까"라고 했다. 그 주注에
서 "'고沽'는 판다는 것이다"라고 했다.

山谷在荊州與歐陽元老帖曰, 城東呂氏園, 竹木已老, 又寬敞, 有經行之地,
甚欲得之. 然託人往問, 語輒再三, 難共語也. 又有與人帖云, 檀敦禮惠蘭數
本, 皆曄曄成叢, 但不花耳. 方送田子平家, 令植之. 魯論曰, 求善賈而沽諸.
注云, 沽, 賣也.

6. 왕자여가 능풍국을 보내왔기에 장난스레 답하다. 2수

戲答王子予送凌風菊, 二首

첫 번째 수其一

病來孤負鸕鶿杓	병들어 홀로 노자표를 저버리니
禪板蒲團入眼中	선판과 부들방석이 눈에 들어오네.
浪說閑居愛重九	한거 속에서 중양절 좋아 한다 멋대로 말하니
黃花應笑白頭翁	누런 꽃은 응당 흰머리 늙은이 비웃으리.

【주석】

病來孤負鸕鶿杓 禪板蒲團入眼中 : 태백 이백의 「양양가襄陽歌」에서 "노자표鸕鶿杓[21]에 앵무배鸚鵡杯[22]여"라고 했다. 『전등록 · 용아선사전龍牙禪師傳』에서 "용아선사가 취미翠微에 있을 때에 취미에게 "무엇이 조사의 뜻입니까"라고 물었다. 취미가 "나에게 선판禪板[23]을 가져다 다오"라고 했다. 이에 용아선사가 선판을 가져다주니, 취미가 그 선판을 받아 용아선사를 때렸다. 또한 임제臨濟에게 "무엇이 조사의 뜻입니까"라고 물었다. 임제는 "나에게 부들방석을 갖다 주시게"라고 했다. 용아선사가 방

---

21 노자표(鸕鶿杓) : 술 그릇 이름이다. 노자라는 물새 모양으로 생겼기에 붙여진 이름이다.
22 앵무배(鸚鵡盃) : 앵무조개의 조가비로 만든 술잔으로, 전하여 아름다운 술잔을 뜻한다.
23 선판(禪板) : 좌선할 때, 피로를 덜기 위하여 손을 얹거나 몸을 기대는 데 쓰는 판자를 말한다.

석을 가져다주니, 임제가 부들방석을 받고서 그것으로 용아선사를 때렸다"라고 했다. 두보의 「취위마추제공휴주상간醉爲馬墜諸公攜酒相看」에서 "강촌의 들판 집들이 다투어 눈에 들어오네"라고 했다.

太白詩, 鸕鶿杓鸚鵡杯. 傳燈錄龍牙禪師傳, 師在翠微時問, 如何是祖師意. 翠微曰, 與我過禪板來. 師遂過禪板, 翠微接得便打. 又問臨濟, 如何是祖師意. 臨濟曰, 與我過蒲團來. 師遂過蒲團, 臨濟接得便打. 老杜詩, 江村野堂爭入眼.

浪說閑居愛重九 黃花應笑白頭翁 : 연명 도잠의 「구일한거시서九日閑居詩序」에서 "내가 한가롭게 살게 되면서 중구重九라는 이름을 좋아하게 되었다. 가을 국화가 뜰에 가득하고 술을 마시고 싶어도 마련할 길이 없어 헛되이 국화를 바라보다 마음을 시에 붙인다"라고 했다. ○ 아래 구는 동파 소식이 「길상사상모란吉祥寺賞牧丹」에서 말한 "늙은이는 머리 위에 꽃 꽂고 부끄러워하지 않건만, 꽃이야 응당 늙은이 머리에 있기 부끄러우리"라는 의미와 매우 비슷하다.

陶淵明九日閑居詩序曰, 余閑居, 愛重九之名. 秋菊盈園, 而持醪靡由, 空服九華, 寄懷於言. ○ 下句大似東坡詩, 人老簪花不自羞, 花應羞上老人頭之意.

두 번째 수其二

王郎頗病金瓢酒   왕랑은 자못 금표주에 빠져 있어

不耐寒花晚更芳　　　찬 꽃이 늦게 다시 피는 걸 못 참네.

瘦盡腰圍怯風景　　　허리 잘록하게 여윈 채 풍경 두려워하여

故來歸我一枝香　　　일부러 나에게 한 가지 향기 보냈노라.

【주석】

王郎頗病金瓢酒 不耐寒花晚更芳 瘦盡腰圍怯風景 故來歸我一枝香：『진
서·왕도전王導傳』에서 주의周顗가 "풍경이 자못 다르니, 눈 들어보면 산
하의 다름이 있구나"라고 했다. 『춘추』에 "정백鄭伯이 완宛을 노나라에
보내어 팽祊을 노나라에 주었다"라고 쓰여 있다. 또한 "제나라 사람이
우리에게 제서濟西의 땅을 돌려주었다"라고 쓰여 있다.

晉書王導傳, 周顗曰, 風景不殊, 擧目有河山之異. 春秋書, 鄭伯使宛來歸
祊. 又書, 齊人歸我濟西田.

7. 왕자여가 감람을 보내주었기에 사례하다

謝王子予送橄欖

方懷味諫軒中果	미간헌 가운데의 과실 생각났는데
忽見金盤橄欖來	갑자기 금빛 쟁반에 감람 옴을 보네.
想共餘甘有瓜葛	여감의 맛과 비슷하다 생각했는데
苦中眞味晩方回	쓴 맛 중에 진미는 늦게서야 입안에 돈다오.

【주석】

方懷味諫軒中果　忽見金盤橄欖來 : 원주元注에서 "융주의 채차률蔡次律 집의 정자 밖에 여감餘甘[24]이 있는데, 내가 이 정자를 미간헌味諫軒이라고 이름 붙였다"라고 했다. ○ '미간味諫'은 여감을 말하는데, 처음 맛을 쓰지만 끝에는 맛이 있다. 『남사·유목지전劉穆之傳』에서 "금빛 쟁반에 빈랑 한 곡을 두었다"라고 했다. '감람橄欖'[25]은 아래의 주注에 보인다.

元注云, 戎州蔡次律家, 軒外有餘甘, 余名之曰味諫軒. ○ 味諫言餘甘, 初

24　여감(餘甘) : 차의 일종으로 감람(橄欖)의 다른 명칭이다.

25　감람(橄欖) : 구양수의 「수곡야행(水谷夜行)」에서 "또한 감람을 먹는 것과 같으니, 진미가 시간이 흐를수록 남아 있네[又如食橄欖, 眞味久愈在]"라고 했다. 『왕립지시화(王立之詩話)』에서 "구양수가 매성유(梅聖俞)의 시에 대해 이르기를 "처음에 읽을 때는 미치지 못한 것을 탄식하다가 며칠 지나 읽으면 점점 맛이 난다. 어찌 감람맛에 그치리오. 오랫동안 다시 읽으면 바야흐로 맛이 오래 가는 것을 안다[始讀之則嘆莫能及, 後數日乃漸有味. 何止橄欖, 回味久方覺永]"라 했다"라고 했다.

苦而終有味. 南史劉穆之傳, 以金梓貯檳榔一斛. 橄欖見下注.

想共餘甘有瓜葛 苦中眞味晚方回 : 진장기陳藏器의 『본초本草』에서 "암마
륵菴摩勒의 열매를 사람들이 먹는데, 처음에는 쓰지만 나중에는 달콤하
다 그래서 '여감'이라고 부른다"라고 했다. 『진서·왕열전王悅傳』에서
"왕열은 왕도王導의 아들이다. 왕도와 왕열이 함께 바둑을 두었는데 왕
도가 수를 무르려고 했다. (왕열이 물려주지 않자) 왕도가 웃으며 "서로 사
이가 과갈瓜葛[26]인데, 어찌 이렇게까지 하느냐"라 했다"라고 했다. 구양
수의 「수곡야행기자미성유水谷夜行寄子美聖兪」에서 "처음에는 감람을 씹
은 것 같지만, 참맛은 오래 입안에 남아있네"라고 했다. 동파 소식의
「감람橄欖」에서 "은은한 단맛이 입 속에 돌고 나면, 벌써 산꿀 같은 맛
이 느껴져 십분 달아라"라고 했다.

陳藏器本草曰, 菴摩勒, 人食其子, 先苦後甘, 故曰餘甘. 晉書王悅傳, 導之
子也, 導與悅棋, 爭道, 笑曰, 相與有瓜葛, 那得爲爾耶. 歐公詩曰, 初[27]如食
欖橄, 眞味久愈在. 東坡橄欖詩云, 待得微甘回齒頰, 已輸崖密十分甛.

---

26 과갈(瓜葛) : 외와 칡이란 뜻으로, 모두 넝쿨이 있어서 서로 얽히는 식물이다. 보
    통 친인척 관계를 말할 때 쓰는 표현이다. 여기에서는 아버지와 아들이라는 의미
    이다.
27 初 : 중화서국본에는 '又'로 되어 있는데, '初'자의 오자이다.

8. 야자 소관을 자여에게 보내다
以椰子小冠送子予

漿成乳酒醺人醉	유주를 마시면 사람이 취하게 되고
肉截鵝肪上客盤	거위 기름 같은 속 잘라 길손 상에 올리네.
有核如匏可雕琢	씨는 표주박 같아 글자 새길 만하고
道裝宜作玉人冠	도사의 복장 위해 옥인관을 만들 만하네.

【주석】

漿成乳酒醺人醉 肉截鵝肪上客盤 有核如匏可雕琢 道裝宜作玉人冠：『교
주기交州記』에서 "야자는 그 가운데 마실 물이 들어 있는데, 이것을 마
시면 취한다"라고 했다. 『도경본초』에서 "야자는 영남주군嶺南州郡에서
나는데 열매는 표주박처럼 크고 껍질을 둥글고 딱딱하다. 속에는 속껍
질이 있는데, 돼지기름처럼 하얗고 두께는 반촌半寸 쯤이다. 그 맛이 또
한 호도胡桃와 같다. 속껍질 속에는 마실 물이 있는데, 우유와 같고 마
시면 시원해 기운을 돋궈준다"라고 했다. 두보의 「사엄중승송청성산
도사유주일병謝嚴中丞送靑城山道士乳酒一甁」에서 "유주 담은 산의 병이 푸른
구름에서 내려왔네"라고 했다. 퇴지 한유의 「성남연구城南聯句」에서 "거
위 기름이 패옥을 끊어버렸네"라고 했다.

交州記曰, 椰子中有漿, 飮之得醉. 圖經本草曰, 椰子出嶺南州郡, 實大如
瓠, 殼圓而堅. 裏有膚, 至白如豬肪, 厚半寸許. 味亦似胡桃. 膚裏有漿, 如乳,

飮之冷而氣醺. 老杜詩, 山瓶[28]乳酒下靑雲. 退之詩, 鵝肪截佩璜.

---

28 [교감기] '山瓶'이 송소정본·원본·전본·건륭본에는 '小瓶'으로 되어 있다. 살펴
    보건대, 일반적으로 통행되는 판본의 두보의 「謝嚴中丞送靑城山道士乳酒一瓶」
    이란 작품에는 '山瓶'으로 되어 있다.

9. 양강국에게 드리다

呈楊康國

君家秋實羅浮種	그대 집 추실은 나부산의 종자로
已作纍纍半拂墻	이미 얼키설키 담장 절반을 뒤덮었구나.
莫遣兒童酸打盡	아이 보내 심하게 때리지 마시게
要看霜後十分黃	서리 내린 후 누렇게 익은 걸 보아야 하니.

【주석】

君家秋實羅浮種 已作纍纍半拂墻 莫遣兒童酸打盡 要看霜後十分黃 : 당唐 나라 『노씨잡설盧氏雜說』에서 "당 현종과 덕종 및 희종이 촉 지방을 행 行幸할 때, 절서浙西에서 나부산의 감자柑子를 올렸는데, 모두 열매 맺 지 않았었다"라고 했다. 이것은 대단히 이상한 일이다. 살펴보건대, 태 호太湖 가운데에도 또한 나부산이 있다. 『위지 · 형옹전邢顒傳』에 실린 유 정劉楨이 조식曹植을 간한 글에서 "장차 군후君侯[29]이신데, 여러 서자들 의 봄꽃을 채집하고, 가승家丞의 가을 열매를 잊었다"[30]라고 했다. 살펴

---

29 군후(君侯) : 원래는 열후(列侯)로서 승상이 된 자를 말한다. 여기에서는 형옹을 가리킨다.

30 장차 (…중략…) 잊었다 : '춘화(春華)'는 문채의 찬란함을 가리키는 말이고 '추 실(秋實)'은 덕행의 질실함을 가리키는 말이다. '가승(家丞)'은 한대(漢代)에 태 자의 가정(家政)을 보필하는 관직이다. 삼국 시대 형옹(邢顒)은 덕행이 당당하 다고 칭송받던 인물로 조조가 매우 존경하였다. 이로 인해 조조의 둘째 아들 조 식(曹植)이 자신의 가승으로 삼았으나 형옹은 한사코 사양했다. 이에 서자(庶

보건대, 『한시외전』에서 "가을에 그 열매를 먹는다"라고 했다. 두보의 「제도수題桃樹」에서 "아이들은 자애로운 갈까마귀 못 때리게 해야지"라고 했다.

唐盧氏雜說云, 唐玄宗德宗僖宗幸蜀年, 浙西奏羅浮山柑子皆不結子. 此甚異也. 按太湖中亦有羅浮山. 魏志邢顒傳, 劉楨諫曹植書曰, 將謂君侯, 采庶子之春華, 忘家丞之秋實. 按韓詩外傳云, 秋得食其實. 老杜詩云, 兒童莫信打慈鴉.

子) 유정(劉楨)이 조식에게 글을 보내어 "형옹은 참으로 절조 높은 아사(雅士)인데 소홀히 대우하고 자신은 못난 사람인데 특별히 예우하니, 이것은 서자인 자신의 문채를 채택하고 가승인 형옹의 덕망을 잊는 것이다"라는 요지로 간언을 한바 있다.

10. 또 강국에게 장난스레 드리다

又戲呈康國

整冠行客莫先嘗	바른 관 쓴 나그네는 먼저 맛보지 말게
楊子家無數仞牆	양자의 집에는 두어 길은 담장도 없다오.
假借肅霜令弄色	가령 된서리 맞아 물들게 된다면
句添寒日與爭黃	추워지면 구첨과 누런빛을 다투리라.

【주석】

整冠行客莫先嘗 楊子家無數仞牆 假借肅霜令弄色 句添寒日與爭黃 : 『고악부』에서 "군자는 미연에 방지하여, 혐의를 받을 만한 처신을 하지 않는다. 오이 밭에서는 신 끈을 매지 않고, 오얏나무 밑에서는 관을 바로잡지 않는다"라고 했다. 『시경·빈풍豳風·칠월七月』에서 "구월에 된서리가 내린다"라고 했다. 고적高適이 두보에게 보낸 「인일기두이人日寄杜二」에서 "버드나무 물 올라 차마 보지 못하네"라고 했다. '구첨句添'[31]은 황야가黃冶家[32]의 말이다.

古樂府曰, 君子防未然, 不處嫌疑間. 瓜田不納履, 李下不整冠. 豳詩曰, 九月肅霜. 老杜詩, 柳條弄色不忍見. 句添蓋黃冶家語云.

---

31 구첨(句添) : 도가에서 단약을 제조하는 과정을 말하는 것으로 보인다.
32 황야가(黃冶家) : 도가의 단학파를 말하는 것으로 보인다.

11. 마형주의 작품에 차운하다【마성의 자는 중옥이다】

次韻馬荊州【馬城, 字中玉】

六年絶域夢刀頭	육 년 동안 절역에서 도두를 꿈꾸었고
判得南還萬事休	벼슬 버리고 남으로 돌아와
	모든 일 그만두었지.
誰謂石渠劉校尉	누가 석거각의 교리 유향을 말하는가
來依絳帳馬荊州	마형주의 강색 장막에 와서 의지하는데.
霜髭雪鬢共看鏡	서리와 눈 같은 머리로 함께 거울 보며
茱穄菊英同送秋	수유와 국화꽃 속에서 함께 가을 보냈지.
他日江梅臘前破	뒷날 강가 매화가 섣달 전에 터지면
還從天際望歸舟	오히려 하늘 가로 돌아가는 배를 보리라.

【주석】

六年絶域夢刀頭 判得南還萬事休 : 산곡 황정견이 검융黔戎에 유배 간 지 육 년이 되었었다. 『한서』에서 "경육耿育이 글을 올려 진탕陳湯의 억울함을 하소연하며 "먼 지역에 있는 기속되지 않은 임금들을 토벌했다"라 했다"라고 했다. 『고악부』에서 "언제나 돌아오시려나,[33] 깨진 거

33　돌아오시려나 : '대도두(大刀頭)'는 대도환(大刀環)과 같은 말인데, 대도환은 돌아간다는 뜻인 환(還)의 은어이다. 큰 칼의 끝에 달린 고리인 환(環)이 돌아간다는 뜻인 환(還)과 음이 같으므로 취해서 쓴 것이다.

울이 하늘에 있도다"라고 했다. 오긍吳兢의 『악부해제樂府解題』에서 "칼
머리에 고리가 있기에, 어느 때에 마땅히 돌아오시려나 하고 물은 것
이다"라고 했다. '몽도두夢刀頭'는 왕준王濬의 '몽삼도夢三刀'³⁴의 일을 차
용한 것이다. 자후 유종원의 「봉수양시랑장인송팔계습유운운奉酬楊侍郞
丈因送八叔拾遺云云」에서 "한평생 벼슬길 버리고 돌아와 쉬니, 남관³⁵을 머
리에 썼다고들 말하네"라고 했다. 유우석의 「별유몽득別劉夢得」에서 "누
런 머리 서로 보며 모든 일 그만두었네"라고 했다.

山谷謫黔戎凡六年. 漢書, 耿育上書訟陳湯曰, 討絶域不羈之君. 古樂府云,
何當大刀頭, 破鏡飛上天. 吳兢解題云, 刀頭有環, 問何時當還也. 夢刀頭, 借
用王濬夢三刀事. 柳子厚詩云, 一生判却歸休, 謂着南冠到頭. 劉禹錫詩, 黃髮
相看萬事休.

誰謂石渠劉校尉 來依絳帳馬荊州 : 『한서·유향전劉向傳』에서 "석거각石

---

34 몽삼도(夢三刀) : 꿈에 칼 세 자루를 보았다는 말이다. '삼도(三刀)'는 지방관을
   말한다. 진(晉)나라 때 왕준(王濬)이 어느 날 칼 세 자루가 들보 위에 걸린 데다
   잠시 뒤에 또 칼 한 자루가 더해지는 꿈을 꾸고는 몹시 불길한 기분을 느꼈다.
   이에 주부(主簿) 이의(李毅)가 왕준에게 축하하며 해몽(解夢)하기를 "칼 석 자
   루[三刀]는 바로 주(州) 자이고, 한 자루가 더해진 것은 곧 익(益)을 의미한 것이
   니, 명부(明府)께서 익주자사(益州刺史)가 되시겠습니다"라고 했다. 그 후에 왕
   준이 과연 익주자사가 되었다고 한다.
35 남관(南冠) : 초(楚)나라의 관으로, 포로가 되어 남의 나라의 감옥에 갇혀 있는
   사람을 뜻한다. 『춘추좌씨전·성공(成公) 9년』 조에, "진후(晉侯)가 군부(軍府)
   를 순시하다가 종의(鍾儀)를 보고서 유사(有司)에게 묻기를, '남관(南冠)을 쓴
   채 묶여 있는 자가 누구냐'라고 하니, 유사가 대답하기를 '정인(鄭人)이 잡아 바
   친 초수(楚囚)입니다'라 했다"라고 한 고사가 있다.

渠閣에서 오경五經을 강론했다. 원제 때에 벼슬을 그만 지 10여 년이 되었다. 성제가 유향을 중루교위中壘校尉로 삼았다"라고 했다. 산곡 황정견이 관각에서 쫓겨나 폄직되었기에 유향의 고사를 들어 자신을 비유한 것이다. 『후한서·마융전馬融傳』에서 "환제 때에 남군태수南郡太守가 되었다"라고 했다. 또한 "항상 고당高堂에 강색 비단 장막을 걸어놓고 앞에서 생도生徒에게 수업했고 뒤에는 여악女樂이 나열해 있었다"라고 했다. 살펴보건대, 남군南郡은 지금의 형남荊南이다.

漢書劉向傳, 講論五經於石渠. 元帝時廢十餘年, 成帝以向爲中壘校尉. 山谷自館閣遷貶, 故用以自況. 後漢書馬融傳曰, 桓帝時爲南郡太守. 又曰, 常坐高堂施絳帳, 前授生徒, 後列女樂. 按南郡卽今荊南.

他日江梅臘前破 還從天際望歸舟 : 두보의 「강매江梅」에서 "매화 꽃봉오리 섣달 전에 터지더니, 해 지나 매화꽃이 많이도 피었네"라고 했다. 사조의 「지선성출신림포향판교之宣城出新林浦向板橋」에서 "구름 속에 강가 나무 분명 보이고, 하늘 가에 돌아가는 배 보이네"라고 했다. 중옥中玉은 유양維楊 사람으로, 관직의 임기가 다 찼었다. 다음 해 겨울에 당도현當塗縣으로 길을 나섰었다. 이때에 산곡 황정견은 이미 태평주太平州에 이르렀었다. 그래서 '망귀주望歸舟'라는 말이 있게 된 것이다. 산곡 황정견이 소성紹聖 초기에 「발관중설경도跋關中雪景圖」를 지었는데, 거기에서 "유양 땅의 중옥 마성을, 상람사에서 보았네"라고 했다.

老杜有江梅詩, 梅蘂臘前破, 梅花年後多. 謝脁詩, 雲中辨江樹, 天際識歸舟. 中玉, 維楊人, 官當滿. 明年之冬, 道出當塗. 於時山谷已赴太平州矣, 故有望歸舟之語. 山谷紹聖初跋關中雪景圖曰, 維楊馬中玉, 觀於上藍寺.

12. 중옥사군이 만추에 천녕절[36]도장을 열었기에 화답하다

和中玉使君晩秋開天寧節道場

江南江北盡雲沙	강남 강북엔 구름 모래 가득한데
車騎東來風旆斜	수레 가마 동에서 오며 바람에 깃발 펄럭이네.
倒影樓臺開紫府	그림자 걸린 누대에 자부를 열었는데
得霜籬落賸黃花	서리 내린 울타리에 누런 꽃 남았으리.
釣溪築野收多士	낚시하고 공사하던 많은 선비 거둬들이니
航海梯山共一家	산 넘고 바다 건너 모두 일가가 되었구나.
想見星壇祝堯壽	성단에서 장수 축원하는 걸 상상해 보니
步虛聲裏靜無譁	보허사 소리 속에 고요해 시끄럼 없으리.

【주석】

江南江北盡雲沙 車騎東來風旆斜 倒影樓臺開紫府 得霜籬落賸黃花 : 『문선』에 실린 사령운의 「등강중고서登江中孤嶼」에서 "강남 물리도록 두루 돌아보았는데, 강북을 돌아보지 못하였다네"라고 했다. 『한서·사마상여전司馬相如傳』에서 "그때에 수레와 가마가 뒤따랐으며, 온화하고 점잖았으며 한가롭고 단정했다"라고 했다. '도영倒影'[37]은 위의 주注에 보인

---

36 천녕절(天寧節) : 송(宋) 휘종(徽宗)의 생일로, 음력 10월 10일 말한다.
37 도영(倒影) : 양웅(揚雄)의 「감천부(甘泉賦)」에서, "거꾸러진 그림자를 지나니 비량이 끊어지네[歷倒影而絶飛梁]"라고 했고 그 주(注)에서 "일월의 위에 있는데, 일월이 거꾸로 따라와 아래를 비추어 이에 그림자가 뒤집어진 것이다[在日月

다. 퇴지 한유의 「동수부장원외적곡강춘유기백이십이사인同水部張員外籍曲江春游寄白二十二舍人」에서 "푸른 하늘 밝은 햇살 누대에 비치네"라고 했다. 형남荊南에 자부관紫府觀이 있다. 『포박자』에서 "석만경이 스스로 말하길, "하늘 위에 이르러 자부紫府[38]를 지나게 되었는데, 금 침대와 책상이 으리으리하고 번쩍번쩍 거렸다"라 했다"라고 했다. 『악부』에 실린 노사도盧思道의 「신선편神仙篇」에서 "구름 추녀의 자부에서 놀고, 세찬 바람에 붉은 계단에 섰다오"라고 했다. 『예기 · 월령月令』에서 "늦가을의 9월에는 국화가 노랗게 꽃 피운다"라고 했다. 연명 도잠의 「음주飮酒」에서 "동쪽 울타리 아래에서 국화를 따네"라고 했다. 『포박자』에서 "갈홍의 울타리가 부셔졌다"라고 했다.

文選謝靈運詩, 江南倦歷覽, 江北曠周旋. 漢書司馬相如傳曰, 時從車騎, 雍容閑雅. 倒影見上注. 退之詩, 靑天[39]白日映樓臺. 荊南有紫府觀. 抱朴子曰, 項曼卿[40]自言到天上, 過紫府, 金牀几晃晃昱昱. 樂府盧思道神仙篇曰, 雲軒遊紫府, 風馭立丹梯. 禮記月令, 季秋之月, 鞠有黃華. 淵明詩, 采菊東籬下. 抱朴子曰, 葛洪籬落頓缺.

釣溪築野收多士 航海梯山共一家 : 『상서중후尙書中候』에서 "여망이 반

　　之上, 日月返從下照, 故其影倒]"라고 했다.

38　자부(紫府) : 도가(道家)에서 전해지는 전설 속에 나오는 천상(天上)의 선부(仙府)를 말한다.

39　天 : 중화서국본에는 '春'으로 되어 있는데, '天'의 오자이다.

40　[교감기] '卿'이 송소정본·원본·전본·건륭본에는 '都'로 되어 있다.

계의 물에 가서 그 물가에서 낚시를 하면서 옥황[41]을 얻었다"라고 했다. 『서경』에서 "부열이 부암의 들판에서 공사하고 있었다"라고 했다. 『시경』에서 "많고 많은 선비들"이라고 했다. 『후한서』에서 "사다리 산과 잔도의 계곡을 멀리서 바라보며 나아감을 그치었다"라고 했다. 『문선』에 실린 안연년의 「곡수시서曲水詩序」에서 "산 넘고 바다 건너 험한 길을 건너 공물을 바쳤다"라고 했다. 『예기』에서 "성인은 능히 천하를 한 집안으로 삼는다"라고 했다.

尙書中候曰, 呂望卽磻溪水, 釣其涯, 得玉璜. 書曰, 說築傳巖之野. 詩曰, 濟濟多士. 後漢書, 梯山桟谷, 望風弭從. 文選顏延年曲水詩序曰, 桟山航海, 踰沙軼漠[42]之貢. 禮記曰, 聖人耐以天下爲一家.

想見星壇祝堯壽 步虛聲裏靜無譁 : 맹교의 「송무회도사유부춘산수送無懷道士遊富春山水」에서 "괴이한 것 가둔 성숙단"[43]이라고 했다. 살펴보건대, 『남두경』에서 "제사지내는 단을 양극의 이두二斗[44]에 설치하여 함께 한 단에서 제사를 지내면서 각기 두성의 모양을 형상화했다"라고 했다. 『장자』에서 "요임금이 화봉 땅에 놀러갔는데, 화봉 사람이 "아, 성인이시어, 성인에게 축복을 빌어, 성인이 장수하시기를 빕니다"라 했다"라고 했다. 『본사시本事詩』에 실린 허혼의 「도궁야초道宮夜醮」에서

---

41 옥황(玉璜) : 패옥(佩玉)의 일종이다.
42 漠 : 중화서국본에는 '幕'으로 되어 있는데, '漠'의 오자이다.
43 성숙단(星宿壇) : 도사(道士)들이 밤중에 제사를 지내기 위해 설치한 단을 말한다.
44 이두(二斗) : 남극성과 북극성을 말한다.

"하늘 바람에 보허성 소리 내려오누나"라고 했다. 살펴보건대, 오궁의 『악부해제』에서 "보허사步虛詞[45]는 도관道觀에서 부르는 것으로, 뭇 신선들이 날 듯 한 가벼운 모습을 칭송하는 말이 담겨져 있다"라고 했다. 『서경』에서 "아, 사람들아 떠들지 말라"라고 했다.

孟郊詩, 囚怪星宿壇. 按南斗經曰, 修設兩極二斗, 同醮一壇, 各象斗星. 莊子曰, 堯觀乎華封, 華封人曰, 嘻, 聖人, 請祝聖人, 使聖人壽. 本事詩, 許渾詩曰, 天風吹下步虛聲. 按吳兢樂府解題曰, 步虛詞, 道觀所唱, 備言衆仙縹緲輕擧之美. 書曰, 嗟人無譁.

---

45 보허사(步虛詞) : 보허는 신선이 허공을 밟고 돌아다닌다는 뜻으로, 보통 도교(道敎)에서 경을 외우며 찬미하는 노래를 말한다.

13. 외딴 마을로 들어가 이재 노인과 이교 노인을 뵙고 장난스레 전자평에게 보내어 편지를 겸한다. 3수

入窮巷謁李材叟翹叟, 戲贈兼簡田子平. 三首⁴⁶

첫 번째 수其一

紫冠黃鈿網絲窠	자관과 황전에 거미줄 걸쳐져 있는데
蝶繞蜂圍奈晚何	나비와 벌 날아옴이 어찌 그리 늦는고.
二叟家居⁴⁷如避世	두 노인의 집은 세상을 피한 듯하니
開門自少俗人過	문 열어 두어도 속인 지나는 것 드물구나.

【주석】

紫冠黃鈿網絲窠 蝶繞蜂圍奈晚何 : 원주元注에서 "'자관紫冠'은 계관雞冠이고 '황전黃鈿'은 누런 국화이다"라고 했다. ○『집운』에서 "'전鈿'은 황금빛 꽃으로 장식한 것이다. 음은 '전田'이고 다른 음은 '전電'이다"라고 했다. 퇴지 한유의 「성남연구城南聯句」에서 "거미줄 걷어내도 다시 생겨나네"라고 했다.

元注云, 紫冠, 雞冠. 黃鈿,⁴⁸ 黃菊. ○ 集韻云, 鈿, 金花飾也, 音田, 又音

---

46 [교감기] 원본·부교·장지본에는 '材'가 '村'으로 되어 있다. 명대전본에는 '翹叟' 두 글자가 없다. 장지본에는 '平'자가 없다.
47 [교감기] '家居'가 전본에는 '居家'로 되어 있다.
48 [교감기] '黃鈿'은 원래 '金鈿'으로 되어 있는데, 지금 문집·원본·전본·건륭본에 따라 고쳤다.

電. 退之城南聯句云, 絲窠掃還成.

　二叟家居如避世　開門自少俗人過 : 퇴지 한유의 「죽동竹洞」에 보이는 "속객이 일찍이 오지 않느냐"라는 구절의 의미를 이용했다.

　用退之竹洞詩, 俗客不曾來. 此用其[49]意.

두 번째 수其二

只可關[50]中安止止	닫힌 문 안에서 편안히 깃들어 있으니
誰能鐵裏鬪錚錚	누가 능히 철 속의 쟁쟁거리는 소리 알리오.
田多穀少無人會	논 많으나 곡식 적어 사람들 알지 못하니
匹[51]似無田過一生	마치 논 없이 한평생 보내는 것만 같아라.

【주석】

　只可關中安止止　誰能鐵裏鬪錚錚　田多穀少無人會　匹似無田過一生 : 『장자』에서 "저 뚫린 벽을 보면 빈방 안에 흰빛이 있고, 거기에는 길한 징조가 깃들어 있다"라고 했다. 『후한서 · 유분자전劉盆子傳』에서 "서선徐宣 등이 머리를 숙이고 "오늘 항복을 받아주시니, 호랑이 입을 벗어나 자

49　[교감기] '俗客 (…중략…) 用其' 여덟 글자가 본래 없는데, 지금 원본·부교에 따라 보충해 넣는다.
50　[교감기] '關'이 고본에는 '室'로 되어 있다.
51　[교감기] '匹'이 전본에는 '譬'로 되어 있다.

애로운 어머니 품으로 돌아간 것만 같습니다"라고 했다. 이에 광무光武
가 "경들이 이른바 철중쟁쟁鐵中錚錚[52] 용중교교傭中佼佼[53]이다"라 했다"
라고 했다. 『북몽쇄언』에서 "풍조가 과거에 25번 응시했지만 낙방하
자, 친인척이 관직을 구하기 위해 과거 보는 것을 그만 두라고 권유했
다. 이에 풍조는 "한평생 이룬 것이 하나도 없는 것 같으니, 다시 다섯
번만 응시하겠습니다"라 했다"라고 했다. 낙천 백거이의 「구강춘망九江
春望」에서 "마치 본래 구강인 듯하여라"라고 했다.

莊子曰, 瞻彼闋者, 虛室生白, 吉祥止止. 後漢書劉盆子傳, 徐宣等叩頭曰,
今日得降, 猶去虎口歸慈母. 光武曰, 卿所謂鐵中錚錚, 傭中佼佼者也. 北夢瑣
言, 馮藻應二十五擧, 姻親勸令罷擧求官, 藻曰, 譬如一生無成, 更應五擧. 樂
天詩, 匹如元是九江人.

세 번째 수其三

田郎杞菊荒三徑	전랑의 기국의 세 길은 황폐했지만
文字時追二叟游	두 노인 따라 글 지으며 때때로 노니네.
萬卷藏書多未見	만권의 장서를 많이 보지 못했기에

---

52 철중쟁쟁(鐵中錚錚) : 쇠 중(中)에서 소리가 가장 맑다는 뜻으로, 평범한 사람들
중 우수한 사람을 비유한 말이다. 쇠는 좋은 것일수록 쟁쟁하고 소리가 맑게 울
린다고 한다.
53 용중교교(傭中佼佼) : '교(佼)'는 좋은 모양으로, 똑같은 물건 가운데 조금 나은
것이란 말이다.

老夫端擬乞荊州　　　노부는 아마도 형주 벼슬을 바라겠지.

【주석】

田郎杞菊荒三逕 文字時追二曳游 萬卷藏書多未見 老夫端擬乞荊州 : 육구
몽이 지은 「기국부杞菊賦」가 있다. 전자평은 형남 사람으로 그 집에는
책에 많았다. '미견서未見書'[54]는 위의 주注에 갖추어져 있다. 『남사』에
서 "왕증유가 책을 모은 것이 삼만 권에 이른다"라고 했다.

陸龜蒙有杞菊賦. 田子平, 荊南人, 其家多書. 未見書具上注. 南史, 王僧孺
聚書至三萬卷.[55]

54　미견서(未見書) : 『후한서·황향전(黃香傳)』에서 "도성에서 부르기를 '천하에
　　둘도 없으니 강하의 황동이로다'라 하였다. 숙종이 황향에게 조서를 내려 동관에
　　와서 이전에 보지 못했던 책을 읽게 하였다[京師號曰, 天下無雙, 江夏黃童. 肅宗詔
　　香, 詣東觀, 讀所未嘗見書]"라고 했다.
55　[교감기] '南史 (…중략…) 萬卷'이 송소정본·부교본에는 없다.

14. 마옥중의 작품에 차운하여 답하다. 3수

次韻答馬中玉. 三首

첫 번째 수其一

雨入紗窓風簸船	사창에 바람 들고 바람이 배 흔들고
菊花⁵⁶過後早梅前	국화 진 후에 일찍 매화가 피었어라.
錦江春色薰人醉	금강의 봄빛은 사람을 취하게 만드니
也到壺公⁵⁷小隱天	호리병 속의 소은의 세상 되었구나.

【주석】

　雨入紗窓風簸船 菊花過後早梅前 錦江春色薰人醉 也到壺公小隱天 : 두보의 「견민봉정엄공이십운遣悶奉呈嚴公二十韻」에서 "물결 일렁여 배가 갈라지며, 잔은 마르고 술동은 텅 비었네"라고 했다. 또한 「등루登樓」에서 "금강의 봄 경치는 온 천지에 찾아오네"라고 했다. '호공壺公'⁵⁸은 위의 주注에 보인다. 『문선』에 실린 왕강거王康琚의 「반초은反招隱」에서 "작은 은자는 산림에 숨고, 큰 은자는 저자 속에 숨는다"라고 했다. 태백 이백의 「하도귀석문구거下途歸石門舊居」에서 "호리병 속에 또 다른 세상 있

56　[교감기] '菊花'가 문집에는 '黃花'로 되어 있다.
57　[교감기] '壺公'이 고본·장지본·전본에는 '壺中'으로 되어 있다.
58　호공(壺公) : 『후한서·비장방전(費長房傳)』에서 "시장에 늙은이가 있어 약을 팔았는데, 호리병 하나를 가게 앞에 걸어두었었다. 늙은이가 이에 비장방과 함께 호리병 속으로 들어갔다. 오직 옥당(玉堂)의 엄숙하고 화려함만을 보았고 맛 좋은 술과 감미로운 안주가 그 가운데 가득 넘쳤다"라고 했다.

네"라고 했다. 산곡 황정견이 이때에 사시沙市에 우거하고 있었기에 '소은小隱'이란 구절이 있게 된 것이다.

老杜詩, 浪簸船應坼,[59] 杯乾甕卽空. 又云, 錦江春色來天地. 壺公見上注. 文選王康琚詩曰, 小隱隱陵藪, 大隱隱朝市. 太白詩, 壺中別有日月天. 山谷時旅寓沙市, 故有小隱之句.

두 번째 수其二

卷沙成浪北風顚　　물결 같은 말린 모래 북풍에 쓰러지고
銜尾千艘不敢前　　꼬리 이은 천 대의 배는 나가지 못하네.
匝[60]岸水居皆有酒　　언덕 둘러싸인 물에서 모두 술을 마시며
行人得意買江天　　행인들 마음대로 강가에서 노니는구나.

【주석】

卷沙成浪北風顚 銜尾千艘不敢前 匝岸水居皆有酒 行人得意買江天 : 유우석의 「낭도사浪淘沙」에서 "눈 무더기 말아 올리듯 모래 무더기 말아 올리네"라고 했다. 두보의 「핍측행증필요偪側行贈畢曜」에서 "새벽 오자 거센 비에 봄바람이 쓰러지네"라고 했다. 『한서·무제기武帝紀』에서 "전

59　[교감기] '坼'이 본래 '拆'으로 되어 있고 전본에는 '折'로 되어 있는데 모두 잘못된 것이다. 지금『두시상주(杜詩詳註)』권14 「견민봉정엄공이십운(遣悶奉呈嚴公二十韻)」의 원시(原詩)에 따라 바로잡는다.
60　[교감기] '匝'이 문집에는 '迊'으로 되어 있다.

힘戰艦들은 꼬리를 물고 천리에 이어졌다"라고 했고 그 주注에서 "많은
배들이 앞뒤로 서로 꼬리를 이었다는 말이다"라고 했다. 『동파악부』에
서 "배꼬리가 얼어붙은 듯 서로 이어져 있다"라고 했다. 『문선』에 실린
중선仲宣 왕찬王粲의 「종군從軍」에서 "연이어져 있는 전함은 만 척이 넘
네"라고 했고 이선의 주注에서 『육도六韜』의 내용을 인용하기도 했다.
『서경잡기』에서 "등공의 말이 감히 앞으로 나가지 못했다"라고 했다.
두보의 「춘일강촌春日江村」에서 "울타리는 끝이 없어, 마음대로 강가를
노니네"라고 했다.

　劉禹錫詩, 卷起沙堆似雪堆. 老杜詩, 曉來急雨春風顚. 漢書武帝紀曰, 舳
艫千里. 注云, 言其船多, 前後相銜. 東坡樂府曰, 船尾凍相銜. 文選王仲宣詩,
連舫踰萬艘. 李善注引六韜云云. 西京雜記, 滕公馬不肯前. 老杜詩, 藩籬無限
景, 恣意買江天.

세 번째 수其三

仁氣已蒸[61]全楚盡	인기가 만연해 온 초나라 뒤덮었고
同雲欲合莫[62]江前	구름과 저물녘 강 앞에서 합쳐지려는 듯.
爭春梅柳無三月	봄 다툰 매화 버들 삼월에는 없고

61　[교감기] '蒸'이 문집에는 '烝'으로 되어 있다. 살펴보건대, 두 글자는 가차(假借)
　　로 통용된다.
62　[교감기] '莫'이 고본·전본에는 '暮'로 되어 있다. 살펴보건대, 두 글자는 가차(假
　　借)로 통용된다.

對雪樽罍屬二天　　　　　눈 마주한 술잔은 이천에 속했어라.

【주석】

仁氣已蒸全楚盡 同雲欲合莫江前 爭春梅柳無三月 對雪樽罍屬二天 : 상구上句는 중옥의 인기仁氣를 가리키는데, '인기'[63]에 대한 것은 『예기·향음주鄕飮酒』에 보인다. 맹호연의 「동정洞庭」에서 "기운은 운몽택 못물을 찌고, 물결은 악양성을 흔드네"라고 했다. 『시경·신남산信南山』에서 "상천에 먹구름이 낀지라, 함박눈이 펄펄 내리네"라고 했다. 두보의 「태세일太歲日」에서 "하늘가 매화와 버들이여, 서로 본 것이 몇 번이나 새로웠나"라고 했다. '이천二天'[64]은 위의 주注에 보인다.

上句以指中玉仁氣, 見禮記鄕飮酒. 孟浩然洞庭詩, 氣蒸雲夢澤, 波動岳陽城. 詩曰, 上天同雲, 雨雪雰雰. 老杜詩, 天邊梅柳樹, 相見幾回新. 二天見上注.

---

63 인기(仁氣) :『예기·향음주(鄕飮酒)』에 "천지의 온후한 기운은 동북에서 시작하여 동남에서 성하니, 이것이 천지의 성한 덕의 기운이며, 이것은 천지의 인기이다[天地溫厚之氣, 始於東北, 而盛於東南, 此天地之盛德氣也, 此天地之仁氣也]"라는 구절이 보인다.

64 이천(二天) :『후한서·소장전(蘇章傳)』에서 "소장이 기주자사(冀州刺史)로 옮겨졌는데, 소장의 벗이 청하태수(淸河太守)로 있으면서 소장을 위해 술자리를 베풀어 대단히 즐거워했다. 그리고는 청하태수가 기뻐하며 "사람들은 모두 하나의 하늘을 가지고 있는데, 나만 홀로 두 개의 하늘을 가지고 있다[皆有一天, 我獨有二天]"라 했다"라고 했다.

15. 중옥의 「조매」라는 작품에 차운하다. 2수

次韻中玉早梅, 二首

첫 번째 수其一

梅藥爭先公不嗔	매화꽃 다퉈 핌을 공 싫어하지 않노니
知公家有似梅人	공의 집안에 매화 같은 사람 있음 알겠어라.
何時各得自由去	언제나 각자 마음껏 떠나가
相逐[65]揚州作好春	서로 양주 좇으며 좋은 봄 만들거나.

【주석】

梅藥爭先公不嗔 知公家有似梅人 何時各得自由去 相逐揚州作好春 : 『장자』에서 "비슷한 사람을 보아도 기뻐한다"라고 했다. 두보의 「화배적등촉주동정송객봉조매상억견기和裴迪登蜀州東亭送客逢早梅相憶見寄」에서 "동각의 관매에 시흥이 일어, 양주에 있는 하손 같구나. 이때 눈을 맞으며 나를 그리워해주는데, 손님을 보내고 꽃을 맞이하니 좀 편하신가"라고 했다. 낙천 백거이의 「대주권령공개춘유연對酒勸令公開春游宴」에서 "기쁘게 피어나 두 번째 봄을 만들었구나"라고 했다.

莊子曰, 見似人者而喜. 老杜詩, 東閣官梅動詩興, 還如何遜在揚州. 此時對雪還相憶, 送客逢花可自由. 樂天詩, 好作開成第二春.

65 　[교감기] '逐'에 대해 문집·고본의 원교(原校)에는 "다른 판본에는 '趁'으로 되어 있다"라고 했다.

두 번째 수其二

折得寒香不露機	찬 가지 꺾으나 이슬은 맺혀 있지 않고
小窻斜日兩三枝	작은 창 기우는 해에 두세 가지.
羅帷⁶⁶翠幕深調⁶⁷護	푸른 비단 장막으로 깊이 감싸두었는데
已被遊蜂聖⁶⁸得知	이미 벌들이 신통하게 알고서 날아왔구나.

【주석】

折得寒香不露機 小窻斜日兩三枝 羅帷翠幕深調護 已被遊蜂聖得知 : 이 작품 또한 중옥의 가무를 희롱한 것이다. 이하의 「장진주將進酒」에서 "비단 장막으로 봄바람 에워쌓네"라고 했다. 『한서·장탕전張湯傳』에서 "감싸 보호하는 것이 더욱 두터웠다"라고 했다. 퇴지 한유의 「분지盆池」에서 "한밤중 청개구리가 신통하게 알았다오"라고 했다.

此詩亦以戲中玉之歌舞者. 李賀將進酒曰, 羅帷繡幕圍春風. 漢書張湯傳, 調護之尤厚. 退之盆池詩, 夜半青蛙聖得知.

---

66 [교감기] '帷'가 문집·고본에는 '幃'로 되어 있다.
67 [교감기] '調'가 문집에는 '遮'로 되어 있고 고본의 원교(原校)에서는 "'調'가 다른 판본에는 '遮'로 되어 있다"라고 했다.
68 [교감기] '聖'이 장지본에는 '蚤'로 되어 있고 고본에는 '蛩'으로 되어 있다.

16. 중옥이 「수선화」라는 작품에 차운하다. 2수
次韻中玉水仙花. 二首

첫 번째 수其一

借水開花自一奇	물 빌려 꽃 피우니 절로 기이하고
水沈爲骨玉爲肌	수침으로 뼈대 이루고 옥으로 살결 이뤘네.
暗香已壓酴醾倒	암향은 도미를 이미 압도하나니
只比[69]寒梅[70]無好枝	다만 한매에 비하면 좋은 가지가 없구나.

【주석】

借水開花自一奇 水沈爲骨玉爲肌 暗香已壓酴醾倒 只比寒梅無好枝 : 『한서·오왕비전吳王濞傳』에서 "또한 하나의 기이한 것이로다"라고 했다. 두보의 「서경이자가徐卿二子歌」에서 "가을 물은 정신이 되고 옥은 뼈가 되었네"라고 했다. 퇴지 한유의 「마소감묘지馬少監墓誌」에서 "옥과 눈 같은 피부가 가련하구나"라고 했다. '압도壓倒'[71]는 위의 주注에 보인다. 수선화는 총생하기 때문에 '무호지無好枝'라고 한 것이다.

---

69 [교감기] '比'가 고본에는 '此'로 되어 있다.
70 [교감기] '寒梅'가 건륭본 옹교(翁校)에는 '春梅'로 되어 있다.
71 압도(壓倒) : 『척언(撫言)』에서 "양여사(楊汝士)가 양사복(楊嗣復)의 잔치 자리에 있으면서 시를 가장 늦게 지었는데 가장 멋진 작품이었다. 그 자리에 있던 원진(元稹)과 백거이(白居易)가 양여사의 작품에 탄복했다. 양여사가 술이 취해 집에 돌아와서는 그 자제들에게 "오늘 내가 원진(元稹)과 백거이(白居易)를 압도했다[吾今日壓倒元白]"라 했다"라고 했다.

漢書吳王濞傳曰, 亦一奇也. 老杜詩, 秋水爲神玉爲骨. 退之馬少監墓誌曰,
肌肉玉雪可憐. 壓倒見上注. 水仙叢生, 故云無好枝.

두 번째 수其二

淤泥解作白蓮藕	진흙에서 흰 연꽃이 솟아나고
糞壤[72]能開黃玉花	더러운 땅에서 황옥화를 피우는구나.
可惜國香天不管	좋아라, 국향을 하늘이 돌보지 않아
隨緣流落小民家	유락한 채 소민의 집에서 피었으니.

【주석】

淤泥解作白蓮藕 糞壤能開黃玉花 可惜國香天不管 隨緣流落小民家 : 원주
元注에서 "당시 민간에서 이와 같은 일이 있었다고 들었다"라고 했다.
○ 자후 유종원의 「신식해석류新植海石榴」에서 "더러운 땅에서 옥 같은
나무 자라나고, 이끼더미 속에서 옥 같은 꽃 피어나네"라고 했다. 『좌
전』에서 "난초에는 국향이 있기 때문에 사람들이 좋아한다"라고 했다.
소유少游 진관秦觀이 지은 악부에 또한 "고뇌하는 사람을 하늘이 돌보지
않네"라는 구절이 있다. ○ 이 시는 황정견이 차용하여 자신의 마음을
붙인 것이다. 살펴보건대, 자면子勉 고하高荷가 지은 「국향시서國香詩序」
에서 "국향은 형저荊渚에 사는 전 씨田氏의 시아侍兒 이름이다. 태사 황정

72　[교감기] '糞壤'이 건륭본에는 '糞土'로 되어 있다.

견이 남계로부터 부름을 받고 이부부랑吏部副郎이 되어, 형주에 머물면서 이 고을을 다스리고 싶다고 했다. 조정의 보고를 기다리고 있으면서 거처한 곳이 바로 이 여자의 이웃집이었다. 황정견이 우연히 이 여인을 보고서는 유순하고 얌전하며 아름다워 이전에 이 같은 사람을 본적이 없었다고 생각했다. 뒤에 그 집안에서 그 여인을 비루한 마을의 가난한 백성에게 시집보냈는데, 그 일로 인해 이 시를 지어 마음을 붙였고 나에게 화답해 달라고 했다. 수년이 지난 뒤에 황정견은 영외嶺外에서 죽었고 당시 빈객들도 구름처럼 흩어졌다. 이 여인도 이미 두 명의 아들을 낳았고 형남에 흉년이 들자, 그 여인의 지아비가 여인을 전 씨의 집에 팔았다. 전 씨가 하루는 나를 초대하여 술자리는 마련했는데, 그 여인이 그 자리에 왔는데 초췌한 모습으로 이전의 아름다운 모습이 없었다. 앉은 자리에서 당시의 일을 이야기하다가 서로 탄식하곤 했다. 내가 전 씨에게 '국향'이라고 그 여인을 이름 붙이라고 부탁하여 이로써 황정견의 뜻을 이루어주고자 했다. 정화政和 3년 봄, 경사京師에서 표제表弟 여음汝陰 왕성지王性之를 만났는데, 태사 황정견 시의 본의에 대해 물어 보길래, 그 일에 대해 자세히 말해 주었고 인하여 다음과 같은 시를 지었다. "남계의 태사가 조정으로 돌아감 늦추며, 강릉에서 수레 멈추고 자못 예뻐했었지. 훌륭한 재주로[73] 일찍이 「수선화」라는 작품 읊조렸는데, 국향을 하늘이 보살피지 않아 애석하구나. 꽃에 마음 붙여

---

73 훌륭한 재주로 : '채호(綵毫)'는 채필(綵筆)과 같은 말로, 훌륭한 문재(文才)를 비유한 말이다.

나부羅敷[74]로 삼았지만, 십칠 년 동안 십오 년은 있지 않았다오. 송옥의 대문과 담장에는 귀한 이 오지 않았고, 남교의 뜰과 대문에 가난한 삶은 괴이했지. 십 년 세월 그리워하며 멀리서 살았는데, 공은 다시 오지 않고 하늘로 가시었네. 이미 이웃집에 시집 간 아름다움 모습, 공연히 시인의 간절한 구절만 전해지네. 난새와 학을 이별한 슬픔 들었노니, 고침藁砧[75]에 의지 못하고 아미蛾眉가 팔렸다네. 바람 분 뒤에 북숭아 꽃 열매 맺었고, 무협의 구름[76]은 꿈속에나 있었다오. 전랑의 호사스러운 일을 안 지 오래이고, 고운 명주 주고받으며 돌과 같은 벗이었지. 초췌한 모습에도 낙포洛浦의 비妃[77]인가했고, 풍류는 진실로 장대章臺[78]의 버

---

74 나부(羅敷) : 전국 시대 미녀의 이름이다. 전국 시대에 한단(邯鄲) 사람인 진 씨 (秦氏)에게 나부라는 딸이 하나 있었다. 같은 고을 사람으로 낮은 벼슬자리에 있는 왕인(王仁)의 아내가 되었는데, 왕인이 뒤에 조왕(趙王)의 가령(家令)이 되었다. 나부가 어느 날 밭두둑에 나가 뽕을 따고 있었는데, 조왕이 누대에 올라가 이를 바라보다가 나부의 미모에 혹하여 나부를 불러 술을 먹이고는 겁탈하려고 했다. 그러자 나부가 쟁(箏)을 뜯으면서 「맥상가(陌上歌)」를 불러 거절했는데, 그 노래에 이르기를 "사또님은 아내가 있고, 나부는 남편이 있습니다[使君自有 婦, 羅敷自有夫]"라고 했기에, 조왕이 겁탈하지 못했다.
75 고침(藁砧) : 짚자리와 작두 받침대이다. 고대 중국에서 죄수를 사형할 때에 죄수를 침판(砧板)에 엎드리게 하고 작두[鈇]로 참형을 시행했다. 부(鈇)는 부(夫)와 발음이 같으므로, 후세에는 남편을 가리키는 은어로 쓰였다.
76 무협의 구름 : 전국 시대에 초(楚)나라 회왕(懷王)이 무산(巫山) 아래에 와서 자는데, 꿈에 선녀가 와서, "저는 무산의 선녀인데 아침에는 구름이 되어 하늘에 떠 있고, 밤이면 비가 되어 무산에 내립니다"라고 하고 회왕과 즐거운 인연을 맺었다고 한다.
77 낙포(洛浦)의 비(妃) : 낙수(洛水)의 신녀(神女) 복비(宓妃)를 말한다. 삼국 시대 위(魏)나라의 조식(曹植)이 낙수의 신녀 복비를 두고 「낙신부(洛神賦)」를 지은 바 있다.
78 장대(章臺) : 한(漢)나라 때 장안에 있던 궁전 이름인데, 그 궁전 아래에는 화류

들이었다오. 보배로 꾸민 트레머리와 무소의 머리빗 및 금빛 목걸이로,

술동이 앞에서 처음엔 동교요董嬌饒[79]인줄 알았네. 두목 늦게 옴에 응당

한스러워 했을 테고,[80] 근심 겨운 위소주韋蘇州[81]처럼 마음 녹아내리네.

도리어 수선화 시를 지은 것과 유사하니, 서가西家의 학사 황정견 너무

도 생각나네. 이에 첩과 첩의 당시 일을 알았으니, 부질없이 '황黃'자 쓰

지 않은 것 한스럽네. 왕자가 이 이야기 상세히 처음 듣고서는, 시 지어

주며 너무도 서글퍼했다오. 다만 지금은 좇을 방법이 없노니, 헛되이

전랑으로 하여금 국향이라 부르게 하네"라 했다"라고 했다. 이 작품에

화답한 사람들이 매우 많았기에 더불어 기록해 둔다.

元注云, 時聞民間事[82]如此. ○ 柳子厚詩, 糞壤擢珠樹, 莓苔插瓊英. 左傳

曰, 蘭有國香, 人服媚之. 秦少游樂府亦有惱殺人, 天不管之句. ○ 此詩蓋山

谷借以寓意也. 按高子勉所作國香詩序云, 國香, 荊渚田氏侍兒名也. 黃太史

自南溪召爲史部副郞, 留荊州, 乞守當塗待報, 所居卽此女子隣也. 太史偶見

가(花柳街)가 형성되어 있었으며, 버드나무를 많이 심어 놓았다고 한다.

79 동교요(董嬌饒): 『전등여화(剪燈餘話)』에 나오는 미인(美人)의 이름이다.

80 두목 (…중략…) 테고: 당나라 시인 두목(杜牧)이 호주(湖州)에서 노닐 적에 10
여 세 되는 아름다운 소녀를 만나 흠뻑 빠진 나머지, 10년 안에 다시 돌아와 가약
(佳約)을 맺겠다면서 폐백을 듬뿍 주고 떠나갔다. 14년 뒤에 돌아와 보니 그 여
인이 벌써 시집을 가서 두 아들을 낳기까지 했기에 "꽃을 너무 늦게 찾아온 것이
한스러워, 그때에는 꽃봉오리 피어나지도 않았는데, 지금은 바람에 날려 꽃잎도
다 흩어진 채, 푸른 잎새 그늘 이루고 가지엔 열매만 가득하네[自恨尋芳到已遲,
往年曾見未開時. 如今風擺花狼藉, 綠葉成陰子滿枝]"라고 「탄화시(歎花詩)」를 읊
었던 일화가 전한다.

81 위소주(韋蘇州): 당나라 때의 시인인 위응물(韋應物)을 말한다.

82 [교감기] 문집·고본·건륭본에는 '事' 앞에 '一'자가 있다.

之, 以謂幽閒姝美, 目所未覩. 後其家以嫁下俚貧民, 因賦此詩以寓意, 俾予和之. 後數年, 太史卒於嶺表. 當時賓客雲散. 此女旣生二子矣, 會荊南歲荒, 其夫鬻之田氏家. 田氏一日邀予置酒, 出之, 掩抑困悴, 無復故態. 坐間話當時事, 相與感歎. 予請田氏名曰國香, 以成太史之志. 政和三年春, 京師會表弟汝陰王性之, 問太史詩中本意, 因道其詳, 乃爲賦之. 詩曰, 南溪太史還朝晚, 息駕江陵頗從款. 綵毫曾詠水仙花, 可惜國香天不管. 將花託意爲羅敷, 十七未有十五餘. 宋玉門墻迂貴從, 藍橋庭戶怪貧居. 十年目色遙成處, 公更不來天上去. 已嫁鄰姬窈窕姿, 空傳墨客殷勤句. 聞道離鸞別鶴悲, 藁砧無賴鬒蛾眉. 桃花結子風吹後, 巫峽行雲夢足時. 田郎好事知渠久, 酬贈明珠同石友. 憔悴猶疑洛浦妃, 風流固可章臺柳. 寶髻犀梳金鳳翹, 樽前初識董嬌饒. 來遲杜牧應須恨, 愁殺蘇州也合銷. 却把水仙花說似, 猛省西家黃學士. 乃能知妾妾當時, 悔不書空作黃字. 王子初聞話此詳, 索詩裁與漫淒涼. 只今驅豆無方法, 徒使田郎號國香. 此詩和者甚衆, 故併錄之.[83]

---

17. 왕충도가 수선화 오십 가지를 보내왔는데, 흔연히 마음에 들어 이를 위해 시를 읊조리다

王充道送水仙花五十枝, 欣然會心,[84] 爲之作詠

凌波仙子生塵襪	능파선자 버선 위에 먼지 이나니
水上輕盈[85]步微月	물 위를 사뿐사뿐 희미한 달빛 아래 걷는 듯.
是誰招此斷腸魂	누가 이 애끊는 혼을 불러다가
種作寒花寄愁絶	차가운 꽃 심어 애절한 시름 붙였는가.
含香體素欲傾城	향기 머금은 흰 몸은 성을 기우리려 하고
山礬是弟梅是兄	산반화는 동생이요 매화는 형이라오.
坐對眞成被花惱	앉아 마주하니 진실로 꽃 때문에 근심 일어
出門一笑大江橫	문 나가 한 번 웃노니 큰 강이 비껴 흐르네.

【주석】

凌波仙子生塵襪 水上輕盈步微月 : 자건 조식의 「낙신부洛神賦」에서 "물결 위를 가만가만 걸으니, 비단 버선에 먼지 이누나"라고 했다. 이 작품에서 '미월微月'이라고 한 것은 버선이 마치 초승달 모양처럼 생긴 것을 말한 것이다. 『시경』에서 "저 달이 희미해지네"라고 했다.

---

84 [교감기] '會心'이 원본·부교본·장지본에는 '心會'로 되어 있다.
85 [교감기] '輕盈'에 대해 건륭본 옹교(翁校)에서 "『정화록(精華錄)』에는 '盈盈'으로 되어 있다"라고 했다.

洛神賦曰, 凌波微步, 羅襪生塵. 此云微月, 蓋言襪如新月之狀. 詩曰, 彼月而微.

是誰招此斷腸魂 種作寒花寄愁絶 : '초혼招魂'[86]은 위의 주注에 보인다. 연명 도잠의 「구일한거九日閒居」에서 "찬 꽃이 한갓 절로 꽃 피웠네"라고 했다. 두보의 「북풍北風」에서 "근심에 꺾이고 마르네"라고 했다.

招魂見上注. 陶淵明九日閒居詩, 寒華徒自榮. 老杜北風詩, 愁絶付摧枯.

含香體素欲傾城 山礬是弟梅是兄 : 응소應劭의 『한관의漢官儀』에서 "상서랑은 계설향을 입에 머금고 있다"라고 했는데, 이것을 차용한 것이다. 연명 도잠의 「답방참군答龐參軍」에서 "그대 타고난 몸을 아끼시게"라고 했다. '경성傾城'[87]은 『한서』에 실린 이연년李延年의 노래에 보이는데, 이미 앞의 주注에 갖추어져 있다. '산반山礬'은 역화瑒花인데, 산곡의 율시에서 이것에 대해 서술한 것이 자못 상세하다.

應劭漢官儀, 尙書郎含雞舌香. 此借用. 淵明詩曰, 君其愛體素. 傾城見漢書李延年歌. 已具上注. 山礬卽瑒花, 山谷律詩敍述頗詳.[88]

---

86   초혼(招魂) : 『초사』에 송옥의 「초혼(招魂)」이 있다.
87   경성(傾城) : 『한서·이부인전(李夫人傳)』에서 "이연년(李延年)이 노래를 부르기를 "북방에 미녀가 있는데, 절세가인으로 둘도 없네. 한 번 웃으면 온 성이 기울고, 두 번 웃으면 온 나라가 기울어지네[北方有佳人, 絶世而獨立. 一顧傾人城, 再顧傾人國]"라 했다"라고 했다.
88   [교감기] '頗詳'이 원본·부교본에는 '頗奇'로 되어 있다.

坐對眞成被花惱 出門一笑大江橫 : 두보의 「강반독보심화칠절구江畔獨步尋花七絶句」에서 "강가 온통 꽃으로 화사하니 이를 어쩌나, 알릴 곳 없으니 그저 미칠 지경"이라고 했다. 산곡 황정견이 형주에 있을 때 지은 「여이단숙첩與李端叔帖」에서 "며칠 사이 갑자기 따뜻해져 서향瑞香, 수선水仙, 홍매紅梅가 모두 피었다. 밝은 창의 고요한 집의 꽃기운이 사람을 흥분시키니 마치 소년이 꿈꾸는 것만 같았다. 다만 많은 병에 시달리고 있어 게을리 시만 지을 뿐이다"라고 했다. 산곡 황정견이 이때에 형저荊渚의 사시沙市에 우거하고 있었기 때문에 '대강횡大江橫'이란 구절이 있게 된 것이다. 두보의 「박계행縛雞行」에서 "닭과 벌레의 가치는 따질 수 없으니, 가을 누각에 기대 차가운 강물 바라본다네"라고 했다. 산곡 황정견의 구절의 의미도 이와 유사하다.

老杜詩, 江上被花惱不徹, 無處告訴只顚狂. 山谷在荊州與李端叔帖云, 數日來, 驟暖, 瑞香水仙紅梅皆開. 明窓靜室, 花氣撩人, 似少年都卜夢也. 但多病之餘, 嬾作詩爾. 山谷時寓荊渚沙市, 故有大江橫之句. 老杜詩, 雞蟲得失無了時, 注目寒江倚秋閣. 山谷句意類此.

18. 오군이 수선화와 더불어 두 개의 큰 나무를 보내왔기에

吳君送水仙花幷二大本

折送南園栗玉花	남원에서 율옥화[89]를 꺾어 보내며
幷移香本到寒家	더불어 향본도 옮겨와 가난한 집에 이르렀네.
何時持上玉宸殿	어느 때나 가지고 옥신전에 올라
乞與宮梅定等差	궁매를 얻어다 주어 차등을 정할거나.

【주석】

折送南園栗玉花 幷移香本到寒家 何時持上玉宸殿 乞與宮梅定等差 : 위 문제魏文帝가 지은 「여종요옥결서與鍾繇玉玦書」에서 "누런빛이 찐 밤과 같다"라고 했다. 『당서·예악지禮樂志』에서 "강곤륜이 옥신전에서 비파를 연주했다"라고 했다. 차도次道 송민구宋敏求의 『동경기東京記』를 살펴보니, 후원後苑에 옥신전이 있다. 산곡 황정견이 가리키는 것도 이것을 말한다. 『송서』에서 "무제의 딸인 수양공주壽陽公主가 인일人日,음력1월7일에 함장전含章殿의 처마 아래 누워있는데, 매화꽃이 이마 위로 떨어져 다섯 잎의 꽃을 이루었다. 이후 '매화장梅花粧'이란 말이 있게 되었다. 시인들이 궁매의 일을 인용할 때면 대개 이 이야기를 취한다"라고 했다. 퇴지 한유의 「이화李花」에서 "날씬한 미인들 향기 풍기며 네 줄로 늘어섰는데, 흰 치마에 흰 수건을 차등 없이 다 둘렀네"라고 했다. 이 작품에서는 이

89　율옥화 : 수선화의 별칭이다.

의미를 반대로 활용했다. 살펴보건대, 『한서·유협전서游俠傳序』에서 "경대부로부터 서인에 이르기까지 각기 차등이 있다"라고 했다.

魏文帝與鍾繇玉玦書曰, 黃侔烝栗. 唐書禮樂志, 康崑崙奏琵琶於玉宸殿. 按宋次道東京記, 後苑有玉宸殿. 山谷所指當謂此. 宋書曰, 武帝女壽陽公主, 人日臥於含章簷下, 梅花落額上, 成五出之花. 自後有梅花粧. 詩人用宮梅事, 蓋取此也. 退之李花詩, 長姬香御四羅列, 縞裙練幌[90]無等差. 此反其意. 按漢書游俠傳序曰, 卿大夫以至于庶人各有等差.

---

90 [교감기] "幌'이 전본에는 '幌'로 되어 있다.

19. 유방직이 조매와 수선화를 보내왔기에. 4수

劉邦直送早梅水仙花. 四首91

첫 번째 수其一

簸船繀纜北風嗔	성난 북풍에 넘실대는 배는 닻줄 내리고
霜落千林憔悴人	서리 내린 천 숲에는 초췌한 사람.
欲問江南近消息	강남의 근래 소식을 묻고자 했는데
喜君貽我一枝春	그대가 내게 한 가지 봄 보내와 기쁘구려.

【주석】

簸船繀纜北風嗔 霜落千林憔悴人 欲問江南近消息 喜君貽我一枝春 : '파선簸船'92은 위의 주注에 보인다. '천繀'의 음은 '쟁爭'이다. 『의례·사상례士喪禮』의 주注에서 "'천繀'은 '쟁綷'으로 읽는다. '쟁綷'은 구부린다는 의미이다. 강수와 면수 사이에서는 '영縈'이라고 하는데, 밧줄로 묶는 것을 '쟁綷'이라 한다'라고 했다. 『형주기』에서 "육개陸凱와 범엽范曄은 절친한 사이였는데, 육개는 강남태수로 있으면서 강남에서 범엽에게 한 가지를 장안에 있는 범엽에게 보내주면서 시를 함께 보냈는데, 그

---

91 [교감기] 문집·고본 권10에는 제목이 '劉邦直送早梅水仙花三首'로 되어 있으며, 앞쪽에 있는 세 수의 율시를 기록해 두었다. 또한 '劉邦直送水仙花'라는 제목으로 네 번째 수를 권7의 고시(古詩)에 수록해 두었다.

92 파선(簸船) : 두보의 「견민봉정엄공이십운(遣悶奉呈嚴公二十韻)」에서 "물결 일렁여 배가 갈라지며, 잔은 마르고 술동은 텅 비었네[浪簸船應坼, 杯乾甕卽空]"라고 했다.

시에서 "꽃가지 꺾다가 역마 탄 사자 만나, 농산隴山에 있는 벗에게 부쳐 보내노라. 강남에선 보려 해도 볼 수 없는 것, 가지 하나에 달린 봄한 번 감상하시기를"라 했다"라고 했다.

箴船見上注. 綪音爭. 儀禮士喪禮注曰, 綪讀爲縥, 縥, 屈也. 江沔之間, 謂縈收繩索爲縥. 荊州記, 陸凱與范曄宗相善, 自江南寄梅花一枝, 詣長安與曄, 幷贈詩曰, 折花逢驛使, 寄與隴頭人. 江南無所有, 聊贈一枝春.

두 번째 수其二

探請東皇第一機	동황의 제일기를 미리 빌리고자 하여
水邊風日笑橫枝	물가의 바람 부는 날에 가로 걸린 가지에 웃네.
鴛鴦浮弄嬋娟影	원앙은 물에 떠 고운 그림자를 희롱하고
白鷺窺魚凝不知	백로는 고기 엿보나 엉켜 있어 알지 못하네.

【주석】

探請東皇第一機 水邊風日笑橫枝 鴛鴦浮弄嬋娟影 白鷺窺魚凝不知 : '탐청探請'은 속어俗語로서 미리 빌린다[預借]는 말과 같다. 동파 소식이 일찍이 육언시六言詩인 「초서유사양풍草書猶似楊風」에서 "팔월의 시원한 바람을 미리 찾는다"라고 했다. 또한 『동파악부』에서 "금년 삼월은 따뜻함을 미리 구하네"라고 했다. 운문雲門이 와룡臥龍에게 "장련상長連床[93] 위

---

93 장련상(長連床) : 선림의 승당에 안치한 거대한 상을 말한다. 장대하여 많은 사

에서 배운 것이 몇 번째 기機입니까"라고 묻자, 와룡이 "제이기第二機이다"라고 대답했다. 운문이 "그렇다면 무엇이 제일기第一機입니까"라고 묻자, 와룡이 "짚신을 조여 매시오"라고 했다. 임포의 「매梅」에서 "눈 온 뒤 원림에는 겨우 절반의 나무, 물가 울타리에 홀연 늘어진 가지"라고 했다. '응凝'의 음은 '우牛'와 '잉孕'의 반절법이다. ○ 『이소경』에 「동황태일東皇太一」이 있다.

探請蓋俗語, 猶言預借. 東坡嘗有六言詩, 探支八月凉風. 又有樂府曰, 探借今年三月暖. 雲門問臥龍, 長連牀上學得底, 是第幾機. 龍曰, 第二機. 門云, 作麼生是第一機. 龍曰, 緊峭草鞋. 林逋梅詩, 雪後園林纔半樹, 水邊籬落忽橫枝. 凝音牛孕反.[94] ○ 離騷經有東皇太一.

세 번째 수其三

得水能仙天與奇	물속에서 신선처럼 기이하기만 하고
寒香寂寞動冰肌	적막한 향기 속에 얼음 살결 흔들리네.
仙風道骨今誰有	선풍도골이 지금은 누구에게 있는가
淡掃蛾眉簪一枝	이마 싹 씻고서 비녀 하나 꽂았어라.

람들이 연이어 앉을 수 있다.

94 [교감기] 전본에는 '凝音牛孕反' 위에 '集韻' 두 글자가 있고 뒤에는 '止水也, 又結固也, 又蒸勻' 열 글자가 있는데, 이것이 옳다.

得水能仙天與奇 寒香寂寞動冰肌 仙風道骨今誰有 淡掃蛾眉蔘一枝 : 태백
이백의 「대붕부서大鵬賦序」에서 "내가 예전에 강릉江陵에서 천태산天台山
의 도사 사마자미司馬子微를 만났는데, 나에게 선풍仙風 도골道骨이 있어
팔극의 밖에서 함께 노닐 만 하다고 했다"라고 했다. 지금 이 내용을
차용한 것이다. 두보의 「집영대集靈臺」에서 "연지곤지가 오히려 얼굴을
더럽힐까봐, 아미를 싹 씻고서 지존을 대했다네"라고 했다. 『악부』에
실린 심약의 「강남곡江南曲」에서 "말에서 벽옥의 비녀 떨어졌네"라고
했다. 『집운』에서 "'잠蔘'의 음은 '작作'과 '감紺'의 반절법이고 '철綴'의
의미이다"라고 했다.

太白大鵬賦序曰, 余昔於江陵, 見天台司馬子微, 謂余有仙風道骨, 可與神
遊八極之表. 今借用. 老杜詩, 却嫌脂粉污顏色, 淡掃蛾眉朝至尊. 樂府沈約江
南曲曰, 墮馬碧玉蔘. 集韻, 蔘音作紺切, 綴也.

네 번째 수其四

錢唐舊聞[95]水仙廟　　　전당에 수선묘 있다는 걸 예전부터 들었는데
荊州今見水仙花　　　　형주 땅에서 지금 수선화를 보노라.
暗香靚[96]色撩詩句　　　그윽한 향기와 단정한 모습이 시흥을 흔드니

95　[교감기] '舊聞'이 원본·장지본·전본·건륭본에는 '昔聞'으로 되어 있다.
96　[교감기] '靚'이 원본·부교본·장지본·전본에는 '靜'으로 되어 있다.

宜在林逋處士家　　　　　임포 처사의 집에 있는 것이 마땅하구나.

【주석】

　錢唐舊聞水仙廟 荊州今見水仙花 暗香靚色撩詩句 宜在林逋處士家 : 원주
元注에서 "전당에 수선왕묘水仙王廟가 있는데, 화정 임포의 사당에서 가
깝다. 동파 소식은 "화정 임포가 청절淸節로 세상에 이름을 드러냈기에
마침내 임포의 신상神像을 옮겨와 수선왕에게 배식配食했다"라 했다"라
고 했다. ○ 살펴보건대, 처사의 이름은 포逋이고 자는 군복君復이며 전
당의 서호 고산에 살았다. 시로써 함평咸平과 경덕景德 연간에 명성이
자자했다. 죽고 나서 화정和靖이라는 시호를 받았다. 선생이 지은 「매
梅」에 "성긴 그림자는 맑고 얕은 물 위에 비껴 있고, 은은한 향기는 황
혼 달빛 아래 부동하누나"라는 구절이 있는데 세상에 대대로 전해지면
서 암송된다. 개보 왕안석의 「남포南浦」에서 "꽃 피어 날 흥기시키니 새
시를 짓노라"라고 했다.

　元注云, 錢塘有水仙王廟, 林和靖祠堂近之. 東坡先生以爲和靖淸節映世,
遂移神像配食水仙王云. ○ 按處士名逋, 字君復, 居錢塘西湖孤山, 有詩名於
咸平景德間. 旣死, 諡和靖. 先生所作梅詩, 有疎影橫斜水淸淺, 暗香浮動月黃
昏之句, 爲世傳誦. 王介甫詩云, 物華撩我有新詩.

20. 단돈신이 감자를 보내왔기에 사례하다

謝檀敦信送柑子

色深林表風霜下	깊은 숲 너머로 바람서리 내리니
香著尊前指爪間	향기는 지존 앞의 손톱 사이에 풍기리.
書後合題三百顆	편지 끝에 삼백 개라고 쓰여 있지만
頻隨驛使未應慳	자주 역사를 따르니 응당 아끼지 않았으리.

【주석】

色深林表風霜下 香著尊前指爪間 書後合題三百顆 頻隨驛使未應慳 :『문선』에 실린 현휘 사조의 「휴목중환도중休沐重還道中」에서 "숲 너머에 오나라 산 희미해라"라고 했다 두보의 「맹동孟冬」에서 "감귤 깨뜨리니 서리가 손톱 위로 떨어지네"라고 했다. 미불米芾의『서사書史』에 우군 왕휘지의 한 첩帖에 실려 있는데, 여기에서 "귤 삼백 개를 보내옵니다. 서리가 아직 내리지 않아 수확한 것이 많지 않습니다"라고 했다. 위응물의 「답정기조청귤절구答鄭騎曹青橘絶句」에서 "편지 끝에 삼백 개라고 쓰고 싶지만, 동정호에서는 숲 가득한 서리 기다려야 한다오"라고 했다. 이 구절의 의미를 말한 것이다. 육개의 「증범엽贈范曄」에서 "꽃가지 꺾다가 역마 탄 사자 만났네"[97]라고 했는데, 위의 주注에 보인다. 두보의

97　꽃가지 (…중략…) 만났네 :『형주기(荊州記)』에서 "육개(陸凱)와 범엽(范曄)은 절친한 사이였는데, 육개는 강남태수로 있으면서 강남에서 범엽에게 한 가지를

「모당검교수도茅堂檢校收稻」에서 "옥 같은 쌀알을 내 아끼지 않네"라고
했다.

文選謝玄暉詩, 林表吳岫微. 老杜詩, 破甘霜落爪. 米芾書史載右軍一帖云,
奉橘三百顆, 霜未降, 未可多得. 韋應物詩云, 書後欲題三百顆, 洞庭更待滿林
霜. 謂此也. 陸凱詩, 折梅⁹⁸逢驛使. 見上注. 老杜詩, 玉粒未吾慳.

장안에 있는 범엽에게 보내주면서 시를 함께 보냈는데, 그 시에서 "꽃가지 꺾다
가 역마 탄 사자 만나, 농산(隴山)에 있는 벗에게 부쳐 보내노라. 강남에선 보려
해도 볼 수 없는 것, 가지 하나에 달린 봄 한 번 감상하시기를[折花逢驛使, 寄與隴
頭人. 江南無所有, 聊贈一枝春]"라 했다'라고 했다.

98 [교감기] '折梅'가 송소정본·건륭본에는 '折花'로 되어 있다. 살펴보건대, 이 앞
의 작품인 「劉邦直送早梅水仙花四首」 중 첫 번째 수의 주(注)에서 인용하면서 '折
花'라고 했다.

21. 이보성에게 보내다

贈李輔聖

交蓋相逢水急流	서로 사귄 것이 물처럼 빨리도 흘러
八年今復會荊州	8년 만에 다시 형주 땅에서 만났구려.
已回靑眼追鴻翼	돌아오며 청안으로 기러기 날개 좇았으니
肯使黃塵沒馬頭	말 머리를 누런 먼지가 뒤덮지 않으리.
舊管新收幾粧鏡	구관신수에 몇 번이나 거울을 마주했던가
流行坎止一虛舟	하나의 빈 배 흐르면 가고 구덩이면 그친다네.
相看絶歎女博士	서로 보며 여박사를 탄식하노니
筆硏管絃成古丘	붓과 악기들도 옛무덤이 되었구나.

【주석】

交蓋相逢水急流 八年今復會荊州 : 갑자기 서로 만나 잠시 머물지도 못하는 것이 마치 흐르는 물결이 재빠른 것 같다는 말이다. 『문선』에 실린 악부시 포조鮑照의 「대결객소년장행代結客少年場行」에서 "낮에는 거리에 가득하고, 수레와 말은 마치 흐르는 물과 같다"라고 했다. 『능엄경』에서 "마치 급하게 흐르는 물과 같아, 보기에는 고요한 듯하지만, 흐름이 빨라서 볼 수 없을지언정 흐름이 없는 것은 아니다"라고 했다.

言卒然相遇. 不容少停. 如流波之急也. 文選樂府詩, 日中市朝滿, 車馬若川流. 楞嚴經曰, 如急流水, 望如恬靜, 流急不見, 非是無流也.

已回靑眼追鴻翼 肯使黃塵沒馬頭 : 상구는 혜강의 「증수재입군贈秀才入

軍」에 보이는 "돌아가는 기러기를 눈으로 보내네"라는 구절의 의미를

이용한 것이다. 『문선』에 실린 사형 육기의 「위고언선증부爲顧彦先贈婦」

에서 "바라건대 돌아가는 기러기의 날개를 빌려, 곡강의 물가로 날아

가고파"라고 했다. 하구는 다시는 경락京洛의 풍진 속에서 부침하지 않

겠다고 말한 대목이다. 낙천 백거이의 「송객귀경送客歸京」에서 "배는 삼

협의 비를 사양하고 말은 구구九衢99의 티끌 속으로 들어가네"라고 했

다. 두보의 「송인종군送人從軍」에서 "말이 추우니 길을 잃지 마시게, 눈

에 비단 안장과 언치까지 빠질 테니"라고 했다. 『고악부』 「일출동남우

행日出東南隅行」에서 "황금으로 말 머리 장식했네"라고 했다.

上句用稽康詩目送歸鴻之意. 文選陸士衡詩, 願假歸鴻翼, 翻飛曲江沍. 下

句謂不復浮沉京洛風塵間也. 樂天詩, 舟辭三峽雨, 馬入九衢塵. 老杜, 馬寒防

失道, 雪沒錦鞍韉. 古樂府日出東南隅行曰, 黃金絡馬頭.

舊管新收幾粧鏡 流行坎止一虛舟 : '구관신수舊管新收'100는 본래 이조吏曹

의 문서 중에 있는 말로 산곡 황정견이 이 단어를 취하여 풍속을 아름

답게 여긴 것이다. 가의의 「붕부鵬賦」에서 "물은 물살을 타면 흐르고 구

덩이를 만나면 멈춘다"라고 했다. 『장자』에서 "마치 매이지 않은 배가

물 위에 둥둥 떠 있듯이 공허하게 노니는 것이다"라고 했다. ○『주

---

99 구구(九衢) : 경사(京師)의 거리를 말한다.
100 구관신수(舊管新收) : 이전에 있던 곡식과 새로 수확한 곡식을 말한다.

역』에서 "나무를 타고 배가 비어 있다"라고 했다. 『유자劉子』에서 "빈 배가 사람에게 부딪치더라도 사람들은 원망할 줄 모른다"라고 했다.

舊管新收本吏文書中語, 山谷取用, 所謂以俗爲雅也. 賈誼鵩賦曰, 乘流則逝, 得坎則止. 莊子曰, 汎若不繫之舟, 虛而遨遊者也. ○ 易曰, 乘木舟虛. 劉子虛舟觸人, 人不知怨.[101]

相看絶歎女博士 筆硏管絃成古丘 : 원주元注에서 "'여박사女博士'는 보성輔聖의 첩인 공군孔君을 말한다. 그녀는 문예 방면에 능하지 않은 바가 없었으며 모두 오묘하고 뛰어났다"라고 했다. ○『세설신어』에서 "은중군殷中軍이 유윤劉尹에게 묻자, 유윤이 대답을 했는데, 당시에 그의 말에 탄복하여 탁월한 해석이라고 생각했다"라고 했다. 또한 "원호袁虎가 노포문露布文[102]을 짓는데, 붓을 멈추지 않자, 왕동정王東亭이 그 재주에 탄복했다"라고 했다. 『위지·견후전甄后傳』에서 "견후가 아홉 살 때 글씨 쓰는 것을 좋아하여 곧바로 여러 형들의 붓을 사용했다. 그러자 그 형이 "여박사가 되겠구나"라 했다"라고 했다. 태백 이백의 「등금릉봉황대登金陵鳳凰臺」에서 "진나라 고관들도 옛무덤이 되었구나"라고 했다.

元注云, 女博士謂輔聖後房孔君也, 於文藝無所不能, 皆[103]妙絶. ○ 世說,

---

101 [교감기] '易曰 (…중략…) 知怨'이란 구절이 부교본에는 없다.
102 노포문(露布文) : 『문체명변(文體明辨)』에서 "승전(勝戰)의 보도를 널리 알리기 위하여 포백(布帛)에 글을 써서 장대 위에 걸어 누구나 볼 수 있도록 널리 알리는 것이다"라고 했다. 문장이 변려문(騈儷文)으로 되어 자구(字句)가 정제되었고 용사(用事)를 많이 썼다.
103 [교감기] 문집·건륭본에는 '皆'자 위에 '能'자가 있다.

殷中軍問劉尹云云, 一時絶歎, 以爲名通. 又云, 袁虎作露布, 手不輟筆, 王東亭絶歎其才. 魏志甄后傳曰, 后年九歲, 喜書, 輒用諸兄筆硏. 兄言, 當作女博士邪. 太白詩, 晉代衣冠成古丘.

22. 고중본을 기쁘게도 서로 보며 화창하다

和高仲本喜相見104

雨昏南浦曾相對	남포의 빗속 흐른 날 일찍이 서로 만났는데
雪滿荊州喜再逢	눈 가득한 형주에게 다시 만나니 기쁘구나.
有子才如不羈馬	그대 얽매이지 않은 말 같은 재주 있고
知公105心是後凋松	그대 마음 소나무처럼 늦게 시듦을 안다오.
閑尋書冊應多味	한가롭게 서책 찾으니 그 맛 많을 테고
老傍人門似更慵	남의 집에서 늙으니 다시 게을러지는 듯.
何日晴軒觀筆硯	어느 날에나 개인 집에서 글씨 쓰는 걸 보며
一樽相屬要從容	한 잔 술 서로 권하며 종용 하리까.

【주석】

雨昏南浦曾相對 雪滿荊州喜再逢 有子才如不羈馬 知公心是後凋松 : 산곡 황정견이 촉으로 방축되었다가 돌아오면서 만주萬州를 지났는데, 이때 에 중본이 이 고을의 태수로 있었다. 그래서 중본과 잠공동岑公洞에서

---

104 [교감기] 이 작품은 또한 명성화본 『동파속집(東坡續集)』에 보이는데, 제목은 「증중면자문(贈仲勉子文)」으로 되어 있다. 시어에도 다소 차이가 있는데, 3구의 '知公心是'이 '知君心似'로 되어 있고 5구의 '閑尋'이 '閑間'으로 되어 있으며, 6구의 '似'가 '想'으로 되어 있고 8구의 '一樽'이 '一杯'로 되어 있으며 8구의 '要'가 '更'으로 되어 있다. 사신행(查愼行)이 "이 작품은 응당 황정견의 작품이다"라고 했다.

105 [교감기] '公'이 전본에는 '君'으로 되어 있다.

노닐면서 시를 짓자고 약속했었다. 만주는 당唐 남포군南浦郡이다. 『한서』에서 사마천이 "어릴 적부터 얽매이지 않는 재주를 자부했다"라고 했다. ○『논어』에서 "날이 추워진 이후에 소나무와 잣나무가 뒤에 시듦을 안다"라고 했다.

山谷自蜀放還, 過萬州, 時仲本爲太守, 有約遊岑公洞詩. 萬州卽唐南浦郡. 漢書司馬遷書曰, 少負不羈之才. ○ 論語, 歲寒然後知松柏之後凋.[106]

閑尋書冊應多味 老傍人門似更慵 : 퇴지 한유의 「송석홍서送石洪序」에서 "짐을 꾸리고 책을 수레에 실었다"라고 했다. 반고의 「서전敍傳」에서 "도의 정수를 음미한다"라고 했다. 낙천 백거이의 「불출不出」에서 "늙은 몸이 소일消日하는 곳 좋은데, 누가 말을 타고 남의 문전을 지나리오"라고 했다. 근세 노병盧秉의 「제전사題傳舍」에서 "다만 돈 있어 손님 잡아놓고 취할 수 있다면, 말 타고 남의 집 찾는 것보다 나으리"라고 했다. 대개 여기에서 나온 의미이다.

退之送石洪序曰, 戒行李, 載書冊. 班固敍傳曰, 味道之腴. 樂天詩, 好是老身消日處, 誰能騎馬傍人家. 近世盧秉詩云, 但得有錢留客醉, 也勝騎馬傍人門. 蓋出於此.

何日晴軒觀筆硯 一樽相屬要從容 : 『한서·관부전灌夫傳』에서 "관부가 일어나 춤을 추면서 전분田蚡에게 권했다"라고 했는데, 그 주注에서

---

106 [교감기] '論語 (…중략…) 後凋'가 부교본에는 없다.

"'촉屬'은 '부付'이고 음은 '지之'와 '욕欲'의 반절법이다"라고 했다. 퇴지
한유의 「팔월십오야증장공조八月十五夜贈張功曹」에서 "한 잔 들어 서로 권
하니 그대 노래 불러야 하리라"라고 했다. 『전국책』에서 "서수犀首가
조용히 삼국三國 사이의 서로간의 원한에 대해 이야기를 나누었다"라
고 했다.

漢書灌夫傳曰, 夫起舞屬田蚡. 注云, 屬, 付也, 音之欲反. 退之詩曰, 一杯
相屬君當歌. 戰國策曰, 犀首從容談三國之相怨.

23. 난족병[107]을 장난스레 읊조리다. 2수

戱詠煖足瓶, 二首

첫 번째 수其一

小姬煖足臥	소희가 발을 따뜻하게 해주나
或能起心兵	때로는 심병心兵 일어나기도 한다네.
千金[108]買脚婆	천금을 들여 난족병[109]을 사고서는
夜夜睡天明	밤마다 날 밝을 때까지 잠을 잔다오.

【주석】

小姬煖足臥 或能起心兵 千金買脚婆 夜夜睡天明 : 사악한 생각이 홀연 일어나는 것이 용병用兵을 단속하지 않아 생기는 재앙보다도 심하다. 퇴지 한유의 「추회시秋懷詩」에서 "구불구불 돌아 말의 함정 피하려 하니, 광활한 천지가 심병心兵[110]을 건드리네"라고 했다. 세속에서는 난족병을 철파鐵婆라고 한다. 두보의 「객야客夜」에서 "나그네 어찌 일찍 잠들겠나, 가을은 날 밝기도 어렵네"라고 했는데, 이 의미와 반대로 사용했다. 또한 두보의 「석호리石壕吏」에서 "날이 밝아 앞길에 오르네"라고

---

107 난족병(煖足瓶) : 온구(溫具)의 하나로, 동기(銅器)에 끓은 물을 담아 이불 속에 넣어서 다리를 따뜻하게 하는 것인데, 일명 탕파자(湯婆子)라고도 한다.

108 [교감기] '千金'이 문집·고본에는 '千錢'으로 되어 있다.

109 난족병 : '각파(脚婆)'는 난족병의 다른 이름이다.

110 심병(心兵) : 색정(色情)이 동하는 것을 이른다.

했다.

邪念忽起, 甚于用兵不戢之禍. 退之詩, 詰曲避語窖, 冥茫觸心兵. 俗以煖足
餠爲鐵婆. 老杜詩, 客睡何曾著, 秋天不肯明. 此反而用之. 又詩, 天明登前途.

두 번째 수 其二

脚婆元不食	난족병은 본래 물 먹지 않으니
纙裏一衲足	감싸는 것은 한 납의면 족하다오.
天明更傾瀉	날 밝으면 다시 쏟아 부어서
頮面有餘燠	세수하는데 남은 온기 있어라.

【주석】

脚婆元不食 纙裏一衲足 天明更傾瀉 頮面有餘燠 : 『서경・고명顧命』의 주
注에서 "손을 씻고 얼굴을 씻었다"라고 했다.

書顧命注曰, 洮盥頮面.

24. 문선 이형에게 장난스레 드리다
【황우문의 자는 문선이고 시어사 소昭의 둘째 아들이다】

戲呈聞善二兄【黃友聞, 字聞善, 侍御史昭之第二子】

匏懸籬落鴉窺井	박 매달린 울타리와 우물 엿보는 까마귀
草上階除雪袞風111	잡초 가의 계단엔 바람결에 눈 내리네.
想得尊前欹醉帽	생각건대, 술잔 앞에서 취해 모자 삐딱하리니
渾家兒女笑山公	온 집안의 아녀들이 산공을 비웃으리라.

【주석】

匏懸籬落鴉窺井 草上階除雪袞風 想得尊前欹醉帽 渾家兒女笑山公 : 『북사』에서 "독고신獨孤信이 사냥을 하다가 해가 져서야 말을 타고 성으로 들어왔는데, 그 모자가 조금 기울었었다. 다음날 아침, 아전들이 독고신을 좋아하여 모두 모자를 비껴썼다"라고 했다. 『진서·산간전山簡傳』에서 "아이들이 산간에 대해 노래하기를 "산공山公이 어디로 나가는가 하면, 저 고양지高陽池로 나가는구나. 석양엔 수레에 거꾸려져 돌아와, 곤드레가 되어 아무것도 모른다네. 때로는 말을 탈 수도 있지만, 백접리白接䍦112를 거꾸로 쓰고 온다네"라고 했다. 이에 산간이 말채찍

---

111 [교감기] '階'가 장지본·건륭본 옹교(翁校)에는 '街'로 되어 있다. '袞'이 고본에는 '滾'으로 되어 있다.
112 백접리(白接䍦) : 두건(頭巾)의 일종이다.

을 들고 갈강葛强[113]에게 묻기를 "병주幷州[114]의 남아들과 비교해 어떠한가"라 했다"라고 했다. 『남당근시南唐近事』에 실린 사허백史虛白의 「은사隱士」에서 "비바람에 지붕이 날아가는데도, 온 집 사람들 취해 알지 못하네"라고 했다.

　北史, 獨孤信因獵, 日暮馳馬入城, 其帽微側. 詰旦, 吏人慕信而側帽焉. 晉書山簡傳, 童兒歌曰, 山公出何許, 往至高陽池. 日夕倒載歸, 茗艼無所知. 時時能騎馬, 倒著白接䍦.[115] 擧鞭向葛强, 何如幷州兒. 南唐近事, 史虛白詩曰, 風雨揭却屋, 渾家醉不知.

113　갈강(葛强) : 진(晉)나라 정남장군(征南將軍) 산간(山簡)의 부장으로 양양(襄陽)에 있을 때 항상 산간을 모시고 술자리를 함께 했다고 한다.
114　병주(幷州) : 산간이 총애했던 갈강의 고향이 병주이다.
115　[교감기] '䍦'가 원래 '䍦'로 되어 있는데, 지금 전본·건륭본과 더불어 『진서(晉書)』를 참고하여 교정했다.

25. 문선의 작품에 차운하다

次韻聞善

扶醉三竿日	술 취한 채 해는 높이 솟았는데
題詩一研埃	시 쓰려니 벼루에 먼저 가득하네.
張羅門帶雪	그물 설치하니 문에는 눈 가득 찼고
投轄井生苔	수레 빗장 던지니 우물에 이끼 생겨났네.
待得成丘隴[116]	기다리면 무덤을 이룰 것이니
誰能把酒盃	누가 능히 술잔 잡지 않으랴.
常應黃菊畔	언제나 누런 국화 옆에서
悵望白衣來	서글피 흰 옷 입은 사람 오는 걸 바라겠지.

【주석】

扶醉三竿日 題詩一研埃 : 목지 두목의 「취제醉題」에서 "술 취해 일어나지 못했는데, 삼장三丈의 해는 이미 높더라"라고 했다. 유우석의 「죽지가竹枝歌」에서 "해가 높이 솟아 봄 안개 사라지네"라고 했다. 『남제서南齊書』를 살펴보건대, 영명永明 5년 11월 정해丁亥일에 해가 높이 솟았는데, 붉은 빛 누런빛과 붉은 해무리가 있었다. 동파 소식의 「밀주사상표密州謝上表」에서 "붓과 벼루에 먼지 내려앉았으니, 옛 배움의 연원을 잊은 것이 부끄럽구나"라고 했다. ○ 동파 소식의 「계음당溪陰堂」에서 "술

---

116 [교감기] '隴'이 문집에는 '壟'으로 되어 있다. 살펴보건대, 두 글자는 서로 통용된다.

취했는데 문 밖엔 해가 높더라"라고 했다. 또한 『악부樂府』에서 "붉은
해가 높이 솟았다"라고 했다.

杜牧之詩, 醉頭扶不起, 三丈日還高. 劉禹錫竹枝歌, 日出三竿春霧消. 按
南齊書, 永明五年十一月丁亥, 日出三竿, 朱色黃色赤暈. 東坡密州謝上表曰,
塵埃筆硯, 慚忘舊學之淵源. ○ 東坡詩, 酒醒門外三竿日. 又樂府, 紅日三竿.

　張羅門帶雪 投轄井生苔 : 『한서·정당시전鄭當時傳』에서 "적공翟公이 문
밖에 새 그물을 쳐 놓았다"라고 했다. '문대설門帶雪'[117]은 원안袁安의 일
을 인용한 것으로, 앞의 주注에 보인다. 『한서·진준전陳遵傳』에서 "진준
이 매번 큰 술자리를 베풀어서 빈객들이 집에 가득해지면, 곧 문을 잠
그고 객의 수레 빗장을 우물 안에 던져 버렸다"라고 했다. 두보의 「설
단설복연간설화취기薛端薛復筵簡薛華醉歌」에서 "그대는 보지 못했나, 가을
날 비올 때 무덤 무너져, 고인의 백골에 푸른 이끼 자란 걸. 어찌 술 마
셔 슬픔 풀어내지 않으리"라고 했다. 동파 소식의 「서산시화자삼십여
인재차전운위사西山詩和者三十餘人再次前韻爲謝」에서 또한 "내가 만일 우물
막고 오래 먹지 않으면, 옛 기와 떨어져 이끼가 돋아나리라"라고 했다.

　漢書鄭當時傳曰, 翟公門外可設雀[118]羅. 門帶雪用袁安事, 見上注. 漢書陳
遵傳, 每大飲, 賓客滿堂, 輒關門, 取客車轄投井中. 老杜詩, 君不見雨時秋井

---

117 문대설(門帶雪) : 후한(後漢)의 현사(賢士) 원안이 한 길 높이로 폭설이 내린 날,
　　다른 사람들과는 달리 밖에 나가서 양식을 구하지도 않고 차라리 굶어 죽겠다면
　　서 혼자 집에 누워 있었던 고사가 있다. 『후한서·원안열전(袁安列傳)』에 보인다.
118 雀 : 중화서국본에는 '爵'으로 되어 있는데 '雀'의 오자이다.

塌, 古人白骨生靑苔, 如何不飮令心哀. 東坡詩亦云, 我如廢井久不食, 古甃缺落生陰苔.

待得成丘隴 誰能把酒盃 : 이하의 「장진주將進酒」에서 "권하노니 그대여 맘껏 취하는 것 애석해 하지 마소, 술이 유영劉伶[119]의 무덤 위엔 이르지 못하나니"라고 했다. 『초사』에 실린 동방삭의 「칠간七諫」에서 "비간比干의 무덤을 봉해주었다"라고 했다.

李賀將進酒曰, 勸君莫惜酡酒醉, 酒不到劉伶墳上土. 楚詞東方朔七諫曰, 封比干之丘隴.

常應黃菊畔 悵望白衣來 : 단도란檀道鸞의 『속진양추續晉陽秋』에서 "도잠이 9월 9일에 술이 없어서, 집 주변의 국화 떨기 속에서 국화를 따 한 움큼 가득 담아 그 옆에 앉아 오래토록 멀리 바라보고 있었다. 흰 옷을 입은 사람이 오는 것을 보았는데, 곧 왕홍王弘이 술을 보내 온 것이었다. 곧바로 나가 마신 후에 돌아왔다"라고 했다.

檀道鸞續晉陽秋曰, 陶潛九月九日無酒, 於宅邊菊叢中摘盈把, 坐其側, 久望, 見白衣人, 乃王弘送酒, 卽便就酌而後歸.

---

119 유영(劉伶) : 진(晉)나라 패국(沛國) 사람으로, 천성이 술을 매우 좋아하여 늘 술 한 병을 가지고 다녔고 사람에게 삽을 들고 따라다니도록 하면서 말하기를 "죽으면 곧 나를 묻으라"라고 했다고 한다.

26. 문선 이형의 9수의 절구에 사례하며 답하다

謝答聞善二兄九絶句

이 작품은 대개 문선과 유씨 형제가 술 때문에 서로에게 실수한 적이 있었기에 그 일로 인해 그 마음을 편안하게 해주고자 한 것이다. 문선은 산곡 황정견의 집안사람으로, 황정견이 지은 「여문선첩與聞善帖」에서 "오랫동안 회보晦甫 백부伯父가 천하의 큰 명성을 짊어지고 있었지만 늘 그 자손을 보지 못한 채 지내는 것을 한스럽게 여긴다고 들었는데, 지금 그 자손을 만나게 되었다"라고 했다. 또한 「여황안도첩與黃顏徒帖」에서 "회보가 민조閩漕로 있으면서 시어사侍御史로 부름을 받았다"라고 했다. 『황씨세보黃氏世譜』를 살펴보건대, "회보의 이름은 소昭이다"라고 했다.

此篇大槩以聞善與柳氏兄弟杯酒相失, 因爲開廣之. 聞善蓋山谷族人, 山谷有與聞善帖云, 久聞晦甫伯父負天下大名, 常恨不見其子孫, 今乃得識面. 又與黃顏徒帖云, 晦甫自閩漕以侍御史召. 按黃氏世譜, 晦甫名昭.

첫 번째 수其一

| 身[120]入醉鄕無畔岸 | 몸이 취향으로 들어가나 언덕이 없어 |
| 心與歡伯爲友朋 | 마음은 환백과 더불어 벗이 되었다네. |

120 [교감기] '身'이 문집·고본·원본·부교본에는 '自'로 되어 있다.

更闌罵¹²¹坐客星散　　깊은 밤 좌중 욕하니 객들은 흩어지고
午過未蘇¹²²髮髽鬈　　한낮 지나도 깨지 못한 채 머리털은 더부룩.

【주석】

身入醉鄕無畔岸　心與歡伯爲友朋 : 『당서·왕적전王績傳』에서 "왕적이 「취향기醉鄕記」를 지었다"라고 했다. 『시경』에서 "기수淇水에는 언덕이 있고 습지에는 물가가 있네"라고 했는데, 그 전箋에서 "'반沜'은 '반畔'으로 읽는다"라고 했다. 초공焦贛 『역림易林』의 감괘坎卦에서 태괘兌卦로 넘어가는 것에서 "술이 환백歡伯¹²³이 되니, 걱정을 없애주고 즐거움을 오게 한다"라고 했다.

唐書王績傳曰, 績著醉鄕記. 詩曰, 淇則有岸, 隰則有沜. 箋云, 沜讀爲畔. 焦贛¹²⁴易林坎卦之兌曰, 酒爲歡伯, 除憂來樂.

更闌罵坐客星散　午過未蘇髮髽鬈 : 채염의 「호가胡笳」에서 "밤이 깊어지니, 너희들이 오는 꿈을 꾸었다"라고 했다. 『한서·관부전灌夫傳』에서 "조칙이 있었는데, 관부가 좌중을 모욕해 불경죄不敬罪를 범했다고 탄핵했다"라고 했다. 『촉지·강유전姜維傳』에서 "병사들이 뿔뿔이 흩어져 죽은 사람이 대단히 많았다"라고 했다. 『절운』에서 "'붕승髽鬈'은 머리

---

121 [교감기] '罵'가 문집에는 '夜'로 되어 있고 고본·장지본에는 '鷔'으로 되어 있다.
122 [교감기] '蘇'가 장지본에는 '梳'로 되어 있다.
123 환백(歡伯) : 즐거움을 주는 벗으로, 술을 말한다.
124 贛 : 중화서국본에는 '貢'으로 되어 있는데, '贛'의 오자이다.

털이 더부룩한 것이다. 두 글자의 음은 '붕승朋僧'이다"라고 했다. 『광
등록廣燈錄』에서 "중이 동산수초洞山守初에게 "종승宗乘을 알지 못하니, 법
사님께서 알려 주시기 바랍니다"라고 하자 법사가 "머리는 더부룩하
고 귀는 곧게 섰구나"라 했다"라고 했다.

蔡琰胡笳曰, 更深夜闌兮, 夢汝來思. 漢書灌夫傳曰, 有詔, 劾夫罵坐不敬.
蜀志姜維傳曰, 星散流離, 死者甚衆. 切韻曰, 髼鬠, 被髮也. 朋僧二音. 廣燈
錄, 僧問洞山守初曰, 不昧宗乘, 請師擧唱. 師云, 頭髼鬠耳猰朔.

두 번째 수其二

未嘗頃刻可去酒	일찍이 잠시도 술 버리지 못했으며
無有一日不吟詩	하루라도 시 읊조리지 않은 날 없었네.
詩狂克念作酒聖	시에 미쳐도 제대로 생각하면 주성이 되니
意態忽如年少[125]時	시의 의태가 홀연 소년 시절과 같아라.

【주석】

未嘗頃刻可去酒 無有一日不吟詩 詩狂克念作酒聖 意態忽如年少時 : 황보
식의 「한문공시도비韓文公神道碑」에서 "하루라도 손님 대하지 않은 날이
없었다"라고 했다. 『서경』에서 "바보라 할지라도 제대로 생각만 하면
성스럽게 될 수 있다"라고 했다. 낙천 백거이의 「낙중우작洛中偶作」에서

---

125 [교감기] '年少'가 전본에는 '少年'으로 되어 있다.

"늙음이 이르는 줄도 모른 채, 오히려 절로 시에 미쳐 있다오"라고 했다. 『주보酒譜』에서 "이백은 늘 취해 있었는데, 문장을 지어도 일찍이 잘못된 곳이 없었기에 사람들은 이백을 지목하여 취성醉聖이라 했다"라고 했다.

皇甫湜韓文公神道碑曰, 未嘗一日不對客. 書曰, 惟狂克念作聖. 樂天詩曰, 不知老將至, 猶自放詩狂. 酒譜曰, 李白每醉, 爲文未嘗差誤, 人目爲醉聖.

세 번째 수其三

群豬過飮尙可醉	뭇 돼지들도 많아 마시면 취하는 법이니
疥手轑甕庸何傷	종기 난 손으로 술동이 긁은들 어찌 해로우리.
柳家兄弟太迫窄	유가의 형제들은 너무도 성급하니
狂藥不容人發狂	광약을 먹지 않으면 사람들 미친다오.

【주석】

群豬過飮尙可醉 疥手轑甕庸何傷 : 『진서·완함전阮咸傳』에서 "완적阮籍과 완함은 모두 술을 잘 마셨다. 완함이 와 종인宗人이 모두 모여 술을 마시는데 큰 술잔에 술을 가득 부어 마시곤 했다. 이따금 돼지들이 와서 술을 마기도 했는데, 완함은 곧바로 그 주변으로 가서 함께 술을 마셨다"라고 했다. 증조曾慥의 『집선전集仙傳』에서 "장개광張開光이 일찍이 그 어머니 및 동생이 밖에 나가 놀았는데, 장개광만이 홀로 할머니의

집에 머물렀다. 잠시 후에 어떤 도사가 있었는데 의관은 해지고 온 몸에 종기가 있었다. 그 도사는 곧바로 집으로 들어와 옷을 벗고 술동이 속에서 목욕을 하는데 할머니가 막을 수가 없었다. 해가 저물고 놀러 갔던 어머니와 동생이 돌아왔는데, 갈증이 너무 심했다. 이에 술이 잘 익었다는 소리를 듣고 곧바로 술동이를 가져다가 마셨다. 할머니는 그 도사를 싫어했지만 감히 말하지 못하고 다만 자신은 마시지 않았다. 며칠이 지난 후에, 장개광은 그 어머니 및 동생을 데리고 하늘로 올라 갔다"[126]라고 했다. 이 일은 갈홍의 『신선전』에 실린 이팔百李八百의 일과도 대략 같다. 『한서·초원왕전楚元王傳』에서 "형수는 시동생인 고조高祖를 싫어하여, 고조가 손님을 데리고 오면, 형수는 거짓으로 음식을 다 먹은 것처럼 솥을 긁어댔다"라고 했는데, 그 주注에서 "'로轑'의 음은 '로勞'이다. 로轑는 긁어대는 것이다"라고 했다. 『좌전』에서 "한 번 너를 쳤기로서니 뭐가 그리 해로운가"라고 했다.

晉書阮咸傳, 諸阮皆能飲酒. 咸至, 宗人家[127]共集, 以大盆盛酒. 時有群豕來飲其酒, 咸直接去其上, 便共飲之. 曾愷集仙傳曰, 張開光嘗與母及弟出遊, 獨留嫗守舍. 俄有道士, 敝衣冠, 疥癬被體, 直入, 裸浴酒甕中, 嫗不能拒. 旣暮, 出遊歸, 渴甚, 聞酒芳烈, 亟就盆中飲. 嫗心惡道士, 不敢白, 而但不飲. 居

---

126 하늘로 올라갔다: '발택이거(拔宅而去)'는 집안 식구들을 데리고 하늘로 올라갔다는 말이다. 동진(東晉) 때 허진군(許眞君)으로 불렸던 허손(許遜)이 홍주(洪州)의 서산(西山)에 올라가 마흔두 식구나 되는 온 가족을 이끌고 신선이 되어 하늘로 올라갔다는 '발택상승(拔宅上昇)'의 고사가 있다.
127 [교감기] '家'가 부교본·건륭본에는 '間'으로 되어 있는데, 금본(今本)『진서(晉書)』와 같다. 살펴보건대, '家'라고 해도 의미가 또한 통한다.

數日, 開光與母及弟拔宅而去. 此事與葛洪神仙傳李八百事略同. 漢書楚元王傳曰, 嫂厭叔與客來, 詳[128]爲羹盡轑釜. 注云, 轑音勞, 轑, 轢也. 左傳, 一抶女, 庸何傷.

柳家兄弟太迫窄　狂藥不容人發狂 : 『문선·서경부西京賦』에서 "구연九筵[129]을 증축하라고 협박하네"라고 했는데, 오신주五臣注에서 "'박협迫脅'은 협박하는 것이다"라고 했다. 『진서·배해전裴楷傳』에서 "손계서孫季舒가 석숭石崇과 마음껏 마시고 즐겼는데, 오만함이 정도를 넘었기에, 석숭이 표장表章을 올려 파면시키고자 했다. 이에 배해가 "족하足下께서는 남에게 광약狂藥을 마시게 하고서 남에게 바른 예를 요구하니, 또한 잘못된 것이 아닙니까"라고 하자, 석숭이 그만두었다"라고 했다. 『노자』에서 "사냥에 날뛰는 것은 사람의 마음을 미치게 만든다"라고 했다.

文選西京賦, 增九筵之迫脅. 五臣注曰, 迫脅, 迫窄也. 晉書裴楷傳, 孫季舒與石崇酣燕, 慢傲過度. 崇欲表免之, 楷曰, 足下飮人狂藥, 責人正禮, 不亦乖乎. 乃止. 老子曰, 馳騁田獵, 令人心發狂.

---

128 詳 : 중화서국본에는 '陽'으로 되어 있는데, '詳'의 오자이다.
129 구연(九筵) :『주례·동관고공기(冬官考工記)』 장인(匠人)에서 "주(周)나라의 명당(明堂)은 길이 9척의 연(筵)이 동서로 9개이고 남북으로 7개이다"라고 했는데, 그 주에서 "연(筵)은 대나무로 짠 자리인데, 길이가 9척이다"라고 했다.

네 번째 수其四

莫作□¹³⁰號驚四鄰   울부짖어 사방 이웃 놀라게 하지 말소

甕中有地可藏眞   술항아리 안의 천지는 장진이라오.

淵明醉握遠公手   연명이 취해 원공의 손을 잡고서

大笑絶倒人不嗔   절도하듯 크게 웃으며 화내지 않았네.

【주석】

莫作□號驚四鄰 甕中有地可藏眞 : 『시경·탕탕』에서 "이에 호령하고 호통 쳐, 낮이 밤이 되게 하였도다"라고 했다. 『시경·북산北山』에서 "누구는 부름도 전혀 받지 않았다"라고 했다. 이 구절은 이것을 차용한 것이다. 낙천 백거이의 「효도잠체시效陶潛體詩」에서 "오늘 밤 취해 흥이 올라, 미친 듯 읊조리니 사방 이웃 놀라네"라고 했다. 육우가 지은 「회소전懷素傳」에서 "술 마시며 성정을 기르고, 초서로 뜻을 펼친다. 회소는 술이 거나하게 취해 흥이 일면 글씨를 쓰지 않은 적이 없었다"라고 했다. 살펴보건대, 회소懷素의 자는 장진藏眞인데, 이것을 차용한 것이다. 천진天眞이 술 가운데 온전함을 말한 것이다. ○『고승전』에서 "「초두화상송醋頭和尙頌」에서 "술동이를 들고 천하를 보니, 천하는 본래 술동이 안에 있고 술동이 안에 본래 천하가 있구나"라 했다"라고 했다.

---

130 [교감기] '□'가 문집에는 '唬'로 되어 있고 전본에는 '叫'로 되어 있다. 고본에는 '嚣'라고 잘못 되어 있고 장지본에는 '氣'라고 잘못 되어 있다. 살펴보건대, '□'는 '唬'과 같으니 '고(古)'와 '조(弔)'의 반절법으로 『광운(廣韻)』에 보인다. 이것은 큰 소리로 부르짖는다는 말이다.

蕩詩曰, 式號式呼, 俾晝作夜. 北山詩曰, 或不知叫號. 此借用. 樂天詩, 今宵醉有興, 狂詠驚四鄰. 陸羽作懷素傳曰, 飮酒以養性, 草書以暢志. 酒酣興發, 靡不書之. 按懷素字藏眞, 此借用, 言全其天眞於酒中. ○ 高僧傳, 醋頭[131]和尙頌, 揭起醋甕見天下, 天下元來在甕中, 甕中元來有天下.[132]

淵明醉握遠公手 大笑絕倒人不嗔 : 진순유의 『여산기』에서 "혜원慧遠과 원량 도잠 그리고 육수정陸修靜이 함께 도에 대해 이야기를 나누다가 호계虎溪를 지나는 것도 알지 못했다. 그래서 서로 크게 웃으면서 『삼소도三笑圖』를 그렸다"라고 했다.

廬山記, 遠公與陶元亮陸修靜談道, 不覺過虎溪. 因相與大笑, 故作三笑圖.

다섯 번째 수其五

阮籍醉睡不論昏	저녁 아니라도 완적은 취해 잠들었고
劉伶雞肋避尊拳	유영은 연약한 몸으로 상대 주먹 피했다오.
至今凜凜有生氣	지금도 늠름하게 생기가 있노니
飮酒眞成不愧天	음주가 진실로 하늘에 부끄러움 아니라오.

---

131 [교감기] '醋頭'가 송소정본에는 '錯頭'로 되어 있다.
132 [교감기] '高僧 (…중략…) 天下'가 원본에는 없다

【주석】

阮籍醉睡不論昏　劉伶雞肋避尊拳 :『진서·완적전阮籍傳』에서 "문제文帝가 무제武帝를 위해 완적의 딸에게 혼인을 청하고자 했는데, 완적이 60일 동안 술에 취해 지냈음으로 말을 꺼내지 못하고 그만두었다"라고 했다.『진서·유영전劉伶傳』에서 "유영이 일찍이 술에 취해 속인과 서로 다툰 일이 있었는데, 그 사람이 소매를 걷고 주먹을 휘둘렀다. 이에 유영이 "닭갈비처럼 연약함 몸이라,[133] 그대의 주먹을 받아내기에 충분하지 않소"라고 했다. 그 사람은 웃으면서 그만두었다"라고 했다.

晉書阮籍傳, 文帝欲爲武帝求昏於籍, 籍醉六十日, 不得言而止. 劉伶傳, 嘗醉與俗人相忤, 其人攘袂奮拳. 伶曰, 雞肋不足以安尊拳. 其人笑而止.

至今凜凜有生氣　飮酒眞成不愧天 :『세설신어』에서 "유도계庾道季가 "염파廉頗와 인상여藺相如가 비록 천 년 전에 죽었지만, 여전히 늠름하게 살아 있는 기운이 있다"라고 했다. 태백 이백의 「월하독작月下獨酌」에서 "천지가 이미 술을 사랑하노니, 술 마시는 것 하늘에 부끄럽지 않네"라

---

133 닭갈비처럼 연약함 몸이라 : '계륵(鷄肋)'은 닭갈비를 말한다. 본래 맛이 없다는 비유이다.『삼국지(三國志)』위지(魏志) 무제기주(武帝記注)에서 "그때에 왕이 돌아가고 싶어서 영을 내리기를, '계륵'이라 하니, 관속들이 무슨 뜻인지를 알지 못하는데, 주부(主簿) 양수(楊脩)는 문득 행장을 챙기는 것이었다. 사람들은 놀라서 양수에게 어떻게 아느냐고 물으니, 양수는 말하기를, "대체로 계륵이란 버리기도 아깝고 먹자니 맛이 없는 물건이라, 한중(漢中)을 비유한 것이다"라 했다"라고 했다. 그러나 여기에서는 몸이 마르고 허약한 사람을 가리키는데, 바로 유영을 말한다.

고 했다.

世說, 庾道季曰, 廉頗藺相如, 雖千載, 尙凜凜有生氣. 太白詩曰, 天地旣愛酒, 飮酒不愧天.

여섯 번째 수其六

公擇醉面桃花紅	공택의 취한 얼굴 복사꽃처럼 붉고
人百忤之無慍容	사람들 백번 건드려도 화를 내지 않네.
莘老夜闌傾數斗	신노는 한밤중에 두세 말을 마시고
焚香默坐日生東[134]	향 사르고 고요히 앉으니 해가 동쪽에 오르네.

【주석】

公擇醉面桃花紅　人百忤之無慍容 : 이상李常의 자는 공택公擇으로 남강군南康軍 건창建昌 사람이다. 원우元祐 연간에 호부상서戶部尙書가 되었고 이후 어사중승御史中丞에 올랐다. 이상은 산곡 황정견의 장인이다. 『악부·고양악인가高陽樂人歌』에서 "어디에서 술 마시고 오셨나, 두 뺨이 불처럼 붉어라. 절로 복숭아꽃의 모습 있노니, 다른 사람이 내게 권했다고 말하지 마시게"라고 했다. 『조야첨재』에서 "장원일張元一이 무의종武懿宗을 비웃으며 "복사꽃의 얼굴[135]을 보지 못했는데, 멋대로 살구의 눈

---

134 [교감기] 문집·고본에는 이 작품 뒤의 원주(原注)에서 "李公擇尙書, 孫莘老中丞"이라고 했다.

동자¹³⁶를 만들었구나"라 했다"라고 했다. 『노론』에서 "세 번 그만 두었지만 화내는 기색이 없었다"라고 했다. ○ 최호崔護의 「제도성남장題都城南莊」에서 "얼굴과 복사꽃이 함께 붉은 빛으로 비추도다"라고 했다.

李常字公擇, 南康軍建昌人, 元祐間爲戶部尚書, 御史中丞. 山谷之舅也. 樂府高陽樂人歌曰, 何處碟觴來, 兩頰色如火. 自有桃花容, 莫言人勸我. 朝野僉載, 張元一嘲武懿宗曰, 未見桃花面皮, 謾作杏子眼孔. 魯論曰, 三已之, 無慍色. ○ 崔護詩, 人面桃花相映紅.

莘老夜闌傾數斗‧ 焚香默坐日生東 : 손각孫覺의 자는 신노莘老로 고우高郵 사람이다. 원우元祐 초에 간의諫議가 되었다가 급사리시給事吏侍로 옮겨졌고 어사중승御史中丞에 발탁되었다. 산곡 황정견 딸의 시아버지이다. 『포박자』에서 "관로管輅는 술 세 말을 마시었지만 청아한 말은 아름답고 화려했다"라고 했다. 관휴의 「의제양수소지견증擬齊梁酬所知見贈」에서 "고요히 향 사르고 앉아, 정회 읊조리니 가는 세월 슬프구려"라고 했다. 퇴지 한유의 「송후참모부하중막送侯參謀赴河中幕」에서 "묵묵히 앉아 예전 담소하던 일 생각하네"라고 했다. 또한 「알형악묘수숙악사제문루謁衡嶽廟遂宿嶽寺題門樓」에서 "차가운 해 동쪽에서 환하게 떠오른다"라고 했다.

---

135 복사꽃의 얼굴 : '도화면피(桃花面皮)'는 술을 마신 후에 얼굴이 복사꽃처럼 불그스레한 것을 말한다.
136 살구의 눈동자 : '행자안공(杏子眼孔)'은 살구의 모양처럼 생긴 눈동자를 말하는데, 보통 여성의 아름다운 눈을 형용한다.

孫覺字莘老, 高郵人, 元祐初爲諫議, 遷給事吏侍, 擢御史中丞. 山谷之婦翁也. 抱朴子曰, 管輅頓傾三斗, 而淸辯綺粲. 貫休詩, 靜只焚香坐, 詠懷悲歲闌. 退之詩, 默坐念語笑. 又詩, 杲杲寒日生於東.

일곱 번째 수其七

椎牀破面根觸人	술상 치고 얼굴 깨지고 사람들과 다툰다는
作無義語怒四鄰	옳지 않은 말 만들어 사방 이웃 화나게 했네.
尊中歡伯笑爾輩	술동이 속의 환백이 너희들 비웃으며
我本和氣如三春	"나는 본래 봄날 같은 온화함 있지"라 하리.

【주석】

椎牀破面根觸人　作無義語怒四鄰 : 『옥대신영·영초중경처시詠焦仲卿妻詩』에서 "어미가 그 말을 듣고는, 책상을 치며 크게 화를 냈네"라고 했다. 동파 소식이 아버지인 소순蘇洵이 쓴 「송석창언북사인送石昌言北使引」을 위해 쓴 발문에서 "팽임彭任이 언국彦國 부필富弼이 헤아릴 수 없는 오랑캐의 땅으로 사신을 가게 되자, 화를 내면서 술상을 때리자 주먹이 모두 찢어졌다"라고 했다. 『남사』에서 "심소략沈昭略이 술잔을 서효사徐孝嗣의 얼굴에 던지면서 "깨진 얼굴의 귀신을 만들겠다"라 했다"라고 했다. 『조야첨재』에서 "양정옥楊廷玉의 「회파사回波詞」에서 "시어머니가 천자를 보아, 주변 사람 부딪치지 못하네"라 했다"라고 했다. 육구몽의 「두회蠹化」에

서 "사람들 간혹 좀이 내 몸에 부딪치면, 곧바로 뿔을 뽑으면서 화를 낸다오"라고 했다. 『유마경』에서 "「향적품香積品」에서 "이것은 옳지 못한 말이며, 이것은 옳지 못한 말의 과보果報이다"라고 했다.

玉臺新詠焦仲卿妻詩, 阿母得聞之, 槌床便大怒. 東坡跋老蘇送石昌言北使引云, 彭任聞富彥國當使不測之虜, 憤憤椎酒床,[137] 拳皮裂. 南史, 沈昭略以甌投徐孝嗣面曰, 使爲破面鬼. 朝野僉載, 楊廷玉回波詞曰, 阿姑婆見作天子, 旁人不得根觸. 陸龜蒙蠹化曰, 人或棖觸之, 輒奮角而怒. 維摩經, 香積品曰, 是無義語, 是無義語報.

尊中歡伯笑爾輩 我本和氣如三春 : 낙천 백거이의 「가온家醞」에서 "술 마시니 따뜻한 봄기운이 배에 가득한 듯하네"라고 했다. ○『유양잡조』에서 "술을 환백歡伯이라 부른다"라고 했다.

樂天家醞詩曰, 飮似陽和滿腹春.[138] ○ 西陽雜俎, 酒曰歡伯.

여덟 번째 수其八

| 陶令舍中有名酒 | 도연명의 집에 좋은 술이 있으면 |
| 無日不爲父老傾 | 부로가 술잔 기울이지 않는 날 없었지. |

---

137 [교감기] '椎酒床'이 송소정본에는 '推酒床'으로 되어 있다. 살펴보건대, 『소식문집(蘇軾文集)』에는 '推'로 되어 있는데, 그 의미가 떨어진다.
138 [교감기] '春'이 송소정본에는 '香'으로 되어 있다.

| 四座歡欣觀酒德 | 온 자리에서 즐겁게 「주덕송」을 보면서 |
| 一燈明暗又詩成 | 깜빡이는 등불 속에서 또 시를 지었지. |

【주석】

陶令舍中有名酒 無日不爲父老傾 四座歡欣觀酒德 一燈明暗又詩成 : 연명 도잠의 「음주시서飮酒詩序」에서 "우연히 좋은 술이 생기면 저녁마다 마시지 않을 때가 없다. 내 그림자를 마주하고서 혼자서 다 마시다보면 갑자기 거듭 취하게 된다. 이미 취한 뒤에는 문득 몇 구절을 적어서 스스로 즐긴다"라고 했다. 낙천 백거이의 「송형제회설야送兄弟回雪夜」에서 "눈 대하니 재는 차갑게 다 식었고, 잔등은 밝아다가 어두워지네"라고 했다. 『진서』에서 "유영이 「주덕송酒德頌」을 지었다"라고 했다.

淵明飮酒詩序曰, 偶有名酒, 無夕不飮, 顧影獨盡, 忽焉復醉, 旣醉之後, 輒題數句自娛. 樂天詩, 對雪盡寒灰, 殘燈明復滅. 晉書, 劉伶作酒德頌.

아홉 번째 수其九

阮籍劉伶智如海	완적 유영의 지혜는 바다와 같노니
人間有道作糟丘	인간 세상에 술지게미 언덕 만들라 말했네.
酒中無諍眞三昧	술 속에 진실로 무쟁삼미가 있노니
便覺稽康輸一籌	다시금 혜강도 한 수를 물리리라.

【주석】

阮籍劉伶智如海 人間有道作糟丘 : 『진서・완적전阮籍傳』에서 "완적이 본래 세상을 구하고자 하는 뜻을 가지고 있었다. 위나라와 진나라가 교차되는 시절이라 천하에 변고가 많아서 명사들 중에 온전하게 살아가는 사람이 드물었다. 그래서 마침내 세상일에 관여하지 않고 술 마시고 취하는 것이 일상이 되었다"라고 했다. '유영劉伶'[139]에 대해서는 위의 주注에 보인다. 또한 『진서・완적전阮籍傳』에서 "늘 우주를 작게 여기고 만물을 가지런히 하는 것으로 마음을 삼았다"라고 했다. 장언원張彦遠의 『명화기名畫記』에서 "동백인董伯仁을 고을에서는 지혜의 바다라고 부른다"라고 했다. 살펴보건대, 『화엄경』에 실린 송頌에서 "산과 같이 움직이지 않고 지혜는 바다 같구나"라고 했다. 『남사・진훤전陳暄傳』에 실린 「여형자서與兄子書」에서 "빨리 술지게미 언덕을 만들어라, 내 장차 늙어가노니"라고 했다. 살펴보건대, 주紂가 술로 못을 만들고 술지게미로 언덕을 만들었다. 이 구절은 이것을 차용한 것이다.

晉書阮籍傳, 本有濟世志. 屬魏晉之際, 天下多故, 名士少有全者, 遂不與世事, 酣飮爲常. 劉伶見上注. 本傳又云, 常以細宇宙, 齊萬物爲心. 張彦遠名畫記云, 董伯仁, 鄕里號爲智海. 按華嚴經, 頌云, 不動如山智如海. 南史陳暄傳, 與兄子書[140]曰, 速營糟丘, 吾將老焉. 按紂爲酒池糟丘, 此借用.

---

139 유영(劉伶) : 진(晉)나라 패국(沛國) 사람으로, 천성이 술을 매우 좋아하여 늘 술한 병을 가지고 다녔고 사람에게 삽을 들고 따라다니도록 하면서 말하기를 "죽으면 곧 나를 묻으라"라고 했다고 한다.
140 [교감기] '陳暄傳與兄子書'가 송소정본에는 '陳暄連復兄子書'로 되어 있다.

酒中無諍眞三昧 便覺稽康輸一籌 : 『금강경』에서 "부처가 말하길 "나는 무쟁삼매無諍三昧[141]를 얻었으니, 사람들 중에 제일 먼저이다"라 했다" 라고 했다. 이것이 또한 『유마경』에도 보인다. 『진서・혜강전嵆康傳』에 서 "종회鍾會가 혜강을 만났는데, 혜강은 예로써 종회를 대해 주지 않았 다. 이에 종회가 문제文帝에게 (혜강을 모함하면서) "혜강은 와룡臥龍이니 등용해서는 안 됩니다. 공께서는 천하의 일에 대해서는 걱정하실 필요 가 없지만, 혜강은 염두 해 두셔야 합니다"라 했다. 그래서 혜강은 해 를 입고 말았다"라고 했다. 『어사대기御史臺記』에서 "양찬楊纂이 윤군尹君 과 판결한 것이 같지 않아 화를 내면서 갑자기 받아쓰게 하다가 다시 잠잠히 읊조렸다. 잠시 후에 이에 다시 판결을 내리면서 "내가 한 수를 물리니, 윤군이 판결한 것처럼 하라"라 했다"라고 했다. 근세近世『권유 록倦游錄』에서도 호단胡旦 또한 이런 말을 했었다. 자후 유종원의 「서정 야음西亭夜飮」에서 "함께 삼매의 술을 기울이네"라고 했다.

金剛經曰, 佛說我得無諍三昧, 人中最爲第一. 亦見維摩經. 晉書嵆康傳, 鍾會造康, 康不爲之禮. 會謂文帝曰, 嵆康, 臥龍也, 不可起. 公無憂天下, 顧 以康爲慮耳. 遂遇害. 御史臺記曰, 楊纂怒尹君不同已判, 遽命筆, 復沉吟. 少 選, 乃判曰, 纂輸一籌, 餘依. 近世倦游錄, 胡旦亦有此語. 柳子厚西亭夜飮詩 云, 共傾三昧酒.

---

141 무쟁삼매(無諍三昧) : '무쟁'은 공리(空理)에 철저하게 안주(安住)하여 다른 것 과 다투는 일이 없는 것이며, '삼매'는 산란한 마음을 한 곳에 모아 움직이지 않게 하며 망념에서 벗어나는 것이다. 모두 불교용어이다.

27. 장난스레 문선에게 올리다

戲呈聞善

堆陀病鶴怯雞群	곤궁한 병든 학은 닭 무리가 두려운데
見酒特地生精神	술 보자 대단히 정신이 맑아지누나.
坐中索起時被肘	좌중에서 이따금 팔꿈치 쳐 일어나라 하나
亦任旁人嫌我眞	또한 주변 사람 날 싫어해도 그냥 두리라.

【주석】

堆陀病鶴怯雞群 見酒特地生精神 : 양공 구양수의 「청명전일일인서소견봉정성유淸明前一日因書所見奉呈聖俞」에서 "삼일 동안 문을 나서지 않으니, 곤궁한 모습 찬 까마귀와 같구나"라고 했다. 『진서·혜강전嵇康傳』에서 "어떤 이가 "어제 수많은 사람 중에서 해소嵇紹[142]를 처음 보았는데, 그 드높은 기상이 마치 닭의 무리 속에 있는 야생의 학 같았다"라 했다"라고 했다. 퇴지 한유의 「초사왕정주지수양역절구初使王庭湊至壽陽驛絶句」에서 "봄 절반 지난 변성에서 유난히 수심겨워라"라고 했다.

歐陽公詩云, 三日不出門, 堆陀類寒鴉. 晉書嵇康傳, 或曰昨於稠人中始見嵇紹,[143] 昂昂然若野鶴之在雞群. 退之詩, 春牛邊城特地愁.

---

142 혜소(嵇紹) : 죽림칠현(竹林七賢)의 한 사람인 혜강(嵇康)의 아들이다.

143 [교감기] '紹'가 본래 '康'으로 되어 있는데, 지금 송소정본과 『晉書』 권89를 참조하여 고친다.

坐中索起時被肘　亦任旁人嫌我眞 : 두보의 「조전부니음^{遭田父泥飮}」에서 "안주를 내오라고 큰 소리 치며, 일어나려하면 팔을 잡아당기네"라고 했다. 또한 「가일소원산병장종추채독근경우겸서촉목^{暇日小園散病將種秋菜}^{督勤耕牛兼書觸目}」에서 "성 안에 들어감을 좋아하지 않나니, 나의 참모습을 싫어하는 사람들이 두려워서라네"라고 했다.

　　老杜遭田父泥飮詩, 高聲索果栗, 欲起時被肘. 又詩, 不愛入州府, 畏人嫌我眞.

28. 자첨의 「화죽석」에 쓰다【조자식의 집안에 소장되어 있는데, '전천수동파죽'이라고 쓰여 있다】

題子瞻畫竹石趙子湜家本云, 題全天粹東坡竹】

風枝雨葉瘠土竹	비바람에 가지와 잎 수척해진 대나무
龍蹲虎踞蒼蘚石	용과 범 웅크린 푸른 이끼 낀 바위.
東坡老人翰林公	동파 노인은 훌륭한 문사文士이니
醉時吐出胸中墨	취할 때면 가슴 속 묵을 토해냈다오.

【주석】

風枝雨葉瘠土竹 龍蹲虎踞蒼蘚石 東坡老人翰林公 醉時吐出胸中墨 : 태백 이백의 「영왕동수가永王東巡歌」에서 "용 서리고 범 웅크린 제왕의 고을"이라고 했다. '흉중묵胸中墨'은 아름다운 문장이라는 말이다. 퇴지 한유의 「대장적서代張籍書」에서 "한 번 가슴 속의 기이함을 토해냈네"라고 했다. ○ 동파 소식의 「제여신공선題呂申公扇」에서 "비바람 맞은 잎과 가지 새벽에 절로 가지런하고, 녹음 속의 푸른 열매 깨끗해 먼지 없네"라고 했다.

李太白永王東巡歌曰, 龍蟠虎踞帝王州. 胸中墨謂其藻翰之餘. 退之代張籍書曰, 一吐出胸中之奇. ○ 東坡題呂申公扇詩, 雨葉風枝曉自勻, 綠陰靑子淨無塵.

29. 장난스레 미원장에게 주다. 2수

戲贈米元章. 二首

미불米芾의 자는 원장元章으로, 글씨를 잘 써서 이름이 알려졌다. 서
화를 수집하는 것을 좋아했다. 『미씨서화사米氏書畫史』를 저술했는데,
세상에서 유행했다.

米芾字元章, 以能書知名. 喜蓄書畫. 有米氏書畫史行於世.

첫 번째 수其一

萬里風帆水著天	만 리 바람 돛에 물결은 하늘을 치고
麝煤鼠尾過年年	좋은 먹과 붓으로 한 해 한 해 보낸다네.
滄江盡[144]夜虹貫月	창강에는 밤새도록 무지개가 달을 관통하니
定是米家書畫船	이것이 정말로 미가의 서화선이로세.

【주석】

萬里風帆水著天 麝煤鼠尾過年年 滄江盡夜虹貫月 定是米家書畫船 : 사령
운의 「초발석수성初發石首城」에서 "아득히 만 리를 떠가는 배"라고 했다.
두보의 「위장군가魏將軍歌」에서 "하루 만에 바다 지나와 바람 돛을 거두
었네"라고 했다. 퇴지 한유의 「제임롱사題臨瀧寺」에서 "바다 기운 어둑

---

144 [교감기] '盡'이 송소정본·문집·고본·전본·건륭본에는 '靜'으로 되어 있다.

하고 물이 하늘을 치네"라고 했다. 또한 「제장서문祭張署文」에서 "동정호 가득 넘쳐, 하늘과 맞닿았네"라고 했다. 서대西臺 이건중李建中의 「제양소사대자벽후題楊少師大字壁後」에서 "마른 삼나무 뒤집힌 회나무 서리에 시들어가고, 소나무 연기 사향 그을음[145]에 비바람은 차갑구나"라고 했다. '서미鼠尾'는 쥐꼬리[146]인데, 이것으로 붓을 만들 수 있다. 목지 두목의 「정관협률鄭瓘協律」에서 "광문廣文[147]에 대해 남긴 시에 '저산樗散'이란 표현이 있는데,[148] 닭과 개와 책을 함께 배에 실었다네. 스스로 말하길, 강호에서 돌아오지 않겠다고 하면서, 바람 속에 술 마시며 한 해 한 해 보낸다오"라고 했다. 『시함신무詩含神霧』에서 "무지개 같은 아름다운 빛이 달을 관통하여 환하게 빛났으며, 그 빛이 어머니인 여추女樞와 감응하여 전욱顓頊을 낳게 되었다"라고 했다. 이 구절을 차용

---

145 사향 그을음 : '사매(麝煤)'는 사향의 그을음인데, 옛 사람들이 먹[墨]의 향기를 사향의 향기에 비유하여 먹을 '사매(麝煤)'라고 불렀다. 또한 옛사람들은 먹[墨]을 만드는 데 있어 모두 송연(松煙, 소나무를 태운 그을음)을 사용했기에, '송연'과 함께 쓰인다.

146 쥐꼬리 : '율서미(栗鼠尾)'는 쥐꼬리를 말하는데, 보통 쥐꼬리로 만든 붓을 의미한다.

147 광문(廣文) : 광문박사(廣文博士)로 알려진 당 현종(唐玄宗) 때의 문인 정건(鄭虔)을 가리킨다. 현종이 일찍이 광문관(廣文館)을 설치하고 정건을 박사로 삼았기에 광문박사라 했다. 시·서·화에 모두 뛰어나 현종으로부터 '정건삼절(鄭虔三絶)'이란 어필(御筆)을 받기도 했다.

148 광문(廣文)에 (…중략…) 있는데 : '저산(樗散)'은 저력산목(樗櫟散木)의 약칭으로, 가죽나무와 상수리나무는 재목이 될 수 없는 쓸모없는 나무라는 뜻인데, 전하여 재능이 부족한 사람에 비유한다. '남긴 시에 저산이란 표현'은 두보(杜甫)의 「송정십팔건폄태주사호상기임로함적지고운운(送鄭十八虔貶台州司戶傷其臨老陷賊之故云云)」에서 "정공은 쓰이지 못한 채 백발이 되어서, 술만 취하면 항상 늙은 화사라 일컬었네[鄭公樗散鬢成絲, 酒後常稱老畫師]"라고 한 말을 의미한다.

하여, 배 가운데 보배로운 기운이 있음을 말한 것이다. 숭녕崇寧 연간에 미원장이 강회발운江淮發運이 되어 항해하는 배 위에 '미가서화선米家書畫船'149이라는 패牌 걸었었다고 한다.

謝靈運詩, 苕苕萬里帆. 老杜詩, 一日過海收風帆. 退之詩, 海氣昏昏水拍天. 又祭張署文曰, 洞庭漫汗, 粘天無壁. 李西臺題楊少師大字壁後云, 枯杉倒檜霜天老, 松煙麝煤風雨寒. 鼠尾謂栗鼠尾, 可爲筆. 杜牧之詩, 廣文遺韻留樗散, 雞犬圖書共一船. 自說江湖不歸去, 阻風中酒過年年. 詩含神霧曰, 瑤光如虹蜺, 貫月正白, 感女樞, 生顓頊. 此借用, 言船中有寶氣. 崇寧間, 元章爲江淮發運, 揭牌於行舸之上, 曰米家書畫船云.

두 번째 수其二

我有元150暉古印章	내게 원휘의 옛 인장이 있는데
印刓不忍與諸郞	인장 닳아도 다른 사람에게 못 주겠네.
虎兒筆力能扛鼎	호아의 필력도 솥을 들 만 하노니
敎字元151暉繼阿章	원휘가 글자 가르쳐 아장이 이었구나.

---

149 미가서화선(米家書畫船) : 북송(北宋)시대에 시(詩), 서(書), 화(畫)에 모두 뛰어났던 미불(米芾)이 서화 소장하기도 매우 좋아하여 많은 서화를 소장했었는데, 그가 뒤에 강회발운구관(江淮發運句管)이 되어서는 배 위에 '미가서화선'이라는 패를 써서 걸고 다니니, 밤이면 그 배에서 무지개가 달을 꿰는 현상이 나타나곤 했다고 한다.

150 [교감기] '元'이 전본에는 '玄'으로 되어 있는데, 원시(原詩)에서는 아마도 송나라 제황의 이름을 휘(諱)하여 '元'이란 글자로 고친 듯하다.

【주석】

我有元暉古印章 印刓不忍與諸郎 虎兒筆力能扛鼎 教字元暉繼阿章：『한
서·예문지藝文志』에서 "인장印章을 새기고 번신幡信[152]에 쓰는 것이다"라
고 했다. 『한구의漢舊儀』에서 "동인銀印의 배背는 귀뉴龜鈕이며 그 문文은
장章이다"라고 했다. 『한서·한신전韓信傳』에서 "항왕項王은 새겨놓은 인
장이 닳아지는데도 차마 주지 못했다"라고 했다. '호아虎兒'는 미원장
의 아들로, 그의 이름은 우인友仁이고 근래에 공부시랑工部侍郎으로 발탁
되었다. 퇴지 한유의 「병중증장십팔病中贈張十八」에서 "용의 무늬 새겨진
백곡 무게의 솥을, 필력으로 홀로 들 수 있으리"라고 했다. 1구와 4구
의 두 '장章'자의 의미는 같지 않기만 거듭 '장'자를 쓴 것이다. 미원장
을 아장阿章으로 생각한 것은 진나라 사람들이 왕자평王平子[153]을 아평阿
平으로 여긴 것과 같다. ○ '원휘元暉'은 현휘玄暉 사조謝朓를 말한다.

漢書藝文志曰, 摹印章, 書幡信. 漢舊儀曰, 銀印龜鈕, 其文曰章. 漢書韓信
傳曰, 項王刻印刓, 忍不能予. 虎兒卽元章之子, 名友仁, 近歲擢工部侍郎. 退
之詩曰, 龍文百斛鼎, 筆力可獨扛. 兩章字義不同, 故得重用. 以元章爲阿章,
猶晉人以王平子爲阿平. ○ 元暉謂謝玄暉[154]也.

---

151 [교감기] '元'이 전본에는 '玄'으로 되어 있는데, 원시(原詩)에서는 아마도 송나
　　라 제황의 이름을 휘(諱)하여 '元'이란 글자로 고친 듯하다.
152 번신(幡信) : 기(旗)에다 표지하여 부신(符信)으로 삼는 것을 말한다.
153 왕평자(王平子) : 진(晉)나라 왕징(王澄)을 말한다.
154 [교감기] '謝玄暉'가 전본(傳本)에는 '謝朓'로 되어 있다.